高山 大三國志

1 도원결의

고산고정일

고산 대삼국지 1 도원결의

왜「고산 대삼국지」인가 …… 10

하늘과 땅 …… 71
들풀 …… 83
황건적 …… 96
오두미도 …… 109
사나이 …… 120
글방의 소년 …… 133
도원결의 …… 143
첫출전 …… 155
붉은 갑옷 …… 168
조조 …… 182
꾀 …… 193
수레 …… 205
허군책 …… 228

노예소녀 …… 238
인물론 …… 264
어둠의 속 …… 273
용꿈 …… 282
서량 호랑이 …… 297
여포 …… 312
적토마 …… 326
거울 …… 347
줄행랑 …… 369
의군 …… 387
깃발 올리다 …… 398
사수관 …… 413
혈투 …… 425
옹문의 현자 …… 444

고산 대삼국지 인간경영 1 조직 통솔 활로 …… 455

왜 「고산 대삼국지」인가
고산 고정일

「삼국지」의 지혜

이 지혜의 바다. 읽을수록 인생 더 풍부해지며, 진리 더 다채로워지고, 시간을 더 영원케 만드는 「삼국지」 이상의 이야기는 없으리라. 거대한 지혜의 공간 속으로 들어간 독자들은 꼬리를 잡기 어렵게 이어지는 그 무수한 이야기 여운들에 잠겨 엄청난 감정의 기복을 경험하리라. 형언키 어려운 긴장의 공백을 발견할 때마다 문득문득 전율케 만드는 의로움을 맛보기도 하리라. 그리하여 천변만화 「삼국지」는 하나의 이야기라기보다 거대한 지혜의 우주라 말할 수 있으리라.

우주에는 밝음과 어둠의 다툼이 있다. 뒤엉켜 혼돈한 것은 어둠이고 활짝 열린 것은 밝음이며, 난세는 어둠이고 치세는 밝음이며, 소인은 어둠이고 군자는 밝음이다. 맑지 못한 물은 썩어버리고 밝지

적벽대전 조조군은 공명과 주유의 화공(火攻)계략에 대패를 당하고 화북으로 후퇴한다.

 못한 거울은 형상을 비추지 못하며, 현명하지 못한 망석중이들은 운무(雲霧) 속으로 떨어져 버린다.
 등불의 심지를 아무리 돋우어 봤자 그 빛은 담벼락을 반도 넘지 못한다. 그러나 붉은 태양을 싣고 하늘을 내달리는 저 황금마차는 여덟바다(八海)를 환히 비추고도 남음이 있다. 어두운 이에게는 일어나지도 않은 일이 밝은 이에게는 이미 끝난 일이요, 어두운 이에게는 꿈 속의 광경이 밝은 이에게는 분명한 현실이며, 어두운 이에게는 혼돈의 미로가 밝은 이에게는 탄탄대로인 것이다. 그러므로 밝은 이는 남들이 알 수 없는 것을 알고 남들이 섣불리 판단하지 못하는 것을 판단한다.
 그 밝음과 어둠의 영웅호걸 소배허걸(小輩虛傑)들을 낳은 「삼국지」시대 중국인이란 과연 어떤 민족인가? 지혜 즉 지모학(智謀學)을 창시한 중국인은 지모의 민족이라 할 수 있다. 세계문명사의 찬란한 페이지를 장식한 그들의 지모는 참으로 심오하고 드넓은 천지와 같다. 지모는 술수를 낳는 근원이고 술수는 지모가 변화된 쓰임이다. 슬기롭지 않으면서 술수를 말하는 것은, 꼭두각시 인형이 온갖 재주를 부려봤자 사람들의 웃음거리만 될 뿐 대업에는 아무 보탬이 되지 않는다. 또 술수가 없으면서 지모를 말하는 것은, 다른 사람에게 배를 조종하라 시켜놓고 마치 자기가 키를 잡고 노를 젓는 양 뽐내는 것과 같다. 자벌레가 몸을 움츠리고 새매가 엎드려 날며 사향노루가 배꼽을 오무리는 것, 그것이 바로 술수이다. 미물도 그런 술수가 있는데, 하물며 사람에게 없겠는가? 곰곰이 생각해 보라, 당신에겐 어떤 술수가 있는가?

지모를 그저 '편법'으로만 보는 관점이 올바르지 않음을 우리는 잘 알고 있다. 지모를 '군자의 계책'이나 '소인배의 계략'으로 양분해서는 안 될 것이다. 지모는 중성적인 것이며, 그 평가는 누가 썼느냐와 이르고자 했던 목적이 올바른가 아닌가를 근거로 평가해야 한다. 칼은 범죄의 도구가 될 수도 있다. 하지만 사람을 찌를 수 있다고 해서 사람이 살아가는 데 없어서는 안 될 필수품을 쓰지 못하게 할 수는 없는 노릇이다. 마찬가지로 소인배들이 지모를 이용한 적이 있다고 해서 그 자체의 역할을 부정할 수는 없다.

오늘날 「삼국지」 지모학을 연구할 때는 다음 두 가지 원칙을 염두에 둔다. 즉 '옛것을 오늘에 이용하고, 병법을 민간에 적용한다'는 점이다. 제2차 세계대전이 끝나자 정치 군사 외교 경제 과학기술 등을 모두 아우르는 '싱크탱크'들이 나타나기 시작했다. 이른바 미국의 랜드연구소, 일본의 노무라종합연구소, 영국의 런던국제전략연구소, 한국의 삼성경제연구소들이 그것이다. 인류의 생산력이 발전하고 과학기술이 진보함에 따라 '지모학'이 이미 하나의 '교차학문'이 되었다고 할 수 있다.

「삼국지」의 시대

삼국시대 중국 영토는 만리장성 이남으로, 몽골과 만주는 포함되지 않았다. 그 지역을 크게 구별하면 아래의 셋이 된다.

조조의 옛성 육수대(毓秀臺) 조조는 이곳에서 헌제를 맞았다.

　북부 : 화이수이(淮水) 강 이북의 황허 삼각주를 중심으로 하는 평원으로서 물이 적고 대륙성 기후가 심하며, 일반적으로 가난하다. 남선북마(南船北馬)로 알 수 있듯이 말을 주요 수송수단으로 한다. 중국 고대문명의 발상지인 이른바 중원은 이 지역을 가리키고, 조조의 위나라도 대체로 이 지역에 해당된다.

　남부 : 화이수이 강 이남의 양쯔 강을 중심으로 하는 지역으로 춘추전국시대 월나라와 초나라가 이곳에서 일어났다. 그때만 하여도 중원과 떨어져 있기 때문에 미개지역으로 여겨졌으며, 한족(漢族)의 남하에 따라 차츰 문명이 발달되었다. 삼국시대에는 손권 오나라 근거지로, 수운(水運)의 교통이 편리한 데다가 기후도 온화하여 농산물이 풍부하므로 주민들도 많아졌고 살림이 넉넉해졌다. 남선북마란 말도 교통의 편의성에서 나온 말이지만, 삼국시대 이후 해외와의 교통도 편리해져 오늘날 광둥(廣東)·홍콩(香港)·상하이(上海) 같은 대도시가 생겨나게 되었다.

서부 : 이 지방은 산악지대가 많다. 유비 촉나라가 있었던 지금의 쓰촨성(四川省)을 중심으로 한 내륙분지이다. 본디 한족은 언제부터인지 모르나 아득한 옛날 양쯔강 상류 이곳에서 선주민(先住民)인 묘족(苗族)을 내쫓고 자리잡기 시작했다 한다. 촉한의 근거지인 쓰촨성은 사면이 산으로 둘러싸인 분지로서 기후가 따뜻하고 비가 많아 농사짓기에 알맞았으나, 땅이 매우 좁았다. 제갈량이나 강유가 위나라와 끝까지 싸움을 거듭한 까닭은 한나라의 정통을 이은 촉한으로서 중원의 패권을 잡기 위한 의지였다고 하겠다.

「삼국지」는 일반적으로 중평(中平) 원년인 184년에 일어난 '황건의 난'에서부터 시작되는데, 그보다 약 20년 전인 환제(桓帝) 시대에 일어난 '당고(黨錮)의 금(禁)'에서부터 시작되었다는 설도 있다. 당고의 금이란, 청류파(淸流派)라고 불리던 청렴결백한 관료들이 '반(反) 환관'의 깃발을 내걸고 일어났다가 두 번에 걸쳐 탄압을 당한 사건이다. 당고의 금 이후로 환관 세력은 차츰 강해지고 후한 황조는 붕괴의 길을 걷게 된다.

청류파를 이어받은 사람들은 대중적인 명성을 얻어 '명사(名士)'로 불리게 되는데, 그들은 서로의 인물됨을 평가함으로써 새로운 자율적 질서를 형성하기 시작한다. 또 이름높은 명사에게 평가를 받은 은둔자들이 명사들 대열에 합류하는 경우도 있었다. 그 예로는 월단평(月旦評)으로 유명한 허소(許劭)에게 '치세의 능신(能臣), 난세의 간웅(奸雄)'이라 평가받은 조조, 양양(襄陽)의 방덕(龐德)에게 '복룡(伏龍), 봉추(鳳雛)'라고 평가받은 제갈량과 방통을 들 수 있다. 뒷날 후한의 왕충 원소 유표 공손찬 장로 등을 비롯 위나라의 순욱 정욱 곽가 사마의 가충 등과 오나라의 장소 주유 노숙 제갈근 육손 등, 그리고 촉나라의 법정 장완 비위 이엄 동화 등도 '명사'로 불린 인물들이다. 이들은 이상적인 국가 건설을 목표로「삼국지」의 시대를 움직여 간다.

파릉교(灞陵橋) 관우는 이 다리 위에서 조조와 헤어져 단기 천리를 결행한다.

후한 황조가 부패함에 따라 많은 유사 종교가 유행하기 시작했는데, 그 중 하나인 '태평도'의 수령 장각(張角)이 신도들을 이끌고 전국에서 일제히 봉기한 사건이 바로 황건의 난이다. 금고형(禁錮刑)을 살고 있던 청류파 사람들은 이를 계기로 풀려났다. 조정은 청류파 사람들로 하여금 명사들과 함께 반란을 진압하도록 명령했다. 이는 청류파 사람들이 황건군과 결탁하는 일을 막기 위한 조치이기도 했다. 조정은 각주의 장관인 자사(刺史)에게 군사권을 주었다. 이로써 제후들은 독자적인 권한을 얻었으며, 따라서 조정의 지배력은 차츰 약해져갔다.

「삼국지」의 군웅할거

후한 끝무렵에 이르러 중국에서는 네 세력이 서로 싸우고 있었다. 환관과 외척, 관료와 무장들이다. 이렇게 된 원인은 황제의 나이가 어렸기 때문이다. 어찌된 일인지 황제가 젊어서 죽는 일이 계속되어, 자연히 어린 황제가 뒤를 이을 수밖에 없었다.

중앙집권정치의 근본적인 모습은 훌륭한 황제 밑에 충성스럽고 어진 관료가 있어서 깨끗하고 바른 정치를 하는 데 있다. 그리고 어린 황제의 경우는, 관료의 우두머리가 섭정이 되어 어린 황제를 도와 그가 성장할 때까지 공백기를 메우는 것이 정상적인 관례이다. 하지만 어린 황제와 섭정 사이에 유대가 약하게 되는 것은 이러한 인간관계의 필연적인 결과인지도 모른다. 그런 상황을 걱정하여 나서게 되는 사람이 어린 황제의 어머니, 즉 태후이다. 태후가 실권을 잡게 되면 환관과 외척이 그 집행부가 된다.

태후가 유능할 경우에는 그 측근이 권력을 쥔다. 하지만 그렇지 않은 상황에서는, 남자의 출입이 금지되어 있는 후궁에 출입할 수 있는 사람은 환관밖에 없으므로, 태후 정권의 집행부는 환관 내각이 될 수밖에 없다. 태후가 직접 정치를 할 의사가 없는 경우에는 그녀의 친정 가족, 즉 그녀의 아버지나 남자 형제들이 정권을 쥐게 된다.

관료든 환관이든 외척이든 어진 정치를 하면 문제가 없지만, 후한 끝무렵에는 권력을 잡은 환관이나 외척이 정치는 뒤로 한 채 자기 잇속 채우기에 급급했다. 이에 분개한 관료들을 청류파(淸流派)라 한다. 그들은 정치의 혁신을 외쳤지만 환관과 외척 세력에 밀려나 정치에 참여할 수 없었다. 형편이 이렇다 보니 후한 끝무렵의 정치는 문란과 부패가 극도에 이르렀고, 집권세력은 백성들의 생활은 나 몰라라 한 채 권력투쟁에만 빠져 있었다. 한나라 황실이 완전히 통치 능력을 잃고 만 것은 당연한 결과였다.

한족이 정부의 존재를 용납하고 가혹한 세금을 참고 견딘 까닭은, 그들 개개인의 힘으로는 어쩔 도리 없는 '치수(治水)·치안·북방민족침략 저지'라는 세 가지 중대한 문제 때문이었다. 낙양 동쪽에 부채꼴 모양으로 펼쳐진 황허 삼각주는 상류에서 흘러온 기름진 황토가 쌓여서 이루어진 땅으로, 물만 있으면 비료를 주지 않아도 곡식

관도(官渡) 싸움터에 세워진 조조의 기마상, 허난성

이 잘 자라는 농업 지역이었다. 그런데 문제는 바로 이 물이었다. 황허는 물이 많아 걸핏하면 넘쳐서 홍수를 일으켰다. 낙양 동쪽에서 중원으로 구비쳐 나온 황허는, 때에 따라 북쪽 톈진에서부터 남쪽 난징 가까이 남북 약 3,535km에 걸쳐 바다로 들어가는 물길을 이리저리 바꾸기 일쑤였다. 그 사이의 삼각주는 유동적이나, 태산만은 완강히 굽히지 않고 의연히 앉아 있다. 이 지방은 1년 내내 가물어서 비가 적어 밭의 모래먼지가 날아오르는 일이 많다. 물만 주면 곡식은 자라게 되어 있지만, 그 물은 황허로 모여들 뿐 원하는 곳에 고루 주어지지 않았다.

황허 삼각주에서 하늘의 혜택을 넉넉하게 받기 위해서는 물의 범람을 막고 그 물을 적당히 분배하는 치수공사가 필요했다. 그러나 아무리 끈질긴 중국 농민이라도 저마다 개인의 힘으로는 어쩔 도리가 없었다. 전국 규모의 큰 토목공사가 필요했다. 그 때문에 본디 무정부주의적인 중국인도 마지못해 정부의 존재를 인정하고 막대한 세금을 바쳤던 것이다. 후한 끝무렵에 이르러, 중앙정부의 타락과 부패로 인해 정부는 이 소중한 치수와 국방은 포기한 채 세금만을 거둬들이려 했다. 그러자 정부는 차츰 통치력을 잃고 국민 생활은 피폐해져만 갔다.

이때 백성을 구제한다는 깃발 아래 들고 일어난 것이 누런색 두건을 머리에 쓴 집단, 즉 황건적이다. 도적이라 하지만 백성들로 보면 의로운 도적이자 구세주였다. 게다가 종교적으로 구원을 이루고 병을 치료해 준다는 현실적인 구실이 따랐으므로, 요원의 불길처럼 그 세력이 전국 곳곳으로 뻗쳐 후한 정권을 위태롭게 했다. 그러자 외척과 환관·관료들도 집안싸움만 하고 있을 수는 없었다. 먼저 황건적을 무찔러야 하므로 눈을 대궐 밖으로 돌려야 했다. 그러나 그들에게는 적을 물리칠 힘이 없었다.

여기서 화려하게 무대에 등장한 세력이 무인들이다. 처음에는 외척·환관·관료 등 여러 권력 밑에서 일하던 자들이었지만 황건적을 토벌하는 사이에 차츰 많은 군사를 두게 되었다. 거기에다 쌓은 공로와 실력을 배경으로 그들의 발언권은 매우 빠른 속도로 커졌다. 마침내는 지난날 세력을 대신해서 통치권 노리는 전국시대 지방세력으로 성장하였다. 그러나 완전한 사상적인 혁명이 있었던 것이 아니므로 한나라 황실의 권위는 여전히 무시할 수가 없었다. 이때 재빨리 헌제를 자기 진영으로 맞아들인 조조가 자신의 뜻대로 칙명이란 명분을 행사하여 먼저 유리한 고지에 올랐던 것이다. 이렇게 장안과 낙양 궁중을 벗어난 중국의 정치권력은, 우리에서 뛰쳐나온 사

공명의 초려(草廬) 입구 유비는 세 번이나 공명을 찾아 수어지교(水魚之交)를 맺는다.

자떼 같은 군웅(群雄)들이 뒤엉켜 싸우는 삼국지 전국시대를 불러 일으켰다.

삼국의 정립

208(건안 13)년, 형주(荊州)의 유표(劉表)가 사망하자 뒤를 이은 유종(劉琮)은 조조에게 항복했다. 조조는 그대로 남하하였으나 적벽에서 유비(劉備)·손권(孫權)의 연합군에 패해 천하통일의 꿈은 멀어진다. 그 뒤, 위의 조조(曹操)는 양주(涼州)의 마초(馬超), 한중(漢中)의 장로(張魯)를 토벌하여 영토를 넓히고 유비 또한 익주

목(益州牧)인 유장(劉璋)을 항복시켜 촉의 땅을 손에 넣었다. 이리하여 중국 대륙은 형주를 중심으로 조조, 손권, 유비 3영웅의 지배를 받게 되었다. 219년 유비는 조조의 한중을 탈취하였으나, 거꾸로 형주는 손권의 손에 떨어지고 관우(關羽)는 패하여 죽기에 이르렀다. 220년, 조조가 죽자 아들 조비(曹丕)는 헌제로부터 황제 자리를 물려받아 위황조를 건국하여 연호를 황초(黃初)로 바꾸었다. 한편 촉의 유비도 이듬해 황제에 즉위하고 오의 손권도 229년에 황제에 즉위하여 삼국시대가 열렸다.

영토는 위가 가장 컸다. 위는 9주와 형주의 일부까지 지배하고 있었다. 오는 양주(揚州)와 형주의 6군, 229년에 복속한 교주(交州)의 3주. 촉은 형주를 잃은 뒤에는 익주뿐이었다. 양주나 익주처럼 두 나라의 완충지대가 된 곳도 볼 수 있었으나, 기본적으로는 삼국정립(三國鼎立)이라고 해도 실제로는 제갈량이 주창한 '천하삼분(天下三分)'이 아닌 '1강 2약'의 판도였다. 강대한 위에 대항하려면 오와 촉이 동맹을 맺어 대항해 가는 수밖에 없었다. 주에 따라 넓이의 차이는 있으나 교주나 유주는 경계지대이기 때문에, 지배가 두루 미치지 못하여 반쯤 독립 지역이 되어 버린 곳도 볼 수 있었다.

「정사」에 인용된 여러 책을 감안해 보면, 위가 64만 가구·인구 443만 명, 오가 52만 3000가구·인구 230만 명, 촉이 30만 가구·인구 120만 명으로 추정된다(위와 촉은 263년, 오는 280년의 조사기록이다). 호적에 등록되어 있던 것이 실제 숫자는 아니기 때문에 정확한 수치라고는 할 수 없지만, 이것으로 동원 가능한 병력을 추측해 보면 위가 25만, 오가 15만, 촉이 10만으로 가늠된다.

진수의 「정사삼국지」

삼국시대 역사를 처음 기록한 이는 촉나라 태생으로 후에 진나라 관리가 된 진수(陳壽 : 233~297)였다. 젊은 시절 역사학자 초주(譙周)에

둔황에서 발견된 진수의 「삼국지」 보즙전 「삼국지」는 진(晉)의 학자 진수(陳壽)가 편찬한 책이다.

게 학문을 배우고, 제갈량의 저작들을 모아 중복되는 부분을 자르고 편찬한 「제갈량집」 24편을 황제 사마염에게 올리며 역사 발굴에 힘을 기울인 진수는 280년 오가 망하자 오나라의 지나간 자료를 수집해 역사를 기록하기 시작했다.

「정사삼국지」는 사마천의 「사기(史記)」(기원전 91년 무렵 완성)와 마찬가지로, 인물의 전기를 늘어놓는 기전체(紀傳體) 형식으로 쓰여졌다. 다만, 분열국가 시대를 대상으로 하는 역사서이기 때문에, 삼국을 병기하는 형태로 「위서(魏書)」 「촉서(蜀書)」 「오서(吳書)」 3부 구성으로 되어 있는 것이 특징이다.

「정사삼국지」는 처음에, 진수가 개인적인 입장에서 지은 역사서였다. 중국역사서(正史)는 「사기」와 달리 특별히 다루어져, 「한서(漢書)」(서기 83년 완성) 이래, 보통 '~서(書)'나 '~사(史)'라고 제목이 붙었다. 그럼에도 불구하고 진수가 굳이 '삼국지'라고 제목을 붙인 것에는 물론 이유가 있다. 사실 「삼국지」에는 정통적인 역사서에 반드시 포함되는 지리·제도 등의 기술이 빠져 있다. 진수는 이 점을 배려하여, 조심스럽게 '기록'의 의미를 지닌 '지(志)'라는 표현을 골라 '삼국기록' 즉 '삼국지'라고 제목을 붙인 것이다.

진수가 지은「정사삼국지」는 앞에서 말했듯이「위서」(30권),「촉서」(15권),「오서」(20권) 3부로 되어 있다. 이 가운데 조조 및 그 자손이 세운 위나라에 대한 기록「위서」가 전체 절반을 차지하는데, 이 부분만이 황제의 전기에 해당하는 '본기(本紀)' 형식을 띠고 있다. 이것은 명백하게 삼국 가운데 위를 한층 높은 위치에 둔 구성이며, 바로 위를 정통으로 여기는 태도이다.「정사삼국지」는「사기」「한서」「후한서」와 아울러「전사서(前四書)」라 하여 중요시되어 왔는데, 그 까닭은 격조 높은 문장도 좋거니와 전후 400년에 걸쳐 중국 대륙에 군림해 왔던 유씨의 권위가 땅에 떨어지고 전국시대가 다시 찾아온 것을 방불케 할 만한 후한 끝무렵 격동기에 활약하였던 수많은 영웅호걸들의 인간형이 잘 기술되어 있기 때문이다.

본디 촉나라 사람인 진수는 263년 촉이 위에게 망하고, 그로부터 2년 뒤인 265년 위가 사마씨의 서진에게 망한 뒤 서진을 섬겼다. 서진이 위의 계통을 잇는 황조이기 때문에, 진수는 위를 정통으로 보며 써 나갈 수밖에 없었다. 객관적으로 보아도, 삼국 분열이라고는 하지만 북중국을 지배하는 위가 압도적인 우위를 자랑하고, 촉과 오는 남중국에 할거하는 지방정권에 지나지 않았음은 틀림없는 사실이다. 역사가 진수는 이런 객관적인 역사 사실을 직시하고, 위를 정통으로 다루면서「정사삼국지」를 썼다고 할 수 있다.

이처럼 위를 정통으로 해서「삼국지」를 지었기 때문에, 진수는 약자를 동정하는 마음으로 유비 편을 드는 후세의 촉 정통론자들에게 호되게 비판당한다. '촉 출신이 적인 위를 치켜세우다니 무슨 짓이냐?' 하지만「정사삼국지」의 기술방법을 주의 깊게 더듬어 보면, 겉으로 내세운 위를 정통시하는 모습과는 반대로, 진수가 여러 곳에서 몹시 고심하며 용어를 다루어, 모국 촉의 지위를 어떻게든 끌어올리

촉(蜀)의 잔도(棧道), 쓰촨성 벼랑 옆으로 낸 잔도가 위태롭다.

려고 애쓴 흔적이 보인다. 뿐만 아니라 진수는 한황조 일족인 유비의 촉이야말로 정통 황조라고 암시하는 듯한 대담한 장치마저 곳곳에 두고 있다. 천여 년 뒤에 완성된 이야기문학「삼국지연의」는 말할 것도 없이 유비의 촉을 정통으로 본다. 이렇게 보면 그 싹은 이미 진수의「정사삼국지」에 심어져 있었던 것이다. 조조의 간웅적(奸雄的)이고 악인적인 성질을 강조하는 서술은「정사삼국지」에서는 볼 수 없다. 조조를 간웅·악인으로 보는 인상이 모습을 갖추어가는 것은, 서진에 이어지는 동진(東晉 : 317~420년) 이후이다. 동진은 서진이 내란과 북방 이민족의 침입에 의해 멸망한 뒤, 강남으로 피난을 갔던 사람들이 서진 황족 일족(사마예)을 황제로 세우고, 건강(建康 : 현 난징(南京))을 수도로 성립시킨 한(漢)족의 망명정권이었다.

4세기 초에 시작된 분열상태는 수(隋)나라가 통일정권을 세운 6세기 끝무렵에야 끝난다. 수나라는 짧은 기간이나마 평화롭고 부유한 사회를 만들었다. 이때 삼국 야사는 새로운 형식의 변화를 가져왔다. 꼭두각시극을 거쳐 길거리 이야기로 거듭 태어나 극으로도 엮어진다. 그 전에도 「삼국지」 이야기를 주제로 한 극이 공연되었는지 알 수 없지만 현재 남아 있는 확실한 자료는 수나라 때부터이다. 이때 삼국지 극은 인간이 아니라 꼭두각시들이 노는 인형극이었다. 송나라 때 편찬된 「태평광기(太平廣記)」 226권 〈수식도경(水飾圖經)〉에는 수나라의 꼭두각시가 설명되어 있다. '나무사람은 길이가 두 자 남짓한데 비단을 입히고 금빛과 푸른색으로 장식했다. 갖가지 새와 짐승, 물고기도 만들었으니 모두 살아있는 듯 구불구불한 물을 따라 움직인다.' 어떤 기계장치에 의해 움직이는 꼭두각시로 보이는데 이 책에는 극 제목이 72가지나 있었다고 전한다.

  당나라 삼국지 이야기를 논할 때 빼놓을 수 없는 것이 목우희(木偶戲)이다. 목우희란 비단옷을 입히고 금은보석을 장식한 나무조각상을 꼭두각시처럼 움직여 공연하는 연극이다. 7세기 첫무렵 두보는 그즈음 낙양(洛陽)에서 그리 멀지 않은 신성땅의 고관대작들 연회에서 목우희가 공연되었다는 기록을 남기면서 당시 공연된 목우희를 72개나 적어 놓았는데, 이 가운데 〈조만이 초수에서 목욕하다 교룡과 싸우다(曹瞞浴譙水擊蛟龍)〉 〈위문제가 군사를 일으켜 강물에 이르러 건너지 못하다(魏文帝興師, 臨河不濟)〉 〈유비가 말을 타고 단계를 건너다(劉備乘馬渡檀溪)〉 등 삼국지 이야기에서 연유한 것들이 있다. 이는 원나라 연극에 보이는 삼국지 이야기가 당나라 때 이미 공연되었음을 말해준다.

  당나라 문학과 「삼국지」의 관계를 말할 때 빼놓을 수 없는 것은 그 무렵 사원에서 예능에 뛰어난 승려가 우리나라 판소리처럼 아니리(白, 사설)와 창, 즉 말과 노래로 불경이야기를 통속적으로 구연했

감로사(甘露寺) 다경루(多景樓) 유비와, 손권의 누이가 혼례를 맺은 곳으로 전한다.

던 '변문(變文)'이다. 중국문학사상 역사이야기를 강창(講唱, 말과 노래) 형식으로 구연하고, 이 텍스트가 오늘날까지 남아 있는 것은 변문뿐이다. 판소리가 판소리계 소설로 발전했듯이 당나라 때의 역사변문은 원나라 때「삼국지평화」와 명·청대의 장회(章回)소설「삼국지」를 탄생시킨 원천이라 할 수 있다.

동진 이래, 갑작스레 퍼진 조조 간웅·악인 전설의 자료를 많이 수록한 것으로 꼽을 수 있는 것은「정사삼국지」에 붙은 배송지(裵松之 : 372~451년)의 주(註)이다. 송(宋)나라 황제 유의륭(劉義隆 : 424~453년 재위)이 진수의「삼국지」가 너무 간단한 것을 아쉽게 여겨 학자인 배송지에게 내용을 보충하라는 명을 내렸다. 그때까지 역사서에 주해를 붙인 사람들은 글자의 음을 해독하고 원문을 설명하는 데 그치는 경우가 많았으나, 배송지는 독특한 형식을 창조해 역사사실을 보충하고 바로잡는 데 힘을 쏟았다. 유의륭은 배송지의 주해가 불후의 저작이라고 칭찬했다. 배송지가 그가 인용한 100여 종 책들이 후세에 거의 사라져버렸으니 그가 아니었으면 그 귀중한 자료들의 편린조차 찾아볼 수 없었을 것이다. 그의 손으로 이루어진「삼국지 주」의 특징은 말에 대한 주석이 아니라,「정사삼국지」의 본문과 대조하는 형태로 여러 다른 주장이나 의견 소문을 망라하여 소개한 점이다. 배송지의 주해에는 진수가 접하지 못한 자료들이 많이 들어 있어, 후한과 삼국시대 연구에 귀중한 자료가 된다.

또 하나, 역시 유송시대 임천왕 유의경(劉義慶) 산하의 문인들이 편찬한 위·진 명사들의 일화집「세설신어(世說新語)」(444년에 편찬 유의경 사망)에서도, 조조의 간웅·악인적인 성질을 과장한 이야기를 볼 수 있다. 이 책에는 수많은 실존 인물들의 재미있는 일화들이 실려 있는데, 사실이 아닌 지어낸 것들도 많지만 옛 시대상황을 생생하게 그려 높이 평가받는다. 여기에 삼국시대 인물들이 많이 등장한다. 그 중 촉나라 사람은 몇 없으나 제갈량은 단연 으뜸가는 인물로 손꼽힌다.「삼국지연의」는 이 책

민화 호뢰관에서 여포와 싸우는 장비·관우·유비 여포는 활쏘기와 말타기에 능하였다.

에서도 소재들을 많이 가져왔다. 한 가지 예를 들면, 조조가 꿈에 사람을 죽이는 버릇이 있다고 거짓말을 하고는 잠자리에 누운 뒤, 흘러내린 이불을 덮어주려는 심복을 죽여 아랫사람들에게 겁을 준 이야기는 이 책에서 가져온 것이다. 이처럼 배송지의 「삼국지 주」나 「세설신어」에서 볼 수 있는, 충실히 각색을 더한 조조 간웅·악인 전설은, 천 년 이상 뒤에 완성된 「삼국지연의」 이야기 전개에서 여러 차례 솜씨 좋게 삽입되었다. 「정사삼국지」에서 싹이 보이는 촉 정통론, 「삼국지 주」나 「세설신어」에서 볼 수 있는 조조 간웅·악인 전설, 「삼국지연의」 이야기 구조의 핵을 이루는 2대 요소는 이렇게 이른 시기의 역사 자료에서 이미 그 편린을 볼 수 있다.

그 뒤 천 년 이상의 긴 시간대를 거쳐, 서민의 사회적 진출로 말미암은 민간 문예의 발달이 그 배경을 이루어왔다. 당(唐 : $^{618}_{\sim 907}$)·오대(五代 : $^{907}_{\sim 960}$)·송(宋 : $^{960}_{\sim 1279}$)·원(元 : $^{1279}_{\sim 1368}$)·명(明 : $^{1368}_{\sim 1644}$)·청(淸 : $^{1644}_{\sim 1911}$)으로 내려오면서 차츰 민간에서도 근세적, 서민적인 여러 가지 문예 현상이 나타나게 되었다. 이야기극이나 연극 등 민중예술 세계에서,

다양하게 변화된「삼국지」이야기가 구전되어「삼국지연의」로 그 열매를 맺는다. 이 과정에서「정사삼국지」를 비롯한 이른 시기의 역사자료에서 볼 수 있는 2대 요소, 즉 촉 정통론과 조조 간웅·악인 전설은, 이야기적 흥취를 돋우는 요점으로서 더욱더 재미있고 우습게 과장되어 간다.

송나라 때에는 삼국지 이야기가 그림자극〔影戱〕으로도 공연되었다. 그림자극은 양 손가락을 사용해서 개·여우·닭·토끼 등 여러 등장인물을 만들거나, 두꺼운 종이그림이나 인형을 움직일 수 있게 하여 그림자를 비춘 다음 이야기꾼이 스토리텔링하는 형태로 공연되었다. 그림자극은 본디부터 중국에서 시작된 것으로 보이는데, 처음에는 공연 목적에서가 아니라 흩어진 '혼령'을 불러오는 주술적인 수단으로서 쓰였다. 후대에 들어 도시적 오락수단이 차츰 발달하고 그림을 들고 공연하는 직업 이야기꾼이 등장하면서 이와 비슷한 그림자극도 인기가 높아졌던 듯하다. 11세기 송대에 이르면 그림자극은 과거의 종교적인 모습을 완전히 벗어버리고 오늘날 영화와 같은 대중적인 인기를 끌게 된다. 송대에 발행된「사물기원(事物紀原)」이란 책을 보면, "송나라 인종 때 삼국이야기를 잘 구연하는 이야기꾼이 있었다. 어떤 사람이 그 이야기를 잘 꾸며서 그림자인형을 만들어 처음으로 위·촉·오 삼국 전쟁의 상을 이루었다"라는 기록이 보이는데, 이는 송나라 때 삼국지 이야기가 그림자극으로 공연된 사실을 말해준다.

민중이야기「삼국지평화(三國志平話)」

송대(宋代 : 북송 : 960~1127년,)는 농업·공업의 생산력이 향상되어 경제 활동도 활발해진다. 그에 따라 서민계층의 경제적 상황도 나아지게 되었다. 따라서 북송의 수도 변경(汴京 : 현 카이펑/開封)이나 남송의 수도 임안(臨安 : 현 항저우/杭州)과 같은 대도시에는 '와자(瓦子)'라고 불리는 번화가가

수문신 장비(왼쪽), 경극 속의 장비(오른쪽) 장판교(長坂橋)에서 단신으로 위(魏)의 대군을 물리쳤다.

거리 곳곳에 세워졌다. 그 와자 안에는 '구란(勾欄)'이라고 불리는 연예 공연장이 있어, 고담(古談)·연극·인형극·그림자극을 비롯하여, 격투기·만담 등 수많은 공연이 열렸다. 고담이나 연극에서는 역사이야기나 재판이야기·연애이야기 등 여러가지 이야기들이 제재로서 채택되었다. 그 중에서도 「삼국지」이야기는 특히 인기가 높았다.

송나라 때에 행해진 옛이야기마당 중 역사를 다루어 청중에게 이야기해 주는 공연을 '강사(講史)'라고 불렀다. 그리고 '강사'를 글로 적어서 책의 형태로 만든 것을 '평화(平話)'라고 했다.

이야기꾼은 '설경(舌耕)'·'설변(舌辯)'이라고 하였는데, 입으로 벌어먹던 직업인이었다. 그중에서도 소설과 강사(남송에서는 연사(演史))의 전문가들이 중시되었으며, 그들이 사용한 대본을 '화본(話本)' 또는 '평화(平話)'라고 하였다. '평화'란 '평화(評話)'의 뜻으로 이야기꾼이 역사책을 들려줄 때 옛 사람이나 자기의 평시(評詩)를 곳곳에 삽입한 데에서 유래한 말이다. 이렇게 운문의 가락이 들어감으로써 청중의 주의를 끌어 긴장을 돋우고 기억하기에 편리한 이점을 노렸다. 그들은 대본을 가지고 있으면서도 청중의 반응을 살펴서 임기응변으로 내용을 고치고, 보태가면서 본 줄거리와는 상관없는 것이라도 그럴듯한 재미있는 일화가 생기면 한데 어울러서 집어넣기도 하였던 것이다. 이야기꾼과 청중이 공동으로 이야기를 만들어나갔다고 볼 수 있다.

평화의 특징은 그림에 있다. 평화는 본디 그림 구연의 형태였기 때문에 스토리를 이끌어가는 본문의 문장보다는 페이지마다 그려넣는 그림이 주가 되었다. 평화는 단순히 이야기를 읽는 책이 아니라 삽화를 감상하기 위한 그림책에 가까웠던 듯싶다. 그림책 평화를 전상(全相) 평화라 하는데 여기서 '전상'이란 모든 이야기에 그림(상(相) 또는 상(像))이 있는 책이란 뜻이다. 평화는 원나라 지치년간(至治年間 : 1321~1323년)에 복건성 건양의 출판업자 우(虞)씨가 간행한 5종의 시리즈가 오늘날 남아 있다. 평화 시리즈는 판면 위 3분의 1은 그림이고 아래 3분의 2는 본문인 이른바 '상도하문(上圖下文)' 형식인데, 맨 마지막의 책이 바로 「신전상삼국지평화(新全相三國志平話)」이다. 이것은 민중세계의 「삼국지」 이야기를 문자화한 것으로, 현존하는 가장 오래된 책이다. 그는 「삼국지평화」(이하 「평화」) 외에 「전상진병육국평화(全相秦併六國平話)」 등 모두 5종류의 평화 시리즈를 간행했다.

결론적으로 말해서 '전 페이지에 그림이 든 「삼국지」 이야기'라고 해야 할 것이다. 모든 면에 그림이 들어가 있음은, 이것이 독자의 읽을거리로서 편찬된 것이지, 「삼국지평화」 본문이 이야기꾼의 대본 그 자체는 아니었음을 말해 준다. 하지만 그것이 송대 연예계에 널리 퍼져 있던 「이야기 삼국지」와 관련이 있음은 틀림없다.

「삼국지평화」는 이야기꾼의 요약을 편집해 엮은 것으로 생각된다. 그런 탓인지 지명이나 인명에 군두목(한자의 뜻은 어찌됐든 음과 새김 따서 물건 이름 적는 법)이 많거나 연호가 틀려서 표기방법은 매우 거칠다. 내용적으로도 사실을 무시한 황당무계한 요소가 많은 데다가 이야기꾼의 역사적 교양 부족에서 오는 오인과 오류가 수없이 많아, 나관중의 「삼국지연의」에서 볼 수 있는 사실 및 정확성과는 하늘과 땅 차이가 난다. 다만 「평화」에는

경극 속의 조운 위(魏)의 하후은을 죽여 청강검을 손에 넣고, 어린 유선(劉禪)을 가슴에 품고 적군 한가운데서 내달렸다.

실제 공연장의 분위기가 감칠맛 나게 살아 있어 민중들의 이야기 「삼국지」의 참맛을 보여주는 듯하다. 덧붙인다면 「삼국지평화」는 후한 끝무렵부터 시작해 삼국 흥망의 전말을 다루고 있다.

3권으로 구성되어 있는 「평화」 상권 첫머리에는 '입화(入話)'라는 기상천외한 이야기가 수록되어 있다. '입화'란 본디 이야기로 들어가기 전에 두는 짧은 이야기를 가리키는데, 북송 이래 이야깃거리에는 기본적 서문으로서 이것이 붙는다. '입화'의 주제는 어떤 의미에서든지 본제와 연관이 있는 것이 선택된다. 이 '입화'는 본디 청중이 모여들고 막이 열릴 때 어수선한 분위기가 진정되기를 기다리는 부분이다. 이야기꾼의 시간 벌기 기술인 동시에 청중을 이야기 세계로 이끄는 절묘한 수단으로 작용했다.「평화」에서 '입화'의 영웅환생담은 이 수단을 한껏 활용해 청중(독자)을「삼국지」세계로 교묘하게 이끌어간다. 그 입화의 내용은 대체로 다음과 같다.

　후한 첫무렵, 서생인 사마중상(司馬仲相)이 저승으로 불려갔다. 그는 천제로부터 '전한 시대부터 350년이나 해결되지 않은 대사건 재판관이 되어 재판을 훌륭히 매듭지으면, 현세 황제로서 지상으로 돌려보내주겠다'는 통고를 받는다. 사건의 피고는 전한 황조의 창설자 고조 유방과 그의 아내 여후, 원고는 고조와 여후의 음모로 반역죄에 몰려 최후를 마친 전한 황조의 창업 공신 한신(韓信)·팽월(彭越)·영포(英布) 세 사람, 증인은 모사 괴통(蒯通)이었다. 사마중상은 이 어려운 사건을 깨끗이 매듭지었다. 한신을 조조로, 팽월을 유비로, 영포를 손권으로 하여 원고 세 사람을 저마다 삼국의 영웅으로 환생시키고, 한 황조 천하를 3분할시킴으로써 전생의 비운을 보상한다. 피고측에 대해서는 고조를 후한의 헌제로, 여후를 그의 아내인 복후로 환생시켜, 헌제가 조조의 압력으로 복후를 살해하도록 하는 형태로 전생의 죗값을 치르게 한다. 마지막으로 증인인 괴통은 제갈량으로 환생시킴으로써 사마중상의 재판은 마무리된다. 이 명재판을 평가한 천제는 사마중상을 삼국을 멸망시킨 사마의, 즉 진 황조 시조 무제로 환생시킨다. 이렇게 해서「평화」는 비운에 통곡을 한 전한 영웅들의 복수극으로서 막을 연다.

「삼국지평화」의 첫머리에 실린 이 삼국 영웅환생담이 민간 이야기 세계에서 크게 인기를 끌었던 것 같다. 우씨가 간행한 평화 시리즈와는 다른 계통이면서 또한 원나라 때 간행된「신편오대사평화(新編五代史平話)」첫부분에도 이것과 거의 같은 대목이 보인다. 나관

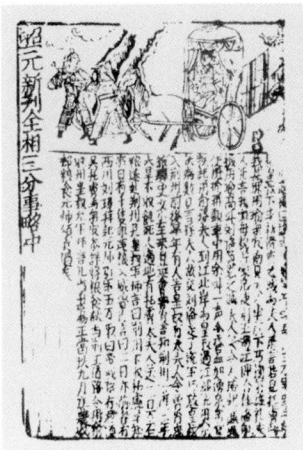

원대 지원(至元)년간에 발행된 「신전상삼국지고사」 본문 (왼쪽)과 지치(至治)년간에 발행된 「삼국지평화」 표지 (오른쪽)

중은 이 환생담의 황당무계함을 싫어한 탓인지 「삼국지연의」에서 완전히 뺐는데, 그 뒤 이 짧은 이야기는 독자적으로 한 편의 단편소설로 발전한다.

17세기 명나라 끝무렵, 풍몽룡(馮夢龍)이 편찬한 3부의 단편소설집 「삼언(三言)」에 수록된 〈음사(陰司)를 시끄럽게 해 사마모(司馬貌) 판결을 내리다〉(「고금소설」 제31권)가 이에 해당한다. 19세기 청나라 끝무렵에는 이 「삼언」의 작품에 더욱 윤색을 가하여 「신각삼국인(新刻三國因)」이란 중편소설까지 간행되었다. 그 정도로 「삼국지평화」 '입화'에서 비롯된 삼국영웅환생담은 시대를 초월해 사람들의 마음을 사로잡았다.

프롤로그의 환생한 영웅의 복수극에 호응이라도 하듯이 「삼국지평화」의 에필로그에는 기상천외한 복수극이 후일담으로 나온다. 사마의의 자손이 위나라를 빼앗고 잇따라 촉·오를 멸망시켜 천하를 통일했을 때, 유비의 외손 유연은 북방으로 도망쳐 자립해서 한 황조를 재건한다. 그리고 유연의 사후, 아들인 유총(劉聰)이 진 황조를 멸망시켜 선조의 복수를 한다는 것이다.

물론 이것은 과장이다. 4세기 첫무렵 유연·유총이란 이름의 부자가 북쪽 산서성 남부에 의거해 한이란 황조를 세우고 진 황조를 멸망시킨 것은 틀림없는 사실이다. 그러나 유연 부자는 사실 북방 이민족인 흉노족이고 한 왕조나 유비하고는 아무런 연관이 없다.「평화」는 이 유연 부자를 유비 자손으로 내세워 그들이 위의 계통을 잇는 진을 멸망시켜 복수를 했다는 줄거리로 대단원 막을 내린다. 인과응보식의 이런 전개는 바로 삼국이야기가 불교의 영향을 받았음을 의미하기도 한다.

「삼국지평화」의 겉모양은 그야말로 복수로 시작해 복수로 끝나는 커다란 복수극이다. 사실 따위는 아랑곳하지 않고 한결같이 일반 민중을 위한 '엔터테인먼트 문법'을 구사해「삼국지」이야기 세계를 에워싸 부각시키려고 한다. 아마 이야기꾼의 기술을 그대로 물려받았을 것이다.「평화」는 매력적인 민중세계 이야기 향기로 가득하다.

시종 복수극 내면에서 펼쳐지는「평화」의「삼국지」세계에서는 역시 유비·관우·장비 의형제의 움직임이 중심이 된다. 그 가운데서도 폭발적인 에너지를 발산시키는 무법자 장비의 활약은 눈부시니,「평화」속의 실제 주인공은 장비라고 해도 지나친 말이 아니다. 기회가 있을 때마다 시끄럽게 등장해 팔방으로 난폭하게 행동하는「평화」의 장비는 그야말로 순수한 폭력의 화신이다.「평화」는 이 도토리눈에 호랑이수염인 장비에게 비길 데 없이 살기 넘치는 사나운 무사의 역할과 한없이 어리석고 우스꽝스러운 익살꾼적 역할을 아울러 부여하고 그 역동적인 활약을 묘사하는 데 중점을 둔다. 이것은 민중 이야기의「삼국지」가 낳은「평화」에서만 가능한 사건 전개라고 말할 수 있을 것이다. 교양과 지식은 모자라지만 억세고 우스꽝스런 장비는, 욕구를 분출할 곳을 찾아다니던 서민들이 가장 사랑한 등장인물이었다. 이런「삼국지평화」본은 소설문학의 의미에서 보면 그 가치가 매우 적다고 할 수 있다. 그렇지만「삼국지연의」가 어떻게 발전

「삼국지연의」 명각본 '제일재자서' 「삼국지연의」는 위·촉·오 세 나라의 역사를 바탕으로 전승되어온 이야기들을 14세기 나관중이 편찬한 장편 역사소설이다.

해왔는지 그 역사를 논할 때에는 아주 중요한 자료가 되기 때문에 함부로 이 책을 도외시해서는 안 될 것이다.

나관중(羅貫中)의 「삼국지연의(三國志演義)」

백화(白話 : 중국의 구어체) 장편소설 「삼국지연의」(전 120회)가 거의 현존하는 형태로 정리된 것은 14세기 중엽 원나라 끝무렵 명나라 첫무렵이다. 여기에 이르기까지 실로 기나긴 역사가 있었다. 후한 끝무렵 난세가 조조의 위, 유비의 촉, 손권의 오, 삼국으로 이루어 나가는 과정은 실로 파란만장, 피가 튀고 살이 춤추는 천변만화의 흥미진진한 이야기이다. 3세기 끝무렵 서진(西晉)의 진수가 쓴 「정사삼국지」는 이 시대를 대상으로 한 역사서이다. 이를 모태로 허구적인 이야기 세계를 구축한 백화 장편소설 「삼국지연의」가 완성된 것은 그로부터 천년 세월이 흐른 뒤였다. 그동안에도 이야기나 연극 등 민간 예술세계에서는 역사적 사실을 재미있고 유쾌하게 윤색한 여러 「삼국지」 이야기가 계속해서 구전되었다.

「삼국지연의」의 저자 나관중(1330?~1400년)의 역할은, 먼저 나온 많은 「삼국지」이야기를 정리·편찬하고 줄거리가 일관된 장편소설로 완성하는 데에 있었다고 할 것이다. 나관중, 그에 대해서는 자세히 알려지지 않고 있다. 이름이 본(本)이고 자가 관중(貫中), 태원(太原) 출신이라고 전한다. 그의 생존연대도 서기 1330년에서 1400년으로 추정된다. 그의 친구 가중명이 쓴「속록귀부」에도 '그는 남과 사귀기를 꺼렸고, 세상 혼란한 때에 고생을 했으며, 그와 작별한 지 수십 년이 되었으나 종적을 알지 못한다' 적혀 있다.

나관중은 원나라 끝무렵에서 명나라 첫무렵에 빈발했던 농민봉기에도 가담했으며, 주원장(朱元璋)과 라이벌인 장사성과 결탁한 일도 있었다. 그러므로 명나라가 이루어지고 나서도 나관중은 빛을 보지 못하고 물러나 소설이나 연극을 썼을 것이다. 결국 그는 몽골족의 원나라 황조를 타도하고 한족(漢族) 정통성의 회복을 꾀한 행동하는 민족주의자였다. 동시에 그는 부패한 학정을 타도하고 왕도정치의 인정(仁政)을 구현하려는 이상주의자이기도 했다. 그러나 현실적으로 소망을 이루지 못하자 문필을 통해 자기의 소망을 다소나마 펴고자 했을 것이다. 그러므로 소설「삼국지」의 지(志) 속에는 역사적 기술이라는 지(誌)의 뜻 말고도 '자신의 정통사상과 기개를 편다는 뜻'이 포함되어 있으리라 여겨진다.

나관중은 북송에서 원나라에 이르기까지 민간예술 세계에서 명맥을 유지하며 구전되어 오던 여러 형태의 삼국지 이야기를 수집했다. 그리고 이들을 진수가 완성한「정사삼국지」본문과 배송지의 주해, 북송 역사가 사마광(司馬光 : 1019~1086년)이 쓴 편년체의 역사서「자치통감」등 정통역사 자료와 면밀히 비교해 가면서 극단적으로 터무니없는 요소는 빼고, 문장을 다듬어 정리·집대성하였다. 이렇게 대장편소설「삼국지연의」(이하 연의)가 태어난 것이다. 나관중이 얼마나 역사서에 정통하고 있었는지는, 골조가 되는 이야기의 시간 설정에서부터 연속되는 사건의 기교적 배치, 저마다 등장인물로 특징지은 에피소드의

도원결의

정확한 선택 등등에 이르기까지 「연의」의 여기저기에 확연히 드러나 있다. 이런 나관중의 역사적 소양 깊이는 역사적 지식과 인식이 부족했던 「삼국지평화」 이야기꾼들과는 큰 차이가 있다. 덧붙이자면, 백화 장편소설이라고는 하지만 「연의」의 지문 스타일은 한없이 문어(文語)에 가깝고 그 표현은 이해하기 아주 쉽다.

이렇게 다양한 면에서 나관중의 깊은 역사적 소양이 뒷받침하고 있으므로, 「삼국지연의」는 「정사삼국지」의 판박이는 아니다. 그것은 민간 예술세계에서 전승된 드넓은 삼국지 이야기들과 역사를 명확한 의식으로 조합시킨 웅장한 소설문학인 것이다.

정치가 부패하고 환관이 발호하며, 외척이 전횡하던 한나라 끝무렵에 호협객 세 사람이 한 자리에 모였다. 홀어머니를 모시고 짚신을 팔아 호구하는 유비, 술과 돼지고기를 파는 장비, 그리고 악질 관리를 살해하고 도망다니는 관우 세 사나이다. 그들은 즉시 의기투합하여 화사한 봄날 복사꽃이 흐드러지게 핀 도원에서 술잔치를 열어 제물을 바치고 천지신명에게 결의형제를 맹세한다.

'유비·관우·장비 세 사람은 비록 성은 다르지만 형제의 의를 맺노라. 한 마음으로 힘을 합쳐서 고난에 허덕이는 백성을 구제하고 기우는 사직을 바로잡아, 위로는 나라에 보답하고 아래로는 백성들을 편히 살게 하겠노라. 비록 동년 동월 동일에 태어나지는 못했으나, 같은 해, 같은 달, 같은 날에 함께 죽고자 하노라. 황천후토(皇天后土)여, 우리의 뜻을 굽어살피소서. 의를 어기거나 은혜를 저버리는 자가 있으면 천인이 공노하고 그를 주멸하리라.'

「정사삼국지」에 도원결의는 없다. 아주 간단하게 적힌 것을 나관중이 뛰어난 문필로 다듬고 첫머리에 내세워 독자들을 감동시키고 있다. 「연의」의 이야기 세계를 관통하는 기본 구상은 한(漢)황조의 혈통인 유비의 고귀성 선인성(善人性)을 전면에 내세우며 촉을 정통황조로서 자리매김하는 것이다. 그 반면 유비의 경쟁자 조조에 관해서는 악인성 강조에 역점을 둔다. 이렇게 「연의」는 선한 유비와 악한 조조의 대립을 축으로 하여, 온갖 유형의 등장인물들을 교묘히 움직이고 구분하면서 역동적인 이야기 세계를 웅혼현란하게 펼쳐나간다. 철저한 선인으로 그려지는 유비는 분명 「연의」 세계의 중심에 위치하고 있다. 하지만 그 역할은 적극적으로 행동하는 '주역'이면

유비(왼쪽) 제갈량(오른쪽)

서도 그것이 아니다. 다시 말해「연의」에서 유비의 역할은 저마다 강력한 개성을 발휘하는 수많은 등장인물을 잇는 '허상의 중심'으로서 설정되어 있다 해도 좋을 것이다.

「연의」의 '허상의 중심'인 유비와 결부되어 이채를 발하는 등장인물 중 필두로 들 수 있는 것이 유비의 의형제 관우이다. 의리와 인정의 화신인 관우는「연의」의 저자 나관중이 가장 공을 들인 등장인물이며「연의」의 숨은 으뜸 주역이라고 해도 좋을 정도이다.

하지만 앞서 말한 바와 같이「삼국지평화」나 원곡(元曲)의「삼국지」극 등, 민간예술「삼국지」세계에서 슈퍼스타는 관우가 아니라 유비의 또 다른 의형제 협객한 장비였다. 그러나 나관중의 손을 거쳐 완성된「연의」에서 장비의 활약은 억제되고, 사대부적 미학과 비

왜「고산 대삼국지」인가 39

장감을 띤 관우의 존재가 크게 클로즈업된다. '의절(義節)'의 관우가 「연의」숨은 주역이라 할 만한 중요한 역할을 담당하고 있다는 것은 앞서 말한 대로이다. 아울러 「연의」 매력은 악한 조조의 복잡한 '간절(奸節)'을 자세히 그려 낸 부분에도 있다. 선인 유비의 수동적인 이미지와는 대조적인, 악랄한 에너지 덩어리라고도 할 만한 간웅 조조의 모습을 「연의」는 집요하게 드러낸다. 그러면서도 한편으로는 힘이 넘치는 영웅 조조의 모습도 빼지 않고 잘 묘사하고 있다.

예를 들면 조조는 관우에게 깊이 반하여 정성을 다하지만, 유비만을 고집하는 관우에게서 돌아오는 것은 냉담뿐이다. 그래도 조조는 관우를 생각하고, 관우도 그렇게까지 자신을 평가해주는 조조에게 깊은 은의를 느끼게 된다. 「연의」는 조조의 악인성을 강조하는 한편, 적과 아군의 벽을 넘어 관우에게 빠지는 그 모습을 생생하게 그려내어 조조의 장점과 매력도 은근하게 부각시킨다. 이렇게 조조를 간웅과 영웅의 이중성을 지닌 인물로 그려 내는 점에「연의」의 문학적 성숙함이 있다.

'지절(知節)' 제갈량은 유비·관우·장비·조조 등의 제1세대 등장인물에 비하면 20살이나 젊다. 따라서 그가 전120회로 이루어져 있는「연의」의 세계에 등장하는 것도 이야기가 거의 3분의 1까지 진행된 제38회부터이다. 첫 회에서부터 등장하는 유비 등의 제1세대 스타들은 이야기가 거의 3분의 2까지 진행된 시점에서부터 차례차례로 퇴장하고, 그 뒤 「연의」의 제2세대 톱스타 제갈량의 독무대가 된다. 이런 흐름으로 볼 때「연의」는 전체적으로 세 부분으로 구성되어 있음을 알 수 있다. 즉, 제1부(전반 3분의 1)는 유비 등의 제1세대만으로 구성되며, 제2부에서 제2세대 제갈량이 등장하고 제1세대와 교차되면서 점차적으로 존재감을 더해간다. 제3부(후반 3분의 1)에 들어서자마자 제1세대는 모두 퇴장하고, 제갈량 한 사람이 각광을 받다가 그의 퇴장과 함께 이야기는 단번에 종막으로 내리막길을 달린다.

관우(왼쪽) 조조(오른쪽)

　이렇게 이야기 전개의 중요한 열쇠가 되는 '지절' 제갈량에 대해, 「연의」의 나관중은 민간 예술세계에서 오랫동안 길러온 초능력자·마술사로서의 제갈량의 이미지를 도입하여 초인간적인 대활약을 하도록 한다. 제갈량은 사실 이상으로 전지전능한 군사이자, 재상으로 그려진다. 그는 칠성단에서 하늘에 빌어 동남풍을 불게 한다. 촉나라와 오나라를 연합하여 적벽에서 조조의 대군을 전멸케 했다. 팔진도로 적을 홀렸다. 맹획을 일곱 번이나 잡았다가 풀어주었다. 죽어서도 사마중달을 격퇴케 했다. 탁월한 전략가 군사로서만이 아니라, 총명한 재상, 능수능란한 외교적 수완 면에서도 비범한 실력을 발휘하고 있다. 그러므로 그는 「연의」에서 가장 뛰어난 인물이 되었다.
　그러나 제갈공명 명재상에게도 마지막은 찾아온다. 기산에 여섯 번이나 출병하고도 한 번도 승리를 거두지 못하고 비극적 결말을 맞이한다. 이 비장함은 '가을 오장원에 출병하여 승리를 거두지 못하고 죽게 되니, 오랫동안 영웅들의 소매를 눈물로 적시게 했다'는 두보의 칠언율시로 남겨진다. 「연의」의 지은이 나관중은 이러구러 민간에서 전승된 「삼국지」 이야기의 거침을 갈고 닦음에 온 힘을 쏟았으면서도, 제갈량에 대해서만큼은 이렇게 초현실적인 소설적 환상을 마음껏 구사한다. 「연의」는 이렇게 세련된 작자의 손을 거치며 이야기와 소설문학 사이에서 절묘한 균형을 유지한 끝에 비로소 완성되어 온 것이다.

나관중 이후의 「삼국지」

나관중의 손을 거쳐, 14세기 중엽 훌륭하게 집대성된 「삼국지연의」는 오랫동안 필사본 형태로 전승되었다. 현존하는 소설 「삼국지」 가운데 가장 오래된 인쇄본은 한때 홍치본(弘治本)으로 불리다가 현재는 흔히 가정본(嘉靖本)으로 불리는 「삼국지통속연의(三國志通俗演義)」다. 홍치 갑인년(1494) 용우자(庸愚子) 장대기(蔣大器)가 지은 서문과 가정 원년(1522) 수염자(修髥子) 장상덕(張尙德)이 쓴 서문이 붙어있는데, 판권표시가 없어 정확한 출판일을 파악하기란 어렵다. 그러나 나관중의 장편소설이 완성된 뒤 2백 년 가까이 지난 시기에 나온 것만은 분명하다. 이 '가정본'은 전24권으로, 권마다 10절(回)이 수록되어 있으며, 전체 240절(回)로 구성되어 있다. 「삼국지연의」는 전체의 3분의 2가 넘는 168절이 '다음 회를 보시오〔차청하회분해(且聽下回分解) 또는 하회편견(下回便見), 하회편견분효(下回便見分曉)〕'로 끝난다. 이는 이야기꾼들이 한 대목을 끝낸 다음, 손님을 다시 불러들이기 위해 쓰던 말이다. 소설이 이야기에서 비롯되었음을 보여주는 확실한 증거이다.

중국문학사상 첫 장편소설 「삼국지연의」는 16세기에 인쇄본이 나

장비와 장팔사모 장비는 유비 관우와 의형제를 맺어 평생 저버리지 않았다.

오고부터 민중의 사랑을 톡톡히 받는다. 16세기 중후반에는 여러 판본이 숱하게 선을 보였는데, 지금의 푸젠성(福建省 : 줄여서 민(閩)으로 부름)에서 나온 민본(閩本)이 가장 많이 퍼졌다. 내용은 마찬가지로 240절이고 20권으로 나뉘었으며, 쪽마다 위에는 그림 아래는 본문 식으로 해서 독자들을 사로잡는다. 이런 판본들에는 대체로 출판인과 교열인의 이름만 적혀 있어서, 소설의 저자가 나관중임이 드러나지 않는다. 또한 교열하거나 음을 단 사람이 저마다 달라 판본마다 특징이 있으며 이야기도 조금씩 차이가 있다.

　명나라의 「삼국지」는 관우가 으뜸가는 영웅으로 떠오르는 등 많은 변화를 거쳐, 여러 판본들이 나와 손꼽히는 베스트셀러가 되었다. 그러나 이 판본들은 문학적으로 보면 매우 부족하다. 이야기꾼의 어투가 곳곳에 남아 있어, 읽는 소설로서 볼 때는 문맥과 문장이 매끄럽지 못하다. 예를 들어, 처음 등장하는 인물의 내력을 자세히 소개하는 것은 좋지만, 그가 뒤에 다시 나올 때 또 장황한 소개를 늘어놓는다면 독자로선 답답할 뿐이다. 관객은 매일 조금씩 바뀌므로, 이야기꾼들은 새 관객을 위해 매번 인물을 자세히 소개해야 했다. 이것은 이야기 시간을 늘려주어 돈을 벌기에도 좋았다. 또 전에 이야기를 들은 관객들도 그 많은 등장인물을 모두 기억하기란 어려워서, 이야기꾼이 다시 한 번 기억을 되살려 주는 역할도 했다. 그러나 독자가 읽는 소설에서 이런 반복되는 소개는 군더더기일 뿐이다. 「삼국지」가 세상에 널리 퍼지기는 했지만, 이런 여러 단점 때문에 상류사회의 사랑을 받기는 어려웠다. 명나라 사람들은 가지치기를 대범히 결행하지 못했으므로, 읽는 소설로의 탈바꿈은 결국 청나라에 와서야 이루어진다.

'가정본' 이후 여러가지 판본이 간행되었지만 17세기 후반, 청나라 강희제 때 모성산·모종강 부자에 의해, 이른바 '모종강본(줄여서 모본)'이 간행되자마자 다른 판본들을 압도하여 이것이 널리 유통되었다. 모종강 부자는 그들과 교분이 있는 김성탄(金聖嘆)이 「수호지」를 뜯어 고치고 평어를 달아 대성공을 한 것을 본떠 비슷한 수법을 쓴 것이다. 그들은 그즈음 유행되던 판본들을 모조리 속본(俗本)으로 몰아붙이고 자신들이 「삼국지」 고본(古本)을 얻었다고 하면서 그에 근거해 바로잡았노라고 주장하고 나왔다. '모본'은 '가정본'을 기초로 하며, 역사에서 어긋난 부분을 바로잡고 알기 어려운 부분을 재미있게 수정하는 등 손을 본 것이다. 또한 '모본'은 구성상 '가정본' 2조항($\frac{2}{회}$)을 1회로 정리하고 전체를 120회로 꾸미고 있다. 가장 힘이 많이 들어간 작업은 평어를 단 것이다. 각 회의 앞에 긴 평어를 붙이고 뒤에 총평을 달며 이야기 곳곳에 평어를 끼워 넣었다. 이 책이 완성된 시기는 강희(康熙) 초년($^{1666\sim}_{1686\ \text{사이}}$)으로 추정된다.

조운 219년 한중(漢中) 쟁탈전에서 조운은 조조의 대군을 격파한다.

「삼국지」는 모종강에 의해 개찬이 된 뒤, 문자상에는 물론이고 내용상에서도 이전보다 훨씬 완벽하고 정갈하게 정리되어 이로부터 300여 년간 통용되었다. 이렇게 봉건적인 가치관으로 가득한 신판이 나온 뒤, 사람들은 「삼국지」를 더욱 재미있게 읽을 수 있었다. 이 판본은 다른 판본들을 누르며 거의 유일본이 되었다. 청나라에 다른 판본이 없었던 것은 아니나 모본이 가장 많이 읽혔다.

민중세계「삼국지」와 그 문학

3세기 끝무렵에 진수가「정사삼국지」를 쓴 뒤, 14세기 중반 나관

주마파(駐馬坡)의 돌을새김 장쑤성 난징. 손권과 제갈량의 동맹을 표현하고 있다.

중의 손으로 「삼국지연의」가 완성되기까지 사이에는 천 년의 시차가 있다. 그동안 민중세계에서는 낭창(朗唱)을 하는 이야기나 민간 연극 등 다양한 장르에서 「삼국지」 이야기가 구전되고, 세월의 흐름과 함께 커다란 발전을 이루어 나아갔다. 민중세계의 「삼국지」는 9세기 중반인 당나라 끝무렵 이미 이야기 형태로 널리 유포되었던 것으로 보인다. 그즈음 시인 이상은(李商隱 : 812~858년)의 〈교아(驕兒)의 시〉는 그 유포되는 양상을 암시해 준다. 이 시에서 이상은은 아들의 떼를 쓰는 모습을 다음과 같이 노래하고 있다.

    이른 봄, 바람도 자고 초목이 무성한 무렵
    떼쟁이 아들은 사촌들과 어울려 희희낙락
    울 안을 뛰어다니고 앞의 나무숲 사이를 달려
    마치 가마솥의 물 끓듯 야단법석이다
    문전에 객이 들면

관우는 조조를 뿌리치고 단신 적진 천 리를 달려 유비에게 돌아간다. 돌을새김, 산둥성 진청

자기가 맞이하겠다고 서둘러 달려 나간다
객이 원하는 게 무어냐고 물어도
수줍어서 진심을 말하지 못하면서
객이 돌아가면 그 얼굴 표정 흉내내고
나의 홀(笏)을 손에 들고는
조금 전 객은 장비 같은 수염을 길렀다고 비웃거나
등애(鄧艾)처럼 더듬거렸다고 웃거나 한다

비길 데 없는 호걸 장비는 유비·관우와 '도원결의'로 맺어진 의형제의 한 사람이고 호랑이수염은 그 트레이드마크이다. 등애는 경원 4년(263), 위군을 이끌고 촉을 공략해 멸망시킨 위나라 장군이다.
 이 등애에게는 말을 더듬는 버릇이 있어 「세설신어」(언어편)에 '애가, 애가……' 하면서 더듬거리는 이야기가 실려 있다. 「삼국지」 세계의 등장인물 가운데서 장비는 빼어나게 유명한 사람이지만 등애는 그

왜 「고산 대삼국지」인가 47

정도는 아니다. 그러나 이상은의 떼쟁이 아들까지 등애를 잘 알아 예로 드는 것으로 보아, 당나라 끝무렵에 이미 「삼국지」 이야기가 얼마나 널리 퍼졌는지 추측할 수 있다.

이와 관련해, 시에서 삼국시대의 인물이나 사건을 많이 다룬 것은 8세기 당나라 전성기부터이다. 시인 두보(712~770년)는 제갈량을 테마로 해서 20수 이상의 시를 지었으며, 이백(701~762년)도 제갈량과 적벽대전을 읊었다. 당나라 전성기 시인들 사이에서 「삼국지」 세계에 대한 관심이 급속하게 높아졌음을 보여주는 현상이다. 처음에 읊어진 내용은 정통적인 역사 자료의 범위를 벗어나지 않으며, 이들 작품에서 민중세계의 「삼국지」 이야기의 자취를 발견할 수는 없다.

이에 대해서 이상은과 함께 당나라 끝무렵 대표적 시인인 두목(杜牧: 803~853년)에 이르러서는 똑같이 「삼국지」를 다루면서도 상당히 양상이 달라진다. 예를 들어 그의 시 〈적벽〉은 이런 식이다.

  부러진 창 모래에 묻힌 채 아직 삭지 않았는데
  갈고 씻어 살펴보니 옛 황조 것임을 알겠어라
  동풍이 만약 주랑 편을 들지 않았다면
  깊은 봄 동작대에 대교와 소교는 갇혔으리

건안 13년(208) 겨울, 적벽싸움에서 화공작전을 사용한 주유는 때마침 불기 시작한 동남풍 도움으로 조조의 백만대군을 격파한다. '이교' 자매 가운데 동생인 소교는 주유의 아내였다. 주유가 적벽싸움에서 패배했다면 그의 아내 소교도 조조에게 빼앗겼으리라 말하는 것이다. '이교'와 조조를 결부시키는 발상은 정통적인 역사 자료에서는 보이지 않는다. 그러나 후대로 내려와 낭송작품인 「삼국지」 이야기를 바탕으로 해서 만들어진 「삼국지평화」나 「삼국지연의」 등 허구의 작품이 되면, 이것은 빼놓을 수 없는 화제가 된다. 즉 제갈

삼고초려 공명을 찾아 간 유비와 관우·장비 등이 그려져 있다.

량이, 조조의 소원은 이교를 손에 넣는 것이라고 암시함으로써 주유를 격노케 해 조조와의 싸움에 적극 나서게 한다는 전개로 펼쳐진다. 두목의 드라마틱한 상상력이 후세의「삼국지」이야기에 영향을 준 것인지, 아니면 당나라 끝무렵 이미 이교의 존재에 주목하는「삼국지」이야기가 있어 두목이 거기에서 힌트를 얻은 것인지는 알 수 없다. 다만「삼국지」세계의 사실만을 충실하게 모방하는 것이 아니라 생생한 상상력을 살리고 있는 점에서, 두목의 타고난 이야기꾼 재능이 엿보인다.

위에 열거한 이상은이나 두목의 시, 특히 앞서의 〈교아의 시〉는 9세기 당나라 끝무렵, 이미 이야깃거리로서 「삼국지」 이야기가 존재했음을 충분히 엿볼 수 있게 한다. 민중세계의 「삼국지」 이야기에 대한 구체적인 기술이 잇따라 나타나는 것은 그로부터 2백 년 남짓 지난 11세기 북송시대부터이다. ㄱ 첫째 자료로서 들 수 있는 것이 북송의 대시인 소식(1036~1101년)의 수필이다. 그는 이렇게 쓰고 있다.

> 길가와 골목길에는 어린아이들을 주위에 둘러앉히고 옛날이야기를 들려주며 돈을 벌어서 생활을 영위하는 자도 많았는데, 이들의 이야기를 듣기 위해 아이들이 둘러앉게 되면 그 앞에는 아이들의 코묻은 돈이 조금씩 쌓이곤 하였다. 이야기는 대개가 삼국의 역사인데, 유비가 전쟁에서 패했다는 대목에는 눈물까지 흘리는 아이도 있었고 반대로 조조가 패하여 도망갔다는 이야기를 듣게 되면 좋아하여 통쾌하다는 손뼉을 치는 아이들도 있었다. 이처럼 군자와 소인을 구별한 책은 아마도 100세가 지난다 해도 찾아볼 수 없을 것이다.
>
> 「동파지림(東坡志林)」

북송의 도시 길모퉁이에서, 그림 연극사를 닮은 이야기꾼이 아이들에게 둘러싸여 손짓 몸짓을 하면서 「삼국지」를 재미있게 들려주고 있다. 그 풍경을 떠오르게 하는 글이다. 그 무렵 이미 도시의 개구쟁이까지 약자인 유비 편을 들고, 강자인 조조는 적으로 돌려 미움의 대상으로 삼음을 잘 알 수 있다. 조조의 위, 유비의 촉, 손권의 오, 세 나라 가운데 촉을 정통시하는 촉 정통론과, 선한 유비와 악한 조조를 대비시키는 배역 구성이야말로 나관중 「연의」의 기본을 이루는 구상이다. 소식의 수필은, 이미 북송 이야기마당에서 청중의

이창의 장비 뇌고대 장비가 북을 울려 군사를 훈련시킨 곳으로 전해진다.

인기가 촉이나 유비에 집중하고 「연의」의 원형이 형성되고 있음을 말해준다.

삼국지 피날레 명장면

기산 슬픈 갈바람 이슥한데
오장원 진중의 구름 어둡구나
이슬방울 무늬 번거로운데
풀은 마르고 말은 살찌지만
촉군의 깃발은 빛이 없고
고각소리도 이젠 잦아들었구나
아! 큰별이 떨어지네
갈바람 부는 오장원 전장이여

후세 사람이 오장원 진중에서 공명이 죽는 날 밤 정경을 비창으로 읊고 있다. 「삼국지」 사건전개 프렐류드는 유비·관우·장비가 흐드러지게 핀 복사꽃 속에서 의기투합하여 결의형제하는 순간이다. 그것은 실로 뜨거운 기대감을 불러일으키는 삼국지 명장면이다.

인간사에는 반드시 끝이 있다. 가슴을 치며 탄식하게 하는 극적인 비장미, 읽는 이의 마음을 사로잡는 「삼국지」 피날레는 무엇인가? 바로 오장원 진중에서 제갈량의 장엄한 죽음이다.

제갈량은 지모와 충성의 본보기이다. 나관중은 간결하고 아름다운 문장으로 흥미진진하게 벌어지는 공명의 지략을 서술하고 있다. 「삼국지연의」는 적벽의 승리도, 촉이나 한중의 점령도, 남방정벌 또는 북벌도 모든 것이 공명의 지모와 충성에 의하여 이루어진 것으로 그리고 있다. 「삼국지연의」 주인공은 유비가 아니라 공명인 것이다.

제갈공명은 위나라 조조와 맞서 싸운다. 문제인 조비나 명제인 조예와의 대결이라든지 사마의와의 대결에서, 공명은 바로 조조가 만들어 낸 위나라라는 기구와 체제에 맞서고 있는 것이다. 그런 의미에서 공명은 오장원에서 세상을 떠날 때까지 일관하여 조조와 대결한다. 적으로서의 조조가 가지는 간웅의 지략과 권력이 절대적일수록 그것을 격파하는 공명의 지모와 충성은 더욱 빛을 발하고 주인공으로서의 역할은 부동의 것이 된다. 따라서 오장원에서 공명이 죽었을 때, 조조도 죽었다고 말할 수 있으리라. 공명의 지모와 충성이 없이는 「삼국지연의」는 소설로서 성립되지 않고, 조조의 간교한 지략과 권력이 없어도 공명의 존재는 부각되지 않는다. 이들 두 사람의 상호 보완하는 관계는 아무리 강조해도 지나치지 않을 것이다. 이 두 사람에 비하면 유비나 손권 그리고 관우나 장비나 조운 또는 주유나 사마의나 육손도 소설 속에서의 역할은 훨씬 작다.

공명의 최대 비극은 무엇인가. 객관적으로 우수한 정치가요 군략가이면서도 필생의 목적인 조위 평정(曹魏平定), 천하통일의 뜻을

주유(왼쪽) 손권(오른쪽)

이루지 못하고 중도에 좌절하여 죽어 버린다는 점에 있을 것이다. 물론 공명의 생애를 성공으로 볼지 실패로 볼지는 어디에 기준을 두는가에 따라 달라진다. 천하삼분의 계를 실현하고 일국의 재상으로서 경륜과 재능을 발휘할 수 있었다는 사실은, 객관적으로 말한다면 큰 성공자라 불릴 만한 업적으로 보이고 있는 것이다.

  그렇다면 공명의 대단한 활약이 돋보이는 「삼국지연의」가 매혹적인 이유는 무엇인가. 「삼국지연의」는 위·촉·오 삼국의 흥망을 묘사하였으므로, 천하삼분의 대망 계획을 제시한 공명은 우선 그 기본 구성에 있어 가장 중요한 역할을 맡고 있다. 게다가 「삼국지연의」는 드넓은 공간을 무대로 한 지력이나 무력의 싸움이 주는 재미뿐 아니라, 후한 헌제 유협에서 서진의 무제 사마염까지 백 년에 이르는 시간의 흐름 속에 온갖 사건이나 인물이 차례로 나타났다가는 사라져

가는 그 덧없음을 넓은 안목으로 묘사한다. 중국의 긴 역사를 보아도 위·촉·오 삼국의 흥망은 하북에서 운남까지, 서촉에서 동오까지, 옛 중국의 주요 영역 전체를 무대로 한 가장 드넓은 공간적 규모를 가지는 대사건 중 하나인 것이다.

후한·삼국·서진으로 이어지는 백 년의 세월은 인간 세대로 치면 3대에 걸치는 것으로 조부모에서 손자에 이르는 시간이며, 한 인간이 세월의 흐름을 알기에 가장 실감적인 단위의 하나라고 해도 좋을 것이다. 이런 드넓은 시간과 공간을 무대로 한 역사소설「삼국지연의」는 공명·조조를 중심으로 하는 주역에서 동탁·여포·초선·화타·마속·여몽·황충·맹획 등등 개성적인 조역까지 저마다 맡은 바 역할을 정확히 해내고 제때에 각각 퇴장해 사라진다. 그들의 인상이 너무 선명하기 때문에, 통독한 뒤에 남는 것은 사람이란 반드시 죽게 되며 결정적인 시간의 흐름에 있어서는 후한·삼국·서진의 흥망도 일장춘몽에 불과하다는 소박하고 심층적인 실감이다.

인간의 업과 갈등을 정화하는 것은 끝없이 흘러가는 영원한 시간과, 일체의 사적 및 사물을 포용하는 드넓은 공간이다. 그런 의미에서 소설「삼국지연의」가 지니는 잠재적 주제는 드넓은 시공에 대한 영탄이라고 해도 좋다. 나관중은 이런 잠재적인 주제를 현재화하여 공명을 주축으로 한 한 편의 대서사시를 만들어낸 것이다.

공명을 얻기까지 유비는 한 황실의 후예라는 것이 유일한 간판일 뿐 유랑 식객에 지나지 않았다. 이미 중원과 하북을 통일하여 막강한 권세를 떨치는 조조에 대하여 거의 맞서 볼 여지가 없는 상태였다. 27세의 젊은 공명은 그런 유비의 난국을 타개하는 결정적인 방법을 가진 사람으로 등장한다. 실제로 그는 조조군의 선봉을 박망파에서 화공으로 격파하여 유비의 기대와 믿음에 부응했다. 그러나 인생이란 언젠가는 반드시 한낱 가을낙엽처럼 떨어져 가는 법. 명재상 제갈량도 가을 마른풀처럼 바람결에 결국 고개를 꺾고 빛나는 삶을

초선(왼쪽) 소교(오른쪽)

마친다. 별처럼 떨어져갔다, 갈바람 부는 오장원에서.

　최대 주인공 공명이 죽었을 때 적으로서의 조조나 위나라도 또한 소설 가운데서의 활력을 잃는다. 공명이 죽고 나자, 그렇게 비정한 적국이었던 조씨의 위국이라는 존재에서 갑자기 찬탈자로서의 빛깔이 옅어지는 것은 흥미롭다. 앞에서 공명의 죽음이야말로 조조의 죽음이라고 말을 한 것은 이런 이유에서이다. 주역과 그 악역이 퇴장해 버리면 소설이나 연극의 흡인력은 거기서 사라지게 된다. 오장원에서 공명이 죽은 뒤 진나라 통일에 이르는 50년간의 이야기가 감동적이라기보다 역사연표처럼 느껴지는 까닭은 이 때문이다.

　성도 서쪽 교외 초당에 자리를 잡은 두보가, 멀지 않은 거리인 공명의 사당을 찾아 읊은 칠언율시가 명편이다.

왜 「고산 대삼국지」인가　55

승상의 사당을 어느 곳에서 찾으리
금관성 밖 잣나무만 무성하구나
섬돌에 비친 풀빛은 봄기운 완연하고
나뭇잎 사이로 꾀꼬리 울음소리 덧없어라
세 번 찾음에, 천하 일을 꾀하기가 바빴고
두 조정을 열어 건진 늙은 신하 마음이여
군사를 내어 이기지 못하고 몸이 먼저 죽으니
오래도록 영웅들 눈물로 옷깃 적시네

흰 구름이 유유히 흘러갔다 돌아온다. 달빛은 서쪽 창가에 머무는데, 세상을 등진 고요한 삶은 한가로워라. 날마다 밭 갈러 집을 나서고, 해질녘 돌아와서는 경상에 책을 펼친다. 눈발 흩날리는 겨울저녁, 바람찬 봄밤, 유비가 삼고초려를 하니 이는 더 없는 지우(知遇)라. 내 몸 버리고 응답하며 나오는 발길을 적시는 풀잎이여, 천하를 결정하는 삼분지계, 손바닥 위에 가리키니, 터가 닦이고 굳게 세워지는 촉한의 나라여, 한중왕은 엄숙한 태도로 황제의 자리를 잇는다. 두 분 황제께 진심을 바쳐 강적을 꺾어 세상을 평안케 하였으나, 삼군을 이끌고 간 오장원 갈바람에 덧없는 이슬로 사라져 갔어라. 하지만 그 이름이야 어찌 사라지겠는가, 오, 제갈공명이여.

「삼국지」를 즐기는 방법

1800년이라는 시공을 뛰어넘어 우리들 가슴속에서 약동하는 「삼국지」의 영웅호걸들. 그들을 낳은 대지에서는 지금도 칼싸움 소리가 들려 오는 것만 같다. 「삼국지연의」는 촉나라의 군사인 제갈공명과 장군인 관우·장비 등이, 위나라와 오나라에 맞서 종횡무진으로 활약하다가 죽어 가는 비장한 이야기다. 「서유기」는 손오공이 삼장법사를 호위하여 온갖 요괴들과 싸우면서 인도까지 가는 기상천외한

여포(왼쪽) 동탁(오른쪽)

이야기다. 「수호지」는 양산박에 모인 108명의 호한(好漢)들, 그중에서도 노지심·무송·이규 등이 통쾌하게 활개치며 무용을 펼치는 영웅호걸들 이야기다.

  위에서 소개한 인물들은 소설에서 대활약을 하는 주인공들이다. 그런데 그들보다 더 높은 곳에 군림하여, 주인공들을 움직이는 또다른 주인공들이 실은 존재한다. 이 또 하나의 주인공들은 크게 두드러지지 않은 얼굴로 작품 속에 섞여 있다. 이 사실이 독자들에게 불가사의한 어떤 느낌을 주는 것이다.

  「삼국지연의」의 촉나라 황제 유비, 오나라 황제 손권, 「서유기」의 삼장법사(현장), 「수호지」의 108 영웅들의 두령 송강이 있다. 그들

왜 「고산 대삼국지」인가 57

은 소설 밖에 존재하는 것이 아니고, 그림자 속에 숨어 있는 것도 아니다. 그들은 주인공 가운데 한 사람으로서 당당히 등장하고 있다. 다만 특별한 능력은 없는데, 매우 유능한 다른 주인공들은 그들을 절대자로서 떠받들고 있다니, 참으로 기이한 일 아닌가?

　이 대장편소설에 등장하는 절대자는 무력도 지력도 그저 그렇다. 즉 장군으로서나 군사로서나 별 재능이 없다. 극단적으로 말하자면 그들은 하는 일 없고 무능한 망석중이(꼭두각시)인 셈이다. 게다가 절대자가 다른 주인공들을 거느린다기보다는, 다른 주인공들이 자진해서 그를 따르는 것뿐이다. 이런 절대자의 모습은 거작전질온존본의 독자만이 느낄 수 있는 게 아닐까? 초역본이나 영화, 극화, 애니메이션에서의 이 절대자는 주인공들 가운데 한 사람, 또는 조연의 한 사람, 아니면 활약하는 주인공들의 모습을 돋보이게 하기 위한 존재 정도로밖에 보이지 않을 것이다.

• 무위무능(無爲無能)한 망석중이, 거기에 이야기의 재미가 있다

　이 망석중이들을 좀더 추적해 보자. 그것이 이 장의 목적이다. 「노자」 상편 마지막 장인 제37장에는 이렇게 나와 있다.

　'도(道)는 언제나 하는 일이 없으면서 하지 않는 일이 없다(無爲而無不爲). 임금이나 제후가 만일 능히 이것을 지킨다면 만물이 그야말로 저절로 바뀔 것이다. 바뀌고도 욕심이 일어나면 나는 이것을 억누르기 위해 이름 없는 통나무처럼 할 것이다. 이름 없는 통나무는 본디 아무런 욕심이 없다. 욕심을 내지 않음으로써 잠잠해지면, 천하가 저절로 안정될 것이다.'

여기서 '통나무'는 이름 없는 망석중이라고 해도 좋다.

'이것을 본받은 성인은 무위한 일에 머물며, 말로 하지 않는 가르침을 행한다. 만물이 만들어져도 말하지 않고, 생겨도 갖지 않고, 이루어도 기대지 말고, 성공에 있지 않는다. 다만 거기에 있지 않음으로써 거기

사마의(왼쪽) 강유(오른쪽)

에서 떠나지 않는다.' (제2장)

'무위(無爲)'란 아무것도 하지 않는 것이 아니다. '무를 본받아 일을 함'을 알고 행위를 하는 것이다.

제48장에서도 이렇게 말한다.

'배움을 이루면 하루가 이롭고, 도를 행하면 하루가 손(損)이다. 이러한 손이 쌓이고 쌓여 무위(無爲)에 이른다. 무위에 이른들 어찌 행하지 않으리오.'

'배움'이란 지식만능주의 세상의 모든 학문을 말한다. 그런 학문을 하게 되면 지식은 나날이 늘어간다. 하지만 도를 수련하면 반대로 지식은 나날이 줄어들고, 그러다 보면 무위의 경지에 이르게 된

왜「고산 대삼국지」인가 59

다. 무위란 '무로서 용(用)을 이루는' 행위를 의미한다.

• 무용(無用)의 귀중함을 중국인은 예부터 알았다

「장자」에는 '무용의 용'에 관한 우화가 다수 실려 있다. 그 중 가장 짧은 외물편의 다음 우화를 들어본다.

어느 날 혜자가 장자에게 말했다.

"당신의 말씀은, 무용한 것들뿐이로군요."

그러자 장자가 말했다.

"당신은 무용(無用)을 모르시는 것 같군요. 그것을 알게 되면 용(用)도 알게 될 것입니다. 예를 들어 지면(地面)을 생각해 보세요. 지면은 아주 크고 넓습니다. 하지만 사람이 그 위에 선다고 하는 용을 위해서는, 발 둘 곳만 있으면 됩니다. 나머지는 무용입니다. 하지만 그렇다고 발 둘 곳만 남겨두고, 나머지 땅을 모두 나락으로 떨어뜨려 버린다면 어떻게 될까요. 그래도 발을 딛고 선 그 땅이 도움이 될까요?"

"도움이 될 리 없지요."

"그렇다면 무용의 용이라는 것을 아실 겁니다."

「노자」 제75장에는 다음의 말도 있다.

'백성을 다스리기 어려운 것은 지배자의 간섭이 심하기 때문이다.'

(民之難治 以其上之有爲 是以難治)

• 공명의 활약에는 유비라는 망석중이가 필요했다.

노자·장자학파(도가)와 대립하는 공자학파(유가)에도, 서로 정반대쪽을 향해 선 그 등 뒤로 '무위자연'이 보인다.

「논어」 위령공편에 이런 말이 나온다.

'공자께서 말씀하시길, 무위로써 천하를 다스린 사람은 순 임금이 아닌가, 대체 그는 어떻게 했는가, 하면 몸가짐을 공손히 하고 바르게 하며 남쪽을 향해 앉아 있었을 뿐이다.'

화타의 사당, 허난성 쉬창 화타는 삼국지 시대 전설적 명의다.

(無爲而治者 其舜也與 夫何爲哉 恭己正而南面而已矣)

마찬가지로 위정편에도 다음 이야기가 나온다.

'공자께서 말씀하시길, 덕으로 다스리는 것은 마치 밤하늘에 북극성은 제자리에 있고 별들이 그를 향해 움직이는 것과 같다.'

(爲政以德 譬如北辰 居其所 而衆里共之)

공자가 주장하는 덕치(법치의 반대)의 가장 좋은 형태는 자연 그대로에 맡기는 것이다. 다스리는 자가 공손하고 바르게 그 자리에 있는 것은 '덕'을 몸에 익힌다는 것이라고 공자는 말한다. 노자의 경우는 몸에 익히지 않고, 이것을 잃고 잃어서 마침내 무위에 이르는 것이 '덕'이라는 점만 다를 뿐이다.

　제갈공명이 종횡무진 활약하고 죽으려면 위나라 조조와 같은 유능한 절대자 밑이 아니라, 덕만 있는 망석중이 곁에 있어야 한다. 손오공이 그런 활약을 하려면 '서천취경(西天取經)'(인도로 경전을 구하러 가다)이라는 이상만 가진 무능한 삼장법사 곁에 있어야 한다. 양산박의 영웅들도 마찬가지로, '체천행도(替天行道)'(하늘을 바꾸어 도를 행하다)를 내걸었을 뿐 지력도 완력도 없는 송강의 밑이 제격이다.

• 등장인물을 활약시키는 그늘 속 존재
　유가적 사상 뒷면에 도가적 사상을 가지고 있는 중국의 지식인 계급, 도가적 사상 뒷면에 유가적 사상을 가지고 있는 중국의 서민 계급. 이들이 제갈공명의, 손오공의, 양산박 영웅들의 활약을 이해하기 위한 조건은, 그들 위에 바르게 앉아 남쪽을 향하고 있는 무위무능의 자가 있다는 것이다.
　장자는 이렇게 말한다.
　'인간이란 자연에서 그 형체를 받아 이 세상에 태어난 이상, 아득바득하면서 자신을 죽이지 말고 자연에 따르며 그 형체가 다할 때까지 살아야 한다. 그러나 세속 사람들은 이 도리를 모르고 공연히 외물을 거스르거나 쫓으면서 일생을 살며, 마치 질주하는 말처럼 세차게 달리기만 하고 멈출 곳을 모른다. 참으로 슬픈 일이다.'
　옳은 말이다. 그렇기에 이런 주인공들은 영웅이자 호걸이자 호한이며, 그 이야기는 재미있으면서도 또한 슬프기도 하다.

우리나라 「삼국지」
　진수 「정사삼국지」가 그 이름을 우리나라에 처음 알린 것은 고려시대 중국어 교과서로 출간된 「노걸대(老乞大)」에서이다. 여기에 고

「조자룡실기」영창서관판(왼쪽) 「적벽대전」세창서관판(오른쪽) 우리나라 「삼국지」 번역본

려 상인이 북경에서 「삼국지평화」를 사는 장면이 나온다. 그리고 「조선왕조실록」 선조 2년에 선조 임금이 나관중 「삼국지연의」를 탐독하여 시독관(侍讀官) 기대승(奇大升)이 경연(經筵)에서 이를 말렸다는 기록이 있다. 선조까지 읽었다면 그만큼 조정과 민간에 널리 퍼졌음을 말해주며, 임진왜란은 그 유행을 더욱 부추겼을 것이다. 이로써 보면 적어도 1569년 이전에 소설 「삼국지」가 전해졌을 것이다. 현재까지 알려진 소설 「삼국지」의 텍스트 가운데 가장 빠른 가정본이 1522년에 출판되었으므로, 아마 그 뒤 얼마 지나지 않아 우리나라에 들어왔던 듯싶다.

조선왕조는 주자학의 전성기였다. 따라서 중국보다도 더 유비 편향적인 사고가 자리잡을 수 있는 여건을 지니고 있었다. 뿐만 아니라 약소국의 비애를 지닐 수밖에 없었던 조선의 처지에서 나관중의 민족주의적 이야기 전개는 구미에 딱 맞아떨어졌을 수도 있다.

소설「삼국지」에 대한 또다른 기록을 찾아보면, 김만중(金萬重 : $^{1637}_{\sim1692}$)이 「서포만필(西浦漫筆)」에서 '임진왜란이 끝나고 「삼국지연의」가 성행하여 부녀자나 아이들까지 알고 있다'고 전한다.

그 뒤 「삼국지」는 매우 폭넓게 읽히기 시작했다. 이미 선조 3년(1569)에 「삼국지」가 원문으로 간행되었으며, 인조 5년(1627)과 숙종($^{재위\,1674}_{\sim1720}$) 때에 이르러 더 활발하게 출간되고 있다. 우리나라「삼국지」는 중국에서도 높은 가치를 인정받았다. 18세기에 춘판된 한문판「삼국지」는, 그 200여 년 뒤인 1950년대 중국의「삼국지」연구가들이 모여 현대 중국에서 으뜸가는 판본을 정리할 때 중요 참고자료로 이용될 정도였다.

시조나 소설·속담 등에서도「삼국지」의 영향을 쉽게 찾을 수 있다. 이렇듯 「삼국지」가 널리 읽히고 확산된 까닭은, 충효와 의(義)를 강조하는 조선의 유교이념과 일치되기 때문으로 보인다. 조수삼(趙秀三 : $^{1762}_{\sim1849}$)의 「추재집(秋齋集)」에는 서울 동대문 밖에 사는 이야기꾼[傳奇叟]이 날마다 장소를 바꿔가며 「삼국지」이야기마당을 펼쳤다고 적고 있다. 이 말고도「삼국지」에 나오는 등장인물이나 사건에 초점을 맞춰 그 일부를 우리말로 옮긴 소설「관운장실기(關雲長實記)」「화용도실기(華容道實記)」「조자룡실기(趙子龍實記)」「적벽대전(赤壁大戰)」등이 임진왜란 뒤 많이 출현한다. 「임진록」「구운몽」「옥루몽」 등 조선시대 소설에도 소설「삼국지」를 일부 차용한 곳이 엿보인다.

근대에 이르러「삼국지」는 수많은 번역본을 낳으며 폭넓게 읽혔는데, 1904년 박문서관에서 최초로 현대적 활자본이 간행되었고, 이와 때를 같이하여 한문에 토를 단 세창서관 현토본, 한글로 뜻을 풀이한 영창서관 언해본, 이 밖에 번안 작품들도 상당수 전해진다. 이는 사대부만이 아니라 부녀자나 민간에서도「삼국지」가 폭넓게 읽혔음을 나타낸다. 1929년 양백화(梁白華)가 〈매일신보〉에「삼국지」를

오장원 제갈량 본진의 유적지

연재했다. 그리고 1945년에 박태원(朴泰遠)이 모본(毛本)을 기초로 현대문 번역본을 정음사에서 출간한 뒤, 이어서 김동성(金東成) 박종화(朴鍾和) 김구용(金丘庸) 황병국(黃秉國) 이문열(李文烈) 황석영(黃晳暎) 등 많은 작가들이 다양한 「삼국지」 번역본을 펴내고 있다. 이런 역사를 보면, 우리 선조들의 삼국지에 대한 뜨거운 사랑을 알고도 남음이 있다.

왜 「고산 대삼국지」를 쓰는가

도대체 「삼국지」는 무엇 하려 쓰는가? 나는 붉어진 얼굴에 쓸쓸한 표정을 띠며 자신에게 묻는다. 슬프다! 나도 그 까닭을 잘 모르기 때문이다. 그저 한 조각 남은 사나이의 풍운과 세월이 시켜서 했던 일이런가.

저 영겁(永劫)은 오늘에 이르기까지 몇겹의 세월을 삼켰는가. 그 몇겹의 세월은 물 가듯, 구름 걷히듯, 바람 달리듯, 번개 치듯 가다가 잠시 머무르는 듯했다. 아닌 게 아니라 나도 영겁 안에서 물 흐르듯, 구름 개이듯, 바람 지나듯, 번개 울리듯 바쁘게만 가다가 어느 날 보니, 이 세상에 아직 잠깐 남아 있었다. 이 잠깐 남은 동안 나는 무엇으로 심심풀이를 할까?

　현대적 소설 감각으로 민중의 꿈과 소망이 녹아들어 있는 역동적 삼국지를 쓰고 싶었다. 질풍노도시대를 달리는 조조의 결단, 유비의 덕치, 손권의 수성, 천하경영 대삼국지를 쓰고 싶었다. 한 제국이 몰락해가자 천하의 군웅들이 저마다 창업 깃발을 내걸었다. 수많은 영웅들이 나타났다 사라지는 격렬한 투쟁에서 마침내 조조·유비·손권 세 영웅이 살아남아 천하를 삼분한다. 이들의 승부전략은 과연 무엇이었던가. 위·촉·오 삼국 통치자가 무엇으로 사람 마음을 얻어 인재를 기용, 추진력을 이끌어냈으며 승부수를 띄웠는가? 존망 위기 때마다 CEO는 어떻게 결단해야 하는가? 그 질문의 답으로 인간 프리즘에 굴절된 찬탄의 지모 이야기들을 그리려 힘썼다. 지금껏 볼 수 없던 스펙트럼의 꿈과 열정, 비전과 전략을 치란흥망 천변만화로 펼치며 천하대세를 다투는 영웅들이 바로 이 시대 지도자들의 무지개로 떠오르게 하고 싶었다. 세상만사 모든 일은 사람에게서 비롯되며 이를 풀어내는 것 또한 사람의 일이지 않은가.

　영웅들의 꿈이란 결국 이루어지기도 전에 스쳐지나가는 것이다. 그럼에도 나는 그들을 선명하고 강렬한 존재로 돋을새김했다. 그리고 그들을 차례차례 죽여야만 했다. 이 세상에 나서 죽음을 향해 질주하는 사나이들이여, 나를 용서하라. 하지만 그대들의 용기와 지혜는 이 시대 젊은이들 마음에 살아나 그들의 길을 열어주리라.

　"젊어서는 「수호전(水滸傳)」을 읽지 말고, 늙어서는 「삼국지(三國志)」를 읽지 말라"는 말이 있다. 오래전부터 전해지는 말이지만, 사실은 봉건시대 위정자들 우민책에 지나지 않는다. 혈기 방장한 젊은이가 「수호전」을 읽고 모반을 꾀할까 두렵고, 세상 모진 풍파를 겪고 잔꾀가 밝아진 노인이 「삼국지연의」를 읽고 더 노회해질까 두려웠기 때문이다. 하지만 「수호전」과 「삼국지」는 훌륭한 인류고전으

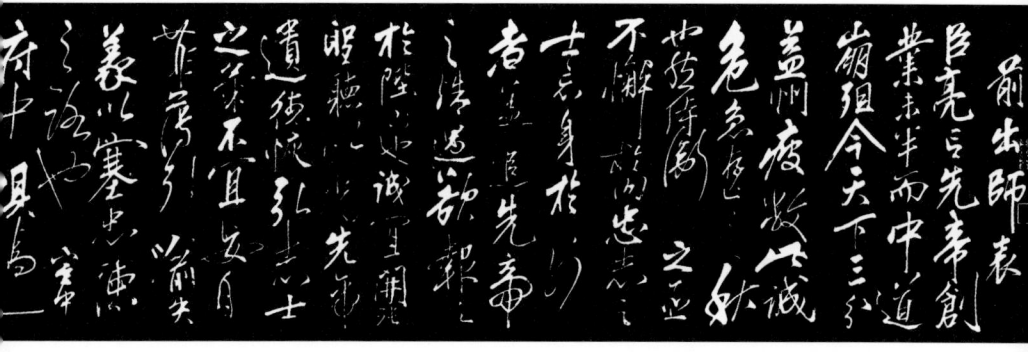

악비가 쓴 출사표 첫부분

로 높이 평가받으며 이에 관한 박사논문들이 쏟아져 나오고 있다.

「삼국지」는 지혜의 보고이다. 모든 인간의 지혜는 선험적(先驗的)인 성찰이나 예지에서 나오는 것이 아니라 검증된 경험에서 나오는 것이기 때문이다. 그러나 인간이 인류역사의 무수한 상황을 모두 경험할 수 있을까? 그렇지 못하다면 검증된 지혜를 어떻게 터득할 수 있을 것인가? 역사를 읽어 경험을 빌려오는 것이다. 지혜는 철학적 명제의 규범이 아니라 구체적 현실이고 삶의 실체이기 때문에 실물감 없는 정언(正言) 따위로는 체득되지 않는다. 역사를 지식으로 분석하고 논구하는 일은 역사학자들에게 맡길 일이다. 우리는 「고산 대삼국지」에서 우리 삶의 닮은꼴을 찾아야 한다. 그것이 바로 지모(智謀)의 강가에서 사금을 줍는 일이 될 것이다.

나는 젊은 날 온갖「삼국지」를 예순 번을 읽었다. 그리고 천명(天命)을 넘어 다시 읽으며「고산 대삼국지」를 쓰기 시작하여 누상촌에서 오장원에 이르기를 열 해가 넘었다.「고산 대삼국지」는 번역본이라기보다 천팔백 년 세월 세상에 태어난 무수한「삼국지」들의 금과옥조 대목을 되살려낸 총화(總和)라 불러도 좋을 것이다. 본디「삼국지」는 한 개인의 창작이 아니라 저잣거리 민중의 꿈속에서 부풀어 온 이야기들의 태산준령 큰 쌓임이 아닌가?

190년

군웅할거

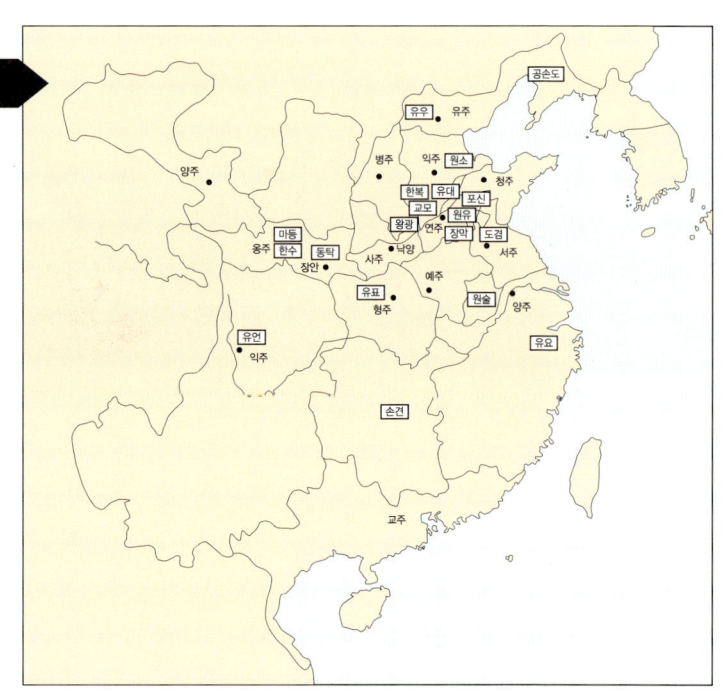

189년 동탁이 낙양에서 실권을 잡자, 각 지방 제후들은 동탁 토벌의 깃발을 내건다. 그 후 제후들의 영토 분쟁을 틈타 조조, 원소와 같은 군주들이 대두한다.

201년

조조 패권을 잡다

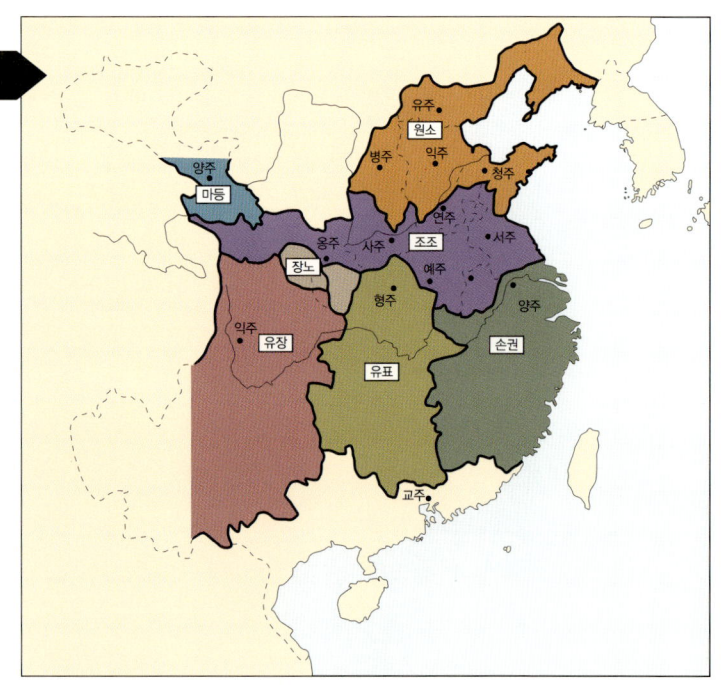

북방의 공손찬을 멸한 원소, 중원의 여포와 원술을 멸한 조조. 200년, 두 사람은 천하통일을 꿈꾸며 관도에서 싸움을 벌인다. 오나라에서는 손책이 죽고, 아우인 손권이 뒤를 잇는다.

215년
형주를 둘러싼 싸움

208년 조조가 형주를 평정하였으나 적벽의 전투에서 패하자, 위·촉·오는 형주의 영유권을 둘러싸고 전쟁을 벌인다. 유비는 익주 평정 후, 오나라에게 형주 동3군을 반환하는 것으로 일단 해결을 시도해보기는 하지만……

229년
삼국정립

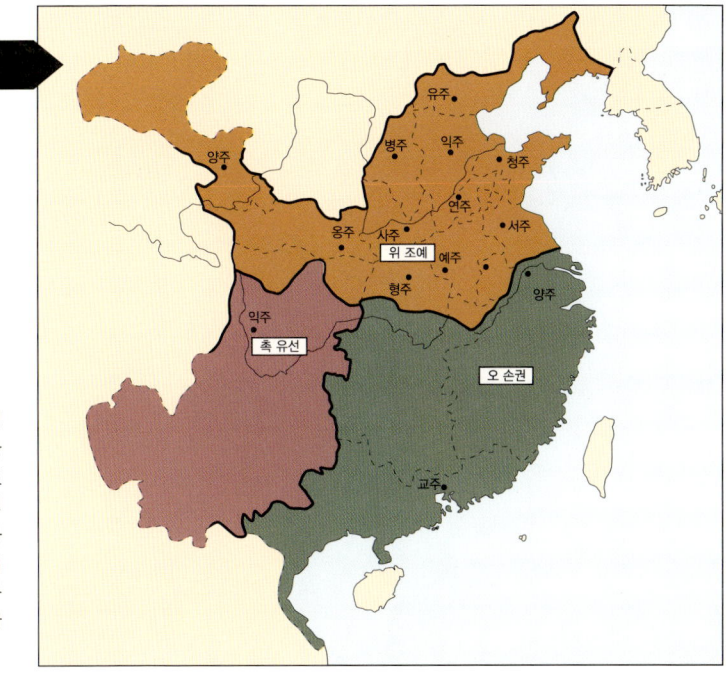

219년 오는 촉으로부터 형주를 탈취한 후 229년 황조를 열고 남방의 교주도 지배권에 두게 된다. 이렇게 263년 촉이 멸망하기까지 약 35년간 삼국정립의 시대가 계속된다. 천하통일은 위나라가 아닌 진황조가 이루게 된다.

오장원의 밤하늘 큰별 지다.

하늘과 땅

　무릇 하늘과 땅은 만물이 잠시 쉬어가는 곳이거늘. 저 영겁은 오늘에 이르기까지 몇억 년이나 흘렀을까. 그 억겁의 세월 물 가듯, 구름 걷히듯, 바람 달리듯, 번개치듯 바쁘게 달려 갔으면서도 나는 아직예 잠깐 남아 있어라. 세월은 백대의 나그네로 인생은 둥둥 떠도는 꿈속이어니. 한바탕 봄꿈, 환희의 날들 헤이자면 그 몇 번이던가.
　아, 장대한 강물은 세차게 굽이쳐 흐르고 우뚝솟은 산들은 외치듯 솟구쳤다. 바람은 음산하게 울부짖고, 태양은 얼굴을 감추려 한다. 쑥더미는 목들이 잘렸다. 들풀은 짓밟히면서 이슬 빨아들이고 찬서리 수북 살을 에듯 엄숙하다. 맹조들은 바람을 가르며 하늘 맴돈다.
　옻처럼 검은 점, 흰 것은 뼛가루. 오! 거기에 단사(丹沙)같이 붉은 빛 흥건히 흐른 피여, 옛날의 피가 쇳조각에 그려 놓은 꽃이런가. 깃도 전죽(箭竹)도 세월에 삼키우고 오직 남은 건 늑대의 이빨 같은 살촉뿐. 나그네 외로이 길 가노라면 전장에 비는 내리고, 장강으로 들어서니 잡초의 돌밭. 바람 일고 해 기우려는데 웬 검은 깃발이뇨, 먹구름이 하늘을 덮네. 여기저기 백골들 울음 슬프니 구르는 것 깨어진 사기 조각에 양이라도 구어 놓고 달래어 볼꺼나. 수억겁 도도한 황하(黃河)는 유장한 중원 역사를 간직한 채 핏빛 저녁놀을 물들여 흐르네. 바야흐로 세상은 요사스런 기운으로 뒤덮여 오고야 마는가. 아아! 장강은 굽이쳐 동으로 흐르는데 물거품처럼 사라져 간 영웅호걸들이여. 옳고그름 이기고 짐 눈깜짝할 새 헛되어라, 푸른 산은 그대로 그 자리인데 붉은 해 몇 번이나 떴다 져갔나? 강가에서 고기잡고 나무하는 백발 늙은이 수없이 보았으리. 봄바람 가을 달 그 무엇 새삼스러우랴. 한병 탁주로 반갑게 서로 찾아 에나 이제 크고 작은 세상사, 웃으며 나누는 이야기에 모두 부쳐 보리라.

때는 후한(後漢) 끝무렵 영제(靈帝)가 다스리던 희평(熹平) 5년(서기 176년) 늦가을 어느 해기울녘.
'이제 천하가 크게 어지러워질 조짐을 보이고 있다. 백성들이 즐겨 노래할 태평성대는 정녕 가망이 없는 것인가?'
나루터 물가에서 나그네는 도도히 흘러가는 물살을 지긋이 쏘아보며 황하의 뜻을 읽는다.
'밤낮을 가리지 않고 흘러가는 것……. 세상도 이와 같단 말인가.'
탄식을 한다. 천지자연이 만물을 만들어 기른 자취를 보면, 흘러가고 지나가고 오는 것은 또 뒤를 잇는다. 한 순간이라도 끊이는 일이 없다. 이처럼 멈춤없이 흐르고 쉼없이 자라는 것이 물과 풀이므로, 뜻을 세운 사나이는 마땅히 이를 본받아서 스스로 각고심혈 일로매진해야 하리라.
이윽고 나그네는 물을 한 움큼 손으로 움켜쥔다. 누런 물이 손가락 사이로 이내 빠져 나갔다. 손바닥에 남아 반짝이는 앙금을 들여다본다. 금빛 모래가 중원의 역사를 머금은 비밀스런 문자 형상을 드러낸다. 복희(伏羲)·신농(神農)·황제(黃帝)의 삼황(三皇)이, 그리고 소호(少昊)·전욱(顓頊)·제곡(帝嚳)·제요(帝堯)·제순(帝舜)의 오제(五帝)가 다스리던 땅.

    해뜨면 일하고
    해지면 쉬고
    우물 파 물마시고
    밭갈아 밥먹으니
    임금의 힘 따위가
    내게 다 무엇이랴

'백성들이 격양가를 노래하던 태평성대……순(舜) 임금이 세상을 뜨자 우(禹) 임금이 물려받고 나라 이름을 하(夏)라 지었다. 비로소 역사의 첫 장이 열렸다.'

나그네는 다시 황하를 바라본다. 물결이 쳐나가고, 그 뒤를 이어 다시 뒷물결이 쳐나간다. 어찌 황하 물결뿐이랴. 역사의 구비마다 뒷물결은 앞물결을 밀어붙여 왔다.

하(夏)가 천하를 다스린 것은 17대 걸왕(桀王)까지. 걸왕은 말희(妺喜)라는 계집에 미쳐 음탕놀이로 나날을 지새다가 마침내 신하 성탕(成湯)에게 나라를 빼앗겼다. 신하가 임금을 친 첫 기록이다.

성탕이 세운 은(殷). 600여 년 뒤 27대 주왕(紂王)이 희대의 요녀 달기(妲己)에게 빠져 서백(西伯) 희창(姬昌)의 아들 무왕(武王) 발(發)에게 나라를 내주고 만다. 주(周) 왕조가 열린 것이다.

12대 유왕(幽王)이 포사(褒似)라는 여인에게 넋을 빼앗겨 신하 신후백(申侯伯)에게 죽임을 당하고, 13대 평왕(平王)이 왕위에 올랐으나 이미 날개 꺾인 새나 다름없었다.

제후국의 왕들이 주 왕실 권력을 잡으려 다투기 시작, 공자가 도를 찾아나선 춘추전국(春秋戰國) 그 어지러운 시대가 열린다. 이 500년 난세를 통일한 것이 제후국 진(秦)의 시황(始皇), 강력한 천하통일 국가가 중원 천지에 나타난 것이다.

공자의 가르침은 상갓집 개와 같이 한낱 천덕꾸러기로 내몰렸다. 생존에 필요한 것은 오직 힘, 약육강식(弱肉强食)의 법칙을 터득한 시황은 힘의 다스림을 폈다. 여기에 과오가 있었다. 참다운 힘을 가진 것은 뭇백성이지 한 사람의 제왕이 아니란 것을 몰랐던 것이다. 시황이 죽고 다시 천하가 어지러워진다. 이때 초야에서 몸을 일으킨 유방(劉邦)은 한(漢)나라를 일으켜, 초패왕 항우(項羽)와 패권을 놓고 다툰 끝에 다시 천하를 통일한다.

'천하대세란 나누어진 지 오래면 반드시 합쳐지고 합쳐진 지 오래면 반드시 나누어지는 것. 아아, 이것이 역사의 숙명이란 말인가?'

나그네의 생각이 여기에 미쳤을 때, 그는 무심코 머릿속을 맴돌던 생각을 내뱉고 말았다.

"슬프다! 들풀보다 못한 사람의 목숨⋯⋯나라의 흥망⋯⋯말없는 이 황하의 유구함 앞에 얼마나 하잘것없는 것인가!"

그 순간 귀가 쩡 울리는 호통이 우레처럼 머리 위에 떨어졌다.

"수상한 자로구나! 어디서 온 놈이냐?"

나그네는 정신이 번쩍 들어 뒤를 돌아보았다. 철궁(鐵弓)을 멘 자와 반월창을 옆구리에 낀 자가 우뚝 서 있었다. 관원들이었다. 그들이 수상히 여긴 것은 당연했다. 7척이 넘는 키. 등에 짊어진 몇 장의 돗자리 아래 한 자루의 칼, 어쩌구 저쩌구 나라의 흥망을 입에 올리는 젊은이⋯⋯.

"지금이 어느 때인 줄 아느냐? 수상한 놈은 모두 잡아들이라는 현령(縣令)의 분부이시다."

"결코 수상한 사람은 아니오. 나는 탁현(涿縣)에 사는⋯⋯."

비록 남루한 옷차림이었으나 얼굴에는 예사롭지 않은 정기가 서려 있었다. 굵고 짙은 눈썹, 붉은 입술, 시원스런 두 눈, 유난히 큰

귀는 어깨에 닿을 정도였다. 그리고 양 볼이 여느 사람보다 도톰하고 조금 늘어져 있다. 장자(長者)의 기품이 온몸에 넘쳐 흐른다.
　나이는 스물 너덧쯤.
　관원들은 다시 한번 윽박지른다.
　"탁현이라고? 그곳은 여기서 멀리 떨어진 유주(幽州) 땅이 아닌가? 무슨 일을 하는 놈이냐?"
　"돗자리 장수올시다."
　관원들은 얼굴을 마주 보았다. 젊은이의 대답을 곧이들어야 할지 말아야 할지 망설이는 눈빛이었다.
　관원들의 태도는 다시 험악해졌다. 관원들은 나그네 등에 멘 칼을 가리키며 호통쳤다.
　"이 검에는 황금 고리쇠에 옥돌 장식끈이 달려 있지 않은가? 돗자리 장수로서는 분수에 넘치는 칼, 어디서 훔쳤느냐?"
　"이 칼은 아버님의 유품이올시다. 결코 훔친 것이 아니오."
　그때까지 부드러웠던 젊은이의 얼굴에 노여움이 서렸다.
　"아무래도 수상쩍다. 칼을 숨긴 채 강물을 굽어보며 중얼거리다니! 어젯밤 도적떼가 마을을 습격했다. 네놈도 그 일당이렷다?"
　"세상이 어지러우니 수상히 보는 것도 당연하오. 그러나 나는 강을 내려오는 낙양배를 기다리고 있는 참이오. 거듭 말하지만 수상한 자가 아니오."
　관원들의 태도는 다소 누그러졌다. 이상하게도 이 젊은이에겐 끌리는 데가 있었다.
　"그래? 누구 친척이라도 기다리고 있소?"
　"아니오. 구려삼을 구할까 해서……기다리고 있는 중이오."
　"구려삼?"
　관원은 다시 눈을 휘둥그렇게 떴다.
　고구려 산삼을 예부터 중국인들은 구려삼이라 불렀다. 아주 귀한 물건이다. 죽어가는 환자에게 먹이면 기운을 얻는다고 하여 어지간히 지위 높은 귀인이 아니면 구경도 못하는 물건이다.
"누구에게 진상하려 하오, 아니면 집안에 중병을 앓는 이라도 있소?"
"병자는 아니오만 어머니께서 기력이 나날이 쇠진해지셔서 구해 달여 드리려는 거요. 그래서 몇 해 동안 돈을 모았소."
"으음, 놀라운 효심이로군. 나에게도 아들이 있는데 이 젊은이를 본받도록 해야겠네."
관원들은 의심이 풀린 듯 고개를 끄덕이며 가버렸다.
벌써 해거름이 빠르다. 저녁 햇빛을 받은 강물은 더욱 붉게 타오른다. 젊은이는 손을 눈 위에 대고 열심히 상류 쪽을 바라다보았다.
이 젊은이는 유비 현덕(劉備玄德)이었다. 그는 이윽고 외쳤다.
"오, 배 깃발이 보인다. 낙양배가 틀림없다."
느릿하게 강을 내려오는 배 그림자. 낙조 속에서 차츰 뚜렷하게 모습을 드러냈다. 낙양배는 보통의 짐배나 객선과 달라 첫눈에 알 수 있다. 용의 혀와도 같은 붉은 깃발로 온통 배를 장식했고 배 누각도 울긋불긋 칠해져 있었다.
"이보시오, 사고옹——!"
유비는 열심히 손을 흔들었다.
그러나 사공은 그를 거들떠보지도 않았다. 키를 잡은 채 미끄러지듯 하류로 내려갔다. 유비는 배를 따라 뛰기 시작했다.
이윽고 훨씬 아랫쪽, 100호 남짓한 강마을에 배가 닿았다.
그곳엔 많은 장사꾼들이 들끓었다. 나귀에 짐을 가득 싣고 온 상인들, 손수레며 바구니에 달걀이나 야채를 가져온 농부들도 있었다.
유비는 북적거리는 사람들 사이를 헤쳐가며 바삐 움직였다. 자기가 구하려는 구려삼이 중간상인 손에 넘어가면 두세 배 비싸게 사야 하기 때문이다. 유비는 마침내 배에서 내린, 낙양 상인으로 보이는 한 사나이를 찾아냈다.
"구려삼을 사고 싶소."
"구려삼이라고?"
상인은 아래위로 유비의 차림을 살폈다. 그리고 눈가에 잔주름을 잡으며 조롱하듯 말했다.
"안됐지만 당신 같은 사람에게 팔 싸구려 구려삼은 없소."
"돈은 있소. 많이는 필요치도 않소."
"당신, 대체 구려삼을 한번 보기나 하였소? 촌사람들이 흔히 달여 먹는 상당삼(上堂參) 따위가 아니란 말이오."
"알고 있소. 그 귀한 구려삼을 사고 싶소."
유비는 어디까지나 진지했다.
고구려삼은 오래 전부터 해동(海東)에서 들어오는 것인데, 주나라 때는 궁중에서 달여 마시기 시작했고, 한나라에 들어와서는 상류 집안에서 중병에 약재로 쓰거나 차로 달여 먹었다.
낙양 상인은 젊은이가 하도 열성을 보이는지라 되물었다.
"그렇다면 몇 뿌리 나눠 주겠소. 정말 돈은 가지고 있소?"
유비는 품안에서 가죽 주머니를 꺼내어 낙양 상인의 두 손바닥에 모두 쏟았다. 은과 사금을 합해서 꽤나 묵직했다.
"호오."
낙양 상인은 그 무게를 재며 말했다.
"꽤 많군그래. 그러나 사금은 얼마 되지 않네. 대관절 이 귀한 구려삼은 무엇에 쓰려 하오?"
장사꾼도 관원들과 똑같은 질문을 했다.
"어머니께서 기뻐하시는 얼굴을 보고 싶어서요."
"젊은이는 뭘 하는 사람이오?"
"돗자리 장수요."
"그럼 이만한 은을 모으는 데는 꽤나 오랜 날들이 걸렸을 텐데?"

"꼬박 세 해 걸렸소."

"그 말을 듣고 보니 거절은 못하겠구먼. 그런데 이 은과 사금만으로는 도저히 값이 안 되오. 뭐, 다른 것은 없소?"

유비는 잠시 생각하더니 검의 장식끈에 꿴 옥돌을 풀어 내밀었다.

"좋소. 당신의 효성을 보아 구려삼 몇 뿌리를 드리겠소."

낙양 상인은 배로 가더니 선실에서 인삼 다섯 뿌리가 들어 있는 잣나무갑 하나를 가지고 나와 건네주었다.

날은 이미 어두워졌다. 유비는 그날 밤 강마을 주막에 들었다. 서남쪽 하늘에 고양이 눈처럼 큰 별이 깜박이고 있다. 그 별을 자세히 바라보면 둘레에 불그스름한 별무리가 지어 있음을 알 수 있었다.

"요사스런 별일세. 꼭 핏물에 젖어 있는 것 같지 않나?"

"장차 무슨 변이 일어나려는지! 낙양 뱃사공의 말로는 도성 여자가 머리 둘에 팔이 넷인 아이를 낳았다고 하더군."

그러나 유비에게는 그런 말이 귀에 들어오지 않았다. 이곳부터 고향 탁현 누상촌(樓桑村)까지는 천리길이 넘는다. 마음은 벌써 고향으로 달려가고 있었다.

한밤이 깊어갈 무렵, 주막 주인이 허둥지둥 그를 깨웠다.

"손님! 손님!"

눈을 떠 보니 문 밖이 온통 벌겋게 밝았다. 숨이 턱 막히는 열기 속에 탁탁 불꽃 튀는 소리마저 들렸다.

"불이 났소?"

"도적떼가 습격해 왔소! 낙양배와 거래하는 상인들이 이 마을에 묵는다는 것을 알고서."

"예? 도적떼가?"

"손님도 물건을 산 것 같은데, 놈들이 노리는 것은 손님 같은 분이오. 빨리 뒷문으로 달아나시오!"

유비는 곧 검을 등에 멨다. 벌써 온 마을이 불길에 휩싸여 있었다. 가축들은 처절하게 소리치고 치솟는 검은 연기 아래 여자와 아이들은 울부짖었다. 사위가 온통 대낮처럼 밝았다. 그 속에서 저승사자 같은 검은 그림자들이 이리 뛰고 저리 뛰며 닥치는 대로 사람을 죽였다.

 '아, 이게 바로 생지옥이 아니고 무엇인가? 내가 마침 이곳에 있게 된 것도 하늘을 대신해 이런 가엾은 백성을 구하라는 뜻이 아닐까? 에잇, 짐승만도 못한 놈들!'

 유비는 치솟는 분노로 칼자루를 움켜쥐며 당장 뛰어나가려 했다. 그러자 놀란 주막 주인이 앞을 가로막는다.

 "참으시오, 손님. 무지막지한 놈들에게 생죽음을 당하십니다."

 간곡한 만류에 정신을 가다듬고 겨우 마음을 가라앉혔다.

 '나는 어머니가 계시다. 나 하나만을 믿고 살아가시는 어머니가. 도둑의 무리는 지금 이 고장에만 있는 게 아니다. 메뚜기처럼 천하 곳곳에서 무리지어 날뛰고 있다. 칼 한 자루의 용기와 재주로는 열 명의 도둑을 당해내기도 어렵다. 비록 백 명의 도둑을 벤다 한들 천하는 구제되지 않는다. 어머니를 슬프게 하고 아무 가치도 없는 도둑떼의 목숨과 내 한 목숨을 바꾼들 무슨 소용 있으랴!'

 유비는 눈을 감다시피 하고 뛰었다. 한참만에 마을에서 멀리 떨어진 산모롱이에 이르렀다. 한숨을 돌리며 뒤를 돌아보았다. 강마을의 불길은 아련한 광야의 화톳불보다도 작게 느껴졌다.

 흰 무지개 같은 은하수도 우주의 한 귀퉁이에 지나지 않을진대, 이 세상의 크나큰 뫼나 기나긴 가람, 넓디넓은 평원도 보잘것없이 아주 조그만 존재일 터. 하물며 인간의 모습은 얼마나 하찮은가.

 유비는 절로 한숨이 나왔다. 그러나 그는 고개를 세차게 가로저었다.

 "아니다! 인간이 있고 나서 우주가 있는 게 아닌가. 인간이 없는 우주는 한낱 공허에 불과하다. 우주보다 위대한 것이 인간이로

다."

'옳아, 옳거니!'

이 말에 누군가 대꾸하는 느낌이 들었다. 주위를 둘러보았으나 아무도 눈에 띄지 않았다. 다만 숲속 저쪽으로 퇴락한 공자묘(孔子廟)만이 눈에 들어올 뿐이었다.

유비는 사당 앞으로 다가가 깊이 허리를 숙이고 땅에 이마를 조아렸다. 그리고 큰 목소리로 중얼거렸다.

"공자님은 700년 전 노(魯)나라에 태어나 세상의 어지러움을 바로잡고 지금껏 사람들의 마음에 살아 사람들 넋을 구해 주고 있잖은가. 인간의 위대함을 증명하신 분이다. 공자님은 문(文)으로써 세상을 가르쳤지만 나는 무(武)로써 백성을 구하리라……. 지금처럼 도적떼가 날뛰고 짐승만도 못한 인간들이 들끓는 세상에서는 문을 펴기 전에 무로써 평화를 도모할 수밖에 없지 않은가."

그때 갑자기 공자묘의 문이 덜컹 떨어져 나가며 으하하하! 커다란 웃음 소리가 울려왔다. 깜짝 놀라 고개를 쳐든 유비. 그 순간 한 사나이가 비호처럼 달려들어 발로 유비의 뒷덜미를 꽉 밟았다. 그와 함께 또 한 사나이가 공자 목상(木像)을 걷어차며 사당 툇마루로 뚜벅뚜벅 걸어나왔다.

"얼빠진 녀석, 이따위 나무덩이가 뭘 어쨌다는 거냐?"

유비 눈앞에서 공자의 목상이 나뒹굴었다.

뒷목이 꽉 눌린 채여서 유비는 나중에 뛰쳐나온 자의 얼굴을 볼 수 없었다. 가까스로 눈을 치뜨자 호랑이 가죽신을 신은 거한의 다리통만 올려다보였다. 그 다리 하나가 큰 기둥만큼이나 굵었다.

"마형님, 이녀석을 어찌 할까요?"

목을 밟고 짓누르는 자가 물었다.

"감홍(甘洪)! 놓아 줘라. 지금 칼로써 백성을 구한다 어쩌구 했으니 우리 부하가 되어 줄 거다."

감홍이라 불린 자가 유비의 옆구리를 걷어차며 말했다.
"이봐, 촌뜨기. 마원의(馬元義) 형님의 말을 들었겠지? 너는 지금부터 우리의 부하가 되는 거다."
유비는 비로소 별빛으로 흐릿하나마 마원의라는 자의 얼굴을 볼 수 있었다. 온통 털투성이 얼굴을 한 곰같이 생긴 녀석이었다. 그 마원의가 유비에게 말했다.
"너는 지금 뭔가 큰 뜻을 품은 듯 공자묘에 대고 떠들어댔지? 어때, 나와 함께 북쪽으로 대현양사(大賢良師) 장각(張角) 어른을 찾아가지 않겠나? 새도 좋은 나무를 가려 둥지를 튼다 했다. 사람도 큰 무리 속에 뛰어들어야 해. 그래야 뜻이고 뭐고 펴볼 수 있단 말이다."
마원의는 유비의 대답 따위는 기다리지도 않았다.
"이봐, 감홍!"
"예."
"녀석 때문에 밤잠을 설쳤다. 할 수 없다. 지금 떠나자."
"이 밤중에 말입니까?"
"그래. 짐은 녀석에게 지우고 너는 반월창이나 들어."
이리하여 유비는 마원의의 뒤를 따라갈 수밖에 없었다. 마원의는 나귀를 타고 유유히 길을 갔고 감홍과 유비는 묵묵히 그 뒤를 수행하는 꼴이 되었다.

들풀

세 사나이는 밤낮을 가리지 않고 걸어 기주땅에 들어섰다.
말안장 위에 앉아 가던 마원의는 가끔 남쪽을 돌아보며 중얼거렸다.
"녀석들이 아직도 따라오지 않으니 어찌 된 일일까……?"
마원의의 반월창을 메고 뒤따라가던 감흥이 대꾸했다.
"길을 잘못 든 모양입니다. 어쨌든 기주에 가면 만나게 되겠지요."
마원의와 감흥이 주고받는 대화를 듣고 있자니 유비는 그 말이 도둑 패거리를 가리키는 것이라는 생각이 들었다. 그렇다면 자기가 도망쳐 나온, 황하 강마을을 습격한 그 도적떼들을 기다리는 것이 아닌가. '여하튼 놈들은 곧 뒤따라올 것이다. 기회를 봐서 도망쳐야겠다.'
유비는 그들의 짐을 짊어지고 말없이, 나귀와 반월창을 든 감흥 사이에서 걸었다. 벼랑길과 강언덕 그리고 평원을 나흘 동안이나 계속해서 걸어갔다.

그동안 비는 오지 않았다. 푸른 하늘이 펼쳐져 있을 뿐, 구름 한 점 없는 맑디맑은 가을 날씨였다. 무성하게 자란 수숫대의 껑충한 키에 나귀도 사람도 깊숙이 파묻혔다.

"아함……."

행군에 지친 마원의는 이따금 하품을 해 댔다. 감홍도 꾸벅꾸벅 졸면서 걸었다. 그럴 때마다 유비는 이때다 하는 충동에 사로잡혀 몇 번인가 칼을 뽑으려고 했다. 그러나 단 한번 실수라도 한다면 고향에 계신 어머니를 뵙지 못하고, 지금껏 품어 왔던 자신의 큰 뜻이 물거품이 되고 만다.

기주는 황하 북쪽, 지금의 하북성 남쪽 일대이다. 장각의 태평도(太平道) 본거지인 거록(巨鹿)도 이 지방이다.

유비의 고향 탁현은 거기서도 더 북쪽인 유주(幽州) 지역이다.

기주에 들어서자 이상한 광경이 눈에 띄었다.

"마형님! 저 누런 헝겊을 보셨어요?"

감홍이 소리쳤다. 감홍이란 사나이는 마원의보다 몸집도 작고 무예 솜씨도 보잘것없으나 그 대신 눈치가 빨랐다.

곰처럼 우직한 마원의보다는 꾀가 있었다.

"누런 헝겊?"

마원의는 나귀 등에서 감홍이 손가락질하는 곳으로 눈길을 보냈다. 숲 사이 오솔길에 서 있는 나무에 누런 헝겊이 매어져 있었다.

"저것 말이냐?"

"어제부터 유심히 보았어요. 처음에는 대수롭지 않게 여겼는데 갈림길이나 길이 꺾이는 곳에는 틀림없이 저런 헝겊이 있었단 말입니다. 대체 무슨 표시일까요?"

"으음."

마원의는 무엇인가 짚이는 것이라도 있다는 듯 나직이 신음소리를 냈다. 유비도 그 까닭을 몰랐다. 마원의가 결단을 내렸다.

"아무튼 따라가 보자."

무슨 꿍꿍이속이 있는 것 같았다. 그들은 또 얼마쯤 나아갔다. 산이 깊어지면서 길도 더욱 가팔라졌다. 때는 9월이었으나 무척 더웠다. 이번에는 마원의가 소리쳤다.

"이봐, 감홍!"

"예."

"이제 밥은 먹을 수 있게 되었다. 어쩌면 술도 있을지 몰라. 보라구, 저쪽에 도관(道觀)이 있잖아."

"도관이라구요?"

감홍도 발돋음하여 바라보았다. 과연 나뭇가지 사이로 도교의 사원인 도관이 보였다. 도관이란 말에 유비도 생기가 돌았다. 뙤약볕 아래 줄곧 무거운 짐을 지고 와서 목이 탔던 것이다. 시원한 샘물이라도 마시고 싶었다.

나지막한 언덕이 저편에 보였다. 언덕 아래로 품속처럼 아늑한 곳에 숲과 연못이 자리하고 있었다. 연못에는 붉고 하얀 연꽃들이 현란하게 피어 있다.

돌다리를 건너 퇴락한 도관 앞에서 마원의는 나귀를 내렸다. 다가가 보니 문짝 하나는 뜯겨져 나가 흔적도 없고 남은 한 짝도 형체만 겨우 남았다. 거기에도 누런 헝겊이 매어져 있었다.

"마형님, 보십시오. 여기에도 누런 헝겊이 있지 않습니까!"

"이제 곧 알게 될 거다."

"누군가 안에 없소?"

감홍은 소리를 질렀다. 컴컴한 안을 기웃거렸다.

텅 빈 건물 한복판에, 앙상한 뼈와 가죽만 남은 도사 한 사람이 교의에 걸터앉아 있었다. 흰 턱수염을 무릎까지 늘어뜨린 채 두 눈을 감았다.

"이봐, 늙은이!"

그러나 아무런 대꾸도 없었다. 감홍은 반월창 자루로 늙은 도사의 정강이를 후려쳤다. 그제서야 도사는 눈을 확 부릅떴다. 너무도 날카롭고 매서운 눈빛이었다. 감홍은 저도 모르게 뒷걸음질쳤다.
마원의가 앞질러 엄포를 놓았다.
"먹을 게 있겠지? 우리는 배가 고프다. 빨리 술과 밥을 가져오라!"
그러나 도사는 태연히 대답한다.
"여기에는 아무것도 없소."
"없다구? 이만한 도관에 먹을 게 없다니……. 대체 우리를 뭘로 아나? 숨겨 놓은 것을 썩 내놓지 못해!"
그러자 도사는 교의에 걸쳐 놓았던 바싹 마른 팔을 들어 뒤의 제단이며 벽을 하나하나 찍듯이 가리킨다.
"없어, 없어, 없어! 이곳에는 아무 것도 없어."
그 소리는 분명 울부짖음이었다.
어둠이 깃든 눈꺼풀에 원망의 빛이 번쩍였다.
"당신들 패거리가 모두 가져가 버렸소."
"우리 패거리?"
"그렇소. 당신들은 누런 헝겊도 보지 못했소? 황건적 장각(張角) 일당이 송두리째 빼앗아 갔단 말이오."
"그럼 시원한 우물물이라도 줘."
"우물에는 독약을 풀었소. 마시면 죽소. 장각 그 놈이 우리 도관을 아예 결딴내 버렸소."
"그렇다면 아무 물이라도 주구려. 연꽃이 아름다우니 연못물도 약수일 게야."
"연꽃이 아름답다구? 내 눈에는 백성의 피눈물로밖에 보이지 않소!"
"듣자듣자하니 이 늙은이가 도대체 무슨 수작을 부리는지 모르겠

군. 정말 죽고 싶어?"
"내 말이 거짓말인가 연못 속을 들여다보구려. 홍련과 백련의 밑동에 썩어 문드러진 시체가 가득 차 있으니……. 장각의 패거리에게 죽임을 당한 선량한 농민과 여자와 아이들의 시체요. 또 황건당에 입당하지 않는다고 목졸라 죽인 마름과 그 아내, 싸우다 죽은 관리들을 합쳐 수백 명의 주검이 그득 쌓여 있소."
"마땅한 일일세! 대현양사 장각님을 거스르는 놈들은 모두 천벌을 받아 마땅해……."
"……."
"그래, 그러나 그런 일은 아무래도 좋아. 양식도 없고 물도 없다면 대체 늙은이는 무엇을 먹고 여기서 살고 있나?"
"나 말이오?"
늙은 도사는 자기의 발치를 턱으로 가리켰다.
"내가 먹는 거라면 이것들이오."
마원의는 무심코 바닥을 살펴보았다. 나무 뿌리며 죽은 벌레들 다리며 쥐 뼈다귀 따위가 흩어져 있었다.
"음, 여봐. 딴 곳으로 가 보자."
그때였다.
비로소 유비의 존재를 깨달은 도사는 뚫어져라 그의 얼굴을 쳐다보았다. 그러더니 교의에서 벌떡 일어나 바닥에 무릎을 꿇으며 수없이 절을 했다.
"어?"
마원의와 감홍은 어처구니 없다는 표정이었다. 그러나 도사는 자못 기쁨에 넘치는 목소리로 부르짖었다.
"아아! 바로 당신이오!"
그러자 오히려 유비가 당황하여 도사를 말렸다.
"무슨 일이오. 어서 일어나시오."

손을 잡아주며 일으키려 했다. 그러나 도사는 유비의 손에 뜨거운 눈물을 떨어뜨리며 머리를 조아렸다.
"젊은 어른. 이 늙은이는 오랫동안 당신을 기다리고 있었소. 내가 한 목숨 죽지 못하고 모질게 살아온 것도 당신 같은 분을 만나려는 한 가닥 소망에서였지요. 아아, 난 이제 죽어도 여한이 없게 됐소."
옆에서 감홍이 말했다.
"형님, 들었지요? 이 촌뜨기가 무슨 대단한 인물이기나 한 것처럼 늙은이가 떠들어대고 있잖아요."
그러나 도사는 그들의 말 따위는 아랑곳하지 않았다.
"당신이야말로 이 어지러운 세상을 구할 분입니다. 백성을 도탄에서 건질 분입니다."
"그게 무슨 말씀이시오? 저는 탁현에 사는 가난한 돗자리 장수에 지나지 않소."
"아니오. 내 눈은 속이지 못하오. 당신의 인상과 골상에 나타나 있소. 젊은 어른, 당신은 틀림없이 고귀하신 혈통이오."
"그렇지 않소이다. 선대 어른 모두 누상촌의 농부였지요."
유비는 고개를 가로저어 부인했으나 가슴은 철렁했다. 유비는 바로 한나라 황족의 혈통이었기 때문이다. 중산정왕(中山靖王) 유승(劉勝)이 바로 그의 조상이니 전한 제6대 경제(景帝)의 후손이다. 뒷날 유승의 아들이 탁록(涿鹿)의 촌장에 임명되었다가 조정에 제사 비용을 상납하지 않아 관직을 빼앗긴 뒤로 탁현에 눌러 살게 되었다.
유비의 아버지는 다시 태수의 추천을 받아 벼슬자리에 올랐지만 그가 어렸을 때 세상을 떠났다. 그러나 지금 이 자리에서 그 사실을 밝힐 수는 없었다. 마원의와 감홍이 눈을 껌벅거리며 귀를 기울이고 있었기 때문이다.
"그 윗대는……?"

들풀 89

"모릅니다."
"모른다면 내 말을 믿으시오. 당신이 메고 있는 검은 누구에게서 받으셨소?"
"돌아가신 아버님의 유품입니다."
"그 검은 틀림없이 대대로 집안에 전해 내려오는 보물일 것이오. 낡고 오래되어 보잘것없어 보이지만 예사 사람이 가질 수 없는 보물이오. 장식끈에는 분명 옥돌이 있었을 거요. 검대에는 또 가죽이나 비단 장식띠가 있었겠지. 왕후장상의 패검(佩劍)이었다는 표시요. 검도 비길데없는 명검일 거고. 그런데 젊은 어른, 어깨에 멘 그 보검을 직접 써 보신 일은 있소?"
마원의가 참다 못해 버럭 소리를 질렀다.
"늙은이, 그 쯤 해두구려. 그보다는 여기가 대현양사 장각님이 살았던 집이라니 그에 대해서 말해 보오."
"장각은 천벌을 받고도 남을 놈이오."
마원의의 물음에 늙은 도사는 내뱉듯이 말했다.
"10년쯤 전이오. 그 자는 거록 사람으로 젊어서는 공맹(孔孟)의 가르침을 받들고 과거에 뜻을 두었었소."
"음, 그런데?"
"그런데 번번이 과거에 떨어지자 이 도관으로 왔소. 처음에는 부엌에서 일하며 산에 가서 나무도 해 오고 약초도 캐 왔소."
"그리고?"
"하루는 산속에서 신선을 만났다 합디다. 머리도 눈썹도 수염도 새하얗게 센 신선이 손에 명아주 지팡이를 잡고 장각을 손짓해 불러서 장각이 따라가자 흰구름이 나부끼는 높은 봉우리 동굴 속에 이르러 '너를 기다린 지 아주 오래였다'며 천서(天書) 세 권을 주더랍니다."
"그게 바로 「태평요술(太平要術)」이란 책이었군."

"신선은 거듭거듭 이르되, 너는 이 책을 읽고 요술을 잘 터득하여 어지러운 천하를 구하고 선도(仙道)를 일으켜 옳은 일을 베풀어라. 만일 네 자신의 욕심과 영화를 위하여 나쁜 마음을 일으킬 때에는 곧 천벌이 내려 몸을 망치게 되리라 하더랍니다."
"그 신선은 누구였나?"
"장각이 눈물을 흘리며 두 번 절을 하고 이름을 묻자 '나는 남화노선(南華老仙)이다' 하는 말과 함께 갑자기 흰 연기가 되어 사라졌다는구려."
"과연!"
"장각은 그날부터 방에 틀어박혀 목욕재계하고 정진 수도하기를 거듭하였소. 거기까지는 좋았지만……."
도사는 다음 말을 입에 올리기도 싫다는 듯 얼굴을 찌푸리며 입을 다물었다.
"그 다음 이야기는 나도 알고 있소."
마원의는 크게 웃음을 터뜨리며 덧붙였다.
"장각님은 어느 날 문을 열고 나오며 바로 지금이 남화노선이 세상에 나가 만백성을 구하라고 하신 날이라고 선언했겠지? 그리하여 많은 무리들이 따르게 되고……."
"알고 있으면서 무엇 때문에 물었소?"
늙은 도사는 고개를 돌려 버렸다.
장각이 도술을 깨치고 나왔을 때 그의 앞에는 소문을 듣고 벌써 500명이나 넘는 사람들이 모여들었다. 그들은 땅에 머리를 조아리며 제자가 되기를 간청했다.
"나는 대현양사 장각이다. 너희들은 나를 따르며 목숨을 바치겠느냐?"
"예, 부디 제자로 삼아 주십시오."
"좋다. 오늘부터 대현양사인 내가 하늘을 대신하여 도탄에 빠진 백성을 건져 내겠다. 내 아우 장량(張梁)은 인공장군(人公將軍), 장보(張寶)는 지공장군(地公將軍)이다. 너희들도 각각 수행에 따라 대방(大方)에 임명하리라."

마침 장각으로선 아주 좋은 기회였다.

그해, 기주는 물론이고 유주(幽州), 청주(靑州), 연주(兗州) 일대에 걸쳐 염병이 크게 유행했다. 장각은 500명 제자를 시켜 금선단(金仙丹), 은선단(銀仙丹), 적신단(赤神丹)의 비약을 주어 각 지방으로 흩어져 가게 했다. 그들은 대현양사 장각을 널리 알리는 한편 남자에겐 금선단을, 여자에겐 은선단을, 어린이에겐 적신단을 먹였다. 그러자 놀랍게도 낫는 이가 많았다.

"고마우신 대현양사님!"

신자는 가을 메뚜기처럼 늘어났다. 염병 환자뿐만 아니라 마음에 근심이 있는 자도 장각을 찾아왔다. 가난뱅이도 부자도 찾아왔다.

그들은 돈을 바치고 양식을 바치고 딸까지도 바쳤다. 장각은 그 가운데서 절세의 미녀만을 뽑아 첩을 삼았고, 나머지는 부하들에게 나눠 주었다. 그 무리가 수십만에 이르렀다.

장각의 무리는 다시 예주(豫州), 서주(徐州), 형주(荊州), 양주(揚州)등 장강(양자강) 이남까지 퍼져 나갔다. 그리하여 36명의 대방(大方)에 72명의 소방(小方)을 두었다. 대방은 그 아래 1만여 명의 무리가 있고 소방은 5, 6천의 졸개가 따랐다.

이들은 모두 이마에 누런 헝겊을 동였다. 장각이 처음에 어깨까지 드리워진 머리를 누런 헝겊으로 붙들어 맸기 때문이다.

조직이 커지고 사람이 불어나면 유지하는 데 많은 돈이 들게 마련이다. 황건의 무리들은 어느덧 노략질을 하기 시작했고 또 천하를 노렸다.

마원의는 이윽고 유비에게 말했다.

"지금 듣고 보니 네 녀석이 장차 크게 될 인물이라면서? 그거야 아무래도 좋다. 사실은 나도 황건당에 가담하여 한몫 보려는 참이다. 어떤가? 이쯤에서 정식으로 내 부하가 되겠다고 맹세하지 않겠나? 그러면 너도 장차 소방쯤 될는지 누가 알겠나!"
마원의는 보면 볼수록 유비를 부하로 삼고 싶은 욕심이 생겼다.
'늙은 도사놈의 관상도 엉터리는 아니야. 예사롭게 보아 왔는데 지금 보니까 어딘지 다른 데가 있거든.'
유비의 키는 마원의보다 작았지만 그래도 일곱 자는 훨씬 넘었다. 특히 특징적인 것은 귀와 팔이었다. 두 귀가 매우 커서 귓불이 어깨에 닿을 듯이 늘어졌고 두 팔은 무릎 아래까지 닿았다. 눈으로 자기 귀를 볼 수가 있었다.
마원의는 관상을 전적으로 믿지는 않았다. 그러나 색다른 용모의 사나이를 부하로 거느리는 효과를 잘 알고 있었다. 그는 그런 부하를 거느린다면 자기 자신의 체면이 더 설 것이라고 여겼다.

유비 또한 생각에 잠겨 있었다.
그의 고향집 동남쪽에는 커다란 뽕나무 한 그루가 서 있다. 높이 50자 남짓. 멀리서 보면 큰 우산을 펼친 모양과 같았다. 마을 이름 누상촌도 여기서 비롯되었다. 유비가 어렸을 때 도사처럼 보이는 사람이 집 앞을 지나다가 뽕나무를 쳐다보고 그 아래 오막살이를 보더니 중얼거렸다.
"이 집에서 큰 인물이 나겠는걸."
유비는 어렸을 때부터 어른들로부터 그런 이야기를 들었다. 그가 15세가 되자 숙부의 도움으로 대학자 정현(鄭玄)과 노식(盧植)에게서 글을 배웠다. 그때 같은 학우로 공손찬(公孫瓚)이 있었다.

"어떤가, 내 말대로 하겠나?"
마원의가 거듭 묻는 말에 유비의 생각이 다시 돌아왔다.

"하지만 고향에 늙으신 홀어머니가 계셔서……."
"그럼 싫단 말이냐?"
마원의가 화를 벌컥 냈다. 그때 감홍이 소리쳤다.
"마형님! 녀석들이 오고 있어요."
50명쯤 되는 도둑 무리였다. 소두목인 듯싶은 서너 놈은 나귀를 탔고, 손에 무쇠조각이 달린 철편(鐵鞭)을 들고 있었다. 그 가운데 하나가 마원의를 보더니 급히 도관 안으로 뛰어들어왔다.
"마형님! 여기 계셨군요. 뒤따라오느라고 얼마나 땀을 뺐는지 모릅니다."
"오, 이주범(李朱汜). 수고했다. 그래, 어째서 이리 늦었나?"
이주범은 뽐내듯 씨익 웃었다.
"마침 강마을에 낙양배가 들어 한탕 했지 뭡니까. 덕분에 나귀 한 바리쯤 재물을 얻었습니다."
"그것 참 잘했다. 대현양사를 찾아가려면 빈손보다 푸짐하게 선물을 가져가는 편이 좋을 테니까. 힘들지는 않았나? 요즘에는 시골 녀석들도 약아서 땅속에 재물을 파묻든가, 장사꾼 놈들도 무리지어 무기를 가지고 다니는 판이니까."
"참, 그러고보니 그날 밤 아까운 녀석을 하나 놓쳤지요."
"아까운 녀석? 그놈이 값비싼 보물이라도 가지고 있었나?"
"뭐 사금이나 보석은 아니지만 낙양배에서 구려삼을 샀다는 녀석입니다. 구려삼이라면 장각님에게 바칠 선물로 다시 없는 귀한 물건이 아닙니까? 그래서 그녀석을 잔뜩 노렸는데 어느 틈엔가 달아나버렸지 뭡니까."
마원의가 별안간 하늘을 쳐다보며 크게 웃었다.
유비는 치를 떨었다.
'그렇다, 이녀석들이 그 강마을에서 살육을 일삼던 지옥의 악귀들이다! 놈들이 내가 산 고구려삼을 노리고 있었다니.'

마원의는 한참 웃고 나서 이주범에게 말했다.
"그 일이라면 걱정 말아. 이미 물고기는 그물 안에 들어 있으니까."
"예? 뭐라고 말씀하셨습니까?"
"이녀석이야. 자네가 놓쳤다는 송사리 한 마리는!"
마원의는 섬뜩해하는 유비의 팔을 잡고 또 한번 '으하하하.' 웃어제꼈다.
이주범은 놀라며 유비의 얼굴을 말끄러미 바라보았다. 그리고 외쳤다.
"앗, 이녀석입니다! 이녀석이 틀림없어요!"
감홍도 달려들어 유비의 팔을 뒤로 비틀었다.
"이봐, 숨기고 있는 그 구려삼을 썩 내놓지 못해? 난 처음부터 네 녀석이 마음에 들지 않았어."

황건적

마원의도 감홍과 더불어 유비를 위협했다.
"구려삼을 내놓지 않으면 단칼에 목을 베겠다. 순순히 내놓고서 아까 내가 말한 대로 황건당이 되는 게 어떠냐?"
유비의 입에서 칼날 같은 대답이 튀어나왔다.
"나는 죽으면 죽었지 황건의 무리는 될 수가 없소. 죄없는 백성을 죽이고 남의 재물이나 빼앗는 자가 어찌 세상을 구하겠소?"
감홍이 말했다.
"형님, 들으셨지요? 이런 녀석은 단번에 요절내 버려야 합니다."
"감홍, 너는 이놈의 팔을 비틀어 잡고 있어. 모든 건 내가 알아서 할 테니."
마원의는 먼저 유비의 보검을 빼앗고 다음에는 품안에서 고구려삼이 들어 있는 잣나무갑을 찾아냈다. 유비는 숨이 멎을 듯 울분에 몸을 떨었다. 그러나 간절하게 애원할 도리밖에는 다른 길이 없었다.
"무슨 말이든지 다 듣겠으니 구려삼만은 돌려 주시오. 늙으신 어머니께 드리려고 지난 2년 동안 갖은 고생 다해 가며 손에 넣은 것이오. 제발……부탁이오."
 그러나 그들은 들은 척도 하지 않았다. 잣나무갑 뚜껑을 열어 인삼 향기를 맡아가며 저희들끼리 지껄였다.
 "이것이 그 고구려삼이로구나. 말만 들었지 처음 보는걸."
 "귀한 물건인가요?"
 "귀하고말고! 삼 한 뿌리에 황소 열 마리 값은 될 거다."
 "그럼 다섯 뿌리가 들어 있으니 우리 셋이서 나눠 갖는 게 어때요? 이것을 가지고 고향에 돌아가면 부자 소리를 들을 게 아닙니까?"
 "닥쳐라, 감홍! 너는 언제고 생각이 좁아. 그러니까 소두목 노릇밖에 못하는 거야."
 머쓱해진 감홍이 말머리를 돌렸다.
 "그것은 어쨌든 우선 이 녀석은 어떻게 할까요? 당장 목을 벨까요?"
 마원의는 고개를 저었다.
 "죽이려고 마음만 먹으면 언제든 없앨 수 있어. 우선 도망치지 못하도록 단단히 묶어 놓게. 혹시 써먹을 데가 있을지도 모르니."
 도둑의 무리들은 서둘러 떠날 채비를 했다. 그런데 그때 한 정탐꾼이 와서 십 리 밖 강변에 약 500명이나 되는 관군이 진을 치고 지나는 사람들을 수색한다는 보고를 했다.
 그러자 그들은 갑자기 오늘밤은 여기에서 묵기로 한다며 50여 명이 지녔던 양식 자루를 풀기 시작했다.
 놈들이 저녁밥을 짓기 시작하자 유비는 지금이야말로 도망칠 좋은 기회라고 생각하고 문 밖으로 살짝 빠져나왔다.
 "이봐, 어딜 가려는 거야?"
 보초병이 유비를 발견하고 소리치자 여럿이 달려들어 그를 에워쌌다. 그러고는 안에 있는 마원의와 이주범에게 이 사실을 알렸다.

유비는 법당 기둥에 묶였다. 그곳은 작은 창문이 하나 높게 있는 석실(石室)이었다. 바닥에는 기와가 깔려 있었다. 밤이 깊어갔다. 단 하나뿐인 높은 창문을 통해 고양이 눈처럼 요사스럽게 빛나는 별이 하나 내다보였다. 이따금 나귀 울음소리가 들릴 뿐 도둑들도 잠이 들었는지 조용했다.

'어머니께 효도를 하려다가 오히려 큰 불효를 짓게 되었구나. 죽는 것은 두렵지 않다만 늙으신 어머니의 여생을 슬프게 해드려선 안 된다. 게다가 장부의 뜻을 펴보지도 못한 채 이대로 들판에 버려져 까마귀 밥이 되는 건 너무나 억울한 일……'

유비는 반짝이는 별을 노려보며 탄식했다.

'억울하다만 이것이 하늘이 준 운명일 테니 어쩔 수 없지. 도둑들에게 수모를 당하느니 차라리 이곳에서 죽어 버릴까? 죽으려 해도 지금은 검이 없지 않은가. 기둥에 머리를 부딪쳐 죽어 버릴까? 혀를 깨물고 죽어 버릴까?'

유비는 답답하여 가슴이 터질 것만 같았다.

그때였다. 그의 눈앞에 한 가닥의 가는 밧줄이 소리 없이 내려오는 게 아닌가!

'뭐야?'

유비는 몸에 힘을 주어 보았다. 그러나 기둥에 단단히 묶여 있어 꼼짝도 하지 않았다. 높은 창문에서 드리워진 밧줄이 좌우로 흔들렸다. 그때 무엇인가가 바닥의 기왓장에 부딪히며 소리를 냈다. 그것은 밧줄 끝에 동여맨 단검이었다. 단검은 어둠 속에서 푸른 빛을 내뿜었다. 유비는 발 끝에 힘을 모아 단검을 끌어당겼다. 한참 애를 쓴 끝에 가까스로 묶은 끈을 끊었다.

'빨리! 빨리!'

밧줄은 재촉하듯 흔들렸다.

유비는 밧줄을 붙잡고 석벽에 발을 버텨가며 올라갔다.

"오오!"

나와보니 그 늙은 도사가 우뚝 서 있었다.

'빨리!'

뼈와 가죽만 남은 도사의 앙상한 그림자가 말없이 손짓했다.

유비는 창 밖으로 뛰어내렸다. 기다리고 있던 도사는 그의 손목을 잡고 말없이 뛰기 시작했다.

도관 뒤쪽에 숲이 있었다. 나무들 사이의 오솔길이 별빛으로 어스름했다.

"도사님, 도사님. 대체 어디로 도망치는 겁니까?"

"아직 도망치는 게 아니오."

"그럼, 어떻게 하자는 거지요?"

"저 탑까지 가 주셔야겠소."

뛰면서 늙은 도사는 손가락질했다. 그가 가리키는 쪽을 보니 고색 창연한 탑이 숲 위로 높이 솟아 있었다. 도사는 고탑(古塔) 앞에 이르자 안으로 뛰어들었다. 그리고 나서 도사는 좀처럼 다시 모습을 나타내지 않았다.

'무슨 일일까?'

유비는 조마조마했다. 금방이라도 도둑 무리가 쫓아올 것만 같았다. 이윽고 도사가 탑 안에서 무엇인가 끌고 나왔다

"아니?"

유비는 자기 눈을 의심했다. 은빛 털이 아름다운 백마가 한 필 거기 있었다. 그런데 더욱 놀라운 일은 어여쁜 한 소저(小姐)가 뒤따라 걸어나오는 게 아닌가.

별빛 아래 보는 탓인지 가는 버들허리며 짙은 눈썹, 반짝이는 눈동자가 그지없이 아름다웠다.

늙은 도사는 다급하게 말했다.

"젊은 어른! 내가 당신을 구해 준 걸 은혜로 안다면 이 소저를

데리고 어서 달아나 주시오."

유비는 무어라 얼른 대답할 수가 없었다.

"의심할 사람은 아니니 조금도 걱정 마시오. 이분은 바로 얼마 전까지만 해도 이곳 현령이셨던 분의 따님이오. 몹쓸 황건적의 습격을 받아 현성은 불타버리고 현령은 전사하셨지만 따님만은 내가 이렇듯 탑 속에 숨겨 드렸던 것이오."

그때 도관 쪽에서 와자지껄 떠드는 소리가 바람에 실려 왔다. 유비가 도망친 것을 그제서야 도둑들이 안 모양이었다.

"어서, 어서 달아나시오. 서북쪽으로 곧장 달리시오. 30리쯤 가면 관군 진지가 있소. 자, 어서!"

"알았습니다. 하지만 도사님은 어쩔 작정입니까?"

"나는 걱정할 것 없소. 산다 한들 앞으로 얼마나 더 살겠소. 지난 10여 일은 풀뿌리나 벌레 따위를 잡아먹고 연명해 온 덧없는 목숨이오. 그것도 오직 홍씨(鴻氏) 가문의 부용(芙蓉) 아가씨를 지켜 드리자는 일념이었소. 그러나 이제 당신 같은 훌륭한 인물을 만났으니 마음이 놓이는구려."

늙은 도사는 말을 마치자 몸을 휙 돌려 탑 안으로 들어가 문을 닫아 버렸다. 부용은 탑 문을 두들기며 슬피 흐느꼈다.

"도사님, 도사님! 저도 함께 여기 있겠어요."

그때 높은 탑 꼭대기에서 도사의 목소리가 들렸다.

"뭘 꾸물대고 있소. 빨리 백마에 올라 소저를 데리고 떠나시오. 여기서 보니 남쪽도 동쪽도 연못가도 온통 도둑의 그림자로 가득 차 있소. 길은 오로지 한 가닥, 서북쪽으로 곧장 달리시오. 어서!"

유비는 백마의 고삐를 잡았다. 그리고 소저에게 조용히 일렀다.

"소저, 어서 타시오. 지금은 머뭇거릴 때가 아니오."

그래도 소저는 훌쩍거리기만 했다. 잠시도 지체할 수 없었다. 소저의 허리를 안아 말안장에 앉혔다.

유비도 앞자리에 올라탔다.

"내 몸을 꼭 잡으시오."

소저의 팔이 머뭇머뭇 유비의 허리에 감겼다. 여자의 검은 머리가 바람에 나부껴 유비의 볼을 간지럽혔다. 도사는 높은 탑 위에서 기쁜 듯 외쳤다.

"보라, 보라! 검은 구름은 흩어지고 샛별이 반짝인다. 백마는 달리고 누런 티끌은 가라앉으리라. 부용 소저, 안녕히 가시구려."

도사는 말을 마치자 스스로 혀를 깨물고 탑 꼭대기 난간에서 허공으로 몸을 날렸다.

백마는 오솔길을 질풍처럼 달렸다. 숲을 벗어나자 넓은 들이었다. 어느덧 달이 떠올라 광야가 마치 맑은 물속인 양 환히 밝아왔다.

"야, 저기다.!"

"여자를 태우고 있잖아?"

"그럼 다른 자인가.?"

"아냐, 역시 그자다."

"어느 쪽이든 상관없어. 놓치지 마라. 여자까지 있다면 더욱 잘됐어."

도둑 무리들은 저마다 한 마디씩 지껄이며 백마를 뒤쫓았다.

'들켰구나!'

유비는 이때 자기 목숨보다도 가련한 소저의 목숨을 살려야겠다는 생각이 더 간절했다. 부용에게 소리쳐 말했다.

"염려 마시오. 말에서 떨어지지 않도록 나를 꼭 붙잡으시오!"

"예."

가냘픈 목소리가 숨결처럼 새어 나왔지만 부용은 이미 대답할 힘마저 없었다. 처녀의 부끄러움도 의식하지 못했다. 하얗게 질린 얼굴은 이름 그대로 활짝 핀 흰 부용꽃 그것이었다.

'관군이 있다는 곳까지만 간다면…… 백마야! 제발 힘을 내다오.'

유비는 속으로 빌었다. 그는 채찍 대신 두 발로 말 옆구리를 힘껏 걷어찼다. 앞쪽에 나직한 둑이 보였다. 그 너머로 강물이 달빛에 반짝였다.

'옳지! 저 강까지 간다면…… 거기 관군 진지가 있을지 몰라.'

아무런 보장도 없었지만 유비는 강에 희망을 걸었다. 있는 힘을 다해 강가에 이르렀다. 그러나 그곳엔 아무도 없었다. 밤새 주둔했었다는 관군도 도둑의 기세에 놀랐는지 진을 풀고 돌아가버린 뒤였다.

그때 도둑 대여섯이 앞을 가로막았다. 유비의 앞을 질러온 것이다.

"멈춰라! 멈추지 않으면 쏘아버리겠다!"

이주범의 목소리가 들렸다.

유비는 말머리를 이리저리 돌렸다. 화살 하나가 날아와 백마의 목에 꽂혔다. 백마는 울부짖으며 앞발을 번쩍 들었다. 두 번째 화살이 날아와 첫번째 화살 옆자리에 꽂혔다. 백마의 육중한 몸이 푹 고꾸라졌다. 그 바람에 유비와 부용은 한덩어리가 되어 땅에 나가떨어졌다.

유비는 벌떡 일어났다. 그러나 부용은 꼼짝도 하지 않았다.

"이 무도한 놈들아!"

유비의 호통소리가 주위의 밤공기를 쩌렁쩌렁 울렸다.

"흥! 맞설 작정이냐. 이 풋내기 녀석아!"

이주범은 콧방귀를 뀌었다. 감홍도 옆에 있다가 한 마디했다.

"죽여 버려! 계집은 그런 대로 쓸모가 있겠지만 사내녀석은 아무짝에도 쓸모가 없어. 뭘 꾸물거리고 있는 게야. 쏘아 버리라고!"

"알겠습니다.!"

히죽거리면서 이주범은 철궁에 화살을 메기려 했다.

'이것이 마지막인가? 이제까지 살아온 내 삶도 모든 희망과 꿈도 여기서 한낱 도둑의 화살에 끝나고 만단 말인가.'

유비는 눈을 질끈 감고 어금니를 깨물었다. 황하에서 이곳까지 몇 번이나 죽을 고비를 넘겼던가. 누군가 자신의 의지와 끈기를 시험해 보는 것만 같았다. 막상 싸우자니 손에 무기가 없었다.

그러나 유비는 이대로 죽지는 않으리라 다짐했다. 그는 잽싸게 돌멩이를 집어서 달겨드는 놈의 얼굴을 쳤다. 생각지도 못하고 있다가 얻어맞은 놈이 비명을 지르며 두 손으로 코를 싸잡았다.

유비는 그 틈을 놓치지 않고 달려들어 그 놈의 창을 빼앗았다. 그러고는 큰 소리로 외쳤다.

"백성을 괴롭히는 버러지 같은 놈들아. 더 이상 용서할 수 없다. 탁현 현덕의 솜씨를 보여 주마"

유비는 필사의 각오로 싸울 태세를 갖추었다.

"흥! 그래 덤벼 봐라. 얼마든지 상대해 주마. 풋내기 녀석 같으니라구."

이주범은 소리내어 씩 웃고는 반월창을 휘두르며 덤벼들었다.

그러나 유비의 무술 솜씨도 만만치 않았다. 노식학당에서 틈틈이 무술을 연마해 온 유비가 아니던가. 유비는 필사적으로 일곱 녀석과 당당히 싸웠다. 그러다가 갑자기 미끄러지는 바람에 이주범의 발 밑에 깔리게 되었다. 이주범의 큰칼이 유비의 가슴팍을 향해 들어온다.

바로 그때였다.

"여봐, 잠깐!"

마치 천둥이 울리는 듯한 목소리였다. 그 엄청난 소리에 이주범과 감홍은 잠시 멈칫거렸다.

사나이 하나가 무섭게 달려왔다. 뛰면서 그만큼의 목소리를 낸다는 건 여간한 괴력(怪力)을 가진 사람이 아니고서는 불가능하다.

가까이 다가온 것을 보니 키가 여덟 자는 됨직한 거한이었다.

"활을 멈춰! 그 사람을 죽여선 안돼!"

"아니? 누군가 했더니 졸개 녀석 아니야?"

"맞아. 얼마 전에 인부로 들어온 장비(張飛)라는 녀석이야."

이주범과 감홍은 서로 얼굴을 마주보며 어안이 벙벙했다. 거기다 말만큼이나 빠르게 달려온 그의 다리 힘에도 기가 질렸다.
"뭐냐, 장비?"
이주범과 감홍은 활시위에 살을 메기면서 물었다.
유비는 너무도 뜻밖의 광경에 어리둥절했다.
"소두목, 죽여선 안 되오. 저 사람을 나에게 주시오."
"뭐라고? 누구의 명령으로 그따위 소릴 하는 거냐?"
"장비의 명령이오!"
"건방진 놈! 장비는 바로 네놈이 아니냐? 졸개 따위 주제에!"
그러나 그 말이 채 끝나기도 전에 이주범의 몸뚱이는 두 길쯤 높이 하늘로 날아올랐다.
"아니, 대장을 내던져!"
도둑들은 갑자기 벌어진 엄청난 광경에 유비의 존재를 뒷전으로 돌린 채 일제히 장비에게로 달려들었다.
"이놈, 장비야! 어째서 우리 편인 소두목을 집어 던지느냐? 무슨 까닭으로 우리 일을 훼방하는 거냐?"
"까부는 놈이 있으면 용서치 않는다!"
"너는 우리를 배반했으니 군율에 따라 처벌하겠다. 순순히 따르라."
"으하하하……, 짖을 테면 짖어라. 이 쓸개 빠진 놈들아!"
"아니, 무엇이 어째? 쓸개 빠진 놈들이라고?"
"그렇다! 너희들 가운데 한 놈이라도 사람다운 놈이 있더란 말이냐?"
"흠! 하룻강아지 범 무서운 줄 모른다더니 바로 네 녀석을 두고 하는 말이구나."
감홍은 타고 있던 나귀의 옆배를 힘껏 걷어차더니 반월창을 내지르며 장비에게로 돌진해 왔다. 그러나 날래게 몸을 비킨 장비가 감홍의 창자루를 움켜잡아 홱 낚아챘다.
 감홍의 몸은 그 순간 스무 걸음쯤 떨어진 곳에 거꾸로 처박혔다. 나머지 졸개들은 장비의 괴력에 놀라 개미떼 흩어지듯 달아나 버렸다.
 유비는 장비에게 다가갔다.
 "죽게 된 목숨을 살려 주어 정말 고맙소. 탁현 누상촌에 사는 사람으로 성은 유(劉), 이름은 비(備), 자는 현덕(玄德)이라 하오."
 "별말씀을 다 하시오. 고맙다는 인사는 내가 해야 하오. 나는 장비(張飛) 익덕(翼德)이라 합니다. 내 고향도 유공과 같은 유주요."
 "아, 그렇다면 한고향이군요. 그런데 어떤 연유로 나를 구해 주셨소?"
 그때 정신이 깨어났는지 부용이 일어나 두리번거렸다. 그러다가 장비의 모습을 보더니 반색했다.
 "장비가 아니어요?"
 "오, 부용 소저! 과연 내 짐작이 맞았군요."
 장비는 부용 앞으로 가더니 넙죽 절을 했다. 무뚝뚝한 성격에 힘이 장사이고 아주 단순해 보이는 사나이였다.
 "이제껏 소저의 행방을 찾고 있었지요. 일부러 도둑 무리에 들어가 갖은 고생을 한 것도 다 그래서였지요. 그런데 오늘밤 잡혀 있던 사람이 달아났다는 소리를 듣고 뛰어나와 보니 누군지 여자를 말에 태우고 달려가지 않겠어요. 혹시나 하고 뒤따라왔는데…… 정말 소저였군요. 이제는 염려하실 것 없습니다. 장비가 두 눈 부릅뜨고 있는 한 어느 놈도 감히 소저 곁에 얼씬 못합니다."
 장비는 표범 머리에 박힌 고리눈을 한번 무섭게 부릅떠 보였다.
 그러고는 이주범한테로 뚜벅뚜벅 걸어갔다. 그는 머리가 깨어져 이미 죽어 있었다.

"살아서 못된 짓만 하더니 꼴 좋구나!"

장비는 그의 머리를 한번 발길로 차고서 이번에는 감홍에게로 다가갔다. 그는 풀숲에 거꾸로 처박혀 있었지만 까무러쳤을 뿐이었다. 장비는 감홍을 발길로 차서 깨어나게 한 뒤 반월창을 그에게서 빼앗아 거머잡았다.

유비가 물었다.

"장공! 어찌하시려고?"

"구더기 같은 도둑이오. 단창에 찔러 죽일 작정이오."

"안되오. 아무리 악독한 자라도 고향에 노모나 처자식이 기다리고 있을지도 모르잖소? 살려 줍시다."

"당신은 참 별난 사람이군."

장비는 마지못해 창을 거두었다.

그러고는 허리에 차고 있던 두 자루의 칼 가운데 유비가 가졌던 보검과 또 품안에서 구려삼이 들어 있는 잣나무갑을 꺼내어 유비에게 건네 주었다.

"이것이 당신의 물건이지요? 자, 받으시오."

"아, 어떻게 이걸! 장공! 고맙소. 이 고마움을 뭐라 표해야 할지 모르겠소이다."

유비는 소중하게 받아들고 몇 번이나 감사를 표했다.

"이미 죽은 목숨이나 다를 바 없이 된 이 몸을 구해 주시고 게다가 이 귀중한 물건까지 되찾아 주시다니……. 이 물건들을 다시 보니 꿈만 같구려! 이 은혜 평생 잊지 않겠소, 장공!"

장비는 고개를 저으며 대답했다.

"아니오. 덕은 결코 외롭지 않다는 말과 같이 당신이 저의 옛 주인 홍가(鴻家)의 영애인 부용 소저를 구해 준 의로운 마음에 저도 의로 보답한 것뿐이외다. 당신의 효심과 성심을 하늘이 알아보고 그것들을 당신에게 되돌려 준 것이라 믿소."

유비는 무용을 자랑하지 않는 장비의 겸손한 말과 행동에 감동한 나머지 검을 내놓으며 말했다.

"장공, 예의에 어긋날지 모르오만 이것을 답례로 드리고 싶소. 고구려삼은 고향에 계시는 어머니께 드릴 선물이므로 나누어 드릴 수 없으나 당신과 같은 호걸이 이 검을 지니고 있으면 검의 가치가 더욱 빛날 것이오."

말을 마친 유비는 간곡한 마음으로 장비의 손에 검을 건네 주려 한다.

장비는 눈을 휘둥그렇게 뜨고는 손을 내저으며 말했다.

"저는 본디 무인이므로 이 귀한 검이 탐나는 게 사실이오. 하지만 이 검의 내력을 들어 아는 이상 받을 수는 없소."

"아니오. 생명의 은인에 대한 보답으로는 이것도 부족하오. 게다가 검의 진가를 알아주시니 더욱더 드리는 것이 보람된 일이라고 생각되오."

그러나 장비는 끝내 사양했다.

"아니오. 주시는 마음은 고맙지만 그런 가보는 남에게 주는 것이 아니오."

장비는 아주 담백하면서도 분별이 명확했다.

헤어질 때 유비는 장비에게 말했다.

"언젠가 탁현에 오시거든 누상촌에 들러 주시오."

"예, 그러리다. 부용 소저를 친척되시는 분에게 모셔다 드린 뒤 나도 어차피 고향으로 돌아갈 작정이오."

"그럼 꼭!"

유비와 장비는 헤어졌다. 장비 옆에 서 있는 부용도 작별을 못내 아쉬워하는 눈치였으나 한 마디도 입 밖에 내지는 않았다. 다만 얼굴을 붉히며 가만 고개를 숙였을 뿐이다.

오두미도

 유방이 창업한 한나라는 400년 넘게 이어졌다. 도읍을 장안(長安)에 두었으나 서기 8년 왕망에게 나라를 빼앗기고 한때 멸망했다. 이때까지가 전한(前漢)이다. 왕망은 겨우 15년 남짓 정권을 유지하는 데 그쳤다. 유수(劉秀)가 다시 한을 중흥시켜 도읍을 낙양(洛陽)에 두었다. 이것이 후한(後漢)이다. 지금의 황제는 후한 12대 영제(靈帝).
 영제는 12살에 황제에 올랐다. 황제가 어리면 황태후가 발을 늘여뜨리고 옥좌 뒤에서 정사를 보게 된다. 황태후가 가장 믿을 수 있는 이들은 자기 친정 집안들, 바로 외척(外戚)이다. 왕망도 외척으로서 권력을 잡아 마침내 스스로 천자가 되었던 것이다. 외척 다음으로 세력을 얻게 되는 것은 환관(宦官)이었다. 이른바 내시로 남자 구실을 못하는 사람들이다.
 영제가 즉위한 이듬해인 건녕(建寧) 2년(169), 황제는 온덕전(溫德殿)에 납시었다.
 영제가 옥좌에 앉으려 할 때 느닷없이 전각 한 귀퉁이에서 회오리

바람이 일며 검붉은 구렁이 한 마리가 대들보에서 기둥을 타고 내려와 옥좌에 또아리를 틀었다. 영제는 구렁이를 보고 까무러쳤다.

내시들이 허둥지둥 천자를 별전에 모셨다. 구렁이는 곧 사라졌고 이어 벽력과 뇌성이 천지를 뒤덮으며 큰비가 쏟아졌다. 비는 한밤까지 계속 내렸다. 때는 음력 4월로 초여름이었지만 우박마저 섞여 내려 궁전의 기왓장이 깨지는 등 안팎이 아수라장이 되었다.

그 다음 다음해 2월. 낙양에 큰 지진이 있었고 바닷가에선 해일이 일어 수많은 사람이 죽었다. 천변지이(天變地異)가 계속되면 천자는 제단을 지어 하늘에 빌고 연호를 바꾸는 법. 영제도 광화(光和) 원년(178)으로 개원했다.

이번엔 암탉이 수탉이 되는 이변이 일어났다. 이어 온덕전에서 검은 기운이 열댓 길이나 솟아올랐다. 대궐 안에 돌연 무지개가 서는가 하면 북쪽 오원(五原)의 산들이 무너져 내렸다.

황제는 그 까닭을 중신들에게 물었다. 천자의 하문에 대학자 채옹(蔡邕)이 글을 올렸다.

'무지개가 대궐에 서고 암탉이 수탉이 되는 괴변은 모두 내시들이 정치에 간섭하는 탓입니다.'

영제는 이 글을 읽고 한숨만 쉬었다. 환관들 가운데서도 장양(張讓)·건석(蹇碩)·조충(趙忠)·봉서(封諝) 등 10명이 권세를 휘어잡아 십상시(十常侍)라 불리고 있었지만 황제에겐 이들을 물리칠 힘이 없었다.

황제는 특히 장양을 '아버님'이라 불렀으며, 모후 영락(永樂)태후와 장양의 사이가 수상쩍다는 소문마저 나돌았다. 정치가 날로 어지러워지고 조정의 위엄이 지방까지 미치지 못하여 곳곳에 도둑들이 들끓었다.

푸른 하늘 이미 죽었네.
  누런 하늘 마땅히 서리.

 소용(少容)이 노래 부르며 방 안 사람들을 둘러보았다. 그녀의 아들 장로(張魯), 그리고 그들 교단의 대표 장수(張脩), 진잠(陳潛)이 함께 있었다.
 "몇 해 전부터 이런 주문과 같은 노래가 동쪽에서 퍼지고 있다고 해요. 진잠, 그렇지요?"
 "예. 아이들까지 부르고 있습니다. 청주, 유주, 기주 일대가 더 심하다 합니다."
 "한(漢) 천하도 이제 끝장이겠군요?"
 소용의 말에 모두 무거운 침묵에 잠겼다.
 오행설(五行說)에 의하면, 한은 목덕(木德)으로 천하를 얻었다. 이어서 그것을 쳐 쓰러뜨리는 토덕(土德)이 일어날 것이다. 나무〔木〕는 파랑〔靑〕, 흙〔土〕은 누렁〔黃〕이라고 오행설로 정해져 있다.
 그러므로 '푸른 하늘〔靑天〕: 목덕(木德)'의 한 황실은 이제 망한다. 대신 '누런 하늘〔黃天〕: 토덕(土德)'을 가진 새 황조가 머지않아 일어난다.
 노래의 숨은 뜻은 바로 이런 것이었다. 무서운 혁명의 조짐이 그 안에 들어 있다.
 소용은 재색을 아울러 갖춘 부인이었다. 머리가 비상했고 앞을 꿰뚫어보는 예지력이 있었다. 역사에도 밝았다.
 "외람된 말씀이오나 저도 그렇게 느끼지 않을 수 없었습니다."
 "우리는 모두 난세에 태어났지요. 한의 지난 역사를 돌이켜볼 때 적미(赤眉), 녹림(綠林), 백파(白波)의 큰 난리가 있었습니다. 적미는 도둑의 무리들이 눈썹을 붉게 칠한 데서 나왔고 녹림과 백파는 모두 고을 이름입니다. 그런데 장각의 태평도 사람들은 머리에 누런 헝겊을 동이고 있다면서요?"

진잠은 소용의 말에 내심 크게 놀랐다. 적미·녹림·백파·황건 모두 색깔과 관계가 있다. 적어도 난의 지도자들이 오행설을 깊이 믿고 있다는 증거였다.

"하지만 이곳은 중원(中原)에서 멀리 떨어진 파(巴)나라입니다. 대책만 잘 세워 나간다면 전란은 피할 수도 있을 거예요."

소용은 이렇게 말하며 진잠의 눈을 똑바로 바라보았다. 소용의 눈빛은 아들 장로를 부탁하는 어머니의 간절한 소망을 담고 있었다.

파나라는 흔히 파촉(巴蜀)이라 하는데 지금의 사천성(四川省) 일대이다. 파는 중경(重慶)지방, 촉은 성도(成都) 일대의 나라이다. 파촉은 높은 산맥에 둘러싸여 있는 분지로 땅이 기름지고 인물이 많이 나기로 유명한 곳이었다.

더욱이 파촉은 대륙 안의 별천지로서 천연 요새였다. 육로는 구름이 이리저리 나부끼는 높은 산마루에 걸쳐 있고 수천 길 골짜기엔 잔도(棧道)가 휘청휘청 걸려 있어 건너자면 머리칼이 쭈뼛쭈뼛 곤두선다.

단 하나의 교통로는 장강(長江)인데 이곳에도 역시 유명한 삼협(三峽)이라는 난소(難所)가 있다. 화살처럼 빠른 격류가 바위를 씻는 여울목이 곳곳에 숨어 있다. 그런 협곡이 800리나 이어진다.

그래도 소용으로서는 안심이 되지 않는 모양이었다. 입버릇처럼 '아들 노는 당신에게 달렸어요.'라고 말했다.

"저 같은 애송이가 어떻게 그런 중대한 일을……."

더구나 진잠은 이제 겨우 20세였고 장로는 두 살 아래였다.

"아니에요, 나는 믿을 사람이 그대밖에 없어요."

열일곱에 노를 낳은 소용은 지금 서른이 훨씬 넘었을 텐데 둥그스름한 어깨 언저리로부터 풍기는 게 있었다. 진잠은 그런 소용을 똑바로 바라볼 수가 없었다.

애당초 진잠은 포대기에 싸여 개구멍받이로 장씨 가문에 들어왔다고 한다. 장로의 할아버지 장릉(張陵)은 아이를 집에서 키우라고 가족들에게 일렀다. 그런 뒤 소용이 시집왔기 때문에 소용은 곧잘 어린 진잠에게 우스갯소리를 하곤 했다.

"넌 나보다도 이 집에 오래 있었구나."

장릉은 며느리인 소용을 불러 앉히고 명령했다.

"내 자식을 키우기 전에 남의 자식을 키우면 마음이 넓어진다. 우리 가문엔 그런 며느리가 필요하다."

진잠으로서는 소용이 어머니나 다름없었다. 그렇건만 진잠은 소용에게서 '여자'를 느꼈다. 얼굴도 모르는 어머니에 대한 그리움이 그런 감정을 자아내게 하는 것일까.

"진잠, 어렵지만 기주에 또 가 주겠어요? 우리 집안과 오두미도(五斗米道)의 운명이 그대 어깨에 달려 있어요."

"예."

진잠은 진심으로 대답했다. 소용을 위해서라면 목숨도 기꺼이 바칠 수 있을 것 같다.

오두미도. 그것은 도교의 일파이다. 교조는 바로 장릉이었다.

장릉은 패(沛)의 풍(豊) 출신이다. 패는 지금의 강소성(江蘇省) 북부로 한고조 유방의 고향이 근처였으므로 그 무렵 이 고장 백성들은 부역을 면제받는 특전을 누리고 있었다.

장릉은 촉나라로 옮겨가서 학명산(鶴鳴山)에서 도술을 배웠다. 그는 도술로 사람들의 병을 고쳤다. 병치료 사례비가 쌀 닷 말로 정해져 있어 사람들이 그의 도교를 오두미도(五斗米道)라 불렀다.

장릉은 이 도술을 아들 형(衡)에게 전했고, 형은 다시 노에게 전했다. 장릉은 이미 세상을 떠났고 장형도 일찍 죽어 장로가 20살이 되기까지 수제자였던 장수가 대신 교단을 이끌고 있었다. 그러나 실질적 배후 실력자는 소용이었다.

"갈 곳은 태평도의 본거지가 있는 기주 거록(巨鹿)이에요."
"예. 분부만 내리신다면 어디라도 기꺼이……."
"작년에 그대가 알려 준 노래……푸른 하늘 이미 죽었으니, 누런 하늘 마땅히 서리……의 다음 구절이 요즘 불려지고 있다 해요."
그 말을 들은 진잠은 깜짝 놀랐다.
"그 노래는 어떤 것입니까?"
"그 해는 바로 갑자, 천하가 크게 길하리, 그런 뜻입니다."
진잠은 두려운 나머지 등줄기에 소름마저 끼쳤다. 거기엔 무서운 뜻이 깃들여 있기 때문이다.

　　푸른 하늘 이미 죽었네
　　누런 하늘 마땅히 서리
　　그 해는 바로 갑자
　　천하에 큰 경사가 나리라

이 해는 후한 영제 광화(光和) 6년(183년), 간지(干支)로는 계해(癸亥)였다.
"갑자란 바로 내년이 아닙니까?"
"그래요! 갑자란 두 글자가 태평도 신자 집 대문에 흰 흙으로 버젓이 씌어져 있다 합니다. 더욱이 도읍의 관아 문에도 붙여져 있는 걸 본 사람이 있다고 해요."
"도읍의 관아에까지도?"
진잠은 말을 삼켰다.
혁명을 예언하는 말은 벌써 오래 전부터 들려오고 있었다. 그런데 그 시기까지 알리는 노래를 관아에까지 붙였다면 대담한 도전이 아닐 수 없다.
태평도가 같은 도교로 머물러 있다면 오두미도로서도 그다지 신

오두미도 115

경쓸 것 없었으나 드러내 놓고 혁명을 예언하는 노래까지 퍼뜨린다면 문제는 달랐다. 소용이 염려한 것은 바로 이 점이었다.

"가 주겠어요?"

소용은 다시 한번 다짐했다. 그만큼 일이 중대했다.

"여부가 있겠습니까."

소용과 눈길이 마주치자 진잠은 자기의 임무가 얼마나 중요한지를 깨달았다.

"오두미도를 위해서만이 아닙니다. 오두미도에 혼을 맡긴 수십만의 생령들을 위해서이기도 하지요. 아니, 천하 만민을 위해서라 해도 좋아요."

"알겠습니다."

영제가 천하를 유지하기 어렵다는 것은, 웬만큼 세상을 내다보는 사람이라면 누구나 다 알 수 있는 사실이었다. 영제는 이때 이미 27세였다. 그러나 세월이 가고 나이를 먹었다 해서 모두가 성장하는 것은 아니었다.

어렸을 때부터 아첨하는 환관의 무리와 교태를 부리는 궁녀에 둘러싸여 살아온 영제는 정신적인 나이로 볼 때 아직도 어린애에 지나지 않았다.

영제는 심지어 후궁에 모의 시장을 만들어 궁녀들에게 이것저것을 사고 팔도록 했다. 그러고는 그곳에 영제 스스로 상인 차림이 되어 나타나 반벌거숭이 궁녀들을 희롱하며 쾌락을 일삼았다.

어느 때는 개머리에 갓을 씌우고 목엔 인수(印綬)를 달게 하였다. 인수는 높은 벼슬아치에게 내리는 증표이다. 벼슬아치들이 개를 보고 절하면 영제는 손뼉을 치며 좋아했다.

국가 재정도 문란할 대로 문란해졌다. 대궐에서는 구멍 뚫린 국고를 채우기 위해 각주 태수로부터 도행비(導行費)를 거두어들였다. 황제는 황제대로, 탐관오리는 탐관오리대로 사복을 채워 백성의 원성이 자자했다.

따라서 혁명을 피하기는 어려운 상태였다. 그러나 현재의 황실을 대신할 만한 세력이 있을까? 이때 나타난 것이 황건당이었다.

'성공할 수 있을까?'

그러나 뜻밖에 천하를 얻을지도 모른다. 아무튼 한 황실의 무능함과 부패는 이제 그 도를 넘어섰다. 동쪽 태평도가 천하를 잡는다면 서쪽 오두미도는 어떤 입장에 놓일까? 오두미도는 탄압받을 염려가 있다. 그러니 미리 내통해 두자. 태평도가 거사하기 전 오두미도는 협력을 아끼지 않았다……그런 인상을 장각 무리에게 주어야 한다.

하지만 그것을 뚜렷하게 보여주면, 태평도가 진압되었을 때 오두미도 또한 역적 황건 무리와 손을 잡았다는 죄로 박해를 당하고 말리라.

소용은 여기까지 내다보고 진잠에게 특별 임무를 준 것이다.

"이것은 우리가 살아남기 위한 방법입니다. 겉보기의 협력은 좋지만 결코 세상에 드러내서는 안 됩니다."

거록은 항우가 일찍이 진(秦)나라 군을 무찌른 싸움터이다.

태평도의 본거지는 그곳에 자리잡고 있었다.

오두미도에서 파견된 사자라고 아뢰자 대현양사 장각이 직접 만나 주었다.

"먼길에 수고가 많았소."

장각은 눈을 가늘게 뜨고 말했다.

옹졸하고 속이 얕은 사람은 자기 속마음을 남에게 알리기 싫어한다. 그러므로 '마음의 창'인 눈을 되도록 크게 뜨지 않는다.

장각은 몸집에 비해 머리가 컸다. 눈도 코도 입도 모두 크다. 눈을 일부러 가늘게 뜨기 때문에 눈두덩이 부은 것 같은 인상을 주었다. 마주 보고 있으면 그 얼굴이 문득 다가오는 느낌을 준다. 그러나 섬뜩해하면서 다시 바라볼 때면 얼굴은 다시 제자리로 돌아가 있었다. 속이 얕고 좁은 사람임을 엿볼 수 있었다.
 '깊음과 넓음을 모르는 장각이 군중을 이끌려고 하다니!'
 진잠은 만나자마자 장각에게 실망하였으나 사자로서의 말을 전했다.
 "똑같은 도술 및 구민(救民)을 위한 단체로서 우리 오두미도 교인은 태평도가 필요로 한다면 언제든 협력을 아끼지 않을 것입니다."
 "실로 고마운 말씀이오, 으하하하!"
 장각은 웃음을 터뜨렸다.
 "실은 우리도 그 일로 파에 사자를 보냈소."
 진잠은 놀라 다그쳐 물었다.
 "언제 사자를 보내셨습니까?"
 "사흘 전에 출발했소."
 "사흘 전입니까?"
 그는 겨우 한숨을 돌렸다.
 똑같은 협력이라도 요청을 받아서 하는 것과 미리 자진해서 하는 것과는 논공행상 때 큰 차이가 있음은 두말 할 것도 없다.
 3일 전에 출발했다면, 지금쯤 사자는 고작 낙양을 지나고 있을 것이다.
 '이것으로써 오두미도는 자발적으로 황건당의 혁명에 가담하겠다는 뜻을 전한 거야.'
 진잠은 안도의 한숨을 내쉬면서 목소리를 낮추어 말했다.
 "사안이 중대한만큼 이 약속은 극비로 해 주시기 바랍니다."
 "두 말할 필요도 없는 일."
 장각은 턱을 앞으로 당기며 실눈을 크게 떴다. 큰 눈이었다. 흔히 말하는 왕방울눈이다. 진잠은 그 순간 온 신경을 모아 그 눈 속을 들여다보았다.
 오만스러움!

장릉이 가장 경계해야 한다고 가르친 그 눈빛이 장각의 눈에 역력히 나타나 있었다. 더욱이 그는 사자가 있는데도 대방 하나를 불러들이는 게 아닌가.
"마원의를 불러라! 급히 시킬 일이 생겼다."
"그럼, 저는 이만……."
진잠이 자리를 물러날 뜻을 비치자 장각은 말했다.
"아니오, 그대는 객장(客將) 자격이니 여기 그대로 있구려."
진잠은 장각의 말에 또 한번 실망했다. 자기를 신임하고서 남아 있으라는 뜻이었지만 그는 군사 지식의 기본인 보안조차 모르는 것이 아닌가?

사나이

 마원의가 장각 앞에 나타났다.
 "부르셨습니까, 대현양사님."
 그는 한쪽 무릎을 꿇고 군례(軍禮)를 올렸다.
 "오, 마거수. 이제 곧 인공과 지공 장군도 이리 올 것이오. 그리고 여기 이 사람은 오두미도에서 온 사절이시오."
 진잠은 그에게 고개를 숙였다. 곧이어 장량, 장보, 두 사람도 나타났다. 진잠은 장각의 소개로 그들과도 인사를 나누었다.
 "당신네가 우리와 손을 잡아 준다면 그야말로 백만의 원군을 얻은 셈이오."
 장량도 장보도 별로 의심하지 않고 진잠을 반겼다. 그 자리에서 황건당 회의가 열렸다. 태평도의 최고 간부는 이들 네 명인 듯싶었다.
 장각이 말했다.
 "가장 어려운 일은 민심을 얻는 일이다. 그런데 마침 민심은 나에게 쏠려 있다. 이 기회를 타 천하를 얻지 않고 언제 얻겠는가!"
 "드디어 거삿날이 다가왔군요?"

"아니다, 그 전에 할 일이 있다. 마원의를 낙양에 보낼까 한다."
"낙양에?"
"그렇지. 십상시인 봉서(封諝)와 서봉(徐奉)에게 금은을 한 바리씩 바치는 거다. 그 호송대장으로 마원의를 보낸다."
"하지만 그들에겐 이미 많은 재물을 보내지 않았습니까?"
십상시의 봉서와 서봉은 이미 황건당과 줄이 닿아 있었다. 황건의 무리가 지금처럼 강성해진 것도 그들의 도움이 컸다.
황건당을 비방하는 지방관의 상소가 조정에 올라와도 이 두 사람이 중간에서 뭉개버리고 영제 귀에는 단 한 마디도 들어가지 않도록 손써 주었기 때문이다.
"천하가 왔다갔다하는 판인데 금은 몇 바리쯤 아까울 게 뭐란 말이냐?"
장각은 눈을 부릅떴다. 아랫사람을 위압할 때에는 왕방울눈을 험악하게 굴려가며 소리치는 것이 위력적이었다.
"이럴 때 금은을 다시 가져다 준다면 봉서와 서봉은 우리들이 군사를 일으키더라도 그 보고를 중간에서 가로막아 줄 것이다. 그들이 대수롭지 않은 일이라고 황제를 속이면서 시간을 끌어줄수록 우리에겐 유리하단 말이다!"
"과연 형님의 지혜는!"
장량이 감탄했다. 삼형제 가운데 가장 성급한 장보가 물었다.
"그럼 거삿날도 정해졌겠지요. 그날이 언제입니까?"
진잠은 긴장했다.
거사하는 날이야말로 최고 기밀에 속한다. 진잠은 그 기밀을 꼭 알고 싶어서가 아니라, 그것마저 자기 앞에서 경솔하게 흘린다면 황건당의 미래는 없다고 생각했다.
장각도 그 점만은 미소로써 얼버무렸다. 다시 눈을 가늘게 뜨고 힐끗 진잠을 바라보았다. 그리고 그 자리에 있는 모두에게 들려 주듯 말했다.

"그것은 차차 알게 될 것이다. 다만 너희들은 언제라도 군사를 일으킬 수 있도록 철저히 준비를 하기만 하면 된다."

"예!"

진잠은 거록에 며칠 머물러 있기로 했다. 총대장 장각의 말을 따른 것이다.

"며칠 푹 쉬었다가 가시오. 당주(唐周)라는 똑똑한 젊은이를 안내자로 딸려 드릴 테니 태평도에 대해 더 알고 싶은 것이 있다면 뭣이든지 물어 보시오."

"고맙습니다. 그렇다면 며칠만……."

진잠이 우선 놀란 것은 황건의 무리가 엄청나게 많다는 사실이었다. 10만이나 20만 정도가 아닌 것 같았다. 더욱이 황건당은 기주뿐 아니라 청주와 유주, 연주에도 있었다.

"군사가 엄청나게 많군요. 게다가 훈련도 열심히 하고요."

진잠의 감탄에 당주는 목소리를 죽여가며 뇌까렸다.

"많으면 뭣합니까? 철저히 훈련된 관군에 맞서 이길 수 있다 생각하십니까? 아직은 아주 엉성합니다."

진잠은 자기 귀를 의심했다. 자기 또래 젊은이이긴 했지만 너무도 솔직한 말이 아닌가! 어쩌면 황건당에 불만을 가지고 있는 자인지도 모른다.

그러나 자기를 시험해 보라는 장각의 비밀 지령을 받고 왔을지도 모른다. 조심하는 게 상책이라고 생각했다.

"뭘요, 관병의 훈련도 별것 아닙니다. 이보다 더 형편없을지 몰라요."

"그럴까요?"

당주의 대꾸는 어디까지나 부정적이다. 진잠은 문득 그에게 호기심이 생겨 화제를 돌려 질문했다.

"마원의 거수(渠帥)는 출발했습니까?"

"3일 뒤 출발할 일도 있고 해서."

당주는 이렇게 대답했다. 진잠은 그의 눈에 순간적이나마 증오의 빛이 떠오르는 것을 놓치지 않았다.

'무엇인가 있구나!'

"마원의 거수는 어떤 인물입니까? 내가 보기로는 우리 파촉에서도 좀처럼 찾아볼 수 없는 호걸처럼 여겨졌습니다만."

"호걸이라고요……?"

당주는 드러내 놓고 증오의 표정을 지었다. 마치 그 동안 쌓이고 쌓였던 분통이 한꺼번에 터지는 듯 당주는 흥분해서 말했다.

"1년 전만 해도 어디서 굴러먹던 자인지, 조상도 모르는 자였는데 다만 무예가 좀 뛰어나고 힘이 장사라고 해서 대현양사의 신임을 받아 거수가 되었을 뿐입니다."

"거수란?"

"태평도엔 36명의 방(方)이 있습니다. 방의 지휘자가 대방(大方)인데 그 위에 있는 것이 거수입니다."

"그렇다면 아주 중요한 직책이군요. 게다가 이번과 같은 중대 임무를 맡긴 것만 봐도……."

"흥!"

당주는 코웃음을 쳤다. 그리고는 딱 잘라 말했다.

"그의 임무는 반드시 실패할 것입니다."

"어째서입니까?"

"그것만은 말씀드릴 수 없습니다. 아무튼 두고 보십시오."

그날 밤 진잠은 태평도에 대한 정보가 담긴 암호문을 만들어 소용에게 보냈다.

'황건이 천하를 잡을 가망성은 없음. 그러나 천하 대란이 일어날

조짐은 있음.'

이런 내용이었다.
그리고 당주가 어째서 마원의에게 예사롭지 않은 증오심을 품고 있는지 호기심이 생겨 알아보았다. 소방 하나에게 술을 먹이고 넌지시 물어보자 그는 묻지 않는 말까지 술술 풀어 놓았다.
"질투 때문이지요."
"질투 때문?"
"그렇지요. 당주는 우리와는 달리 공자니 맹자니 하는 걸 많이 배운 젊은이죠. 따라서 양사님과도 말이 통했습니다. 신임도 받고요."
진잠은 재빨리 추리했다. 장각에게는 '부제수재(不第秀才)'란 별명이 있다. 과거 급제를 못한 수재란 의미이다. 그런 만큼 유교에도 깊은 지식을 갖고 있었다. 그런 장각이 선비 출신의 당주를 중용했음도 있음직한 일이다.
"그런데 마원의가 나타나 신임을 빼앗기자 질투하는 건가요?"
"그것도 있겠지요. 그러나 더 큰 문제는 여자입니다."
"여자라니요?"
진잠이 되묻자 소방은 싯누런 이를 드러낸 채 히히 웃었다.
"양사님께는 수십 명의 선녀들이 있어요. 그 가운데서 나이 젊고 아리따운 장오(章五)라는 처녀를 당주에게 내려 주기로 했답니다. 그것을 마원의가 중간에서 가로챘기 때문에……."
"딴은!"
진잠은 모든 걸 알았다는 듯 고개를 끄덕였다.
사실 이 무렵 마원의의 장막에서는 간드러진 여자의 신음소리와 황소처럼 씩씩거리는 남자의 숨소리가 엇갈리고 있었다.
"이제 제발 그만! 그만 해요. 몸이 부서질 것 같아요."

"아직 멀었어. 이번에 가면 꽤 오랫동안 너를 못 보게 된다."
마원의가 얼마나 여체를 탐하는지 여자 울음소리가 점점 더 높아지며 숨넘어갈 듯 끊이곤 했다.

마원의가 낙양으로 떠났다. 1주일 뒤 진잠은 당주와 함께 거록을 떠났다. 마원의가 떠날 때에는 100명 가까운 졸개가 금은을 가득 실은 수레를 호위했지만 진잠과 당주는 단 둘뿐이었다. 당주는 무엇인가 중대한 임무를 띠고 있는 것 같았다.

이해 12월 조정에선 개원을 하여 중평(中平) 원년이 되었다. 바로 갑자년이다.

황건당에선 거삿날을 '갑자년 갑자일'로 정하고 그것을 봉서에게 알리는 임무를 당주에게 맡겼던 것이다.

당주도 그 최고 기밀만은 진잠에게 가르쳐 주지 않았다. 다만 이렇게 말했다.

"저하고 같이 낙양에 가시지 않으시렵니까? 다만 탁현에 볼일이 있어 그곳을 다녀서 돌아가야 합니다만."

"나야 아무래도 좋지요."

이렇게 해서 두 사람은 거록에서 북쪽을 향해 길을 떠났다. 가는 도중 진잠은 당주의 사명이 무엇인지 알아내려고 애썼다.

그 동안 진잠은 거사 날짜만은 빼고 중요 정보를 알아내는 데 성공했다. 그 보고도 물론 암호로 만들어 오두미도에 보냈다.

'황건당이 반란을 일으킬 거점은 업으로 정해졌다. 그들은 이곳에 병력을 집결시키고 거수인 마원의가 지휘하게 될 것이다.'

업은 교통의 요지이다. 하북과 하남 경계선에 자리하고 춘추시대엔 제나라 도읍이었다. 뒷날 조조(曹操)는 이곳을 도읍으로 정하고 위(魏)를 세웠다.

그래서 진잠은 당주에게 슬쩍 던져보았다.

"태평도의 장황조가 세워진다면 총사령관인 마원의는 일등공신 감이겠지요?"

그러나 당주는 그저 싱긋 웃어 보일 뿐이었다. 뭔가 이상했다. 전 같으면 마원의 이름만 나와도 흥분하고 그의 욕을 한바탕 해댔을 것이다.

"글쎄요. 그렇게 마음대로 될까요?"

그 정도로 반응만 나타냈다. 그리고 당주는 화제를 돌렸다.

"저기 탁현의 성문이 보입니다. 길가 주막에 들어가 잠시 쉬었다 갈까요?"

그때 갑자기 하늘에서 비명이 들렸다. 길바닥에 핏방울이 튀었다. 오장육부가 싸늘하게 얼어붙을 일이었다. 사람이 하늘에서 떨어진 것이다. 피비린내 속에서 옴짝달싹도 않았다. 입고 있는 갑옷은 납짝하게 찌그러졌다. 칼을 차고 활까지 멘 군사였다.

이 광경을 본 사람들은 기겁했다.

그런데 젊은이 한 사람만이 잠자코 그 광경을 바라보고 서 있다. 짚신과 돗자리를 실은 나귀를 끌고 있는 젊은이였다. 초라한 차림이었다. 칼도 차지 않았다.

젊은이는 피투성이 군사의 머리에 두른 누런 수건을 차갑게 내려다보았다.

이어 다시 외마디 소리와 함께 두 번째 희생자가 바로 젊은이의 눈앞에 떨어졌다. 똑같이 누런 수건을 머리에 두른 군사였다.

젊은이는 그들이 날아온 왼쪽 성벽 위를 쳐다보았다.

불쑥 사람 그림자 하나가 나타났다.

엄청나게 큰 사나이였다.

표범머리에 고리눈. 눈이 보통 사람보다 세 곱은 컸다. 고리눈은 무섭게 횃불 같은 빛을 내뿜었다. 볼에서 턱에 걸쳐 새까만 수염이 물결쳤다. 사나이는 겨드랑이에 정신 잃은 젊은 여자를 끼고 있었다.

성벽이라야 무너진 돌더미뿐이었지만 그 위에 떡 버티고 선 사나이는 나귀를 끄는 젊은이를 빤히 내려다보고 있었다.
"이봐, 짚신 장수……."
고리눈 사나이가 불렀다. 큰 몸집에 걸맞는 매우 큰 목소리였다.
"아니, 당신은 유비 현덕 아니시오?"
"그러는 당신이야말로 장비 익덕이 아니시오!"
"긴 이야기는 차차 하기로 하고 부탁이 있소. 이 처녀를 교위(校尉)에게 데려다 주시오. 사례를 받게 될 거요."
말을 마치자 그는 여자를 집어 던졌다. 처녀의 몸은 꽃다발처럼 나귀 등에 사뿐 떨어졌다.
유비는 눈살을 찌푸리면서 물었다.
"이 처녀가 교위 추정(鄒靖)의 따님이란 말이오?"
"그렇소. 추정이 이곳 유주태수 유언(劉焉)의 명령을 받들어 황건적을 친다는 방(榜)을 성 안에 내붙였소. 그것에 화가 난 황건적들이 추정의 딸을 납치해서 예까지 데리고 온 것을 내가 지나가다 구해 주는 거요."
"그럼 당신이 직접 이 처녀를 교위댁으로 데려다 주면 될 것 아니오? 내가 데리고 가서 사례를 받다니 당치도 않소."
"웬 말이 많소! 데리고 가라면 데리고 가시오!"
장비는 호통을 쳤다.
유비가 발길을 옮길 때였다.
"이봐, 잠깐만."
장비는 서너 길이나 되는 높이를 단숨에 껑충 뛰어 큰길 위로 내려섰다.
"혹시 몰라 일러두겠소. 성 안으로 들어가는 도중 엉뚱한 생각은 품지 마오. 이 처녀를 당신 것으로 만들려고 한다든가, 황건적에게 팔아 넘기려 한다든가 하는 수작 말이오!"

"그렇게 걱정이 되면 당신이 직접 데리고 가면 될 것 아니오?"
"뭐 혹시 몰라 일러두는 것이니 그렇게 화낼 건 없소."
유비는 멀어져 가는 장비의 뒷모습을 빤히 바라보며 고개를 설레설레 흔들었다.
'사람이 많이 변했군. 도관에서 탈출하며 처음 만났을 때와 딴판이야. 하기야 세상도 자꾸 변하는데 사람이라고 변하지 말란 법은 없겠지.'
한편 당주와 진잠도 이 광경을 처음부터 끝까지 지켜보았다. 두 사람은 저마다 다른 생각을 했다.
당주는 이렇게 생각했다. '그 장비인가 하는 고리눈의 사나이라면 마원의 따위는 아무것도 아닐 거야.'
그런데 진잠은 유비를 더 눈여겨보았다.
'확실히 별난 인물이다. 덕성스러워 보였어. 지금과 같은 난세에는 저런 인물이 나서야 백성을 구할 수 있지 않을까?'
두 사람은 제 나름대로의 생각에 잠기며 묵묵히 걸어 탁현 성문을 지났다. 황건당의 습격을 받아서인지 성 안엔 경계가 엄했다. 관병들의 모습이 여기저기 눈에 띄었다.
당주가 목소리를 죽여 말했다.
"아무래도 우리 둘이 함께 다니는 건 위험할 것 같소. 따로 행동합시다."
당주는 군중들 속으로 유유히 사라졌다. 진잠은 당주가 몸을 사리는 것도 무리는 아니라고 생각했다. 눈앞에서 황건적이 둘씩이나 무참하게 죽는 것을 보았으니까.
진잠은 탁현 성 안을 여기저기 걸었다. 해거름이 되어 어차피 오늘밤은 이곳에서 묵어야겠다 생각하고 잠잘 곳을 찾았다.
그때 문득 보니 유비가 나귀를 끌며 성 안 십자로를 건너가고 있었다.

'아, 저 친구!'
진잠은 호기심이 생겨 그의 뒤를 따르기로 마음먹었다.
나귀 등에는 짚신도 돗자리도 처녀도 보이지 않았다. 처녀는 이성을 다스리는 교위 추정의 집 문 앞에 내려 주었고, 짚신과 돗자리는 도갓집에 넘겨 주고 가는 길이다.
처녀는 유비가 자기를 집 앞까지 데려다 주자 눈물을 흘리면서 두 손 모아 절을 했다.
"꼭 아버지를 만나주세요. 아버지가 직접 인사를 드리도록 하고 싶습니다."
그러나 유비는 고개를 저어 사양하고 그 자리를 떠났다.
유비는 남이 구해 낸 처녀를 태워다 주었을 뿐이다.
그는 길을 꺾어들다가 문득 거기에 높다랗게 나붙어 있는 방을 보았다. 교위 추정의 이름으로 된 격문이었다. 최근 황건적이 이 유주 땅에서 날뛰고 있으니 의분과 용기를 지닌 사람은 즉시 무기를 들고 일어서라는 내용이었다.
그러나 방 앞에서는 사람의 그림자라곤 전혀 찾아볼 수 없었다. 이른 봄 석양만이 쓸쓸히 기울어지고 있었다.
'피리를 불어도 사람들은 춤을 추지 않는다.'
고을 수령이 아무리 소리쳐도 백성들은 황건적과 맞서 싸울 생각을 갖지 않는다.
유비 또한 말없이 격문을 읽고 나서 그 앞을 떠나려 했다.
그때——
"젊은이, 잠깐만."
등 뒤에서 불러 세우는 사람이 있었다.
유비는 고개를 돌렸다.
'누구일까?'
저도 모르게 마음속으로 외쳤다.

유비가 지금껏 대해 본 적이 없는 거구의 사나이가 우뚝 서 있었다. 장비도 엄청난 몸집이었지만 별로 위풍을 갖추고 있지는 못했다. 그러나 지금 눈앞에 서 있는 큰 사나이는 시선을 마주친 것만으로도 이쪽에서 몸이 절로 굳어질 지경이었다.

더욱 눈길을 끄는 것은 그의 수염이었다.

가슴까지 길게 늘어진 것이 넉 자는 좋이 될 것 같았다. 봉의 눈과 짙은 눈썹, 우뚝 솟은 콧대, 모든 것이 여느 사람과는 달랐다.

"실례지만 당신은 어디서 온 귀인이기에, 그런 행색으로 세상에 숨어 살고 계신가요?"

"숨어 사는 사람은 아니오. 나는 누상촌에 살면서 짚신을 삼고 자리나 짜서 저잣거리에 내다 파는 보잘것없는 사람이오."

사나이는 고개를 저었다.

"그대의 풍채와 얼굴은 아무리 보아도 예사롭지 않소. 그 빼어난 눈썹 하나만 보아도 고귀한 혈통임을 알 수 있소. 더욱이 그 큰 귀는 범인의 귀가 아니오. 숨기지 말고 신분을 말씀해 주오."

"이 사람은 하동(河東) 해량(解良) 태생으로 성은 관(關), 이름은 우(羽), 자는 장생(長生)……요즘은 운장(雲長)이라고 고쳐 부르고 있는 사람이올시다. 고향에 있을 때 고을 원이 하도 횡포를 부리기에 그만 그를 쳐죽이고, 쫓기는 몸이 되어 피해 산 지가 5년이 됩니다. 외람된 말씀이오나……남보다 조금 센 힘을 타고난 탓인지 늘 풍운을 타고 싶은 욕망이 있는 것 같군요. ……당신이 만일 허락하신다면 감히 발 아래 무릎을 꿇을까 합니다."

그 진지한 태도를 보고도 유비는 별로 마음이 움직이는 것 같지 않았다.

"실망을 시켜 드려서 안됐소만, 나는 한낱 짚신 장수에 지나지 않소."

유비는 이렇게 말하고는 그 자리를 떠 버렸다.

진잠은 이번에는 관우에게 정신을 빼앗기고 말았다.
'세상엔 정말 별난 인물들이 다 있구나. 옛말에 나라가 어려우면 충신이 나타나고 집이 가난하면 효자가 나온다 했다. 그렇다면 이 난세에는 영웅 호걸들이 구름처럼 나타난단 말인가!'
진잠은 잠시 두 사람 중 어느 쪽을 따라갈까 망설이다가 발길을 돌렸다. 당주를 따르기로 한 것이다. 그로서는 당주의 행동이 아무래도 마음에 걸렸기 때문이다.

글방의 소년

"에이, 더럽다!"

느닷없이 엄청나게 큰 소리가 터져 나왔다. 작은 주막은 그 큰 소리에 지진이라도 난 것처럼 온통 흔들했다.

주막 앞에 매달아 놓은 돼지고기가 부르르 떨렸다.

주막 안에는 손이 몇 명 있었다. 깜짝 놀라 벌떡 일어나는 사람도 있었고, 술잔을 바닥에 떨어뜨리는 사람도 있었다.

"뭐가 더럽다는 거지, 장비?"

동쪽 성문을 지키는 군사 하나가 물었다.

"모든 게 다! 이 세상 모든 게 다 재미가 없다!"

장비는 안쪽 구석에 있는 큰 술통 위에 걸터앉으며 소리쳤다. 취한 눈이 움직이지 않고 있었다. 그 정도 취한 것을 보면 말술을 마신 게 틀림없었다.

이곳에 흘러들어온 뒤로 멧돼지를 잡아 시장에 내다 파는 일을 업으로 삼고 있는 장비였다. 한꺼번에 일고여덟 마리를 긴 쇠몽둥이에 매달아 메고 오는 것도 사람들을 놀라게 했지만, 그렇게 해서 번 돈이 바닥 날 때까지 술을 퍼마시는 것도 사람들을 놀라게 했다.
"그렇게 이 세상이 마땅치 않다면 말일세, 멧돼지를 잡는 대신 황건당의 괴수 장각의 머리라도 베어 오지 그래."
문지기 군사가 놀렸다.
"듣기 싫다!"
장비는 비번이 되어 술을 마시러 온 문지기 군사 세 명을 흘겨보았다.
"너희 수문졸들에게 일러둔다. 아직 한번도 황건적의 습격을 당한 일이 없는 너희들은 그 관문이 철벽인 줄로 알고 있겠지만 어림도 없다. 황건적에게 걸리면 종잇장 찢기듯 금방 부서지고 만다. 여러 소리 말고, 그날이 올 때까지 장사꾼 등쳐서 코딱지만큼이라도 뇌물을 받아 술이나 실컷 마시거라."
"이봐! 멧돼지나 잡아 파는 주제에 너무 큰소리 치지 말라구. 우리가 지키는 관문이 뭐 종잇장 같다구? 그렇게 만만해 보이거든 네 주먹으로 한번 쳐서 깨부셔보지 그래."
"그야 문제 없지. 소원이라면 한번 깨어버려주지."
장비는 벌떡 일어났다.
"날 따라와, 벌레 같은 녀석들!"
반도하(蟠桃河) 돌다리를 건너면 동문이다. 장비는 다리 앞에 발길을 멈추자 차고 있던 긴칼을 뽑아 한 번 후려쳤다.
강둑에 서 있던 꽤 큰 아름드리 버드나무가 천천히 기울기 시작했다.
이윽고 우지끈 하고 요란한 소리를 내며 넘어진 버드나무를 아무렇게나 번쩍 집어든 장비는 가지를 탁탁 잘라 내어 어깨에 둘러메었다. 이것을 목격한 군사들은 갑자기 겁이 나서 입을 딱 벌린 채 서로 얼굴만 바라보았다.
장비는 성문 앞에 딱 버티고 서서 망루를 올려다보며 외쳤다.
"수문장은 듣거라. 이 장비는 네 부하들에게 문을 부수기로 약속했다. 장부가 한번 약속한 이상 뒤로 물러날 수는 없다. 고치는 비용은 멧돼지 열 마리로 쳐서 주겠다. ……자, 보아라!"

이렇게 말하더니 곧 둘러메고 온 아름드리 버드나무를 겨드랑이에 끼고, 12자 높이의 큰 문짝을 향해 돌진했다.

"쾅!"

요란한 소리가 울려 퍼졌다.

"이봐, 장비! 그만두지 못하겠나!"

망루에서 고개를 내민 수문장이 핏대를 세우며 소리 질렀다. 성벽에 붙은 막사가 마구 흔들리자 무슨 일인가 놀라 군사들이 뛰쳐나왔다. 장비는 아랑곳하지 않고 버드나무를 계속 내질렀다.

"쾅!"
"쾅!"

두께 다섯 치나 되는 큰 문짝이 다섯 번을 얻어맞자 마침내 부서지는 소리를 냈다.

"장비, 미쳤냐!"

수문장은 망루에서 사다리를 타고 재빨리 내려오려 했다.

순간 장비는 있는 힘을 다해 또 한번 들이받았다. 그토록 큰 문짝이 흔들 하더니 좌우의 성벽이 우지끈 무너졌다. 그 바람에 수문장은 발이 삐끗하며 열두 자 높이에서 굴러 떨어지고 말았다.

"에잇!"

장비는 유쾌한 듯이 다시 한 번 들이받았다. 성문은 마침내 넘어지면서 흙먼지를 자욱이 일으켰다.

그 때 20여 명 군사들이 창을 들고 달려왔다.

장비는 뒤를 돌아보며 소리쳤다.

"너희 놈들, 목숨이 아깝지 않느냐!"

군사들은 당장 몸이 얼어붙은 듯 멈추어 섰다. 장비는 들짐승이 울부짖는 것 같은 소름끼치는 괴성을 질렀다.

"에이, 빌어먹을! 아무 재미도 없다!"
 장비는 넘어진 문짝을 밟고 성 밖으로 훌쩍 뛰쳐나갔다. 바람을 일으키고 달려가는 장비의 뒷모습은 순식간에 콩알만큼 작아져 버렸다.

 "손자(孫子)가 말하기를……,"
 윗자리에 앉아 있는 관우가 먼저 말한다.
 그러자 아랫 자리에 공손히 앉아 있는 소년이 따라 읽는다.
 "손자가 말하기를……,"
 "전쟁은 나라의 큰일이라,"
 "전쟁은 나라의 큰일이라,"
 "죽고 사는 마당이요, 존망(存亡)의 길이므로,"
 "죽고 사는 마당이요, 존망의 길이므로,"
 "깊이 생각하지 않으면 안 된다."
 "깊이 생각하지 않으면 안 된다."
 초라한 글방이었다. 방안에는 세간 하나 없었다. 몇 해 전까지는 문둥병 앓는 도사가 살고 있었다. 사람이 살지 않는 집을, 2년 전 바람처럼 흘러들어온 이 수염 긴 사람이 고쳐 임시로 살고 있다.
 무섭게만 보이는 무인인데도 근처 아이들이 이상하게 잘 따랐다.
 그 사나이는 작은 새를 잡아 길들여 기르면서 아름다운 목소리로 울게 하는 재주를 가지고 있기 때문이기도 했다.
 아이들이 잘 따르자 이제는 글읽기와 글씨쓰기를 가르치게 되었다.
 지금 아랫자리에 앉아 있는 소년은 상산(常山) 진정(眞定)에서 쫓기어 어머니와 함께 이곳에 흘러들어온 아이이다. 이름은 운(雲)이라고 한다. 상산 진정에서 조가(趙家)네라고 하면 유명한 집안이었다. 선조는 진시황(秦始皇)을 섬긴 용맹이 뛰어난 무장이었다고 한다.

글방의 소년 137

소년은 지금 열 살이지만 관우가 볼 때 장차 크게 될 재목이었다. 특별히 보살피며 학문에 힘쓰게 하는 한편 무술도 가르쳤다.
"전쟁은 나라의 큰일이란 뜻은 알겠지?"
관우는 큰 눈을 부릅뜨며 바라보며 물었다.
"예, 압니다."
소년은 대답했다.
"죽고 사는 마당이란?"
"모릅니다."
"존망의 길이란?"
"모릅니다."
"사람은 한 번 죽으면 두 번 다시 살아나지 못한다. 나라도 마찬가지이다. 하루 아침에 망한 나라가 다시 일어난 예는 없다. 그러므로 전쟁이란 것은 함부로 일으켜서는 안 된다는 뜻이다."
"알았습니다."
조 소년은 슬기로운 눈동자를 깜박이지도 않고 대답했다.
그때였다.
"운장 형 있소?"
뜰에서 우렁찬 목소리가 들렸다.
"장비 녀석 또 취했군."
관우는 중얼거렸다.
장비는 창문으로 불쑥 머리를 디밀었다.
"아니, 또 아이들 교육인가?"
관우는 웃으며 조 소년을 보고 일렀다.
"조운아, 힘이 장사고 천성이 착하더라도 배운 것이 없으면 누구나 난폭자가 되고 만다. 술 마시는 것과 싸움 하는 것 말고 할 줄 아는 것이 없게 되니 사람은 배워야 하느니라."
"무슨 소리를 하는 거요. 오늘은 취하지 않았어. 하긴 성을 나올 때는 술을 조금 먹기는 했지만 관문을 부순 덕분에 술이 깨고 말았지."

관우는 어이없다는 듯 장비를 바라보았다.

"음. 수문졸들이 부술 수 있으면 부숴 보라고 비아냥대길래 버드나무를 베어 들고 쳐부숴 버렸지."

"딱한 녀석 같으니. ……먼지투성이가 아닌가. 당장 우물에 가서 씻고 와."

그리고 나서 관우는 조 소년을 돌려보냈다.

이윽고 장비는 젖은 긴 머리를 어깨에 늘어뜨린 채 들어오더니 한숨을 길게 내쉬었다.

"술 있지요?"

"술 마실 때가 아냐. 현성(縣城)을 지키는 군대가 뒤쫓아온다."

"오랜만에 칼솜씨나 한번 보여 줄까?"

"바보 같은 소리. 또 떠돌이길을 떠나고 싶나?"

"무슨 재미가 있어야지. 어때 운장 형, 이 근처에서 군사를 모아 한바탕 세상에 이름을 떨치지 않겠소?"

관우와 장비가 서로 알게 된 것은 얼마 전의 일이었다. 양양(襄陽) 근처를 떠돌아다닐 때 어느 주막에서 같이 묵고 있었는데, 그날 밤 도적의 습격을 받게 되었다. 다행히 두 사람의 눈부신 활약으로 도적들은 소탕되었다. 이것이 인연이 되어 두 사람은 친구가 되었다.

특별히 의형제를 맺은 것도 아니지만 장비가 멋대로 관우를 형이라고 불렀다.

"세상에 이름을 떨치기로 하자니 말이지만……."

관우가 갑자기 심각한 표정을 지으며 말했다.

"나는 어제 성 안에서 맹주(盟主)로 모셔도 될, 고귀한 인품을 갖춘 젊은이를 보았네."

"정말이오? 어디 사는 누군데?"
"내가 물어도 본인은 고개를 내두르며, 혈통은 없다고 했는데…… 내가 아마 잘못 보지는 않았을 거야."
"이름을 말하던가?"
"음, 누상촌에 사는 유비라는 짚신 장수……."
"그 사람이라면 나도 잘 알지!"
장비가 외쳤다.

누상촌.
일찍이 수십 년 전까지만 해도, 여기에 탁현을 다스리는 지방 관청이 있어서 이 마을은 집도 수천 호에 이르렀고, 역참으로도 제법 번창했었다고 한다. 그 뒤 백 리 저쪽——반도하를 끼고 현성이 옮겨 가자 누상촌은 썰렁해지고 말았다.
지금은 집들도 50채가 채 못되고, 둘러싸고 있던 성벽도 태반이 무너져 나가고 말았다. 집들이 몰려 있는 넓은 길가의 옛 역참 터를 지나자 다시 들길이 나타났다.
유비는 나귀를 끌고 잡초가 우거진 성문 자리를 지나 마을로 들어섰다. 마을 안은 너무나 쓸쓸했다.
역참 터를 벗어난 부근은 길이 넓었다. 길 옆으로는 논이 펼쳐져 있다. 유비는 거기까지 와서 문득 길가에 사람 하나가 넘어져 있는 것을 보았다. 가까이 다가갔다. 깜짝 놀랐다. 아이였다. 피투성이가 되어 죽어 있는 아이는 논 저쪽 숲속에 사는 여중(呂中) 씨네 일곱 살난 아들이었다.
오디가 익으면 이 아이는 대광주리를 들고 얻으러 오곤 했다. 수줍은 표정으로 '금년에도 또 왔어요.' 하고 말하는 모습이 무척이나 귀여웠다.
"누가 이런 참혹한 짓을……."

유비는 탄식하며 어린 주검을 나귀 등에 싣고, 논두렁길을 급히 걸었다. 유비는 소년의 집에 이르러 또 한 구의 시체를 발견했다. 소년의 할아버지가 칼에 맞아 엎어져 있었다.

어지간한 일에는 좀처럼 흔들리지 않는 유비였건만 온몸의 피가 얼어붙는 것 같았다. 유비는 얼마쯤 떨어진 이웃집으로 달렸다.

그곳에도 반신불수의 노파와 어린아이의 시체가 있었다.

유비는 자기 집을 향해 질풍같이 달렸다.

일을 할 수 있는 남자와 여자들은 모두 잡혀 가고 노인과 아이들은 모두 살해되었다.

뽕나무 밑을 지나 뜰로 달려 들어간 유비는 큰 소리로 불렀다.

"어머니! 어머니……."

그러나 대답이 없다. 장사를 마치고 돌아오면 언제나 따뜻하게 맞아 주시던 어머니였다. 갑자기 입안이 바짝 타는 듯했다. 정신 없이 집안 곳곳을 두리번거리던 유비는 부엌과 헛간 사이 좁은 통로에 무참하게 쓰러져 있는 어머니를 발견했다.

"어머니!"

안아 일으켜 보았으나 이미 손을 쓸 길이 없었다.

뜨거운 눈물이 주르르 볼을 타고 흘렀다.

한참만에 겨우 눈물을 거둔 유비는 어머니의 한쪽 손에 쥐어져 있는 누런 헝겊을 보았다. 저항하는 동안 도적의 머리에서 움켜쥔 것이 틀림없었다. 도적이 황건당인 것은 의심할 여지가 없게 되었다.

"어머니! 이 유비가 기어코 원수를 갚고야 말겠습니다."

유비는 마치 살아 있는 어머니에게 말하듯 굳게 맹세했다.

어머니를 안방에 안치하고 유비는 땅 속에 만들어 둔 비밀 방으로 내려갔다.

유비는 한 자루 검을 갖고 나왔다. 소중히 간직해 온 예의 보검이었다.

글방의 소년 141

유비가 칼집에서 칼을 쑥 뽑아들자, 칼날이 창문으로 스며드는 달빛을 받아 푸르스름하게 빛났다. 유비는 칼날을 어머니 몸에 올려놓았다.

"어머니! 이 칼을 휘두를 때가 왔습니다. 두고 보십시오! 하늘을 대신해서 이 유비 현덕이 도적을 무찌르겠습니다!"

도원결의

유비는 어머니의 주검 앞에서 뜨거운 눈물을 뚝뚝 흘렸다. 어머니의 인자한 모습, 그리고 지나간 일들이 주마등처럼 그의 눈앞을 스쳤다.
"현덕아, 네 아버지도 할아버지도 너처럼 짚신을 삼고 자리를 짜며 이름 없는 백성들 속에 파묻힌 채 일생을 마치셨다. 그러나 너에게는 중산정왕의 피가 흐르고 있다. 중산정왕은 경제의 아드님이시니까 너의 몸에는 이 천하를 다시 통일해야 할 제왕의 피가 흐르고 있음을 잊지 말아라."

진에 이어 천하를 통일한 유방은 기원전 202년 한을 세웠을 때 유씨 일족을 번왕(藩王)에 임명하고 타성인 왕은 모두 제후 자리에서 물러나게 했다.
그런데 유방이 죽고 비(妃)였던 여후(呂后)가 정권을 잡자 여씨 일족이 천하를 쥐고 흔들었다. 그러나 여씨 일족도 기원전 180년 여후가 죽자 모두 주살되었다.

그 뒤 6대 경제 때에 와서 제후들의 세력을 약화시키려는 정책이 강력히 추진됐다. 이에 위기의식을 느낀 오(吳), 초(楚) 7국의 제후들이 반란을 일으켰다. 경제는 이것을 진압하고 한 황조의 기반을 더욱 굳건히 했다.

어머니는 그 말을 아들에게 들려 준 것이다.

"하지만 이런 이야기는 함부로 입 밖에 내서는 안 된다. 지금의 후한 황실은 우리의 조상들과는 핏줄이 다르기 때문이다. 너의 조부께서 경제의 후손이라는 사실이 알려졌다면 우리 집안은 벌써 옛날에 멸족되고 말았으리라."

어머니한테서 그런 말을 들을 때마다 유비는 얼마나 뿌듯한 자부심을 가슴에 품었던가!

"그러니 비록 돗자리 장수로 하루하루를 보내고 있지만 너는 고귀한 조상의 혈통을 이어받았음을 늘 잊지 말아야 한다."

이렇게 말씀하시던 어머니, 그 어머니가 황건도적의 칼을 맞아 돌아가셨다. 유비는 크게 통곡을 하고는 정성을 다해 뽕나무 뒤 양지 바른 곳에 어머니 시신을 모셨다. 그리고 유비는 이제야말로 자신의 핏줄을 드러낼 때가 왔다고 생각했다.

누상촌에서 30리쯤 떨어진 곳에 반도촌(蟠桃村)이 있다. 집이 수백 호나 되는 제법 큰 역참이다.

복숭아의 명산지로 태수 유언의 별장이 그곳에 있다. 그 뜰이 봄철이면 복숭아꽃으로 덮이는데, 이 고장 사람들이나 나그네들이 그곳을 즐겨 찾았다.

이튿날 아침 유비는 반도촌을 찾아갔다. 그는 인가가 있는 마을에서 조금 떨어진 작은 언덕으로 올라갔다. 그곳에도 복숭아나무들이 많았다. 꽃봉오리들이 겨우 벌어지려 한다.

그러나 유비는 이 아름다움을 감상할 마음의 여유가 없었다. 나뭇가지에 앉아 지저귀는 꾀꼬리의 귀여운 노랫소리도 귀에 들어오지 않았다.

언덕 위에 성묘(聖廟)가 있었다.

그 옛날 공자가 자로(子路) 등 제자 7명을 거느리고 이곳을 지날 때 열흘 남짓 머무르며 학문을 강론한 곳이라 한다.

성묘를 세운 것은 태수 유언이었다. 그리고 학자인 동시에 군략가이기도 한 노식을 이따금 청해다가 강의를 하게 했다.

노식이 그곳에서 산 지 벌써 15년이 된다.

유비는 15세 때부터 20세까지, 비가 오나 바람이 부나 하루도 쉬지 않고 이 언덕에 올라, 노식의 강의에 귀기울였던 것이다.

성묘 뒤쪽에 오두막이 있었다.

선비의 집답게 뜰에는 대추나무가 네댓 그루 여기저기 서 있을 뿐이었다.

"선생님……, 유비입니다."

"오오, 비인가. 들어오게."

유비는 제자의 도리를 지켜 문간에서 신을 벗고 세 번 절을 했다.

노식은 나이 쉰이 넘어 귀밑머리가 희끗희끗했다. 이마가 넓고 콧대가 빼어나 한눈에 큰 학자임을 알 수 있었다.

"오래 문안 올리지 못했습니다."

"아, 역시……비는……."

스승은 만날 적마다 기품을 더해 가는 제자의 풍채를 어루만지듯 살펴보았다. 잠시 한가한 이야기가 오간 다음, 유비는 자세를 가다듬고 말했다.

"선생님께 간절히 올릴 말씀이 있습니다."

"무슨 말인가?"

"어제 누상촌은 황건적의 노략질로 젊은이들은 모두 잡혀가고 늙은이와 어린이는 남김없이 죽임을 당했습니다."

노식은 쓸쓸히 눈살을 찌푸렸다.

"선생님께서는 언젠가 저한테, 그 동안 배운 것을 살려 일어설 때가 오리라 말씀하셨습니다."

스승은 조용히 귀를 기울였다.

"때가 된 것 같습니다……. 그런데 군사와 무기가 필요합니다. 선생님께서 지금 가르치고 계신 젊은이들을 제 수하로 쓸 수 있게 해 주십시오."

이름도 없는 한낱 짚신 장수이지만 굳게 결심을 하자 늠름한 기개가 엿보였다.

노식은 크게 고개를 끄덕였다.

"알겠네. 다행히 내가 가르친 젊은이들이 500은 넘네. 무기를 들게 하면 그날로 쓸모가 있을걸세. 곧 불러 모아 좋은 맹주를 받들게 된 것을 알려 주어야겠군."

노식은 손뼉을 쳤다.

"부르셨습니까?"

창문 밖에서 대답하는 사람이 있었다. 애꾸눈에 꼽추인데 얼굴마저 못생겼다. 이 사나이는 일찍이 영천 허현(許縣)에서 원귀(猿鬼)란 별명으로 우는 아이도 그의 이름을 들으면 울음을 뚝 그칠 정도로 악명을 날린 도적이었다. 그 별명이 말해 주듯 초인간적인 날랜 팔다리를 지니고 있어 말보다도 빨리 달리고 원숭이보다 높이 뛴다는 소문이 나 있었다.

그는 노식에게 감화되어 성실한 충복으로 변신, 오늘에 이르고 있다.

"원귀, 바쁜 일이 생겼네. 해가 지기 전까지 제자들을 불러 모아 주게. 한 사람이라도 많을수록 좋아."

"알았습니다."

원귀가 바람처럼 언덕을 달려 내려가는 것을 바라보며 노식은 중얼거렸다.
"이로써 이 언덕에 앉아 기다리던 내 일도 끝났구나."
"고향으로 돌아가십니까?"
"아니……."
노식은 고개를 저었다.
"그대의 결의를 듣고 이 늙은이도 갑자기 피가 끓어올랐네. 실은 얼마 전 대궐에서 하진(何進) 대장군의 이름으로 부름이 있었지. ……그대가 일어선다니 나도 한번 나서 볼까?"
"선생님께서 조정에 들어가신다면 저도 일어서기를 결심한 보람이 있습니다. 언젠가는 황건적 괴수의 머리를 베어 들고 뵙게 될 날이 있을 것입니다."

구름 한 점 없이 맑게 갠 봄하늘을 이고 말 두 필이 고삐를 나란히 나아간다. 흰 말을 탄 사람은 수염이 긴 관우, 사슴빛 누렁말을 탄 것은 고리눈 장비.
들판에는 아지랑이가 아른거리고 하늘에는 종달이 울음소리가 흐른다.
"운장 형의 눈은 정말 틀림없겠지?"
장비는 벌써 세 번째 이렇게 물었다.
"말이 많군. 자네 이 운장을 믿거든 잠자코 따라오는 게 좋아."
관우와 장비는 지금 누상촌을 찾아가는 중이다. 유비 현덕을 설득시켜 맹주로 받들고 큰 뜻의 깃발을 높이 올리려는 것이다.
"운장 형, 만일 형이 잘못 보았다면 나는 그때부터 형 대신 아우라고 부르겠어."
"그보다 내 자네를 장대인(張大人)이라고 불러 주겠네."
두 사람은 성긴 잡나무 숲으로 들어섰다. 잠시 뒤 관우가 말했다.
"장비, 아무래도 우리를 뒤쫓는 모양이야."

"뭐?"

장비는 고개를 돌리고 허리를 쭉 뻗었다.

"음! 2, 30기(騎)는 되겠군, 좋아! 모조리 군신(軍神)에 바치는 제물로 삼겠다."

장비는 얼른 말머리를 돌리려 했다.

"잠깐만! 그보다도 적을 우리 편으로 만드는 것이 병술(兵術)이란 걸세."

"어떻게 하겠다는 거요?"

"자네는 똑바로 가게. 도망치는 것처럼 보이는 게 좋아."

"무슨 소리! 이 장비 익덕 같은 천하 호걸이, 고작 조그만 고을의 조무래기 군사들에게 등을 보일 수야……."

"그게 전술이란 거다. 나는 이 숲속에 숨었다가 놈들의 등 뒤를 치겠어. 저 한 부대를 몽땅 사로잡는 거야. 군사가 없이는 큰일을 도모할 수 없잖은가."

"그렇군, 좋아."

탁현 교위 추정의 명령을 받아, 관문을 부순 장비를 뒤쫓아온 것은 수비대장 이하 25기였다.

장비 한 사람을 잡는 데 도적떼를 토벌하는 것처럼 부대를 꾸미다니 지나치지 않느냐고 고개를 갸웃거리는 사람도 없지 않았다. 그러나 장비의 초인적인 힘을 본 사람들은 그 수로도 부족하다며 장비의 무서운 힘을 이야기했다.

그러나 대부분의 군사들은 대수롭지 않게 여겼다.

"그까짓 멧돼지 사냥꾼쯤이야!"

"오오, 저기 달아나고 있다."

우거진 숲을 빠져 나왔을 때 선두의 대장이 앞쪽에 달려가는 말을 보고 외쳤다.

수비대장은 힘껏 말 배를 찼다.
"쫓아라!"
공교롭게도 길이 좁아 한 줄로 뒤쫓지 않으면 안 되었다.
3보 간격을 두고 급히 말을 달리며, 맨 뒤 병사가 숲을 빠져 나갈 순간이었다.
"장병들아, 어디로 가느냐?"
천둥같은 큰 목소리가 등 뒤에 떨어졌다. 맨 뒤 군사가 깜짝 놀라 뒤돌아보았을 때는 벌써 창은 빼앗기고, 긴 수염을 바람에 나부끼며 장대한 사나이가 굴러오는 큰바위처럼 덮쳐 왔다.
비명을 지를 겨를도 없이 땅바닥에 내동댕이쳐졌다.
관우는 이미 다음 적을 향해 백마를 달리고 있었다.
"앗!"
"에잇!"
"으악!"
"와앗!"
순식간에 짧은 외마디를 허공에 남긴 채 군사들은 공중제비를 하듯 땅바닥에 굴러 떨어졌다.
17, 8기가 어이없이 꼴사나운 모습을 드러내고 있을 때 장비도 재빨리 말을 돌려 수비대장의 창을 낚아채고는 한 대 쳐서 허공에 날려 버렸다.
군사들을 모조리 말에서 떨어뜨리고 뺏은 창을 묶어 겨드랑이에 낀 채 관우가 말했다.
"너희들은 잘 듣거라. 나는 하동 해량 사람 관우, 자는 운장이라고 한다. 풍운을 일으킬 꿈을 꾸며 몇 해를 방랑하다가 이곳에서 장차 천하를 바로잡아 만백성을 편케 할 위대한 인물을 발견했다. 지금 그분을 맹주로 받들기 위해 찾아가는 참이다. 너희들도 우리 두 사람에게 패했으니 깨끗이 마음을 고쳐 뒤를 따르는 게 어떠나? 싫다면 돌아가 내 말을 전하고 이 참패를 교위에게 보고하든 지 마음대로 하라."

이윽고——

관우와 장비는 20여 기를 이끌고 누상촌 마을 어귀에 이르렀다.

관우는 말 위에서 곧바로 성벽으로 뛰어올라 손을 이마에 대고 바라본다. 이윽고 그는 고개를 갸웃했다.

"이상하군? 이렇게 조용할 수가…… 어떻게 된 일일까?"

의아해하면서 저쪽에 높이 솟은 큰 뽕나무 아래에 자리잡고 있는 집을 바라보았다. 어디로 보나 옛날 집 구조인데 여느 민가와는 좀 달랐다.

"유비 현덕의 집이 틀림없다."

누상촌이란 이름은 누각 같은 큰 뽕나무가 서 있어서 생긴 이름이리라. 그렇다면 그 커다란 뽕나무가 있는 집이 바로 옛날 이 마을을 다스리던 집안일 것이다. 유비가 여느 집과 같은 작은 민가에 사는 사람으로는 생각되지 않았다.

"나를 따르라."

관우는 말에 뛰어오르자 곧장 달리기 시작했다.

장비가 뒤따르자 20여 기가 그 뒤를 달렸다.

금방 뽕나무 밑에 이른 관우는 말을 버리고 뜰로 들어섰다.

큰 소리로 불렀으나 대답이 없었다.

"이봐요, 운장 형. 둘러보아 하니 이 마을엔 전혀 사람이 없어."

장비가 옆에 와 말했다.

"어쩌면 유비 현덕은 마을 사람들을 데리고 어딘가로 떠난 건지도 몰라."

"그럴 리 없어. 밭에 채소가 시퍼렇지 않나. 떠났다면 뽑아 가지고 갔을 것이다."

관우와 장비는 집 안으로 들어가 보았다. 가난할망정 잘 정돈된

아담한 집이었다.
"돌아올 때까지 기다리자."
관우가 말했을 때 군사 하나가 황급히 들어와서 보고했다.
"군대가 이리로 옵니다."
두 사람은 급히 뜰로 나갔다.
서쪽에 있는 큰길로 군대가 힘차게 행진해 오고 있다.
"황건적인가?"
장비가 두 눈을 부릅떴다.
"아니다! 저렇게 대오가 정연한 것을 보면 도적의 무리는 아닌 것 같아."
뜻밖에도 그 군대는 이 뽕나무집을 향해 다가오고 있었다.
"운장 형, 저 군대가 우리를 치러 오는 것은 아닐까?"
"이보게. 선두에 선 사람을 잘 보게."
관우는 미소를 지으며 말했다. 장비는 가만히 눈길을 모으고 있더니 외쳤다.
"아니, 저건 짚신 장수가 아닌가?"
"유비 현덕은 역시 못 속에 숨어 있는 용이었네."
관우는 크게 고개를 끄덕이며 말했다.
유비 현덕은 새까만 준마에 올라타고 금은과 옥돌로 장식한 칼을 차고 있었다. 뒤따르는 사람은 500여 명, 모두 젊고 저마다 무기를 들고 있었다.
유비는 자기 집 뜰에서 관우·장비, 그리고 20여 기가 기다리고 있는 것을 보고도 별다른 반응이 없었다.
당연히 찾아올 줄 알았던 것처럼 유비는 태연자약하게 말에서 내렸다. 천천히 그들 앞으로 다가서더니 유비가 말했다.
"정의의 호걸들이 뜻을 세우는 날은 같은가 보오. 함께 축하해 마지 않소."

전날과는 딴판으로 위풍 당당한 영웅의 모습이었다. 관우도 장비도 머리를 숙였다. 유비는 그들이 찾아온 이유를 물을 것도 없다는 태도로, 허리에 찬 칼을 뽑아 높이 들었다.
"이 칼은 선조 중산정왕으로부터 전해 내려온 것이오. 이 칼 아래 우리 정의의 맹세는 이루어졌소."
그 소리에 맞추어 500 젊은이의 함성이 터지고, 뒤이어 관우와 장비, 그리고 그 부하 20여 명의 함성이 울렸다.
이윽고 장비가 입을 열었다.
"운장 형, 우리는 함께 태어나지는 않았을지언정 죽는 날은 함께 하기로 약속한 거요. 그러니 우리 세 사람은……."
"의형제를 맺자는 말이겠지?"
장비의 속마음을 관우는 거울 들여다보듯 환히 꿰뚫고 있었다.
"그러우."
"자네와 나 사이라면 몰라도, 이분은 우리가 주군으로 받들어야 할 분이야. 그런데 어떻게……."
"아니오. 나도 찬성이오. 두 분 호걸과 형제가 되어 남아 필생 사업의 첫발을 내딛는 이 마당, 얼마나 뜻깊은 일이오."
유비가 웃으며 말하자 장비는 신이 나서 소리쳤다.
"그것 봐, 벌써 마음이 통하는걸! 당장 혈맹을 맺자고."
그러나 관우가 점잖게 타이른다.
"익덕, 너무 덤벙대지 말게. 일에는 격식과 순서가 있는 법이야."
"격식은 무슨 우라질 놈의 격식. 나는 운장 형의 그 고리타분한 선비 냄새가 영 마음에 들지 않는단 말이야."
유비가 가로막고 나섰다.
"뜻이 모아진 이상 천지신명께 제를 올리고 피로써 결의한 뒤 천하를 바로잡읍시다."
이윽고 반도촌 복숭아밭 싱그러운 꽃향기 속에서 의형제 혈맹을 위한 의식이 거행되었다.

　검정소의 피로 지신(地神)에게 고하고, 흰말의 피로 천신(天神)께 우러른 다음, 유비는 한 걸음 앞으로 나와 두 번 절했다. 관우와 장비가 그 뒤를 이었다.

　"여기 있는 유비·관우·장비 세 사람은 오늘 형제의 의를 맺어 한 날 한시에 죽기를 맹세하며 도적의 무리를 다스려 세상을 바로잡으려 하나이다. 부디 저희의 큰 뜻을 이루게 해 주소서."

　맹세와 기원이 끝났다.

　"우리 세 사람이 혈맹을!"

　장비가 왼손 새끼손가락을 깨물어 오른손에 든 술잔에 갖다 대었다. 붉은 피가 뚝뚝 술 위에 떨어졌다. 이어서 관우와 유비가 차례로 손가락을 깨물었다. 장비는 상처난 손가락으로 피 섞인 술을 저은 다음 유비에게 불쑥 내밀었다. 유비가 한 모금 마신 다음, 잔은 이어서 관우와 장비에게 넘겨졌다.

　"자아, 이제 축하주를 마십시다."

　장비의 얼굴에 생기가 넘쳤다.

　관우가 싱그레 웃으며 말했다.

　"뭐야! 재보다 잿밥에 정신이 팔린다더니."

　"아무려면 어떻소. 이런 기쁜 날 흠뻑 마시지 않고 어쩌리오. 안 그렇소, 큰형님."

　유비는 온화하게 미소를 지으며 고개를 끄덕였다.

　관우의 얼굴에서 웃음이 사라졌다.

　"익덕. 형제의 결의를 했어도 어디까지나 주군이시다. 알았나?"

　"아따. 내 잘못했소. 입 조심 하리다. 제기랄……."

　장비의 넉살에 관우도 피식 웃고 말았다.

　향그러운 복숭아꽃 내음이 세 의형제 맺음을 축하해 주는 듯 사위에 가득했다.

첫출전

의형제를 맺은 유비·관우·장비. 그러나 적수공권(赤手空拳)이란 바로 이들을 두고 하는 말이었다.

"자, 어떻게 한다?"

이튿날까지 술을 마시며 의형제 맺은 것을 기뻐하고만 있을 수는 없었다.

첫걸음을 내디뎌야 했다.

아침을 끝낸 뒤 바로 그 탁자를 둘러싸고 대책 회의가 열렸다.

"무슨 일이든 하면 된다. 남아 셋이 뜻을 합쳤는데 천하에 무엇이 두려우랴!"

장비는 이론가가 아니었다. 또 기획가도 아니었다. 무조건 밀어붙이는 성격이었다.

"무슨 일이든 하면 되다니! 그래서는 작은 일에도 실패하는 법. 우선 500 병력은 있으니 이들이 가지고 싸울 무기와 말을 구해야 하네."

유비는 관우의 의견에 고개를 끄덕였다.

"두 아우의 말이 모두 일리가 있네. 나는 우리가 군대를 일으킨 명분을 글로 써서 세상에 알리고 규율도 정해야 한다고 생각하네."
"저는 본디 문장이 서투르니 유비 형님께서 초안을 잡아 주십시오."
"아니, 관우 아우는 오랫 동안 글방에서 젊은이들을 가르쳤으니 젊은이들의 기개를 헤아려 부디 멋진 격문을 써 주오."
장비가 옆에서 거들었다.
"운장 형, 괘씸하군."
"무엇이 괘씸하단 말인가?"
"장형의 말씀은 주군의 명령처럼 알고 어기지 않겠다고 바로 어제 약속하지 않았소?"
곧 관우의 손으로 격문이 씌어졌다. 명문이었다. 나라를 걱정하는 마음과 정의감에 넘친 장중한 글이었다. 읽는 사람의 피를 끓게 하고도 남음이 있었다.
군율(軍律)도 정했다. 장비가 그것을 군사들에게 단단히 일러 주었다.

- 군졸된 자는 장수에게 절대 복종하고 예절을 지킨다.
- 눈 앞의 이익에 현혹되지 않고 뜻을 원대하게 품는다.
- 한 몸을 가볍게 여기고 한 세상을 깊이 생각한다.
- 약탈하는 자는 목을 벤다.
- 백성을 괴롭히는 자는 극형에 처한다.
- 군기를 어지럽히는 자는 참수에 처한다.

"알았느냐!"
군율이 너무 엄한 나머지 군사들은 잠시 잠자코 있었다. 그러나 곧 한목소리로 우렁차게 대답했다.

"예."

"좋아. 그렇다면 이제부터 부하로써 받아들이겠다. 그러나 얼마 동안 급료는 한푼 없다. 먹을 것은 있는 것을 서로 나누어 먹는다. 그래도 한 마디라도 불평을 해선 안 된다! 알았느냐?"

장비는 또 한번 외쳤다.

"알았습니다!"

당장 곤란한 것은 식량이었다. 식량을 구하기 위해서도 한시바삐 전투를 해야 한다.

황건적의 난동으로 시달림을 받고 있는 지방은 많았다. 먼저 그런 지방에 가서 황건적을 몰아내야 한다. 그런 뒤에는 정당한 세금과 먹을 것이 약속된다. 그것은 약탈이 아니다. 하늘이 주는 봉록이다.

어느 날.

"장장군, 장장군님! 말들이 떼로 지나가고 있어요, 저기요, 저기."

병사가 달려와서 급히 알렸다. 누군지 모르지만 수십 필의 말을 줄줄이 엮어 마을 앞 고갯길을 넘어온다는 보고였다.

말이라는 소리를 듣자 장비는 마음이 동했다.

지금 무엇보다도 애타게 필요한 것은 돈과 말과 무기였다. 하지만 의거군으로 군율을 엄격히 세워 부하를 다스리고 있으므로 차마 '약탈해 오라'고는 명령할 수 없었다.

장비는 관우와 의논했다.

"운장형, 어떻게 손에 넣을 좋은 방법은 없을까요? 알맞은 때 하늘이 주는 선물이라 생각되는데."

"좋아! 내가 가 보지."

관우는 부하 몇 명을 데리고 급히 고개로 달려갔다. 고갯길 아래에서 그 일행과 맞닥뜨렸다.

4, 50필의 말이 한 줄로 고갯길을 내려왔다. 말장수인 듯싶은 두 사내가 말을 타고 있었으며 몇 명의 인부가 그 뒤를 따르고 있었다.

이 말장수는 중산(中山)의 호상으로 한 사람은 장세평(張世平), 또 한 사람은 소쌍(蘇雙)이었다.

관우가 그들에게 공손히 예를 올리자 말장수들도 당황한 나머지 허리를 굽혀 답례했다.

"두 분께 말씀드리겠소. 우리는 황건적의 포악을 보다못해 의병을 일으킨 사람들이오. 그런데 도적과 싸우려 해도 말이 없어 한숨만 쉬고 있던 참인데 당신들이 지나간다는 말을 듣고 이렇게 달려왔소이다. 아무쪼록 우리에게 말만 확보된다면 나라와 백성을 위해 큰 도움이 되겠소만……."

장세평과 소쌍은 둘이서 귀엣말을 주고받더니 뜻밖에도 선선히 승낙했다.

"잘 알았습니다. 이 말 50필이 그런 의로운 일에 쓰인다면 다행스러운 일입니다. 모두 드릴 테니 어서 끌고 가십시오."

이쯤 되자 관우는 한편으론 기쁘고 한편으로는 의아했다.

"호오……, 정말로 고마우신 말씀. 실례이지만 어째서 두말 없이 승낙하시는 거요?"

장세평이 대답했다.

"하하하, 너무 시원스럽게 내드려 오히려 의심이 나시는 모양이군요. 첫째, 당신께서 악인이 아니란 것을 알았습니다. 둘째, 계획하신 의병은 매우 시의 적절한 것이라고 믿습니다. 셋째, 당신들 힘으로 우리의 원한을 풀기 위해서입니다."

"원한?"

"예, 황건적 장각 일당에 대한 원한이지요. 저희들도 전에는 중산에서 첫째 둘째 가는 호상이었지만 아시다시피 그 지방도 황건도적의 습격을 받아 재물을 몽땅 빼앗기고 말았습니다. 거리에서 소녀의 모습은 찾아볼 수도 없게 되었으며 새들마저 지저귀지 않게 되었습니다. 가게의 물건 하나 남김없이 약탈당했을 뿐 아니라 아내도 딸도 도적들이 끌고 가버렸습지요.”
"음, 그런 딱한 일이 있었군요."
"그래서 조카인 소쌍과 둘이서 말장수를 시작했지요. 그러나 북쪽 지방 역시 도적이 길을 막고 나그네의 짐과 목숨을 앗아 간다는 소문이었습니다. 남쪽에도 도적, 북쪽에도 도적, 이렇듯 말과 더불어 떠돌다가 마침내는 목숨까지 잃을 게 뻔합니다. 원한 맺힌 황건적에게 큰 힘이 될 말을 넘겨 주기보다는 차라리 큰 뜻을 품은 분에게 드리는 것이 얼마나 다행스러운 일입니까?"
관우의 의문은 깨끗이 풀렸다.
"그렇다면 누상촌까지 말을 끌고 함께 가 주시지 않겠소? 우리들이 맹주로 받드는 유현덕이란 분을 만나게 해 드리겠소."
"부디 그렇게 해 주십시오. 저희는 본디 장사꾼이라 당장 말을 거저 드리기는 하지만 이익도 생각하고 있으니까요."
"현덕님을 뵙더라도 지금으로선 말 값을 드릴 수가 없소."
"먼 훗날이라도 좋습니다. 만일 큰일을 이룩하여 천하를 호령하시게 되면, 그때 충분한 이자를 붙여 말 값을 치러 주시면 됩니다."
장세평은 소쌍과 함께 관우의 안내를 받았다. 그들은 도중 이런 말을 하기도 했다.
"일을 꾀하는데 인물은 모였을 테고 말도 이걸로 갖추어졌겠지요. 그런데 의거군에 경제 전문가는 있는지요? 군량과 군비의 공급을 맡아 일을 처리할 사람이 있는지 궁금하군요."
장세평에게 그런 지적을 받자 관우는 자기들 계획에 큰 결함이 있음을 깨달았다.
경영이라는 것.

자기는 물론 장비에게도, 유비에게도 경제적 관념은 도무지 없다. 문인이나 무인이 돈을 알면 안 된다는 사상이 옛날부터 머리 한구석에 뿌리박혀 있다. 경제 하면 천하게 보고 돈 하면 외면하는 것이 청렴한 선비라는 풍조였다.

한 인격으로서는 그것도 고풍(高風)이라 우러르게도 되지만 국가 대계(大計)로 볼 때 그것은 절름발이일 뿐이다.

일군(一軍)을 가졌다면 이제 경영을 생각지 않을 수 없다.

'예부터 이상이 있고 군사력을 갖추고서도 경제력이 없어 폭도로 전락하고 난적(亂賊)으로 끝난 자들이 얼마나 많았던가!'

이윽고 관우는 장세평과 소쌍을 유비 앞으로 데리고 갔다.

장세평은 유비의 사람됨을 보자 다시 말에 싣고 있던 무쇠 1천 근과 짐승 가죽 500장과 금은 500냥을 내놓았다. 장세평이 말한다.

"부디 군비에 써 주십시오. 그리고 아까도 말씀드린 대로 저희는 어디까지나 이익을 좇는 상인입니다. 무인에게는 무도(武道)가 있고 성현에게는 문도(文道)가 있듯 상인에게는 이도(利道)가 있습니다. 헌납하더라도 저희는 이것을 의로운 짓이라고 뽐내진 않겠습니다. 그 대신 오늘 드린 말과 금은이 10년 뒤, 30년 뒤에는 막대한 이익을 낳기를 바랄 뿐입니다. 다만 그 이익을 저희가 독차지할 생각은 없습니다. 가난에 허덕이는 만백성에게 나눠 주십시오. 그것이 제 희망이고 저의 상혼(商魂)이라 하겠습니다."

유비와 관우는 그의 말을 듣고서 크게 감동했다. 그래서 장세평을 진중에 머물러 있도록 간곡히 부탁했다.

"아닙니다. 저는 본디 겁쟁이로 태어나 도저히 당신네 호걸들과 함께 있을 용기가 없습니다."

그러고 나서 그들은 어디론가 사라져 버렸다.

유비는 곧 대장장이를 불러 무기를 만들도록 했다.

유비는 한 쌍의 쌍고검을, 관우는 무게 82근의 언월도(偃月刀)

를, 그리고 장비는 열여덟 자 사모(蛇矛)를 벼려 무기로 삼았다.
 일월(日月)의 깃발.
 비룡(飛龍)의 번기(幡旗).
 안장, 화살촉.
 우선 군장비는 이로써 정비되었다.
 세상에 내놓기에는 모자라는 군사였지만, 장비의 훈련과 관우의 엄한 군율 그리고 유현덕의 덕망이 말단의 군졸에 이르기까지 잘 전달되어 호령 한 마디에 마치 한몸처럼 척척 움직였다.

 이보다 앞서 관우는 한 장의 편지를 가지고 유주 탁군태수 유언(劉焉)을 찾아갔다. 태수 유언은 관우를 객사에 들게 하고 청당(廳堂)에서 만났다.
 관우는 예를 갖춘 뒤 말문을 열었다.
 "태수께서 지금 천하에 선비를 모으신다고 들었습니다. 사실입니까?"
 관우의 위풍은 당당했다. 유언은 관우를 한번 훑어본 뒤 범상치 않음을 느꼈다.
 "그렇소. 여러 역로에 방을 붙이게 해서 서둘러 선비를 모으는 중이오. 그대도 역시 격문에 응해서 온 위장부시오?"
 "그러하옵니다. 이 나라는 황건적이 날뛰어 황폐한 지 오래되고 군사는 싸움으로 지쳤습니다. 도처의 백성들은 창고를 도둑의 손아귀에 빼앗겨, 모두 국주(國主)의 무력함과 도둑의 횡포를 한탄하며 울지 않는 자가 없다고 듣고 있습니다."
 관우는 아첨도 두려움도 없이 정직하게 말을 했다.
 "저희는 오랫 동안 이곳에서 은혜를 입었는데 이와 같은 어지러운 때를 맞아 덧없이 초로에 묻혀 망중한을 보냄이 떳떳하지 않으므로, 500여 명의 군사를 거느리고 유현덕을 맹주로 삼아 태수의 군문에 들어와서 은혜에 보답코자 합니다. 태수께서는 너그러이 저희들의 뜻을 받아 주십시오."
그리고 유비의 편지를 꺼내어 읽었다.
이때 유언은 황건의 대방 정원지(程遠志)가 거느린 5만 대군과 피비린 싸움을 벌이고 있던 때여서 스스로 의병으로 자원하여 싸우겠다는 유비의 편지를 보고 크게 기뻐했다.
"꼭 와서 함께 싸워 주기 바라오."
그리고는 간곡한 편지를 써서 관우에게 들려 보냈다.
유비 삼형제와 500여 명의 군사가 서둘러 누상촌에서 탁군의 부성(府城)을 향해 출발할 때 미리 태수로부터 지시가 있었는지, 관문 위에 작은 깃발을 세우고 수비병과 관리들이 정렬하여 그 일행을 정중히 전송했다.
이들은 얼마 뒤에 탁군의 부성에 도착했다. 태수는 즉시 유비 등 세 장수를 맞아들이고, 그날 밤 환영 잔치를 베풀었다.
대장 유비는 아직 20대 청년이었지만 말수가 적으며 침착하고 중후하면서도 어딘지 모르게 대인의 풍모가 엿보였다.
더욱이 유비 현덕이 한실의 종친으로 중산정왕(中山靖王)의 후예라는 사실에, 유언은 역시 '그렇구나' 하면서 고개를 끄덕였다. 유언은 더욱 정중히 유비를 대하고 좌우의 관우와 장비에게도 존경의 뜻을 나타냈다.
이때 황건의 무리는 50만이 넘는 대병력으로 불어나 있었다. 한 해가 다 가도록 관군은 어느 곳에서도 이렇다 할 전과를 거두지 못했다. 일진일퇴, 오늘은 이겨도 내일은 패하는 등 승패의 뚜렷한 갈림길은 보이지가 않았다.
대장군 하진이 특별한 예우로써 초빙해 온 토비장군 노식(盧植)마저도, 광종을 치러 내려가던 도중 신출귀몰하는 황건적에게 시달려 전진다운 전진을 못하는 상태에 있었다.

유언은 교위 추정을 대장으로 삼고 그에게 대군을 주어 황건적과 싸우게 했다.

관우와 장비는 그 사실을 알자 곧 유비에게 알렸다.

"사람의 환대는 식기 쉽습니다. 예로부터 연회에는 오래 머무르지 않는다고 했습니다. 첫 출전이니 자진해서 돕도록 하십시오."

"나 또한 그렇게 생각하고 있던 바일세. 즉시 태수에게 진언해 보겠네."

유언을 만나서 그 뜻을 전하자 쾌히 교위 추정의 선봉에 참가할 것을 허락했다.

유비의 군사 500여 명은 첫 출전이라 의기가 충천하여 한걸음에 달려 대흥산 기슭에 이르렀다. 적군 5만은 험준한 산세를 이용하여 골짜기에 개미처럼 달라붙어 장기전에 대비, 진을 치고 있었다. 때는 장마가 지나고 이미 초여름 녹음이 짙어 가고 있었다.

싸움은 길어져만 갔다. 적은 종횡으로 기습을 가하는 한편 여러 고을의 황건적과 연락을 취하여 일제히 후방을 차단할 수도 있다. 그렇게 되면 아군은 겹겹으로 포위되어 섬멸당할 위험이 컸다.

유비는 이 생각을 관우와 장비에게 말했다.

"그러니 우리가 선봉인 이상 대치하여 장기전을 해서는 안 돼. 먼저 공격을 해서 단숨에 싸움을 끝내는 것이 어떨까?"

유비의 계책에 두 사람은 흔쾌히 동의했다. 그리고는 곧바로 산기슭까지 다가가서 갑자기 북을 치고 함성을 지르며 싸움을 돋우었다.

적은 산허리에서 철궁을 쏘며 좀체로 움직이지 않았다. 그러나 유비군이 얼마 되지 않을 뿐 아니라 관군이 아님을 파악하고는

"놈들은 작은 세력이며 정규군으로는 보이지 않는 오합지졸이니 모두 몰살시켜라."

적의 부장 등모가 호령하며 곧 책문을 열고 산 위에서 곤두박질치듯 말을 타고 달려 내려왔다.

"피죽이나 먹는 불쌍한 향군들아. 관군의 이름에 현혹되어 방패 노릇을 하러 왔느냐? 어리석게 권력의 방패가 되지 말고 항복하면 우리 대방 정원지님이 황건을 하사하고 고기와 술로 살찌게 해줄 것이다. 그렇지 않으면 곧 포위 섬멸하겠다. 귀가 있거든 듣고 입이 있거든 대답하라. 어찌 하겠느냐?"

유비가 관우와 장비를 좌우에 거느리고 들판 가운데로 백마를 타고 달려 나왔다.

유비는 적장 정원지의 앞에 말을 세우고 뒤에서 북적거리는 황건적의 대군에 들리도록 우렁차게 말했다.

"천지개벽 이래 짐승 같은 족속이 오래 번영한 전례가 없다. 설사 일시적으로 세상을 어지럽게 하고, 폭력으로 권세를 빼앗더라도 결국은 한낱 백골로 변하지 않았느냐? 크게 깨우쳐라. 우리는 일월의 깃발을 높이 치켜 세우고 암흑 세상에 광명을 가져와 부정을 물리치고 옳은 길을 밝히려는 의병이다. 섣불리 맞서다가 헛되이 목숨을 잃지 마라."

정원지는 듣고 나서 크게 웃었다.

"백주에 잠꼬대 같은 소리로구나. 각성하라는 말은 내가 네놈들에게 하고 싶은 말이다!"

정원지는 80근이나 되는 청룡도를 손에 들고 힘차게 말을 달려 유비에게 덤벼들었다.

유비가 급히 말머리를 돌리자 그 옆에서 지켜보고 있던 장비가 '이놈!' 소리치면서 끼어들어 장팔사모로 춤을 추면서 들어가 정원지를 투구에서부터 밑으로 내려쳤다.

이때 등모가 흐트러지려는 군졸들을 독려하다가 달아나는 유비를 보고 쫓아오자 관우가 재빨리 가로막으며 외쳤다.

"이 풋내기야. 왜 죽음을 재촉하느냐."

언월도가 허공을 가르자 등모는 피를 뿌리며 말과 함께 쓰러졌다.

적의 두 장수가 한꺼번에 죽어나가자 나머지 군졸들은 허둥지둥 계곡으로 달아났다.
후세 사람이 시를 지어 관우 장비를 찬양했다.

영웅들 숨겨진 재주 오늘 아침 드러나니
너는 창을 쓰고 나는 칼을 쓰네
첫 싸움에 벌써 위력을 떨쳤으니
삼분천하 그 명성이 드날리네

그들을 쫓아 머리를 벤 것만도 1만여. 항복하는 자들은 모두 받아들였다. 떨어진 머리는 네거리에 효수하여 천벌의 엄중함을 알리고 천하에 무위(武威)를 떨쳤다.
"전조가 좋았소."
장비가 관우에게 말했다.
"형님, 이 정도라면 50주나 100주의 적쯤은 반년이면 평정시킬 수 있을 것 같소. 천하는 눈 깜짝할 사이에 우리들의 깃발 아래 되어 태평성대가 반드시 올 것이오. 전쟁이 그렇게 빨리 끝나는 것이 서운하긴 하지만."
"못난 소리."
관우는 머리를 옆으로 저었다.
"그처럼 간단하지만은 않아. 전쟁이 언제나 이런 것이라고는 생각하지 말게!"
대흥산을 뒤로 하고 일행은 곧 유주로 개선하기 위해 말머리를 돌렸다.
태수 유언은 500명의 악사에게 승리의 가락을 연주하게 하고 성문에 깃발을 줄지어 세운 뒤 직접 개선군을 맞이했다.
그런데, 군마가 미처 쉴 사이도 없이 청주성에서 소식이 날아들었다.
　유언은 사자가 가져온 편지를 펴 보았다.

　　지방의 황건적이 봉기하여 청주성을 포위하였습니다. 얼마 지탱
　하지 못할 것 같습니다. 곧 원군을 보내 주시기 바랍니다.
　　　　　　　　　　　　　　　　　　　　청주태수 공경(龔景)

　유비는 또 자청해서 나섰다.
　"저희가 가겠습니다."
　태수 유언은 기꺼이 유비의 의용군을 떠나보냈다.

　새해 들어 열흘쯤 지났을 즈음이었다. 한 보고가 낙양궁에 들어왔
다.
　유주태수 유언이 청주 대흥산 기슭에서 적병 5만을 섬멸하고 적
장 정원지의 목을 베었다는 첩보였다. 그러나 실은 그것이 유언의
공이 아니라 그를 도와 선봉을 맡은 이상한 한 부대의 활약에 의한
것이라는 내용이었다.
　고작 500여 명의 부대인데도 그야말로 일기당천(一騎當千)의 무사
들로 차 있다는 것이었다. 인솔한 장수는 겨우 20대의 위풍당당한
호걸로서, 중산정왕 유승의 후손인 유비 현덕이란 사람이라고 했다.
　대궐의 어느 누구도 그의 이름을 알지 못했다.
　유비 현덕은 어느 전투에서고 항상 앞장서서 말을 달리는데, 그의
좌우를 호위하여 팔다리처럼 움직이는 두 장수의 활약이야말로 질
풍노도와도 같이 무시무시하다고 했다.
　한 사람은 넉 자나 되는 긴 수염을 늘어뜨리고 무게 수십 근이나
되는 언월도(偃月刀)를 높이 들었고, 또 한 사람은 용의 눈을 훔쳐
온 듯한 등잔 같은 커다란 눈을 번쩍이며 열여덟 자나 되는 사모(蛇

矛)를 휘두른다고 했다. 두 장수가 돌격하는 곳에는 언월도와 사모 아래 도적의 머리가 기왓장 조각처럼 떨어져나가고 피보라의 장막이 둘러쳐진다고 했다.

또 이에 뒤질세라 질풍같이 쳐들어가는 500 정예는 똑같이 새까만 투구와 갑옷을 두르고 있기 때문에, 검은 구름이 돌개바람을 타고 땅을 스치듯 지나가는 것 같다고 했다.

유언은 이 보기 드물게 용맹을 떨치는 의용군의 도움을 얻어 정원지를 쳐 없애고 나서, 쉴 겨를도 없이 청주태수 공경으로부터 구원을 청하는 글을 받고 그리로 달려가고 있다는 보고였다.

처음 낙양궁에서 작전을 세우기로는 유언이 싸움에 불리하면 공경에게 돕도록 할 예정이었는데, 그것이 반대로 된 것이다.

대장군 하진 이하 조정에 모인 참모 장군들은 고개를 갸웃거리지 않을 수 없었다.

이토록 놀라운 용력을 갖춘 의병이 민간에 숨어 있을 줄은 꿈에도 생각지 못했던 것이다.

붉은 갑옷

청주(靑州)의 산과 들에 전운이 감돌고 있었다.

산과 언덕에는 팔괘의 주문을 적은 누렁 깃발이 펄럭이며 쉴새없이 북소리가 울리고, 들에는 모래 먼지를 자욱히 말아올리며 사람과 말이 달리고 있다.

청주 백 리 땅에 걸친 언덕 지대를 차지한 황건당은 5만의 큰 군사였다. 이를 치는 청주태수 공경의 군사도 5만. 그러나 관군은 치고 들어가다가는 물러나고, 물러났다가는 다시 치는 싸움에 지쳐 피로한 빛이 짙어갔다.

그럴 즈음 깃발도 투구도 갑옷도 새까만 한 떼의 군사가 태수의 부대를 찾아왔다.

유비 현덕은 공경을 만나자 대뜸 청했다.

"군사 5천을 주십시오."

그날 당장 5천 군사는 투구와 갑옷은 말할 것도 없고 얼굴까지 새까맣게 칠해 검은 군대로 변했다.

이미 검은 의용군의 용맹스런 모습을 전해 들은 5천 군사는 스스로 일기당천의 무사가 된 것처럼 용기백배했다.

　유비는 군사 1천 명을 관우에게 나누어 주어 오른쪽 날개를 치게 하고, 장비에게도 역시 1천 명을 주어 왼쪽 날개를 치게 한 다음 자신은 5백 명 직속 군사에 3천을 더해 중앙을 똑바로 돌격해 나아갔다.

　돌개바람을 탄 검은 구름과도 같은 이 검은 군대는 높은 언덕에 진을 치고 있는 황건당에게 불길한 예감을 안겨 주었다.

　그러나 지휘를 맡고 있는 황건적의 세 대장은 단숨에 이 검은 군대를 짓밟아버릴 듯이 군사를 독려했다.

　"허세를 부리는 검은 파리떼 따위가 무서울 게 뭐란 말이냐."

　5만의 적도들은 창을 끌며 언덕에서 둑을 무너뜨린 홍수처럼 무서운 기세로 돌격해 내려왔다.

　의용군은 이들과 산기슭에서 맞부딪쳐 처절한 싸움을 벌이다가, 어지러운 징소리를 신호삼아 일제히 좌우로 흩어졌다.

　"추격!"

　"한 놈도 놓치지 마라!"

　적군들은 내리막길을 걷잡을 수 없이 무섭게 뒤쫓아왔다.

　유비는 두 마장쯤 급히 달리다가 문득 감추어 두었던 흰 깃발을 높이 치켜들었다.

　관우의 군대는 오른쪽 숲속에 숨어 그 흰 깃발이 오르기를 기다리고 있었다.

　"돌격!"

　관우의 늠름한 호령소리는 회오리바람처럼 나무를 요란하게 뒤흔들었다. 검은 군사는 일제히 함성을 울리며 숲속에서 뛰쳐나왔다.

　한편, 장비는 1천 명의 군사를 물이 마른 냇바닥에 숨겨 두고 있었다. 적의 퇴로에 매복한 것이다.

　"오너라! 오너라! ……빨리 이쪽으로 도망쳐 오너라!"

장비는 좀이 쑤셔 견딜 수가 없었다. 유비군과 관우군의 반격과 기습에 혼비백산하여 앞을 다퉈 후퇴하기 시작한 적의 무리가 한 마장 가까이에 모습을 드러내자 장비는 사나운 범들이 달리는 기세로 냇바닥에서 뛰쳐나갔다.

"와아, 모조리 죽이고 말겠다! 뒤를 따르라!"

장비는 싸움터를 돌아다니며 피바람을 부르기 위해 태어난 사나이 같았다.

열여덟 자 사모를 휘두르며 돌격해 들어가는 순간은 장비가 삶의 보람을 느끼는 순간이었다.

"이얏! 에잇!"

맹호의 울부짖음이 터지는 곳에는 적의 머리가 공처럼 허공으로 튀어올랐다.

저쪽 패해 달아나는 적군 속에서는 관우의 언월도가 붉은 무지개를 일으키며 바람개비처럼 횡횡 돌고 있었다.

마침내 황건의 무리는 퇴로가 끊겨 하는 수 없이 청주성 아래쪽 들판을 향해 달아났다.

태수 공경이 이를 놓칠 리 없다.

"지금이야말로 적군을 섬멸할 좋은 기회다!"

태수는 기세가 등등해 성문을 열게 한 다음 성 안의 모든 군사에게 돌격을 명령했다.

황건의 적도들은 수많은 희생자를 내며 뿔뿔이 흩어져 도망치기에 바빴다. 청주성 포위는 하루 만에 풀렸다.

후세 사람이 시를 지어 찬양했다.

계책을 내어서 귀신같은 공을 세우니
두 호랑이 용 하나에 못 미치네
첫 싸움에 나아가 위엄을 드리우니

외롭고 궁한 처지에도 천하삼분 담당했지

　공경은 피비린내 나는 싸움터로 말을 타고 나가, 유비 현덕을 장군의 예로써 맞고 그의 무용을 칭찬한 다음, 함께 성 안으로 들어갈 것을 청했다.
　"장군의 병사들을 위해 성문을 활짝 열어 드리겠습니다."
　그러나 유비는 승리를 자랑하는 기색을 전혀 보이지 않은 채 결의에 찬 표정으로 말했다.
　"지금 광종 땅 벌판에서 적의 괴수 장각과 싸우고 있는 노식 장군은 제 스승입니다. 곧 그곳으로 달려가 스승님 은혜에 보답할까 합니다."
　함께 싸운 5천의 태수 군사는 한 사람도 남지 않고 유비를 따르겠다고 자청했으나 유비는 이를 받아들이지 않았다.
　다시 500 의병의 우두머리로 돌아간 유비는 말머리를 돌렸다.
　"광종으로!"
　드디어 명을 내렸다.
　숙연히 떠나가는 검은 의용군을 배웅하면서 태수 공경은 긴 한숨을 내쉬었다.
　"저 흰 얼굴의 젊은이를 하진 대신 낙양의 대장군으로 삼았으면 얼마나 좋을까."
　그때 광종 들판에서는 적의 괴수 장각이 이끄는 15만 군사를 맞이해, 중랑장 노식이 그 3분의 1밖에 안 되는 5만 군사를 지휘해 싸우고 있었다.
　유비가 이르러 보니, 노식은 토비장군의 인수(印綬)를 차고 있으면서도 당당한 장군의 막사를 따로 만들지 않고 군사들과 같은 막사에서 지내고 있었다.
　장군기가 높이 펄럭이고는 있으나 병사들도 자유로이 출입할 수

붉은 갑옷　171

있는 아주 엉성한 막사였다. 입구에는 경비병도 서 있지 않았다.
"선생님……."
유비가 입구에 서서 불렀다.
"유비인가?"
기다렸다는 듯 노식의 대답이 들렸다.
노식은 투구도 갑옷도 걸치지 않고 있었다. 눈에 익은 서당선생 모습 그대로였다.
그 옆에는 애꾸눈의 꼽추 원귀가 조각처럼 버티고 서 있었다.
노식은 공손히 무릎을 꿇고 절하는 유비를 미소로 지켜보았다.
"고맙게도 무명을 떨쳐 주었군. 그대가 낙양궁에 장군의 칼을 차고 들어가게 될 날도 머지않겠지."
"선생님, 다행히 선생님께서 주신 500명의 제자들은 싸움을 거듭함에 따라 더욱 빼어난 정예 부대가 되었습니다. 적의 괴수 장각을 치는 선생님 군사에 가담시켜 그 싸우는 모습을 보아 주시기 바랍니다."
유비를 바라보는 노식의 얼굴에는 왠지 한 가닥 서글픈 그림자가 깃들여 있었다.
"장각이 도사리고 있는 곳은 험한 산지를 이용한 천연의 요새일세. 게다가 군사의 수는 우리의 3배나 되네. 더욱 우리에게 불리한 것은, 내가 거느린 5만의 낙양 군대는 들판에서의 싸움에는 익숙하지만, 험한 산을 오르는 데는 익숙하지 못하다는걸세. 그래서 하는 수 없이 이렇게 지구전을 벌여 적군이 식량이 떨어져 이를 구하러 요새에서 내려오기를 기다리는 도리밖에 없게 되었네. ……그래서 그대에게 부탁이야. 지금 영천 방면에서는 황보숭(黃甫嵩)과 주준(朱儁) 두 장군이 장각의 아우 장보와 장량을 상대로, 아침에 앗았다가 저녁에 앗기는 일진일퇴의 공방전을 되풀이하고 있어. 그대가 이를 돕게 되면 며칠 안 가서 관군이 승리할 것일세. 장보와 장량을 쳐서 무찌른 다음 황보숭과 주준 두 장군이 우리군과 합류해 준다면 장각을 치는 것은 그리 어려운 일이 아닐세. 영천으로 가서 공을 세우고 무명을 떨쳐 주기 바라네."
'선생님은 낙양군의 나약함에 실망하고 계시다.'
그러나 유비는 그런 소리는 입밖에 내지 않고 머리를 숙였다.
"알겠습니다."
유비가 나가려고 하자 노식은 다시 부탁했다.
"내 직속 군사 1천 명은 낙양 조정에서 배속시킨 관병이 아니고, 허현 땅에 있던 내 제자들이네. 그대가 거느리고 있는 500명 무사와 비교해서 조금도 손색이 없지. 그대 휘하에 함께 두어 주게나."
"하지만 선생님, 그 직속 부하를 제게 주시면 전력이 약해지지 않습니까?"
"장각이 총공격을 해오지 않는 한, 작은 전투를 되풀이하는 데는 낙양의 관병으로도 충분해. 그보다도 그대가 반드시 승리하여 응원군을 불러오는 것이 단 하나의 희망이네."
"선생님!"
유비는 그만 큰 소리로 불렀다.
"낙양 부대장들이 선생님 명령에 복종하는 것을 달가워하지 않는 것은 아닙니까?"
노식은 아무런 대답도 하지 않았다.
유비 현덕은 다시 1천 명의 강병을 보태어 영천으로 향했다.
영천은 천 리가 한눈에 바라보이는 드넓은 벌판이었다. 벌판을 가로막는 것은 숲이 아니고 호수와 늪이었다.
관군과 적군이 다같이 이 벌판에 진지를 구축하고 서로 뺏고 빼앗기는 전투를 되풀이하고 있었다.
유비 군대는 관군 진지에서 좀 떨어진 지점에 멈췄다. 먼저 관우가 혼자 진황을 살피러 말을 달렸다. 돌아온 관우가 보고했다.

"황보숭과 주준 두 장군은 병법을 모르는 것 같습니다."

유비가 빙그레 웃으며 말했다.

"이 벌판에서는 불로 공격하는 방법밖에 없을걸세."

"옳습니다! 바로 그 작전밖에 없습니다."

관우는 자기 뜻과 들어맞는 것을 기뻐하며 만족스럽게 웃었다.

이윽고 유비는 관우와 장비를 데리고 본영으로 찾아갔다.

본영은 노식의 그것과는 달랐다. 어느 큰 절을 옮겨다 놓은 것처럼, 안담과 바깥담으로 구분하여 각각 해자를 두르고, 담벽 위에는 무수한 깃발을 꽂아 놓았으며, 군사들이 빈틈없이 경비를 하고 있었다.

그것을 바라보고 장비가 비웃었다.

"토호(土豪)들이 도적이 쳐들어오는 것이 무서워서 방비를 굳히고 있는 것 같군. 이런 겁쟁이들이 장보와 장량의 목을 벨 수 있겠는가!"

"쉿, 익덕! 들리겠다."

관우가 타일렀다.

"들려도 상관없소. 노식 장군과는 하늘과 땅 차이지."

하늘과 땅의 차이는 본영의 구조만이 아니었다.

장군의 방은 낙양에서 실어온 듯한 세간들로 훌륭하게 꾸며져 있었고, 몇 명의 아름다운 시녀들이 장군을 시중들고 있었다. 호랑이 털가죽 위에 버티고 앉은 황보숭은 예를 갖추고 인사하는 유비에게 거만하게 고개만 약간 숙일 뿐이었다.

노식의 편지를 부관에게 읽히고 나서 황보숭이 말했다.

"우리 관군으로서는 별로 도움 같은 것을 필요로 하지 않지만, 같이 일하고 싶다면 굳이 거절은 않겠네."

문 밖에서 이를 듣고 있던 장비의 커다란 몸이 한순간 부르르 떨렸다. 관우가 얼른 장비를 말렸다.

밖으로 나온 유비는 여느 때와 똑같은 표정이었다.

"주군! 저 장군 녀석의 허세를 그냥 참을 수가 없습니다."

장비가 소리쳤다. 유비는 장비를 달랬다.

"사람은 저마다의 태도가 있지 않겠는가. 그것을 일일이 탓하자면 세상을 살아갈 수 없을 것일세."

유비는 관우와 장비를 데리고 적의 진지가 바라보이는 장사(長沙) 전선(前線)으로 나갔다. 적과 아군 사이에는 큰 늪이 둘이나 있고 그 주변에는 사람의 키만한 잡초가 마른 채 우거져 이른 봄바람에 흔들리고 있었다.

유비는 문득 하늘을 우러러보았다.

"오늘밤은 북서풍이 세게 불 것 같군."

그러자 관우가 말했다.

"지휘는 제게 맡겨 주십시오."

그날 밤 해시(亥時 : 밤 9시부터 11시까지)가 지날 무렵, 먼저 장비가 군대 반을 이끌고 적의 진지 뒤쪽으로 돌아갔다. 군사들 손에는 각각 횃불이 몇 개씩 들려 있었다. 북서쪽에서 강풍이 불기 시작한 것은 그로부터 얼마 지나지 않아서였다.

"와아!"

지축을 흔드는 함성과 함께 수천 개의 불덩어리가 소나기 쏟아지듯 황건적 진지를 향해 날았다. 그때 벌써 관우가 이끄는 부대는 뗏목으로 늪을 건너가 잡초 속에 숨어 있었다.

잠결에 기습을 당한 적군은 투구와 갑옷을 입을 겨를도 없이 허둥지둥 막사를 뛰쳐나왔다. 강풍을 타고 주위의 마른 풀이 마구 타오르는 것을 보자 늪을 향해 앞을 다투어 달아났다.

대기하고 있던 관우의 군대가 일제히 함성을 지르며 마른 풀 속에서 달려나왔다.

장보와 장량 두 괴수마저 말에 안장을 얹을 틈도 없이 불길에 쫓

기고 장비와 관우의 협공을 받아 방향도 모르는 채 캄캄한 어둠 속을 정신없이 내달았다. 날이 밝을 무렵 장보와 장량은 50리나 달아나 겨우 한숨을 돌렸다.

그러나 여전히 쉴 짬은 없었다.

벌판 저쪽에 이상한 군대가 나타나는 것을 보고 적장은 숨을 삼켰다. 약 5천 기 가량, 한 사람 남김없이 타는 듯한 붉은 기를 등에 꽂고 있었다.

선두의 장수는 투구와 갑옷은 물론 칼과 안장까지 붉게 칠했고, 떠오르는 아침 해를 그린 대장기를 높이 세우고 있었다.

"관군이 틀림없어!"

장보와 장량은 서로 얼굴을 마주보며 똑같이 자신의 운명이 여기서 끝났다는 것을 느꼈다.

그야말로 그 붉은 군대는 하늘에서 내려온 군대 같은 위풍을 보이고 있었다.

하늘군사로 여겨지는 새빨간 관군에게 달아날 길이 막힌 장보와 장량 형제는, 운명이 다한 줄을 알면서도 기적을 바라는 마음으로 말머리를 돌렸다. 그러나 검은 해일이 밀어닥치듯 유비의 군대가 다급히 뒤쫓아온다.

"하는 수 없다!"

장보와 장량이 좌우로 갈라서자 패잔병을 수습할 겨를도 없이 각각 단기(單騎)로 들판을 내달았다. 두목에게 버림받은 1만이 넘는 황건적들은 갈팡질팡하다가 태반은 목숨을 잃고 일부는 항복했다. 들에는 무수한 깃발과 징과 북, 마필이 흩어져 있었다.

이윽고 함성과 비명 소리가 가라앉았다. 하늘을 비추던 불빛도 수그러져 희미한 연기가 나부낄 무렵 유비는 관우, 장비를 거느리고 대장기를 앞세운 홍일색의 관군 앞으로 말을 몰았다.

붉은 갑옷 아래 빼어난 얼굴을 차갑게 가다듬고 있는 젊은 무장을 한번 바라본 유비는 예사 인물이 아님을 대뜸 느꼈다.

유비를 바라보는 그의 두 눈에도 신기하다는 빛이 번뜩였다.

"이 사람은 탁현 누상촌 시골 구석에서 몸을 일으켜, 적을 토벌하는 관군에 합세한 유비 현덕이란 사람이오."

태도는 겸손했으나 조금도 비굴한 기색이 없었다.

상대도 고개를 숙여 보였다.

"대궐을 지키는 기도위(騎都尉) 조조(曹操)요. 칙명을 받아 근위군 5천 명을 거느리고 응원차 왔소만, 불로 공격하는 전술은 참으로 훌륭했소."

유비는 말없이 고개를 숙였다.

조조는 유비가 얼굴을 쳐들기를 기다렸다가 다시 차갑고 맑은 눈길을 그에게로 보냈다.

"귀공의 조상에 벼슬이 높은 분이 계셨소?"

"중산정왕 유승을 조상으로 모시고 있으니 곧 경제의 자손입니다."

유비는 대답했다. 순간 조조의 두 눈이 번쩍 빛났다.

"그렇군요. 나는 한나라 상국(相國) 조참의 24대 손으로 대홍로 조숭(曹嵩)의 맏아들이오. ……아하하, 세상이 제대로 된 세상이라면 내가 귀공에게 신하로서 예를 갖춰야만 했을 텐데."

말을 던지더니, 조조는 대장기를 높이 한 번 흔들며 5천 명 근위병에게

"앞으로!"

명령을 내린 다음 유비 옆을 달려 급히 지나갔다.

유비가 말에 오르기를 기다렸다가, 장비는 비위가 거슬리는 듯 땅바닥에 침을 탁 뱉었다.

조조의 말발굽이 일으킨 먼지에 화가 치민 것이다.

"기도위 따위가 마치 대장군이나 된 것 같군. 저 오만불손한 태도

가 뭐야! 우리 주군이 한나라 종친으로 경제의 자손인 줄을 알았으면, 즉시 태도를 바꾸어 정중히 인사를 드리는 것이 예의가 아니냔 말이야. 돼먹잖게! 그래서 나는 관리 나부랭이들이 무조건 싫다니까."

그러나 관우는 화를 내기보다는 조심스레 물었다.

"주군, 저 조조라는 사람이 보통 인물은 아닌 것으로 보이는데, 어떻습니까?"

유비는 대답하지 않았다.

"그 이마, 그 눈썹, 그 눈동자, 그 입매…… 보기드문 지모를 갖추고 있는 것으로 보입니다. 그 지모가 무섭도록 차가운 성품에서 솟아나고 있음이 틀림없어요."

"운장……."

유비는 멀리 조그맣게 사라져가는 붉은 그림자에 눈길을 보내면서 말했다.

"어느 세상이고 정치를 하는 곳에는 권모술수에 뛰어난 사람들이 뜻을 품고 모이게 마련일세. 저도 또한 그러한 사람이겠지. 우리가 그곳으로 들어가게 되면 저런 인물들을 상대로 처신하게 되네. 그걸 지금부터 미리 생각해 두는 게 어떤가?"

유비 현덕이 본영에 돌아오니 승전을 축하하는 잔치가 벌어졌다. 황보숭과 주준 두 장군은 미녀를 양옆에 끼고 거나하게 취해 있었다.

조조도 미녀가 따라 주는 큰 술잔을 들고 있었다.

유비는 상좌로 나아가 축하의 인사를 올렸다.

"오오, 유비인가. 민병이란 것도 상당한 역할을 한다는 것을 인정했네. 술을 줄 테니 부하들을 위로해 주게."

황보숭은 취한 눈을 내리뜨고 거만을 피웠다.

유비는 조용한 태도로 건의했다.

"제 스승 노식 선생은 광종 산악 지대에서 적의 괴수 장각이 이끄는 15만 대군을 상대로 고전 중에 있습니다. 부디 두 장군께서 시급히 원군을 보내 주시기 바랍니다. 달아난 장보와 장량은 반드시 광종으로 달려가 장각과 합세하게 될 것입니다. 그러니 이 기회를 놓치지 말고 두 장군께서 노식 장군을 도우시게 된다면 황건적도 전멸시킬 수 있을 것으로 생각됩니다."
그러자 주준이 소리쳤다.
"현덕! 그대가 공을 좀 세웠다고 해서 우리의 군사(軍師) 노릇을 하려는 건가?"
"그런 생각은 털끝만치도 없습니다. 이것은 노식 선생의 희망이기도 하며, 형세를 볼 때 마땅히 취해야 할 작전인 줄로 압니다."
"닥쳐! 우리가 받은 칙명은 이 영천 들판에서 적의 무리를 하나도 남김없이 몰아내라는 것일 뿐이야. 장보와 장량이 못나게 장각 곁으로 달아난다고는 생각할 수 없어. 그들은 남은 군사를 모아 다시 쳐들어올 것이다. 노식을 돕고 싶거든 그대들이나 돌아가 돕도록 하라!"
여기서 유비는 조조의 말을 기다렸다. 조조라면 반드시 자기가 한 말에 찬성해 줄 것으로 생각했다. 그러나 조조는 끝내 입을 열지 않았다. 황보숭과 주준이 유비와 나누는 대화에 차갑게 귀를 기울이고 있을 뿐이었다.
조조의 벼슬은 기도위에 지나지 않는다. 여기서 한낱 의병장에 지나지 않는 유비편을 들면, 낙양궁에 돌아갔을 때 황보숭과 주준이 자기의 공로를 말해 주지 않을 염려가 있다. 조조는 자신의 장래를 생각하고 잠자코 있었던 것이다.
그 속마음을 읽은 유비는 곧 단념하고 자리에서 일어섰다.
"그럼 저 혼자 광종으로 가겠습니다."
벼슬을 갖지 못한 사람에게 인솔된 의용군은 관군의 진지에도 들어가지 못한 채 멀리 늪지 근처에서 주장(主將)이 돌아오기를 기다리고 있었다.

"지금부터 곧 광종으로 간다."

현덕의 명령을 받은 부하 의용군은 불만의 기색을 감추지 못했다.

"주군! 축하주 한잔 대접받지 못하고 쫓겨나는 겁니까?"

장비가 분연히 외쳤다.

"하는 수 없다. 칙명을 받아 싸우고 있는 건 아니니까."

"비록 칙명을 받지는 않았어도 적병을 짓밟아 쳐부순 것은 우리 의군이 아니오? 그것을 모른 체하며 한잔 술도 대접하지 않다니, 무정한 놈들 같으니!"

"익덕! 그대가 격분하면 군사들의 마음도 흔들린다. 오늘 세운 공이 오늘 당장 보답받으리라곤 생각지 않겠지? 10년 뒤, 20년 뒤에 보답을 받게 된다고 생각하는 것이 좋아."

관우가 의연하게 장비를 달랬다.

조조

진잠의 예측은 들어맞았다.

당주는 한 발 먼저 낙양에 이르자 황건적의 모반 계획을 밀고했던 것이다.

"황건당이 모반을 꾀하고 있습니다. 그리하여 마원의를 도읍에 보내어 십상시의 봉서, 서봉과 내통할 계획을 꾸미고 있습니다."

어지간한 영제도 이 밀고에는 놀라지 않을 수 없었다. 곧 대장군 하진(何進)을 보내어 봉서와 서봉을 하옥시키고 마원의를 체포토록 했다.

정월도 거의 지나갈 무렵이다. 봄이 다가오고 있었으나 낙양의 바람은 매섭도록 차가웠다.

거록의 태평도 본부.

"긴급사태 발생! 긴급, 긴급!"

긴급을 알리는 파발이 계속해서 달려왔다.

마원의가 체포된 것을 알리는 파발이었다. 이어 들어온 보고는 조정에서 태평도 일당을 신속히 체포하여 주살하라는 어명이 각 태수에게 내려졌다는 것이다.

"한시가 급하다! 당장 행동을 개시하도록 황건당 전군에게 명령을 내리라. 그리고 전군은 머리에 황건을 꼭 두르도록."

적과 아군을 구별하기 위해 태평도는 군령을 내려 누렁 헝겊으로 머리를 동이도록 되어 있었다.

태평도 무리는 이 누렁 헝겊 때문에 황건당(黃巾黨), 또는 황건적(黃巾賊)이라 불렸던 것이다.

그들은 한꺼번에 벌떼처럼 일어났다.

습격 목표는 새삼 지시할 필요도 없었다. 각지의 관청이다. 백성을 못살게 굴고 있는 악덕 관리들이 자리잡고 있는 곳이다.

"죽여라, 죽여!"

주 자사(刺史), 군 태수(太守), 현령……관청의 장(長)은 무조건 살육하라는 명령이 내려졌다.

"마침내 천하대란(天下大亂)이 일어났구나."

진잠은 혼자 중얼거리며 낙양 성문을 들어섰다.

자연히 발걸음은 번화가로 향해졌다.

낙양에는 두 개의 저잣거리가 있었다. 후세인 당(唐) 시절에는 남북 두 장이 있었지만 후한 무렵인 이 때에는 동서의 두 곳에 장이 섰다. 서시(西市)가 동시(東市)보다 규모가 컸다. 상인들은 시장에서만 장사를 할 수 있게 법으로 정해져 있었다. 또 장에 사람이 모이기 때문에 갖가지 구경거리가 줄을 이었다. 그래서 자연히 유흥가의 성격도 띠었다.

이밖에 시장은 처형장으로도 쓰였다. 처형에는 '본보기'란 목적이 내포되어 있다. 본보기를 보이자면 되도록 많은 사람에게 처형 장면을 보여야 한다. 그래서 사람이 모이는 장이 흔히 처형장으로 쓰이곤 했다.

봄이 느껴지는 2월 중순, 서시에서 마원의가 처형되었다. 거열형(車裂刑)이었다.

이 형벌은 좀처럼 행하여지지 않는 잔혹한 형벌이다. 구경꾼들이 구름처럼 모여들었다.

형리의 신호로 두 마부가 동시에 채찍을 휘두르면 사방으로 네 마리 말이 저마다 달리도록 되어 있다. 인간의 몸뚱이를 산 채로 넷으로 찢어버리는 것이다. 천자에 대해 모반한 반역죄에만 적용된다.

좀처럼 없는 형벌이라 집행인도 서툴렀다.

"소문으로는 마부 노릇할 사람이 선뜻 나서지 않았다고 하네."

"그야 그럴 테지. 누구도 뒷맛이 개운치 않을 테니까."

"그래서 봉종(奉終) 마을 사람을 임시로 고용했다고 하네."

봉종 마을은 글자 그대로 인간의 종말, 장례꾼들이 사는 비천한 곳이다.

임시 고용된 마부는 구경꾼이 너무나 많아 처음 무대에 오른 사람처럼 긴장하여 몸이 뻣뻣하게 굳어져버렸다.

준비를 끝낸 마부들은 거의 동시에 채찍을 후렸다. 그러자 네 마리 말은 사방으로 갈라지며 달려나갔다.

대부분의 구경꾼은 그 순간 눈을 감았다.

마원의의 몸은 너무나도 쉽게 찢어졌다. 사람들은 숨을 삼켰다. 순간 광장은 숨소리마저 멎은 듯 적막만이 흘렀다.

그때——

그와 같은 침묵의 시간을 노리기나 한 듯 노랫소리가 갑자기 들려오기 시작했다.

  푸른 하늘 이미 죽었네
  누런 하늘 마땅히 서리
  그 해는 바로 갑자

천하에 큰 경사가 나리라

사람들이 제정신으로 돌아왔을 때는 노랫소리도 그쳐 있었다.
"노래를 들었나? 수백 명, 아니 수천 명의 노래였어!"
관리들이 그 언저리를 바삐 뛰어다니며 물었지만 노랫소리가 어느 쪽에서 들렸는지 정확히 대답하는 사람이 없었다.
관리는 더욱더 어리둥절했다.
군중은 썰물처럼 흩어졌다.
황건적은 거록, 광종과 같은 낙양 북쪽뿐 아니라 남쪽인 영천에서도 들고 일어났다.
영제는 비로소 사태가 심상치 않음을 깨닫고 대장군 하진과 의논했다. 하진은 본디 푸줏간을 하며 소돼지나 잡던 무지한 자였다. 그는 누이가 아름다운 용모 하나로 황후가 된 덕분에 벼락 출세를 한 인물이다.
전쟁에 대해 알 턱이 없었다.
"각 태수들에게 칙사를 보내 적떼를 토벌하라는 어명을 내리십시오."
그러자 북지의 태수 황보숭이 상소를 올렸다.
"당고(黨錮)의 금(禁)을 풀고 대궐의 전량(錢糧)과 후원에서 기르시는 말을 군용으로 돌려쓰도록 하십시오."
영제는 이 상소문을 받고 옆에 서 있는 중상시 여강(呂强)에게 물었다.
"숭의 의견을 어찌 생각하는가?"
"상소문대로 하십시오. 그 전에 폐하 측근의 간신들을 모조리 주살하셔야 합니다."
여강도 환관이었지만 나라를 망치는 것은 환관들이라고 굳게 믿고 있었다.

영제는 여강의 의견을 절반밖에 받아들이지 않았다.

'당고의 금'을 풀어 많은 벼슬아치들을 석방시켰지만 십상시를 비롯한 환관들은 제거하지 않았다.

그뿐인가. 어리석게도 십상시의 참소를 믿고 죄없는 자들을 모함했다 하여 여강을 옥에 가두라는 명을 내렸다. 여강은 옥리에게 끌려가면서 외쳤다.

"내 죽게 되면 장차 큰 난이 일어나리라. 나는 오직 나라에 충성하는 법만 배웠다."

여강은 스스로 옥중에서 목매어 자살했다.

"여강이 한 말을 자네도 들었는가. 황건의 난이 이미 일어났는데 장차 난이 있으리라는 건 또 무슨 소리인가?"

옥리들은 그렇게 말하며 고개를 갸웃했지만 누구도 앞일을 내다보지는 못했다.

조정에서는 노식을 북중랑장에 임명하여 북쪽의 장각을 치게 했고, 황보숭을 좌중랑장, 주준을 우중랑장에 임명하여 남쪽 영천의 황건적을 치도록 했다.

'이때 서쪽 파촉에서 오두미도가 군사를 일으킨다면?'

진잠은 생각해 보았다.

태평도의 장각은 물론 그것을 바라고 있었다. 그러나 그 기병(起兵)은 없을 것이다. 진잠이 황건당에 호응하지 말라는 보고를 미리 보내 두었기 때문이다.

진잠은 낙양에서 남쪽으로 길을 걸었다. 장강의 뱃길을 이용하여 고향으로 돌아가려는 것이다.

낙양에서 남하하면 영천이 가깝다.

영천의 황건적은 장각의 동생 인공장군 장량과 지공장군 장보가 지휘하고 있어 꽤나 완강하게 저항하고 있었다.

싸움터 부근의 검문 검색은 삼엄하다.

조조 187

진잠은 파촉에서 주역(周易)을 공부하러 낙양에 온 학생으로 가장했다. 몇 차례 관군의 검문을 받았으나 의심받지 않고 통과할 수 있었다. 그의 파촉 사투리가 효과를 본 것이다. 황건적은 주로 유주 사투리나 한단(邯鄲) 고장 사투리를 썼다.

숭산(嵩山) 기슭에서 불심 검문에 걸렸을 때였다. 진잠은 사령부까지 연행되었다. 눈이 날카로운 사령관이 곰가죽 보료에 앉아 그를 쏘아보았다.

"역(易)을 배운다고?"

착 가라앉은 목소리였다. 그의 말에서는 도무지 윤기를 느낄 수 없었다.

"예."

진잠은 공손히 머리를 숙였다.

"건(蹇)의 이(利)는?"

"서남(西南)."

진잠은 재빨리 대답했다. 역학을 조금 배워 둔 것이 다행이었다. '건'의 괘사(卦辭)는 '서남에 이롭고 동북에 불리하다.'였다.

'이 사령관은 굉장히 박식하구나.'

진잠은 속으로 혀를 내둘렀다.

"상(相)을 볼 줄 아나?"

"별로 자신이 없습니다."

"그밖에는 무엇을?"

"필상(筆相)이라면 조금······."

삼관수서(三官手書)를 쓰게 하고 그 붓글씨의 상태로 상대편의 성격을 아는 기법은 장릉에게서 배운 일이 있었다.

"그렇다면 나의 필상을 점쳐 보아라."

그는 부하에게 붓과 종이를 준비하게 하고 먹을 듬뿍 찍더니 단숨에 자기의 관등 성명을 써내렸다.

騎都尉 曹操 孟德(기도위 조조 맹덕)

멋들어진 필적이었다.
기도위는 황제를 지키는 근위 기병사단장 격이고 2천 섬 녹봉을 받으므로 중랑장과 거의 맞먹는 직위이다.
"어떤가?"
진잠이 잠자코 있자 조조는 대답을 재촉했다.
"너무나 훌륭한 필적이라 필상을 보는 것도 잊고서 넋을 잃고 있었습니다."
그것은 반드시 비위를 맞추려는 말만은 아니었다.
"나쁠 텐데?"
"아닙니다……. 굳세고도 씩씩한."
그러면서 진잠은 그 필적에 파격(破格)의 상이 있음을 보고 마음속으로 떨었다. 필상을 보는 데 아직 서투르긴 했지만 아무래도 흉상이 나타나 있는 것은 알 수 있었다.
하지만 그 말을 솔직히 말할 수는 없었다.
"꾸미지 말라."
조조는 비로소 눈을 가늘게 뜨고 웃었다.
"소인은 아직 필상의 비법을 모르는 까닭에……."
"그럼 가르쳐 주지. 이것은 치세(治世)의 능신(能臣), 난세의 간웅(奸雄)이라는 상이다."
진잠은 어리둥절했다. 또 한번 별난 인물을 만난 것이다.
조조는 잠시 사이를 두었다가 엉뚱한 것을 물었다.
"자네는 탁류(濁流)와 청류(淸流)란 말을 들어보았나? 우리 집안은 바로 탁류였지."
조조의 대담한 말에 진잠은 거의 숨이 막힐 지경이었다.
탁류는 환관을 가리키는 데다가 죄인의 집안이라는 의미도 있기 때문이다.

　전한 제7대 무제(武帝 : 기원전 159~87)는 위대한 군주인 동시에 가혹한 독재자로 이름이 높다. 무제가 황제로 있을 때 투옥된 지방장관은 백 명이 넘었고 재판에 넘겨진 관리는 1년에 1천 명도 더 되었다고 한다. 이리하여 사형을 한 등급 감하여 성기를 제거하는 궁형(宮刑)을 받은 사람이 수없이 많았다. 사기(史記)를 남긴 사마천(司馬遷 : 기원전 145~68)이 무제의 명령으로 궁형을 받은 사실은 유명하다.

"후한에 들어와서 환관들이 불어난 데에는 무제 때의 영향이 크다고 하겠지."
조조는 말을 이어나갔다.
"후한에 들어와 제3대 장제가 죽고 황후인 두태후가 친정 오빠 두헌을 대장군으로 임명하여 황태후 섭정을 시작하자, 환관들이 고개를 들기 시작했어. 그 뒤로 역대 황제들이 모두 어리거나 일찍 죽으니 환관들이 세력을 한껏 펼치기에 더없이 좋은 기회였지."
조조는 스스로 탁류라 하면서도 탁류를 매도해 마지않았다.
진잠은 그저 귀를 기울이고 있을 뿐이었다.
"그러나 환관이라 해서 모두 음흉하며 교활한 성불구자라고 생각하면 안 되지. 환관 중에는 강직한 사람도 있고 재능과 정의감을 갖춘 사람들도 적지 않았다네."
"정향후 정중이 그런 분이 아닙니까? 정향후는 두씨 일족을 몰아내는 데 공을 세워 높은 벼슬을 받게 되었으나 사양했지요. 또 같은 무렵 사람으로 채륜(蔡倫)이 있는데 이런 분은 모두 청류였습니다."
진잠은 비로소 조조의 논리를 좇아갈 수 있어 고개를 끄덕였다.

장제(章帝)가 31세로 세상을 떠나고 화제(和帝)가 10세에 즉위하자 두태후를 배경으로 두씨 일족이 정권을 마음대로 주물렀다. 이때 조정 벼슬아치들은 상하를 막론하고 두씨 일족에 아첨했지만, 끝까지 황제에게 충절을 바친 환관이 있었다. 중상시 정중이었다.

정중은 대장군 두헌 형제가 황제 목숨을 노리고 있음을 알자 남몰래 동지를 모아 대장군 두헌을 죽이고 두씨 일족을 조정에서 몰아내는 데 성공했다.

진잠의 대답에 조조는 크게 만족한 듯이 고개를 끄덕였다.

"같은 환관이라도 청류와 탁류가 있지. 채륜은 황제가 즉위하자 중상시에 임명되어 뛰어난 재능과 폭넓은 학식을 가지고 정사에 임했네. 그가 종이를 발명했다는 건 잘 알려져 있는 일이지. 인품이 중후하고 성실하며 황제의 잘못을 준엄하게 간하는 사람이었네. 황제가 27세에 세상을 떠나자 그 아들인 상제(殤帝)가 탄생 100일 만에 즉위했지만 겨우 8개월 만에 죽어버렸네. 이리하여 제통(帝統)이 끊어져 청하왕(淸河王) 경(慶)의 아들 안제(安帝)가 13세로 제위에 올랐지만 이 자는 무지몽매하고 의심이 많은 자였다네."

조조는 여기서 말을 끊고 눈을 지그시 감았다. 자기의 조부 조등(曹騰)이 이때 환관으로 황문시종(黃門侍從)을 지냈기 때문이다.

"내 조부의 이름은 조등, 자는 계흥(季興)으로 패(沛) 땅 초군(譙郡) 출신이었네. 안제는 재위 17년 동안 동태후의 섭정 아래 기를 펴지 못하고 살았지. 우리 조부께서는 동태후의 신임을 받아 안제와 이비(李妃) 사이에 태어난 황태자의 글동무로 함께 글을 배우기도 했었다네."

조등의 아버지 조절(曹節)은 덕이 높아 칭송을 받았다.

조등은 조절의 넷째 아들이었다. 막내아들로서 매우 똑똑했다.

어느 날 조절이 어린 조등을 귀여워하며 물었다.
"너는 장차 무엇이 되겠느냐?"
"환관이 되겠어요!"
어지간한 조절도 이 말에는 깜짝 놀라지 않을 수 없었다. 그러나 다시 생각해 보면 그것도 출세의 한 방법이었다.
환관은 처음에 사형에서 감일등되어 궁형을 받은 죄인들이었지만, 후세에 내려와서는 어려서 일부러 거세해 환관이 되어 대궐에 들어가는 일이 성행했기 때문이다.
조등은 그렇게 환관이 된 것이다.

꾀

조조는 놀랄 만한 역사 지식과 기억력을 갖고 있었다. 그리고 그의 웅변은 그야말로 장광설이라 할 수 있었다.

"안제는 재위 15년째인 28세 때 동태후가 죽자 이때에야 몸소 나라를 다스릴 수 있었다네. 그는 정후(正后) 몸에서 난 황태자 유보(劉保)를 제읍왕으로 떨어뜨리는 한편 동태후 일족을 모조리 죽여버렸다네. 그리고 계비인 염씨 일족을 등용했어."

그러나 황태후가 된 염비는 장제의 증손인 어린 북향후(北鄕侯)를 데려다가 제위에 앉혔다.

염태후는 예전의 황태후들이 했던 수법대로 자기 오빠 염현을 거기장군(車騎將軍)에 임명하여 병마권을 한 손에 거머쥐게 하였다.

"그런데 북향후 소제(小帝)가 재위 6개월 만에 덜컥 죽는 돌발 사태가 일어났다네. 이때 우리 조부 조등이 다른 환관들 19명과 함께 쫓겨난 제읍왕을 다시 황제로 모시는 데 성공했어. 이 사람이 후한 제8대 순제(順帝)였네."

순제는 겨우 11세에 황제가 되었다. 순제의 황후는 양씨로서 그

꾀 193

아비 양상(梁商)이 대장군에 임명되었다.

조조의 자기 집안 자랑은 계속되었다.

"사람이 출세하게 되면 시기하는 사람이 생기는 법이야. 조부 조등도 순제 4년(1390) 중상시 장규와 같은 환관들의 모함을 받았네. 조등이 역모에 가담했다는 것이었어. 그러나 순제의 신임이 워낙 두터워 오히려 장규 일당이 조정에서 쫓겨났지. 순제는 재위 19년, 30세로 세상을 떠나고 그 뒤를 이은 충제(沖帝)의 나이는 겨우 두 살이었네. 그러나 충제마저 재위 반년 만에 죽자 그때의 실권자 양상의 아들 양기(梁冀)는 여덟 살이던 발해왕(渤海王)의 아들을 데려다가 제위에 앉혔네. 제10대 질제(質帝)였지."

질제는 비록 나이는 어렸지만 영리하여 양씨 일족의 전횡을 미워했다. 그래서 양기를 대장군이라 부르지 않고 발호장군(跋扈將軍)이라 부르며 경멸했다. 발호란 마구 날뛴다는 뜻이다.

앙심을 품은 양기는 질제를 재위 2년 만에 독살해버렸다. 이때 양기와 손을 잡고 한몫 한 것이 조등이었다.

질제를 독살한 양기는 중신 회의를 소집했다. 모인 사람은 3공과 2천 섬 이상의 제후였다.

태위 이고, 사도 호광, 사공 조계 등 세 사람이 3공이다. 이들은 청하왕(淸河王)과 여오후(蠡吾侯) 둘 중에 한 사람을 천거하려고 했다.

3공과 대홍로 두교는 청하왕을 추천했지만 대장군 양기는 자기 누이동생 남편인 여오후를 강력히 밀었다. 그러나 이고와 호광이 번갈아가며 반대했다.

"그 동안 어린 제왕을 모셨기 때문에 국가가 자주 위기를 맞았소. 그러니 이번만은 나이 지긋한 청하왕을 모셔 조정의 질서를 잡아야 할 줄 아오."

양기는 이 주장에 반박할 이유를 찾지 못하여 분한 마음을 품고 일단 회의를 끝마쳤다.

그날 밤 조등이 남몰래 양기를 찾아와 말하였다.

"장군의 집안은 선대 이래로 국가의 정사를 도맡아 오셨소. 그리하여 그 동안 나라를 위해 많은 일을 하셨지만 장군 주변 인물로 권세를 믿고 잘못을 저지른 이도 결코 적지는 않았지요. 청하왕은 엄격하기로 이름난 분이오. 만약 청하왕이 제위에 오른다면 장군에게 화가 미칠 것은 불을 보듯 뻔한 이치입니다. 여오후를 받들어 세우도록 하시오. 그렇게 한다면 장군과 양씨 가문은 언제까지나 안전할 것이오."

양기는 마침내 여오후를 제위에 앉혔다. 제11대 환제(桓帝)이다.

"이렇듯 공이 컸던 조부 조등은 그 영화가 극에 달했었네. 그러나 남에게 손가락질당하는 일은 결코 하지 않았어. 환제 때 이런 일도 있었지. 한 번은 촉군(蜀郡) 태수가 지방의 재정보고서를 조정에 제출하는 관리, 즉 계리(計吏)의 서류 속에 뇌물을 숨겨 우리 조부에게 보낸 적이 있었네. 그런데 이 서류가 함곡관(函谷關)에서 익주(益州)의 장관 충고에게 적발되었지. 충고는 이 사실을 곧 상주하여 조등을 탄핵했어. 이때 환제는 조등에게 잘못이 없다면서 불문에 붙였네. 그런데 우리 조부는 어떻게 행동했는지 짐작이라도 하겠나? 탄핵을 받은 조등은 오히려 황제께 나아가 충고는 훌륭한 관원이라고 칭찬했던 걸세. 이 소문을 듣고 사람들이 조등의 도량을 칭송하게 되었다는 이야기일세."

조조의 긴 이야기는 여기서 일단 끝났다. 진잠은 조조의 이야기가 허풍만은 아니란 것을 알았다. 조등의 처세를 보면 대강을 짐작할 수 있었기 때문이다.

조등은 궁중에 있기를 30년, 4명의 황제를 모시고 이렇다할 큰 실수가 없었던 것이다.

양기 덕분으로 제위에 오른 환제였으나 그는 차츰 외척들의 횡포에 눈살을 찌푸리게 되었다. 그러다가 황태후 양씨가 세상을 뜨자 양씨 일족을 몰아낼 결심을 굳혔다. 그러나 거기장군(車騎將軍) 양기의 세력이 조정 전체를 덮고 있어 가볍게 행동할 수 없었다.

환제는 측근인 환관 당형을 시켜 양기 반대 세력을 규합하도록 했다. 당형의 소개로 환제는 환관 선초와 좌관을 은밀히 만났다.

"양씨 일족들이 조정을 가벼이 보고 대신을 협박하여 제멋대로 날뛰니, 짐은 천자의 자리에 앉아서도 밥맛을 잃고 잠도 못 이루는 형편이다. 그러니 경들의 힘을 빌리고자 하노라."

"황공하옵니다. 조정에는 아직도 충신이 남아 있고 비록 도적 양가에게 머리숙이고 있다 해도 진심으로 복종하지 않는 사람이 많사옵니다. 따라서 계책을 세우기는 어렵지 않겠사오나, 다만 폐하께서 중도에 주저하실까 그것이 오히려 걱정이옵니다."

"위로는 불충하고 아래로는 불의한 조정의 역적 무리를 징계하는데 어찌 주저할 까닭이 있겠는가. 짐은 경들과 생사를 같이하리라."

이렇듯 모의가 무르익어 다시 환관 서황과 구원을 가담시켜 극비리에 계획을 추진시켜 나갔다.

마침내 양기와 양씨 일족을 체포하여 주살하는 데 성공했다.

조등은 이런 소용돌이 속에서도 중립을 지켰다. 그리고 환관 신분으로 그대로 계속 남아 있으면 영화를 누릴 텐데 스스로 은퇴하겠다고 청했던 것이다.

조등은 은퇴한 뒤 양자를 맞았다. 이때의 양자가 조숭(曹嵩)으로 자는 거고(巨高)라고 했다. 본디 하후씨(夏侯氏)인데 조등의 양자가 되어 조씨 성을 얻었다.

조숭의 큰아들 조조가 태어난 것은 환제 영수(永壽) 원년(155)이었다. 따라서 진잠이 조조를 처음으로 만났을 때 조조의 나이는 29세였다.

조조는 어릴 적 이름이 아만(阿瞞)또는 길리(吉利)였다. 어릴 때부터 지나칠 정도로 영리하고 얼굴이 아름답기로 이름나 있었다.

또 조조는 어려서부터 사냥이나 노래와 춤추기를 좋아했고, 계략과 기지가 뛰어났었다. 글공부는 않고 놀기만 하는 조조를 보고 숙부가 조숭에게 일렀다.

"형님, 아만이 공부는 않고 사냥과 가무에만 열중하고 있으니 장차 무엇이 될까 두렵습니다."

조숭은 아들을 불러 야단을 쳤다. 조조는 얌전히 꾸지람을 듣고 있었지만 마음속으로는 딴 생각을 하고 있었다.

'좋아, 숙부를 골려 주고 말 테다.'

어느 날 숙부가 조조의 집에 왔다. 조조는 벌떡 땅바닥에 자빠지며 입에 거품을 물고 눈을 까뒤집었다.

숙부는 놀라 조숭에게 급히 알렸다.

"형님, 아만이 간질을 일으켰나 봅니다. 빨리 가 보십시오."

조숭이 놀라 동생과 같이 정원으로 나갔다. 그런데 조조는 멀쩡하게 뛰어놀고 있지 않는가.

"아니, 네가 간질을 일으켜 쓰러졌다고 숙부가 말하던데 벌써 나았느냐?"

"예? 그럼 제가 지랄병을 앓는다구요? 숙부는 나를 미워하니까 공연히 말을 지어내어 거짓말을 했을 거예요."

조숭은 아들의 말을 믿었다.

그 뒤로 조숭은 조조에 대해 동생이 무슨 말을 해도 귀를 기울이지 않았다.

그 무렵 환관은 아무리 지위가 높아도 사람들이 멸시했다. 조숭이 그런 환관의 양자가 되었으니 출신 성분은 뻔한 것이 아니냐고 수군거리는 사람이 많았다.

조등은 양자 조숭을 위해 돈으로 벼슬을 샀다.

연희(延喜) 6년(163) 태위 양병이 상소문을 올려 환관들을 맹렬히 공격했다. 이 때문에 중상시 후남을 비롯한 탐관오리 50명이 파면되었지만 조숭은 처세술이 남달리 뛰어났던지 이 소동에서 벗어났다.

양병은 강직하기로 이름난 재상이고 '삼불혹(三不惑)'이란 별명이 있었다.

"나를 현혹시킬 수 없는 것이 세 가지 있다. 첫째는 술이고 둘째는 여색이고 셋째는 재물이다."

연희 9년(166) 이른바 '당고의 옥(獄)'이 일어났다.

이 사건은 양병을 따르는 청류의 유학자 관료들이 조정에서 세력을 잡자 탁류인 환관들이 위협을 느낀 데서 비롯된 사건이다.

환관들은 이미 늙어 병석에 있고 판단력이 흐려진 환제를 움직여 청류를 몰아내는 데 성공했다.

"요즘 유학을 배운 관인들이 당(黨)을 만들어 온갖 못된 짓을 꾸미고 있사옵니다. 이들을 종신 금고형(禁錮刑)에 처하도록 하십시오."

이래서 '당고(黨錮)'란 말이 생겼다. 당고 사건이 일어난 해 환제는 죽고 영제가 즉위했다. 영제는 어렸으므로 황후 두씨가 섭정했다.

두태후는 시기심이 많고 단순한 성격이어서 환관들이 하자는 대로 움직였다. 그러나 태후의 아버지 두무는 외척으로 보기드문 청류였다.

두무는 자기 딸이 섭정을 하자 대장군이 되었다. 그는 당고의 사건으로 파면된 진번을 태부(太傅)에 임명하는 한편 청류의 관리들을 규합, 궁중의 암적 존재인 환관들을 몰살시키려 했다.

그러나 이 계획은 황제에게 올리는 비밀 상소문이 환관의 눈에 띄어 실패하고 말았다. 진번과 두무는 그 일족과 함께 잡혀 죽고 이듬해에 이응을 비롯한 100여 명의 청류들이 모조리 처형되었다.

조숭이 벼슬을 내놓은 것은 이 무렵이었다. 조조는 이때 14살이었다.

조숭은 진류(陳留)에 있는 고향 집으로 돌아갈 때, 낙양에 살고 있는 아우에게 조조를 맡기려 했다. 그러나 숙부는 맡기를 거절했다.

"형님, 이 애는 너무 머리가 뛰어나서 저로서는 기를 수가 없습니다."

그러나 조숭은 그것을 칭송하는 말로 받아들였다.

"하긴 조는 봉의 눈이지."

조숭은 고개를 끄덕였다. 눈이 봉황의 눈처럼 생기고 눈이 빛나는 아이는 반드시 출세한다는 말이 있다.

조조는 글을 가르치면 하나를 듣고 열 가지를 알며, 금방 책 한 권을 다 외웠다. 다른 아이들이 3분의 1도 읽기 전에 곧 서재에서 나와 사냥에 열중하기도 하고, 계집아이들 모인 곳으로 들어가 노래와 춤을 즐기기도 하였다.

그리고 마을 소년들을 자기 손아귀에 넣고, 어른도 미치지 못할 꾀를 내어 터무니없는 나쁜 장난을 치며 기뻐하는 버릇이 있었다. 그리고 이때 벌써 저보다 서너 살 손위 처녀들을 차례로 뒷산 오두막집에 데리고 가서 농락하기도 했다.

17세가 되었을 무렵에는, 자기 동네는 말할 것도 없고 이웃 마을의 젊은이들을 모조리 부하로 만들어 복종시켰다.

이웃 마을에 상당한 학식을 가진 교현(橋玄)이란 사람이 있었다. 어느 날 그가 조조를 보고 말했다.

"천하는 어지러워지고 있다. 그때는 하늘이 낸 큰 재주를 지닌 사람이 아니면 나라를 건질 수 없을 것이다. 어쩌면 그 인물이 자네

일지도 모른다."
 조조가 일찍이 남양(南陽)에서 공부하고 있을 때, 그곳 학자로서 이름이 알려진 하옹(何顒)은 조조를 보고 이렇게 말했다고 한다.
 "한나라가 망하려 하는 이때, 천하를 편안케 할 사람은 저 젊은이가 아닐까 하는 생각이 드는군."
 하옹이 그런 말을 했다는 소문을 듣자 조조는 회심의 미소를 지었다. 조조의 마음속에 큰 야망이 부풀어오르기 시작한 것은 그 무렵부터였다.
 18세 때 조조는 여남(汝南)으로 가서 허소(許劭)라는 사람을 만났다. 허소는 자가 자장(子將)으로 그 무렵 가장 이름이 높은 인물 평론가였다. 매달 초하룻날〔月旦〕 인물평을 하는 버릇이 있어 그때마다 사람들이 주목했다. 그의 인물평은 권위가 있었다.
 "자장의 인물평은 정말 정곡을 찌른단 말이야."
 인물평을 '월단'이라 하는 것은 여기서 유래되었다.
 조조는 그런 허소에게 부탁했다.
 "저의 관상을 좀 보아주십시오."
 허소는 한 번 바라볼 뿐, 곧 시선을 돌리고 대답을 하지 않았다.
 "당신께서는 내게 숨어 있는 어떤 큰 기운을 보시고 놀라신 모양이군요."
 조조는 자못 가슴을 펴고 말했다.
 허소는 다시 조조를 바라보았다. 한참 침묵을 지키다가 이윽고 입을 열었다.
 "좋은 세상에 났으면 훌륭한 재상이 될지도 모르겠는데……."
 "어지러운 세상에서는요?"
 조조는 마주 바라보며 대답을 청했다.
 "난세에는 간웅(奸雄)이 될 뿐이지."
 허소는 툭 내던지듯 말했다.

조조는 기뻐하는 얼굴로 말했다.

"간웅이 된다는 건 다행한 일입니다."

조조는 고개를 한 번 숙여 보이고는 바람처럼 사라져버렸다.

허소는 뒷날 이 이야기를 사람들에게 들려주면서 길게 한숨을 내쉬었다 한다.

"조조는 반드시 한 나라의 임금이 될 것이지만, 그렇게 되기까지 얼마나 많은 인재들을 희생시킬지 모른다. 그걸 생각하면 소름이 끼친다."

조조는 방탕한 생활을 하면서도 무예와 학문을 닦는 것만은 게을리하지 않았다. 특히 매사냥에 솜씨가 뛰어났으며 무예도 당할 자가 없을 만큼 빼어났다.

조조의 독서량 또한 엄청났다. 주로 병법에 대한 책을 탐독했다. 한번 읽기 시작하면 밥먹는 것도 잠자는 것도 잊을 정도였다.

뒷날 그는 병법들을 모아 「접요(接要)」라는 병서를 저술했고 손무(孫武) 병서에 주석을 달아 13권으로 만들었다.

영제 희평(喜平) 3년(174), 조조는 낭(郎)이라는 관직에 올랐다. 19세 때였다.

이 무렵 조숭도 1억 전이란 거액으로 태위(太尉) 벼슬을 사들였다. 이 일로 조숭이 조조의 출세를 뒷받침해 주는 바탕이 되었을지도 모른다.

낭 벼슬을 얻은 지 얼마 안 되어 농민 폭동이 일어나고 선비족(鮮卑族)이 침입하는 등 나라가 시끄러웠다. 이때 상서우승(尙書右承) 사마방(司馬防)의 추천을 받아 조조는 낙양 북부위(北部尉)가 되었다. 위(尉)는 지금의 경찰서장과 같은 직책으로 각 현마다 설치돼 있었다.

조조는 낙양 북부위로 부임하자 현성 사방에 있는 성문을 고치고 성문 좌우편에 10여 개의 오색 몽둥이를 걸어 놓았다. 그리고 포고

문도 내걸었다.
'성문 출입법을 어긴 자는 그 자리에서 이 몽둥이로 쳐죽인다.'
이 명령은 엄중했다. 상대편이 어떠한 권력을 가졌어도 봐주는 일이 없었다. 며칠 안 가서 조조의 위엄 때문에 성문 지나는 사람들은 법을 지켰고 자연스럽게 치안 질서가 잡혀갔다.
이때 사건이 하나 일어났다.
나는 새도 떨어뜨린다는 십상시의 우두머리 건석의 숙부되는 자가 세도를 믿고 차서는 안 되는 칼을 허리에 차고 한밤중 금문 근처의 정원을 지나치려 했다. 마침 순찰 중이던 조조가 이를 발견하자 불문곡직 잡아다가 오색몽둥이로 등뼈가 부수어지도록 매를 쳤다.
그의 숙부로부터 하소연을 들은 건석은 도리어 조조를 칭찬했다.
"권세를 두려워하지 않는 북부위가 지켜 주기 때문에 우리는 베개를 높이하고 잘 수가 있는 겁니다."
이 때문에 조조의 위명(威名)은 더욱 높아졌다.
조조는 3년 동안 북부위 직책을 맡았으니 조정의 대신들과 환관들은 이와 같은 조조를 못마땅해했다.
"조조를 시골로 보내버리자."
그들은 조조를 돈구(하북성)의 현령으로 좌천시켰다.
그러나 이듬해 조조는 다시 낙양에 올라와 의랑(議郞)이 되었다. 의랑은 조정의 논의를 맡는 직책으로 일종의 황제 고문이었다.
그러나 일 년도 채 안 되어 그는 파직되고 말았다.
영제가 황후 송씨를 폐하면서 송씨 일족을 모조리 죽였는데, 이때 조조의 사촌 매부되는 송기(宋奇)도 주살되었다. 그 여파로 조조도 벼슬에서 쫓겨나 고향으로 돌아갔던 것이다.
낙향한 이듬해 조조는 24세였다. 그는 본처인 정씨(丁氏)가 있었지만 이때 변씨(卞氏)를 첩으로 맞아들였다.
변씨는 기생 출신이면서도 사람이 검소하고 덕이 있었다. 이 여자는 비(丕)와 식(植) 두 아들을 낳았다.
 조조는 25세 때 다시 의랑이 되어 낙양에 올라왔다.
 바로 그때가, 영제가 천한 여자 하씨에게 넋을 뺏겨 황후로 맞는 한편 푸줏간하던 그 오빠 하진(何進)을 시중으로 임명하고 있을 무렵이었다.
 조조는 의랑이 되자 곧 상소문을 올렸다.

 앞선 황조로부터 진번, 두무 등 훌륭한 신하들이 '당고'의 화를 입은 것은 부당한 일입니다. 그로부터 나라에는 간신배들이 득실거리고 옳은 말 하는 신하들은 사라져가고 있습니다. 폐하께옵서는 조정의 기틀을 바로잡으시고 고조께옵서 이 나라를 세운 뜻을 살피소서.

 그러나 조조의 상소는 무시되었다. 얼마 뒤 조조는 다시 상소를 올렸다.

 지금 나라의 기둥이라고 할 3공은 권력가의 눈치 보기에 바쁘고 세상은 나날이 혼란해져 가고 있습니다. 그들에게 죄를 물으시고 백성들의 소리를 귀담아 들으소서.

 이 상소문도 무시되었다. 그러나 조조의 존재를 알리는 데는 도움이 되었다.
 이때 황건적의 난이 일어났다. 대장군으로 임명된 하진은 조조에게 군사 5천을 주어 영천으로 보냈다. 난세가 시작되면서 조조는 이렇게 등장했다.

수레

검은 의용군은 곧 영천에서 광종으로의 긴 여로에 올랐다.

벌써 유비가 이끄는 의용군의 용맹은 널리 소문나서 황건당의 남은 군사들은 멀리 그 모습을 보기가 무섭게 들쥐처럼 재빨리 흩어졌다.

의용군은 거쳐 가는 마을마다 연도의 백성들로부터 뜨거운 환영을 받았다.

관군이라 하더라도 싸움터를 자주 옮기고, 야영을 오래 하게 되면 각 마을에서 양식을 거두어들이는 일이 잦아진다.

그러나 의용군은 그럴 필요가 없었다. 백성들이 스스로 바치는 식량만으로도 군량은 남아돌았다. 옷을 주는 사람도 있었고, 대대로 전해 내려오는 칼이나 창을 들고오는 사람도 있었다.

"익덕, 어떤가? 우리가 받고 있는 이 환영이……. 백성들은 정규 관군에게는 마지못해 봉사를 하지만, 초라한 누더기를 걸친 우리에게는 두 손을 들어 반기고 있네. 우리는 충분한 보답을 받고 있지 않는가?"

관우가 말했다.

그러나 장비는 시무룩하게 말했다.
"백성들이 아무리 우리를 환영한다 해도 땅은 우리 것이 아니잖소. 무공을 세운 보답으로 우선 작은 고을이라도 하나쯤 받아야 마땅한 일 아니오?"
"서두를 건 없어. 조정에 우리의 무공이 알려졌을 테니까."
"알게 뭐야! 황보숭과 주준 같은 속물들이 우리 의용군의 활동을 칭찬해 줄 것으로 생각하오? 이름도 없는 의병의 도움으로 승리를 얻게 되었다는 소리는 입이 찢어져도 말하지 않을 거요."
앞서 걷고 있는 유비는 아무 말도 하지 않았다. 그의 눈썹에 새겨진 굳은 결의는 고향인 누상촌을 나올 때와 조금도 달라진 것이 없었다.
광종까지 반쯤 왔을 때였다.
사람 그림자 하나가 마치 사슴처럼 들을 달려 순식간에 그들에게 다가왔다.
말 위에서 몸을 내밀어 바라보던 유비는 자기 눈을 의심했다.
"아니! 원귀가 아닌가."
노식을 그림자처럼 모시고 있는 원귀가 나타나다니!
유비는 불길한 예감에 사로잡혔다.
아니나다를까. 유비 앞에 무릎꿇은 원귀는 기막힌 사실을 전했다.
노식은 조정의 노여움을 사서 중랑장의 벼슬을 빼앗기고 죄인이 되어 낙양으로 호송되어 가는 중이라 했다.
유비는 깜짝 놀라 말에 채찍을 가했다.
산을 넘고 들을 가로질러 이윽고 어느 언덕마루에 다다랐을 때, 옆에 붙어 있던 원귀가 가리켰다.
"저기를 보십시오!"
한 떼의 군마가 천천히 큰길을 지나간다.
그 복판에는 함거(檻車)가 한 대 끌려가고 있었다.

"이 무슨 변인가!"

유비의 미간에 짙은 먹구름이 덮였다. 쏜살같이 그 호송부대로 달려간 유비는 안장에서 급히 내려 함거로 다가갔다.

"여봐라! 가까이 오지 마라!"

대장이 눈을 치켜뜨고 말을 달려왔다.

"우리는 중랑장 동탁(董卓) 장군의 휘하다. 칙명에 의해 죄수를 호송하는 중이다. 함부로 접근하면 엄벌을 내리겠다!"

유비는 공손한 태도로, 자신은 이 함거 속에 있는 노식 장군의 제자라는 것을 밝히고, 하직 인사를 하게 해 줄 수 없겠느냐고 사정했다. 대장은 유비의 기품 있는 얼굴과 겸손한 태도에 마지못한 듯 허락을 했다.

"좋소. 그럼 잠깐만."

유비는 함거 앞으로 나아갔다.

"스승님!"

만감이 서린 목소리로 불렀다.

쇠창살 속의 늙은 장군은 제자의 모습을 바라보았다.

"비로구나! 영천 싸움은 풍문으로 들었다."

"스승님! 어찌다가 이 같은 변을……."

"내 불운 탓이겠지. 그대가 영천으로 떠나고 얼마 안 되어, 조정에서 싸움터를 시찰하기 위해 황문내시(黃門內侍) 좌풍(左豊)을 내려보냈었네. 그는 내가 군략에 뛰어나다는 소문이 있는데도 불구하고 장각이 있는 진지를 하나도 함락시키지 못한 것을 책망했네. 나는 전황의 불리함을 정직하게 말하고 조금만 더 시간을 달라고 사정했지. 그때 나는 다른 장군들처럼 군감(軍監)의 입을 틀어막을 뇌물을 주지 않았다네. 아무리 기다려도 아무것도 주지 않자, 좌풍은 얼굴 두텁게 직접 뇌물을 강요하더군. 나는 머리를 가로저으며 군량도 모자라는 판에 어떻게 칙사에게 바칠 뇌물이 있겠느냐고 거절했지. 이것에 원한을 품은 좌풍이 조정에 돌아가 나를 어떻게 중상했을지는 대충 짐작이 가지 않는가. 아마 노식은 진지를 높이 쌓아놓은 채 싸우지도 않으며, 군사들의 사기는 풀어질 대로 풀어져 공연히 날만 보내고 있다고 보고했겠지. 그래서 곧 중랑장 동탁이 칙명에 의해 이 광종을 치게 되고, 나는 관직을 빼앗기고 이런 비참한 꼴이 되었네."

"스승님!"

유비의 얼굴에 무서운 의분의 빛이 가득했다.

이를 본 노식은 두 눈을 바로 뜨며 말했다.

"비! 서두르지 말게! 지금 나를 구출하게 되면 그대는 조정의 적이 되네……. 억울한 죄란 것은 언제든 벗어나게 되는 것일세. 나는 함거 속에 갇혀 있지만 이 부끄러움을 분해하지는 않네. 내 얼굴빛을 보게. 전과 조금도 달라지지 않았잖은가. 비록 내가 이대로 간신들의 모함에 빠져 흙으로 변한다 하더라도 그것 또한 숙명. ……그대를 비롯한 많은 내 제자들이 곧 이 부끄러움을 씻어 줄 거고. ……비, 한때의 의분을 참지 못하고 가벼이 행동한다면 소인에 지나지 않는걸세. 나는 그대를 그런 소인이 되라고는 가르치지 않았네."

"스승님!"

유비는 땅바닥에 두 손을 짚고 머리를 숙였다.

노식의 침착한 목소리가 유비의 머리 위로 들렸다.

"하직 인사는 끝났다. 수레를 몰아라."

"주군!"

움직이기 시작한 함거를 배웅하는 유비를 향해, 뒤쪽에서 장비가 마치 맹수의 울부짖음 같은 고함을 질렀다.

"스승께서 억울하게 죄인이 되어 호송되어 가는 것을 주군께서는 팔짱 끼고 바라보기만 하십니까! 뭘 망설이십니까!"

그러나 유비는 묵묵히 다시 움직이기 시작한 함거를 바라보기만 했다.
"좋소! 운장 형도 똑같이 관군을 무서워한다면 이 장비가 책임지고 노식 장군을 구출하겠소!"
장비는 거침없이 달려나가려 한다.
호송중인 동탁의 군대는 한꺼번에 긴장된 빛을 띠었다.
"잠깐만, 익덕! 서두르지 마라!"
관우가 말리고 유비도 타일렀다.
"익덕, 안 된다! 아무리 스승이라 할지라도 지금은 칙명에 의한 죄인의 몸이다. 선생님도 당신의 의분을 억제하시지 않느냐."
"아닙니다! 죄는 이 장비 한 사람이 지겠소! 장군을 대신해서 내가 함거에 들어가면 되지 않소!"
그러자 함거 속의 노식이 호령했다.
"장비는 물러가라!"
장비의 가슴을 찌르는 날카로운 목소리였다. 장비는 노식의 불호령에 그만 우뚝 서고 말았다.
"그대는 유비 현덕의 심복이 아닌가. 충성을 맹세한 사람이 주군의 명령을 거역하다니, 이 무슨 짓인가!"
장비는 이를 악물고 눈을 부릅뜬 채 추상 같은 꾸중을 들었다.
함거는 점점 멀어져 갔다.
"에잇, 분해!"
장비는 열여덟 자 장팔사모로 땅바닥을 쾅 내리쳤다.
"운장……."
유비는 점점 작아져 가는 함거를 바라보면서 말했다.
"우리에게는 달려가 함께 싸울 관군이 없다. 마을로 돌아가 잠시 군사들을 쉬게 하는 것이 어떻겠는가?"
"어쩔 수 없는 일인 줄 압니다."

관우가 찬성했다.
바로 이때였다. 갑자기 산 저쪽에서 요란한 함성이 울렸다.
"잠시 보고 오겠습니다."
관우가 급히 말머리를 돌려 바람처럼 산꼭대기로 달려 올라갔다.
이윽고 돌아온 관우가 보고를 했다.
"황건당이 산과 들을 꽉 메우고 구름처럼 쳐들어오고 있습니다. 그 선두에는 '대현양사(大賢良師)'라고 쓴 큰 기를 들고 있는 것으로 보아 도적의 괴수 장각(張角)이 이끄는 주력부대임에 틀림 없습니다. 쫓기어 달아나고 있는 것은 아마 동탁의 군사인 것 같습니다."
그러자 곁에서 장비가 소리쳤다.
"꼴 좋다! 노식 장군을 죄인으로 모는 어리석은 짓을 했으니 천벌을 받아 마땅하지. 이 기회에 여지없이 패해 따끔한 맛을 보는 것도 좋은 교훈이 될 것이다."
고소한 듯이 소리 높여 웃어제끼고는 갈길을 재촉했다.
"주군, 우리는 그만 어서 탁현으로 돌아갑시다."
그러자 유비가 대답했다.
"아니야, 익덕. 잠깐만……. 노식 장군이 죄수가 된 것은 간신배들의 모함 때문일세. 적군의 함성을 못 들은 체하고 말머리를 돌리는 것은 정의를 앞세우고 나선 우리 의용군이 취할 태도가 아니네."
"옳은 말씀입니다!"
관우가 청룡언월도를 높이 치켜들었다.
"정의의 싸움은 이 칼에 달렸다!"
관우의 외침에 장비가 혼자 모른 체할 수는 없었다.
곧 작전을 짰다.
유비는 복병으로 산중턱에 숨어 있다가 적군이 산골짜기로 들어

오면 단숨에 덮치기로 했다.

　의용군은 직속군사 500에 노식의 제자 1천 기뿐이므로 구름처럼 밀려오는 적군에 비하면 상대가 안 되는 적은 숫자였다.

　그러나 전 군사가 한 사람 남김없이 어떤 험한 산비탈이라도 가볍게 넘을 수 있고, 말을 타는 데 숙달된 정병들이었다.

　관병을 뒤쫓는 황건의 무리가 눈 아래로 들어왔을 때, 느닷없이 가파른 산비탈을 쏜살같이 내리닫는 1천 500기의 무서운 기세는, 이쪽보다 백 배나 수효가 많은 적의 간담을 서늘하게 하고도 남았다.

　적의 무리는 그야말로 개미새끼 흩어지듯 달아나기 시작했다.

　황건적의 대장은 진용을 다시 바로잡으려 군사들을 호령했다. 그러나 그 호령을 끝맺지도 못하고 처참한 신음소리와 함께 칼날 아래 목이 달아나고 말았다.

　넉 자 긴 수염을 칼날 바람에 휘날리며 청룡언월도를 종횡무진으로 휘두르는 관우, 횃불 같은 고리눈을 부릅뜨고 맹호의 울부짖음 같은 고함소리와 함께 장팔사모를 휘두르며 피보라의 소나기를 일으키는 장비의 항마신(降魔神) 같은 모습은 신출귀몰 그것이었다.

　이 두 장수의 활약으로 적군은 진용을 바로잡을 겨를이 없었다.

　도망치려는 적군은 번개처럼 달려드는 1천 500기에게 여지 없이 짓밟혔다.

　휘하 관군 주력을 적군에게 유린당한 채 갈팡질팡 달아나기에 바빴던 중랑장 동탁은, 갑자기 검은 안개처럼 서산 골짜기에서 쏟아져 온 군대로 말미암아 전세가 뒤집히는 것을 보고 눈을 둥그렇게 떴다.

　"참으로 용맹한 군대로구나. 저건 대체 어느 장군의 휘하냐?"

　"모르겠습니다."

　막료들이 고개를 갸웃거렸다.

　이윽고 가까이 다가오는 흑일색의 1천 500기를 보자 동탁은——

　"뭐야! 관군이 아니었단 말이냐!"

노골적으로 업신여기는 태도를 보였다.
"의용군으로 보입니다."
막료들은 일찍이 유비 현덕이란 이름 없는 무장이 이끄는 의용군이라는 소문을 듣고 있었기 때문에 곧 짐작을 했다. 그러나 동탁의 성미를 거스르지 않으려고 잠자코 있었다.
동탁은 겉보기로는 당당한 위장부였다. 기개와 도량이 바다처럼 탁 트인 인상이었다. 마땅히 반가운 태도로 의용군을 맞아 그 공을 칭찬하고 수고를 위로해 줄 만한 큰 그릇으로 보였다.
그러나 실제는 그 반대였다.
본디 동탁은 말단 관원의 아들로 서북땅 농서(隴西)에서 태어나 자랐다. 그 무렵 서북 지방에는 강(羌), 호(胡) 등 유목 민족이 있어 한민족과 이웃하며 살고 있었다. 동탁은 소년 시절 강족(羌族)과 어울려 지냈으며 각 종족 추장급 사람들과도 사귀었다. 따라서 그는 태어났을 때부터 변경에 사는 유목 민족의 야성에 이끌렸다.
이 무렵 강족과 호족은 한인을 습격하여 약탈을 일삼는 등 한과 쉴새없는 분쟁을 일으켰다.
동탁은 일단 고향 임조현(臨洮縣)으로 돌아와 농사를 짓기 시작했다. 그러다가 관원으로 등용되어 도적 단속에 나서게 되었다. 동탁은 눈부신 공을 쌓아 환제 말년인 167년에 근위대의 위(尉)에 임명되었다.
이때의 동탁에 대해서는 두 가지 기록이 남아 있다. 하나는 장안(長安) 서쪽에서 반란을 일으킨 강족을 토벌했을 때의 일.
이때 그는 조정에서 은상으로 비단 9천 필을 하사받았다.
"이것은 나보다 너희들이 받아야 할 상이다."
동탁은 상품을 남김없이 부하에게 나누어 주었다.
또 하나는 그의 놀라운 무예 솜씨였다. 화살통을 말 양쪽에 달고 무섭게 달리면서 좌우의 팔로 자유롭게 철궁을 쏘는 묘기를 보임으로써 오랑캐의 간담을 서늘케 했다고 한다.

이렇듯 동탁은 중국의 중앙 문명과는 멀리 떨어진 광야에서 자라난 야성의 사나이였다. 그는 부하를 아끼기는 했지만 본디 예의를 모르는 장수였다.

동탁은 유비에게 다가가서 물었다.

"그대의 관직은?"

자신을 도와준 공을 칭찬하기는커녕 느닷없이 관직을 묻는 그의 무례함에, 유비의 뒤에 서 있는 관우와 장비는 어이가 없었다.

유비는 정중하게 인사하고 나서 자기 신분을 밝혔다.

"벼슬도 작위도 없는 한낱 평민입니다."

동탁은 알았다는 듯 손을 흔들었다.

"벼슬을 바라고 애써 일하고 있는 것이 이 동탁의 눈에 뜨이게 된 것은 그대를 위해 다행한 일이다. 분골쇄신, 눈부신 활약을 하게 되면 장각을 쳐서 무찌른 뒤에 적당한 벼슬을 받을 수 있도록 내가 주선해 주지. 후비(後備)에 붙는 것이 좋으리라."

동탁은 다시 말을 이었다.

"자, 승전 축하 잔치를 벌일 테니 모두들 준비를 서둘러라."

명령을 내리고는 장막 안으로 들어가버렸다.

그 순간 장비가 장막으로 뛰어들려 했다. 관우가 달려들어 허리를 붙잡지 않았더라면 동탁의 머리는 허공으로 날았을 것이다.

"놓아, 운장 형!"

"익덕! 주군의 명령 없이는 움직이지 못한다!"

"시끄러워! 이제는 참을 수가 없소! 저 돼지 같은 놈의 목을 베고야 말겠소!"

"익덕!"

유비가 앞을 막고 꾸짖었다.

"잘못 생각하면 안 된다! 우리의 적은 황건적이야. ……조정의 벼슬아치를 죽이면 우리 운명이 어떻게 되는지를 생각해야 한다. 역적이라는 오명을 쓰고, 황건적과 함께 산과 들로 쫓기는 신세가 된다면 고향을 떠나올 때 맹세했던 큰 뜻은 어떻게 되는가. 지금은 참고 견뎌야 할 때야."

"그럼 주군께선 돼지 같은 놈의 휘하로 들어가 그놈의 명을 듣겠다는 겁니까. 알았소, 당신이 그런 얼빠진 사람인 줄은 몰랐소. 당신과 운장이 여기에 머물러 있겠다면 나는 그만 하직하고 다른 곳으로 가겠소!"

"익덕! 이런 성급한 사람 같으니. 우리가 어떻게 여기에서 주저앉을 수 있겠나. 의를 맺고 생사를 함께 하기로 맹세한 이상 우리 세 사람은 서로 떨어질 수가 없네."

"알겠습니다! 그렇다면 한시바삐 이곳을 떠나야 하지 않습니까!"

"떠나자."

세 사람은 말에 오르자 말머리를 고향으로 돌렸다.

싸움터를 옮아다니기 반 년. 얻은 것이라곤 백성들의 조그마한 환대뿐이었다.

유비도 고향으로 돌아가는 말발굽이 무거운 것을 느끼지 않을 수 없었다.

"운장 형, 기가 막히군."

고삐를 나란히 하면서 장비가 말했다.

"우리는 벼슬도 없고 녹도 없이, 정의를 위해 황건적을 쳤지 않소. 그런데도 조정 신하들은 우리한테 고작 보답이란 게 우리를 업신여기는 말뿐이잖소. 이런 기막힌 일이 또 어디에 있소."

"천하의 만백성을 위해서라고 생각하면 되지 않는가."

"농담할 때가 아니오. 운장 형은 아직 백성들이란 것이 얼마나 공리(功利)에 밝은지를 모르오. 백성들이란 자기에게 해만 돌아오지 않으면, 한나라 조정이든 황건당이든 누구든 가리지 않아요. 그 증거는 어느 민가에서든 찾을 수 있소. 황건적이 쳐들어왔을 때에 대비해 문간에 매달아 둘 누런 종이를 준비해 가지고 있고, 아이들에게는 장각을 찬양하는 노래를 가르쳐 주고 있지 않소? 우리 활동이 백성의 지지를 얻고 있다고 생각한다면 그것은 큰 착각이오. 운장 형은 아직 생각이 너무 단순하단 말이오."

장비는 큰 소리로 울분을 토해내지 않고는 견딜 수가 없었다.

그것은 앞서 가는 유비의 귀에도 똑똑히 들렸다. 그러나 유비는 아무 말도 하지 않았다.

관우는 주군의 무거운 마음을 염려하여, 장비처럼 거리낌없이 하고픈 말을 함부로 내뱉지 못했다.

적은 군사를 이끌고 기러기떼처럼 정처없이 남쪽으로 남쪽으로 행군을 계속했다.

황하를 건너기에 앞서 군졸들은 말에게 물을 먹였다.

유비는 굼실굼실 흐르는 누런 황하를 바라보면서 회상에 잠겼다.

"아, 유구하구나."

4, 5년 전에 본 황하도 이대로였다. 백 년, 천 년이 흐른 뒤에도 황하는 이대로이리라.

천지의 유구함을 생각하면 삶이 덧없다는 생각이 들었다. 작은 공로를 내세울 생각은 없지만 살아 있는 동안 끊임없이 삶의 보람을 찾고 뜻 깊은 일을 행하고자 했던 맹세를 이룰 수 있을지 염려스러웠다.

'낙양배에서 고구려삼을 사기 위해 이 근처에서 한나절이나 꼼짝 않고 기다리며 생각에 잠겼던 일이 있었지.'

유비는 유유히 흐르는 황하를 바라보며 어머니를 생각했다. 생각하면 생각할수록 가슴속에서 무언가 응어리져 솟구쳐 올라왔다.

유비는 괴로운 듯 머리를 세차게 흔들었다. 그러고는 눈을 돌려 말에게 물을 먹이며 쉬고 있는 병사들을 바라보았다.
 누구에게나 고향이 있고 형제자매가 있는 법이거늘……. 유비는 병사들을 생각하며 말했다.
 "고향에 편지를 보내고 싶은 자는 써서 내게로 가져오너라. 부모가 계시거든 부모에게 무사하다는 소식을 전하는 것이 자식된 도리다."
 병사들은 저마다 종이쪽이나 나무껍질에 열심히 써서 들고 왔다. 유비는 그것들을 받아 큼직한 자루에 넣었다. 그러고는 성실한 병사 한 사람을 골라 넉넉하게 여비를 주며 말했다.
 "이 편지자루를 가지고 가서 각자의 고향집에 전해 주는 일을 맡아다오."
 그러고는 석양에 붉게 물든 황하를, 병마와 짐짝들을 한 덩어리로 하여 얕은 곳은 걸어서 건너고 깊은 곳은 뗏목으로 건너 맞은편 언덕에 이르렀다.
 가까이에 있는 마을 하나가 눈에 들어왔다. 몇 개의 언덕에 둘러싸인,. 얼른 보아 무척 평화스러운 마을이었다.
 유비는 말을 멈추고 가만히 마을을 내려다보더니 명령했다.
 "익덕, 이 마을에서 쉬어가도 좋을지 가서 좀 알아보고 오게."
 장비는 바람처럼 언덕을 달려 내려갔다.
 "주군, 익덕은 솔직한 사람이라 입이 험합니다."
 관우가 옆에 나란히 서서 말했다.
 "장비는 그래야 어울려. 그 사람이 말이 적거나, 생각을 너무 깊게 하면 그게 도리어 이상하지."
 이윽고 장비가 쏜살같이 언덕을 올라 돌아왔다.
 장비의 얼굴은 몹시 긴장되어 있었다.
 "이 마을은 사람도 말도 개도 모조리 죽어버렸는데요! 피비린내가 코를 찌르고 여기저기 처참한 광경뿐입니다!"

유비는 조용한 눈길을 장비에게 돌리며 타일렀다.

"익덕, 백성들이란 이렇게 약하다는 것을 잊지 마."

'……그랬었구나!'

관우는 속으로 끄덕였다.

유비는 마을을 내려다보았을 때 황건적에게 폭풍우 같은 기습을 당하여 무참하게 모두 죽고 만 것을 이미 알고 있었다. 그것을 직접 보게 하려고 장비를 가게 했던 것이다.

"가자."

유비는 다른 길로 말을 몰았다.

"운장 형!"

장비가 조용히 관우를 불렀다.

"항복했소! 이제 가볍게 입을 놀리지 않겠소."

"하하하……, 형님께서 말씀하셨어. 익덕이 말이 없거나 생각하는 데 시간을 쓰거나 하면 도리어 이상할 거라고."

"정말 그렇게 놀릴 거요, 운장 형! 나는 지금 깨달은 게 하나 있소."

"뭐를……?"

"우리 큰형님의 명령을 하느님의 소리로 알고 의심도 하지 않고 거역도 하지 않기로……."

여기까지 말을 했을 때, 뒤쪽에서 말발굽 소리가 들리며 징소리와 북소리가 번갈아 났다.

관군의 사자가 아군에게 급변을 고하는 신호였다.

곧 뒤쫓아온 사자는 하남에서 달려온 주준의 막료였다.

유비는 그의 전언을 듣고 잠시 생각하더니, 결연히 부하들에게 눈짓을 보내며 명령했다.

"방향을 바꾸겠다. 하남으로!"

장비가 눈을 부릅떴다. 관우는 좀 어이없는 기색을 지으며 물었다.

"주군! 주준과 황보숭을 또 한 번 구해 주시겠다는 겁니까?"
"황건당은 진용을 정비해 다시 30만이 넘는 대군이 되었다고 하네. 관군은 우리들의 도움을 청하고 있어. 가지 않을 수 없지 않은가?"
유비가 대답했다.
'아아! 우리 형님은 참으로 군자이시다!'
관우는 마음속으로 탄복했다.
유비 현덕이 이끄는 1천 500 철기대(鐵騎隊)가 먼 길을 달려가 하남에 이르렀을 때, 주준과 황보숭은 두 패로 갈라져, 주준은 장보의 군사와 맞서고, 황보숭은 장량의 군사와 맞서 공방전을 되풀이하고 있었다.
유비는 양성(陽城) 산악 지대에 진을 치고 있는 주준의 본영에 이르자 곧 전황을 알아보았다.
'……전번과는 딴판으로 사기가 달라졌구나.'
군사들의 얼굴빛만 보아도 싸울 의욕이 넘치고 있는 것을 알 수 있었다. 장막 안으로 유비를 맞이한 주준도 딴 사람처럼 보였다.
한 군대의 대장을 대하는 정중한 태도로 유비를 자리에 앉게 한 다음 주준은 머리를 조아렸다.
"나는 잘못을 바로잡는 데 인색하지 않소. 어줍잖은 태도를 보여 귀공을 떠나가게 한 제 잘못을 거듭 사과드리오. ……귀공이 떠나고 난 다음 황보숭과 서로 의견이 맞서, 황보숭은 기도위 조조를 참모로 삼아 곡양(曲陽)으로 장량을 쫓아갔소. 나는 귀공의 도움을 기다려 장보를 쳐 무찌를 작정으로 있소. 부디 앞서의 무례를 용서하시기 바라오."

성급하기는 하지만 솔직한 기상을 지닌 인물이었다.
"벼슬이 없는 평민의 의견을 믿지 않는 것은 당연한 일인 줄 압니다. 얼마나 도움이 되어 드릴지는 알 수 없지만 있는 힘을 다해 싸우겠소이다."
"고맙소. 적을 무찌르고 난 뒤에는 반드시 귀공의 공을 나라에 보고하겠소."
"아닙니다. 그보다도 우리들의 작은 힘을 인정해 주신다면, 제 스승인 노식 선생께서는 공은 있을지언정 죄가 없는 분이니 그대로 장군께서 보고해 주시기 바랍니다."
"알았소. 지금 당장 본디의 중랑장 벼슬로 복귀되도록 상소문을 쓰겠소."
이튿날, 유비는 의병에 주준의 직속 군사 3천 명을 합쳐 이끌고, 동남쪽 산속에 자리잡고 있는 장보의 본진으로 곧장 돌진했다.
장보는 다시 나타난 검은 의용군을 보고 군사들이 동요하자 큰 소리로 독려했다.
"앞서는 불의의 기습에 당한 것뿐이다. 고작 들쥐들의 무리인데 무엇이 두려울 것인가."
먼저 대방 고승(高昇)에게 나가 적과 싸우라고 외쳤다.
"오냐, 어서 오너라!"
장비는 유비의 명령이 떨어지기도 전에 말을 달려나갔다. 말과 말이 서로 스치고 장팔사모가 번쩍 빛나는 순간, 고승의 머리가 공중 높이 튀어올랐다.
"승리는 우리 것이다!"
장비는 군사들을 돌아보며 한 마디 크게 외치고는 혼자서 적진을 향해 뛰어들었다.
"익덕을 버려 두지 마라!"
관우가 앞을 달리고 전군사가 뒤를 따라 함성을 올리며 돌격했다. 적군은 일시에 성이 무너지듯 뿔뿔이 흩어져 달아났다.
산중턱까지 추격해 들어가 이제 승리는 의심할 여지가 없다고 생

각되는 순간이었다. 장비의 말이 밟고 있는 땅이 갑자기 갈라지면서 검은 연기가 공중으로 자욱하게 치솟지 않는가.
 뒤이어 관우의 말발굽이 땅속 폭약을 밟아 터뜨리고 앞발을 곤두세웠다.
 "안 되겠다! 적의 술책에 빠졌다!"
 뒤쪽 높은 곳에 서 있던 유비의 얼굴빛이 흐려졌다.
 4천 500명 군사는 삽시간에 자욱한 검은 연기에 휩싸이고 말았다.
 이를 기다리고 있던 산중턱 적군들은 진문을 활짝 열고 한꺼번에 함성을 지르며 쏟아져 내려왔다.
 패전이었다.
 유비는 높은 곳에 혼자 우두커니 서서 도망쳐 오는 군사를 지켜보았다.
 맨 뒤에서 장비와 관우가 뒤쫓아오는 적병을 칼로 치고 창으로 찌르며 철수해 오기를 기다렸다가 유비는 말머리를 돌렸다.
 20리를 물러나 후퇴를 멈추었을 때,
 "에이 분해! 패하고 말다니!"
 장비가 침통한 소리를 지르며 땅바닥에 털썩 주저앉았다.
 "익덕, 술책에는 술책으로 응하지 않으면 안 된다."
 유비가 조금도 흐트러지지 않은 목소리로 말했다.
 "술책이라니요?"
 "적은 천험(天險)에 의지하고 있는 것을 단 하나의 강점으로 삼고 있다. 앞에서 쳐들어오는 것을 막으면 그것으로 충분하다고 생각하므로 이를 거꾸로 이용하지 않으면 이길 수 없어."
 "어떻게 말입니까?"
 "그대들이 돌격하는 동안 나는 높은 곳에서 산의 모습을 살펴보았지. 높이 솟은 절벽은 도저히 어느 쪽에서도 올라갈 수 없을 것으로 보였어."

"그래서요?"

"적들도 그렇게 생각하여 마음놓고 있는 거야. 거기에 틈이 있는 거란 말일세."

유비의 이 말에 관우는 무릎을 탁 쳤다.

"맞습니다. 저만큼 높은 산이면, 아무리 험하다 해도 올라가는 길이 없을 리 없습니다."

이튿날 아침 먼동틀 무렵이었다.

검정 일색의 군사가 몇 겹이나 가로로 줄을 지어, 숙연히 산 중턱에 자리잡고 있는 적의 기지로 어제 패한 땅을 밟고 나아갔다.

이를 맞이한 황건의 무리 7만은 비웃듯이 '와아' 하고 함성을 질렀다. 서로 외쳐 부를 수 있는 거리로 다가섰을 때, 검은 군대는 갑자기 발길을 딱 멈추었다.

어제의 패배에 겁을 먹고 더욱 조심하는 것처럼 보였다. 그때, 적의 진지로부터 10여 기가 달려나와 목소리를 합쳐 놀려댔다.

"멧돼지 같은 장비! 용기가 있거든 앞으로 나오라!"

장비의 성급함을 벌써 적군들도 알고 있었다. 그러나 검은 군사는 조용할 뿐 움직이지 않았다.

적군은 다시 온갖 욕설을 퍼부으며, 장비의 비위를 긁었다. 갑자기 뒤쪽의 말 그림자가 한꺼번에 움직였다. 그러자 앞 줄에 선 기병이 좌우로 쫙 갈라졌다.

다음 순간, 그 뒤쪽에 있던 약 200기의 검은 옷에서 불길이 확 일었다. 그와 동시에 고삐를 나란히하고 무서운 기세로 산중턱을 향해 똑바로 돌격해 올라갔다.

적군은 자기 몸에 불을 지르고 쳐들어오는 의용병을 보고 어리둥절했다. 의용병들은 말등에 납짝 엎드려, 한쪽 손에 불타는 인형을 들고 있었다. 이 교묘한 속임수는 옆에 바짝 붙어 있기 전에는 알아챌 수 없었다.

적군은 넋을 잃고 이들 무리를 바라보고만 있었다. 이때를 놓치지 않고 좌우 산속에 서 있던 나무들이 모두 사람으로 변한 듯 장비와 관우가 지휘하는 군대가 한꺼번에 뛰쳐나와 산사태처럼 적진을 향해 쏟아져내렸다.

한밤중에 절벽을 기어올랐으리라고는 생각지도 못하다가 허를 찔린 적장 장보는 몇 명의 직속 심복만을 거느리고 내닫기 시작했다. 산중턱 진지에서 달아나는 길은 절벽을 끼고 흐르는 시내를 따라 난 바윗길뿐이었다.

'지공장군(地公將軍)'이라고 쓴 깃발을 차마 버리지 못하고 심복 하나가 들고 있던 것이 장보의 불운이었다.

유비는 시냇물을 사이에 두고 뒤를 쫓으면서 활에 화살을 메겨 당겼다. 시위 튀는 소리가 날카롭게 울렸다. 화살은 시냇물 위를 스치고 날아가 장보의 목을 정통으로 꿰뚫었다.

장보는 '으악' 하는 단말마적 비명을 내지르며 크게 두 손을 뻗고 시냇물에 떨어졌다.

"적장 장보가 화살에 맞아 죽었다. 황건적의 대방, 장각의 아우 지공장군이 죽었다!"

유비의 외침이 쩌렁쩌렁 울려퍼지자 사방이 모두 유비의 군사로 화한 것 같았다. 유비의 군사들은 허둥대는 장보의 부하들을 무수히 베어버렸다. 계곡에서도 검은 연기가 올랐다. 장비와 관우의 군사들이 불을 지른 모양이었다. 상류에서 흘러 내려오는 계곡물이 점점 붉게 물들었다.

산불이 사흘 밤낮 계속되었다. 목을 벤 시체가 1만여, 검게 그을린 적의 시체가 수천인지 수만인지 헤아릴 수조차 없었다. 토벌전이 7일 동안이나 계속되었다. 유비는 눈부신 전공을 세우고 주준의 본진으로 돌아왔다.

한편 곡양에서는——

황보숭이 조조의 머리에서 솟아나는 갖가지 기발한 술책을 빌려, 장량이 이끄는 10여만의 적군과 일곱 번 싸워 일곱 번 승리를 거둬 사기가 하늘을 찌를 듯했다.

광종 들에서 싸우는 동탁에게도 생각지 않은 행운이 찾아왔다.

동탁이 맞서 싸우는 황건당은 대현양사 총대장 장각이 이끄는 20여만이었다.

작전에서 분명 장각에게 한 수 뒤지고 있는 동탁은, 적보다 우세한 병력을 가지고 있으면서도 가끔 패해 달아날 수밖에 없었다.

"이때야말로 10만 관병의 증원을 받지 않으면 안 될 때이다."

조바심하고 있던 참인데 어찌된 일인지 갑자기 적의 전투 상황이 눈에 뜨이게 어지러워졌다.

동탁은 밀정을 적의 군중으로 보내 탐색케 했다. 밀정은 기쁜 소식을 가지고 왔다.

"적의 괴수 장각은 열흘 전에 진중에서 병으로 죽었다고 합니다."

동탁은 이제 됐다고 크게 외치고 나서 그날 중으로 총공격에 나섰다.

적은 갈팡질팡 달아나려다가 혹은 죽고 혹은 항복했다.

동탁은 목벤 자 1만 8000을 13만이라고 부풀려 조정에 보고했다. 그리고 장각을 장사지낸 무덤을 파헤쳐서 널을 깬 다음 그의 머리를 잘라 소금에 절여 낙양으로 올려 보냈다.

장각의 비참한 최후를 전해 들은 장량은 싸울 뜻을 잃고 말았다.

황보숭은 항복한 장량을 산 채로 머리만 땅 위로 나오게 땅속에 묻고, 10여만 관군에게 거기에 똥오줌을 누도록 명령했다.

장량은 오줌똥 범벅이 되어 하루 만에 숨이 끊어졌다.

조정은 무공 제1등으로 황보숭을 천거하여 거기장군(車騎將軍)에 임명하고 익주(益州) 목(牧)에 봉했다. 이어 황보숭을 도와 참모 역할을 다한 조조는 제남(濟南)의 상(相)에 봉해졌다.

조조는 그날로 군대를 돌려보내고 임지로 떠났다. 한때 죄수의 누명을 썼던 중랑장 노식도 다행히 주준의 상소문이 받아들여져 죄명을 벗고 본디 벼슬로 돌아갈 수 있었다. 그러나 그 상소문이 십상시의 반감을 산 때문인지 주준에게는 아직 은상에 대한 소식이 없었다.

은상을 내리겠다는 소식 대신 어느 날 주준의 본영을 찾아온 칙사는 다음과 같은 조서를 전했다.

완성(宛城)을 점령하고 있는 황건의 남은 무리 세 대방——조홍(趙弘)·한충(韓忠)·손중(孫仲)을 즉시 쳐 없애라.

남은 무리 세 사람은 수만 명의 지방 백성들을 그러모으더니, 바람을 이용하여 마을과 고을을 불사르고, 장각의 원수를 갚기 위해 낙양으로 쳐들어간다고 큰소리치고 있었다.

주준은 칙사가 돌아가고 나서 유비를 불렀다.

"조정에서는 이 주준이 별로 환영을 받지 못하는 모양이오. 나는 직감으로 알 수 있소. 그러나 칙명인 이상 어쩔 수 없지. 완성을 쳐야만 하겠는데 귀공의 힘을 또 한번 빌릴 수 있겠소?"

"그렇잖아도 바라고 있는 일입니다."

유비는 미소로써 승낙했다.

주준은 여기서 유비를 조용히 바라보며 덧붙여 말했다.

"그러나……조정의 미움을 받게 된 이 주준이 싸움에서 이기고 난 다음 귀공의 공을 나라에 보고한다 하더라도 과연 빼어난 무훈에 합당한 은상이 내릴지 어떨지 그 점이 걱정스럽소."

"이 유비는 은상을 바라고 적과 싸우는 것은 아닙니다. 천하를 위해 만백성을 위해 칼을 잡고 일어선 것입니다."

고향 누상촌에서 의용병을 이끌고 나오게 된 직접 원인이 황건적에게 어머니가 희생되었기 때문이라는 이야기를 듣고, 주준은 크게 고개를 끄덕였다.
"귀공이야말로 진정한 무인이오. 이제까지 장군인 척하던 내가 심히 부끄럽소."
다음날 주준과 유비는 고삐를 나란히 하고 6만 군사의 선두에 서서 완성으로 나아갔다. 완성에는 조홍이 주장이 되고 한충과 손중이 부장이 되어 굶주린 이리떼 같은 5만의 적도를 거느리고 성에 틀어박혀 있었다.
성 안에는 이미 양식이 떨어져가고 있으나 도와 줄 자기편은 어디에도 없었다. 말하자면 악이 받칠 대로 받친 무리가 되고 말았다.
주준의 군사가 완성 10리에 다가오자 주장 조홍은 한충에게 2만의 군사를 주어 단숨에 밀고 나가게 했다.
처절한 전투가 광막한 들판에서 벌어졌다.
관군 쪽에서는 주력부대가 그들을 맞아 싸웠다. 새벽부터 시작하여 해가 제법 높이 떠오를 때까지 계속되는 싸움은 어느 쪽이 이길지 점칠 수 없도록 팽팽했다.
그때였다. 동북쪽에서 천지를 진동하는 함성이 터지고 북소리가 요란하게 울렸다. 적군은 그쪽에서 관군의 응원부대가 나타나는 줄 알고 서남쪽을 향해 물러나려 했다.
그러자 서남쪽에 숨어 있던 흑일색의 정예부대가 땅에서 솟아난 듯 뛰쳐나왔다. 맨앞에서 치고 들어오는 것은 관우와 장비였다.
두 영웅이 달리는 곳에 피보라의 소나기가 쏟아지고, 무수한 적의 머리가 수박처럼 땅에 나뒹군다.
"이제는 끝장이다!"
적장 한충은 죽음을 각오하고 선불맞은 멧돼지처럼 관군의 주력부대 속으로 쳐들어갔다.
관군은 일부러 조수가 물러가듯 한충의 가는 길을 터 주었다.
그 정면에 유비 현덕이 말 위에 높이 앉아 영웅의 모습을 드러내고 있었다. 유비는 창을 던져 한충의 넓적다리를 찌르고는 일부러 옆으로 피했다.

"주준, 나오라!"

한충은 미친 듯이 울부짖으며 창을 휘둘러댔다.

"오!"

주준은 말을 달려나오면서 30보 거리에서 활을 쏘았다.

한충은 어깨에 화살을 맞고 말에서 떨어졌다. 그러나 곧 벌떡 일어나 앉으며 화살을 뽑아들고 외쳤다.

"항복하겠다!"

"도적놈의 항복은 허락하지 않는다!"

주준은 손수 칼을 뽑아 그의 목을 치려 했다.

"잠깐만!"

유비가 날카로운 목소리로 말렸다.

허군책

"어째서 말리는 거요?"
적장 한충의 목을 치려던 주준이 깜짝 놀라 유비를 돌아보았다.
유비는 태연한 모습으로 말했다.
"옛날 고조께서는 항복해 오는 사람은 모두 다 받아들였다고 합니다. 그리하여 고조는 인망을 얻고 천하까지 얻게 된 것이 아니겠습니까. 항복한 적을 죽이는 것은 무장으로서 취할 길이 아닌가 합니다."
그러나 주준은 고개를 저었다.
"시대가 틀리지 않소? 고조가 몸을 일으켰던 시대는 천하가 크게 어지러워 백성들이 우러러볼 황제가 없었소. 그렇기 때문에 고조는 우선 백성의 신망을 얻을 필요가 있었고, 항복한 사람을 모조리 용서하는 너그러운 방법을 택했던 것이오. 그러나 지금은 천하가 통일되어 백성이 한 조정을 받들고 있소. 나라의 영을 거역하는 것은 황건적뿐이오. 이런 놈들을 용서한다면 무엇으로써 백성들에게 선을 권하고 악을 징계할 수 있겠소? ……도적의 무리는 형세가 이로울 때는 멋대로 약탈을 일삼고 형세가 불리하면 금방 머리를 숙이고 용서를 빌게 되오. 그러나 그 마음속에는 도적의 본성을 버리지 못하고 틈만 나면 도망쳐 다시 반역을 꾀할 흉계가 자리잡고 있음이 뻔하오."

이것은 견해의 차이였다.

유비는 더 이상 말해야 시간만 끌 뿐이란 것을 알고 주준의 주장에 꺾이고 말았다. 주준이 한충의 목을 베는 것을 보고 나서 유비는 다시 입을 열었다.

"항복한 도적을 용서하지 않는다는 장군의 뜻은 잘 알겠습니다만, 지금 전황을 볼 때, 관군은 성을 사면에서 철통같이 둘러싸고 있어 한 명도 달아나지 못하게 하는 포진을 짜고 있습니다. 이러고서 항복을 용서치 않는다면 적병은 죽음을 걸고 미친 듯이 싸울 것이 틀림없습니다. 더구나 적병은 양식이 다 떨어져 굶어죽기 직전에 놓여 있는 만큼 굶주린 이리떼처럼 미쳐 날뛸 것이 뻔합니다. 항복해도 죽고 싸워도 죽는다는 것을 알게 된 적이 결사적으로 반격해 올 때 이로 인한 관군의 피해가 클 것은 분명한 일입니다. ……그러니 동쪽이든 남쪽이든 어느 한 쪽의 포위를 풀고 삼면에서만 공격을 가해야 합니다. 그러면 적군은 성을 버리고 비어 있는 쪽으로 달아날 것입니다. 앞을 다투어 달아나기에 바쁜 적을 사로잡는 것은 아주 쉬운 일인 줄 압니다."

주준은 한충의 목을 베지 말고 항복을 받아들이라는 유비의 말에 좀더 깊은 뜻이 있었음을 그제야 깨달았다.

그는 곧 동쪽을 둘러싸고 있던 군사를 철수시켰다. 그런 다음 서, 북, 남, 삼면에서 북소리를 크게 울리고 함성을 지르면서 물밀듯이 쳐들어갔다.

과연 적은 저항할 생각을 버리고 동문으로 눈사태처럼 쏟아져 달아나기 시작했다.

주장인 조홍도 부장과 함께 일단 성문을 빠져 나오기는 했으나 구름처럼 떼지어 몰려오는 관군의 질서정연한 모양을 보자——
"이건 적의 계략에 빠진 거다!"
눈을 부릅뜨며 분을 이기지 못했다.
조홍은 곧 소방들에게 되돌아오라는 신호를 보냈다. 소방들은 마구 흔들어대는 누렁 깃발을 보고, 자기들이 달아나는 곳이 죽음의 땅이라는 것을 알았다. 그들은 일제히 발길을 돌려 추격해 오는 주준군에게 발악적인 반격을 가해 왔다.
만일 이때 관우와 장비가 이끄는 의용군이 주준의 휘하에 있었다면 무참하게 되쫓기지는 않았을 것이다. 관우와 장비는 적병이 도망쳐 오게 될 동쪽 들판에 숨어서 기다리고 있었던 것이다.
주준이 지휘하는 관군은 달아날 줄만 알았던 적군이 갑자기 사나운 들짐승처럼 결사적으로 반격해 오자, 도리어 겁을 집어 먹고 걷잡을 수 없는 혼란에 빠지고 말았다. 이렇듯 전세가 역전되어 관군은 30리나 후퇴를 해야만 했다.
"다시 성으로 들어가자."
조홍의 한 마디 명령에 적군은 함성을 올리며 성 안으로 들어가 사방 문을 굳게 닫고 말았다. 한 떼의 군대가 관군의 야영 진지에 도착한 것은 그날 해가 저물어갈 무렵이었다.
햇볕에 그을린 2천 군사의 얼굴은 관군과는 확연히 구별되는 모습들이었다. 표한(慓悍)——재빠르고 사납고 억셈, 바로 그것이다.
그 맨 앞에 새하얀 준마를 타고 다가오는 무장은, 그 날래고 사나운 군사를 인솔하기에 걸맞는 젊고 잘생긴 위장부였다.
넓은 이마에 큰 얼굴, 호랑이 몸에 곰 허리라는 형용은, 위장부 중의 위장부에게 주어지는 찬사이지만 그야말로 이 무장을 두고 생겨난 말이 아닌가.
"형님! ……."

관우가 막사 안에 있는 유비를 불렀다.
"나와 보십시오. 손자(孫子)의 후예가 이곳에 이르렀습니다."
이 말에 유비는 흥미를 가지고 막사를 나왔다.
"손자의 후예라면 오군(吳郡) 부춘(富春)의……."
"그렇습니다. 성은 손(孫), 이름은 견(堅), 자는 문대(文臺)입니다. 저는 5년인가 전에 한 번 만난 일이 있는데, 아직 20세도 안 된 소년이었지만 이미 그때 도사린 용의 품격을 보이고 있었습니다."

손견은 병법가로 유명한 손자의 후손이란 사실만으로 이름이 높았던 것은 아니다. 17세 때 아버지를 따라 배를 타고 전당호(錢塘湖)로 간 손견은, 때마침 해적 10여 명이 배를 습격하여 장사꾼의 재물을 빼앗아 강기슭에서 이를 나누어 갖는 광경을 보았다.
"아버지, 저놈들을 사로잡을 테니 보십시오."
아버지는 놀라 공연히 힘을 뽐내는 짓은 삼가라고 말렸다.
"힘 같은 건 쓰지 않습니다."
손견은 싱긋 웃어 보이며 칼을 옆에 차고 둑 위로 뛰어오르자마자 작전 지시를 했다.
"그쪽에 있는 너희들은 그대로 거기서 기다려라! 이쪽에 있는 너희들은 일제히 달려나가 도적들을 쳐라. 도적들이 달아나려 하거든 그쪽에 있는 너희들이 일제히 병장기를 꼬나들고 적을 추격하라!"
해적 떼는 관병이 밀어닥친 줄로 알고 허겁지겁 재물을 버려둔 채 물가를 따라 달아나기 시작했다.
손견은 그들을 뒤쫓아 가서 하나를 붙잡아 꺾어 눌렀다. 사로잡힌 그 도적의 자백에 의해 곧 해적의 괴수와 일당들도 잡혔다.
이 일로 손견의 이름은 온 고을에 알려지게 되었고 관리로 추천되어 단번에 교위(校尉) 벼슬에 오르게 되었다.

그 뒤 회계(會稽)의 요적(妖賊) 허창(許昌)이 반란을 일으켜 스스로 양명황제(陽明皇帝)라 일컬으며 2만의 무리를 거느리게 되자, 손견은 군사마(郡司馬)와 상의하여 용맹한 군사 1천여 명을 모집하고, 고을에 있는 군사를 합쳐 이를 쳐서 깨뜨린 다음, 허창과 그의 아들 소(韶)를 잡아 죽였다.

이 공로로 손견은 다시 염독(鹽瀆)의 승(丞)이란 벼슬을 얻게 되고 뒤이어 하비(下邳)의 승으로 승진되었다.

그 후 황건적과 관군의 결전이 온나라에서 펼쳐지게 되었다.

"지금이야말로 들고 일어설 때다!"

손견은 떨치고 일어나, 여러 대상(隊商)들과 회·사(淮·泗) 지방의 정예들을 불러모아 2천 병력을 마련했다. 이들을 이끌고 결전장으로 말을 달려온 것이다.

손견은 총대장 주준이 있는 본진으로 말을 몰던 중, 문득 고개를 돌려 서쪽 막사 앞에 서 있는 인물에게로 시선을 보냈다.

"저 사람이 누군지 알고 있느냐?"

손견은 심복 한 사람에게 물었다.

"모릅니다. ……관군의 대장으로는 보이지 않습니다. 의용군을 이끄는 무인인 듯합니다."

"그래?"

손견은 잠시 말없이 유비 현덕에게 시선을 보내고 있더니 말했다.

"저 무인 옆에 서 있는 수염 긴 호걸은 전에 한 번 만난 적이 있다. ……맞다. 관우 운장이라고 했었다. 마음이 끌리는 호걸의 인상이었는데, 역시 전투에 가담한 모양이로구나."

이를 들은 심복은 그제야 설명했다.

"아아, 알겠습니다. 저 사람이 관우라는 호걸이라면, 그가 모시고 있는 저 무인은 유비 현덕이라고 하는 한실(漢室) 혈통을 이어받은 지장(智將)이 틀림없습니다. ……검은 의용군을 이끌고 황건적과 싸워 아직 한 번도 패한 적이 없다는 소문을 듣고 있습니다."
손견은 고개를 끄덕였다.
"내가 지금까지 만난 무장 중에 저렇게 시원스런 품격을 갖춘 인물은 없었다."
손견의 참전은 주준을 다시없이 기쁘게 만들었다.
이튿날 아침 주준은 서문으로, 손견은 남문으로, 유비는 북문으로 부하 군대를 이끌고 공격에 나섰다.
일부러 동문만을 비워 둔 것은 어제와 마찬가지였다.
전의에 넘쳐 있던 손견과 그 군대가 맨 먼저 남문을 뚫었다.
손견 자신이 맨 앞에서 해자(垓子)를 건너뛰어 성벽을 타고올라가 외쳤다.
"오군 부춘의 손견을 아느냐!"
외치기가 무섭게 지키는 군사 몇 명을 칼로 쳐서 해자로 처넣었다. 성 안으로 뛰어내린 손견은 외쳤다.
"적장 조홍은 어디에 있느냐! 어서 나오라!"
적병은 미친 개떼처럼 손견을 향해 몰려들었다.
손견의 칼날은 마신의 번갯살같이 번뜩였다.
칼날이 바람을 일으키는 곳마다 도적의 머리가 차례로 허공을 날았다.
"저놈이 손견이냐?"
조홍이 이 수라장 같은 광경을 보고 말을 달려 창을 내찔렀다.
"손견 듣거라! 조홍이 여기에 있다!"
그러자 손견은 소리를 지르며 창끝이 자기 갑옷 소매를 찌르게 놓아 둔 채 번개처럼 땅을 박차며 껑충 뛰어올랐다.
"조홍! 들리지 않느냐, 지옥 사자의 발소리가!"
조홍의 팔을 잡아 땅바닥으로 끌어내린 손견은 꾸짖는 소리와 함께 그의 목을 쳐 떨어뜨렸다.

이 결투를 멀리서 바라본 적의 마지막 장수 손중은, 말머리를 급히 돌려 북문으로 내달았다. 이를 본 유비는 혼자서 말을 달려 뒤쫓아갔다.

유비는 말 위에서 시위를 길게 당겼다. 화살은 보기좋게 손중의 목에 가 꽂혔다.

말에서 떨어져 비틀거리다가 손중이 일어서려는 순간 유비가 그 옆을 달렸다. 칼날이 번쩍 하는 찰나 그의 머리가 튀어 달아났다.

이날 완성 안팎에서 죽어간 적의 무리는 모두 4만 8천이 넘었다.

각 처의 불을 끈 다음 손중, 조홍, 한충 세 적장의 목을 성 밖에 높이 매다는 한편 백성들에게 포고문을 내고 황제 깃발을 하늘 높이 꽂았다.

"한실 만세."

"낙양군 만세."

"주준 대장군 만세."

남양의 여러 고을이 모두 평정되었다. 대현양사 장각이 집집마다 붙이게 한 황색 부적은 모두 떼어졌고 황건적은 모두 자취를 감추어 백성들이 입을 모아 태평성대를 칭송하는 것처럼 보였다.

그러나 천하의 난은 백성들로부터 까닭없이 일어나는 것이 아니다. 오히려 그 화근은 미천한 백성들에게 있는 것이 아니라 지나치게 높은 조정에 있는 것이다. 아랫물보다는 윗물에 원인이 있는 것이다. 정치를 받드는 쪽보다는 정치를 행하는 쪽에, 지방보다는 중앙에 원인이 있었다.

그러나 썩은 자일수록 자기의 썩은 냄새를 맡지 못하는 법. 또 세상이 돌아가는 것을 알지 못한다.

낙양으로 개선한 주준은 싸움의 먼지를 털 겨를도 없이 대궐로 들어가 유비와 손견의 공을 보고했다.

낙양성 안팎은 황건적이 전멸하자 기쁨에 들끓었다.

주준이 승리함으로 해서 전국에서 황건적의 그림자가 완전히 사라진 것이 확실해졌다. 그날 밤 축하 잔치는 대낮인양 휘황찬란한 불빛 아래 그칠 줄을 몰랐고, 거리마다 골목마다 노래하고 춤추는 사람들로 넘쳐흘렀다.

천만 가구가 살고 있는 황도 낙양은 과연 오랜 도읍지답게 물산이 풍부했고 문화가 찬란했다. 오가는 사람들의 화려한 차림새는 눈을 사로잡을 만큼 아름다웠다. 금벽으로 둘러싸고 유리기와를 덮은 대궐을 드나드는 백관의 화려한 수레 행렬은 마치 비취문에 꽃송이들이 피어난 것처럼 보였다.

천하의 어느 곳에 굶주리는 백성이 있단 말인가. 말세의 조짐이라고 슬퍼하는 자가 어디에 있단 말인가. 이 번화하고 활기찬 곳에서 멈추지 않는 저녁의 풍악소리를 듣고 하룻밤에 1만 섬의 기름이 등불로 타오르는 정경을 보느라면 세상을 걱정하고 한탄하는 자의 말이 오히려 이상하게 들릴 지경이었다.

주준은 거기장군(車騎將軍) 하남 윤(尹)에 봉해졌다.

뒤이어 손견은 대궐로부터 별군사마(別郡司馬)에 임명되어 곧 임지로 떠나라는 명령을 받았다.

그런데 오직 한 사람, 논공행상에 빠진 무장이 있었다.

유비였다.

주준이 몇 차례나 탄원을 했는데도 유비는 대궐로 들어가지 못했다.

벼슬을 못한 평민이란 까닭 하나 때문에 이토록 무시를 당해야만 하는가? 아무리 말없는 유비이지만 이해할 길이 없었다. 성 안 한쪽 구석에 쉴 자리를 얻기는 했으나 그것은 주준의 개인적인 호의에서였다.

이때 만일 노식이 낙양에 있었으면 무슨 일이 있어도 진정에서 유비의 공이 큼을 되풀이해 주장했을 것이다. 그러나 공교롭게도 노식

은 중랑장으로서 각 고을의 현황을 시찰하러 나가고 없었다.
　유비의 숙사는 낮이고 밤이고 적막강산이었다.
　유비는 방 안에 틀어박혀 지냈고, 관우도 장비도 주군의 심중을 짐작하여 침묵을 지켰다.
　닷새가 지나고 열흘이 지났다.
　묵묵히 점심을 들고 있을 때였다.
　"더 참을 수 없다!"
　장비가 집이 흔들릴 만큼 큰 소리를 지르면서 벌떡 일어나 주먹으로 식탁을 내리쳤다. 식탁이 두 쪽이 나며 넘어졌다.
　"익덕!"
　관우가 말리려 했으나 장비는 그의 손을 뿌리쳤다.
　"형님!"
　소리치며 장비는 유비의 방으로 들어갔다. 순간 장비는 그 자리에 우뚝 서고 말았다.
　현덕의 모습은 그곳에 없었다. 그 대신 벽에 종이가 한 장 붙어 있었다.
　거기에는 다음과 같은 시가 적혀 있었다.

　　인정이 이익을 쫓음은 예나 이제나 다름없어
　　초야에 묻힌 영웅 누가 알아보리
　　어찌하면 익덕 같은 호쾌한 이 얻어
　　세상의 의리 없는 자들 모두 벨 수 있으리오

노예소녀

　낙양의 시장은 손님을 부르는 장사꾼의 외침과 값을 흥정하는 소리로 떠들썩했다. 물자는 넘칠 듯이 쌓여 있고, 백성들은 모두 태평성대를 노래하는 것 같았다.
　그런데 파는 물건 가운데는 살아 있는 사람도 있었다. 18세 소녀에서부터 건장한 젊은 사내에 이르기까지 한결같이 소나 말처럼 사고 팔았다.
　"자, 어떻습니까? 이 처녀의 생김새를 똑똑히 보십시오."
　한 장사꾼이 12세 가량 된 소녀의 턱을 잡고 얼굴을 발딱 뒤로 젖힌 채 외쳐댄다.
　"아시겠습니까, 이런 여아를 보고 월(越)나라 여자의 얼굴이라고 합니다. 잘 아시는 바와 같이 오(吳)나라 왕을 사랑에 빠뜨려 나라를 망치게 한 서시(西施)가 바로 월나라 저라촌(苧羅村)에서 태어났습니다. 거기엔 이런 처녀들이 얼마든지 있단 말씀입니다. 나는 해마다 그 중에서 빼어난 하나만을 골라 데리고 옵니다. 어려운 문자를 쓴다면, 난두조복천자절(亂頭粗服天姿絕)하니 하물

노온생국색(何物老媼生國色)이라고 하는 겁니다. 즉 서시는 산에서 땔나무를 해 오기도 하고 시내에서 옷을 빨기도 하는 시골처녀였지만, 헌 누더기를 몸에 감고 있어도 그 밝은 눈동자는 더러운 얼굴에서 절로 빛나고 있었기 때문에 월나라 왕 구천(句踐)에 의해 발견되었던 겁니다. 그래서 나도 일부러 이 처녀를 이렇게 저 라촌에서 일하고 있을 때의 차림새 그대로 데리고 온 겁니다. 이 여자아이를 곱게 길러서 서시 같은 절세의 미인으로 만들고 싶은 분은 없습니까?"

장사꾼은 일부러 난폭하게 소녀의 가슴을 열어젖히고 흰 살결에 도톰하게 솟기 시작한 유방을 내보이며 토닥였다.

구름처럼 모여든 구경꾼 속에 유비도 끼어 있었다.

'⋯⋯이건 너무 지나치군!'

유비는 이맛살을 찌푸렸다.

'이런 파렴치한 인신매매가 낙양 장안에서 공공연히 행해지고 있다는 것은 용서할 수 없다.'

유비는 따라온 주랑(周郎)이란 젊은이에게 말했다.

"저 소녀는 아무래도 보통 농가의 태생은 아닌 것 같소. 어쩌면 이름 있는 집인에서 유괴당한 소저일지도 모르오."

확실히 소녀의 얼굴에는 2대나 3대로는 만들어질 수 없는 기품이 서려 있었다. 뿐만 아니라 눈언저리와 입언저리에는 이 수모를 꿋꿋하게 참고 견뎌내려는 의지가 나타나 보였다.

"주군, 저 소녀를 도와 주고 싶으십니까?"

주랑은 관우의 눈에 들어 뽑힌, 무인으로서의 단련된 지력과 담력을 갖춘 젊은이였다.

"음, 할 수만 있다면⋯⋯."

유비는 고개를 끄덕여 보였다.

"알겠습니다."

주랑은 미소를 머금고 대답했다. 유비는 주랑을 그곳에 남겨둔 채 걷기 시작했다.

그의 머릿속에는 몇 해 전 늙은 도사의 부탁을 받고 구해 주었던 부용의 얼굴이 떠올랐다. 의형제를 맺은 뒤 언젠가 유비는 장비를 붙들고 부용의 소식을 물어본 일이 있었다.

"장비 익덕! 언젠가 자네가 내 목숨을 구해 주었을 때 자네 주인집 소저라던……."

"아, 홍 소저 말입니까?"

"음, 맞았어. 자네에게 그 소저를 맡기고 그때 우리는 남북으로 헤어졌지 않은가?"

그러자 장비는 별안간 소리내어 울었다. 유비는 놀라지 않을 수 없었다.

"익덕! 익덕! 왜 그러나?"

"이 아우가 그저 죽일 놈입니다. 차라리 형님의 그 칼로 제 목을 쳐주십시오."

"그게 무슨 말인가?"

유비는 장비를 가까스로 달래고 그 까닭을 물었다.

"형님! 제 말 좀 들어보십시오. 그때 저는 부용 소저를 데리고 현성으로 갔지요. 아시다시피 현성은 그 전에 이미 황건 도적들의 습격을 받아 현령이었던 아버지는 전사하고 가족은 난리 속에서 뿔뿔이 헤어져 부용 소저는 갈 데 없는 고아가 되었지요. 그래서 저는 소저의 친척되는 분이라도 찾을까 하여 수소문을 해보았습니다. 그러나 찾을 수가 있어야지요."

장비는 주먹으로 눈물을 훔쳐가면서 말을 이었다.

"그러던 어느 날이었습니다. 그날 저는…… 오직 나 같은 놈만 믿고 있는 부용 소저를 깜박 잊고 술을 퍼마셨던 것입니다."

"……?"

"저는 얼마나 술을 퍼마셨던지 그야말로 산송장이 되었습니다. 그리고 새벽녘까지 정신없이 곯아떨어졌습니다. ……그런데 누군가가 자꾸 나를 흔들어 깨우는 게 아니겠어요. 왜 자꾸 귀찮게 굴어! 소리를 버럭 질렀지요. 그러다가 깨우는 사람이 부용 소저라는 걸 알고 잠에서 번쩍 깨어났습니다. ……일어나 보니 소저가 울고 있는 게 아니겠어요."

장비는 여기까지 말하고 제 주먹으로 자기 머리를 갈겼다.

"저는 깜짝 놀라서 까닭을 물었지요. 그러나 울기만 할 뿐 대답을 하여야지요……. 나는 또 퉁명스럽게 소리를 질렀지요. 말씀을 하셔야 까닭을 알 것이 아니냐고요. 그러자 아가씨는 모기 소리처럼 가냘픈 목소리로 이렇게 말하더군요. 장비님, 제발 유비 현덕님을 만나거든 성공하시기를 빈다고 전해 달라고. 이 말을 몇 번이고 되풀이하며 다짐하더니 그대로 방에서 뛰쳐나갔습니다."

장비는 또 크게 소리내어 울었다.

"난 바보예요. 눈치를 모르는 돌멩이 같은 놈이라구요. 부용 소저의 그 말이 무슨 뜻인 줄 몰랐으니까요."

"어서 다음이나 말해 보게."

"부용 소저는 방에서 뛰어나가는 길로 우물에 몸을 던져 죽었습니다. ……풍덩 하는 소리를 듣고 급히 뛰어나가 보았더니 아가씨는 이미 우물에 몸을 던진 뒤였습니다. 내가 그리로 달려가려 하자 주막집 노파가 나를 불렀습니다. 가봐야 소용없는 일이라고요. 어째서냐고 물었더니……내가 글쎄 술 먹고 정신없이 곯아떨어져 있는 사이 마침 주막에 들었던 건달 녀석 몇 놈이 아가씨를 겁탈했다는 겁니다. 아가씨는 그 충격에 우물에 몸을 던진 겁니다."

유비는 팔짱을 낀 채 아무 말이 없었다. 말은 없었지만 마음속으로는 숱한 생각들이 오갔으리라.

장비는 그런 유비의 비통한 마음을 헤아리지 못하고 다시 지껄였다.
"나는 당장 그 노파를 후려갈겼지요. 그런 일이 있었다면 왜 나를 깨우지 않았느냐고! 그러자 노파는 말하더군요. 소저가 당신을 깨우려고 얼마나 비명을 질렀는지 아느냐고. 그리고 계속 흔들어 깨웠지만 새벽까지 코를 드르렁드르렁 골며 자고 있었던 건 누구냐고! 노파의 말이 옳았어요. 난 그때 벼락을 때려도 모를 만큼 엉망으로 취해 있었으니까요. ……그 얘기를 듣고 난 정말 눈에 보이는 게 없었어요. 미친놈처럼 날뛰며 주막집을 때려부수었고 죄없는 사람까지 닥치는 대로 죽였으니까요."
"익덕! 그래서 탁현에 와서 나를 보고도 그렇게 무뚝뚝했었군. 나는 사람이 달라졌나 해서 자네를 이상하게 여겼었네."
"그렇습니다. 그때까지도 세상의 모든 놈들이 도둑놈처럼 보이고 못마땅하게 여겨졌습니다. ……그러나 지금은 다릅니다. 저는 제 잘못에 대해 벌받을 각오가 되어 있습니다. 형님, 부디 저의 목을 베어 주십시오."
장비는 성미가 난폭한 만큼 단순했다. 너무 순진하다고나 할까, 어린애 같은 면도 있었다.
유비는 말했다.
"그런 일이었다면 할 수 없는 노릇이지. 다만 자네는 앞으로 술을 끊도록 하게. 술이 모든 사고의 원인이었네."
"예, 형님 말씀대로 맹세코 술을 끊겠습니다."
유비는 지금 그런 생각을 하며 문득 노예 시장에 팔려 나온 소녀의 모습을 머릿속에 떠올리고 있었다.
그때 몇 사람의 수행원을 거느린 관리가 말을 타고 다가왔다. 관리는 유비를 보더니 외쳤다.
"현덕! 현덕이 아니십니까?"
유비가 시선을 돌려보니 그는 낭중(郞中) 장균(張鈞)이었다. 노식 문하의 뛰어난 인재로, 노식의 추천에 의해 대궐로 들어가 한 걸음 한 걸음 출세의 계단을 올라가고 있는 인물이었다.
"아니 장균 낭장이 아니오?"
유비는 고개를 숙여 인사했다.
장균은 말에서 내리자 이상한 눈초리로 유비를 바라보았다.
유비는 싸움터에서 더러워진 군복차림 그대로였다. 벼슬을 받았다면 당연히 그 지위에 해당되는 옷을 입고 수많은 수행원을 거느려야만 했을 터였다.
장균은 사찰사로서 잠시 낙양을 떠나 있었기 때문에 이번 황건적 토벌에 공을 세운 무장들에게 어떤 은상이 내려졌는지 아직 소식을 모르고 있었던 것이다.
"현덕, 어찌 되신 겁니까? 나는 귀공이 이미 어느 나라의 상(相)에 봉해져 임지로 떠나신 줄로만 알고 있었는데."
"장균, 이 현덕이 불만을 품고 하는 말은 아니지만, 아직 우리들의 활동이 천자의 귀에는 들어가지 않은 모양이오."
"뭐라구요? 아직 벼슬을 받지 못했단 말씀입니까? 그럴 수가!"
장균은 믿기 어렵다는 표정을 지었다.
"황건적 토벌에서는 귀공이 이끄는 의용병이 첫째가는 공을 세웠다고 노식 선생도 말씀하셨고, 또 조정에도 소문이 파다했습니다. 그런데 여지껏 벼슬을 내리지 않고 그대로 버려 두다니 그럴 수가 있습니까! ……현덕, 솔직히 말해서 이 장균은 조정을 쥐고 흔드는 십상시의 횡포에 환멸을 느끼고 있습니다. 저들 십상시는 하나같이 제 배를 채우는 데만 정신이 팔려 벼슬과 작위를 팔고, 자기들과 가까운 사람이 아니면 등용하지 않으며, 한동아리가 되어 저희 멋대로 횡포를 부리고 있습니다. 아마 현덕께서 교위에도 오르지 못하는 것은 뇌물을 바치지 않은 탓이거나, 귀공을 추천한 주준 장군이 십상시와 사이가 좋지 못한 때문인 것으로 생각합니다.

"……알았습니다. 내가 지금 곧 대궐로 들어가 직접 천자를 배알하고 귀공의 공을 소상히 아뢰겠습니다."

그러나 유비는 장균의 분개하는 모습을 바라보고 있는 동안 문득 불길한 예감이 들었다.

"장공, 주준 장군의 보고마저 천자께 알려지지 않았습니다. 나는 공로에 대한 보답 같은 건 조금도 바라지 않습니다. 부디 자신의 지위를 위태롭게 하는 행동은 삼가시기 바랍니다."

"무슨 그런 말씀을! 귀공의 이런 모습을 본 내가 이대로 모른 척할 수는 없습니다. 좋은 소식을 기다리십시오. 반드시 내가!"

장균은 말에 오르자 채찍을 휘둘렀다.

총명한 장균은 십상시의 우두머리인 장양(張讓)을 '아버지'라고 부르는 영제 같은 바보에게 무슨 말을 해도 소용이 없다는 것쯤 익히 알고 있었다. 그러나 오늘만은 의분을 참지 못해 해야 할 말을 하지 않을 수가 없었다.

편전으로 들어가 상황을 살피니 마침 천자는 목욕을 하고 나와 잠시 쉬는 참이었다. 십상시의 모습은 보이지 않았다.

장균은 다행히 그 풍부한 학식으로 인해 가끔 한가한 시간에 천자의 부름을 받아, 역대 후궁의 이야기를 들려주곤 해서 상당히 자유롭게 천자에게 문안을 드릴 수 있었다.

영제는 장균이 뜰 아래 무릎을 꿇자 옥좌에서 몸을 일으켜 말했다.

"장균인가? 마침 심심하던 참이다. 또 옛날 후궁 이야기를 들려주지 않겠는가?"

"오늘은 신(臣) 장균, 감히 아뢸 일이 있어 왔습니다."

장균이 말하자 영제가 물었다.

"새삼 무슨 말인가?"

"폐하를 모시고 있는 십상시에 대한 일이옵니다."

"……."

영제는 간하는 말이라면 들을 필요도 없다는 따분한 표정을 지었다. 그러나 장균은 아랑곳하지 않고 말했다.

"「서경(書經)」에 이르기를, 벼슬은 사사로이 가까운 사람에게 주지 않고 능력 있는 사람에게 주며, 작위는 덕이 없는 사람에게 주지 않고 어진 사람에게 준다고 했습니다. 벼슬을 맡은 사람은 모두 어진 인재가 아니면 안 된다는 것은 새삼 말씀드릴 것도 없거니와, 바탕이 어리석은 사람에게는 결코 권세를 맡겨서는 안 됩니다. ……요즘 10여 년 동안 황건의 무리가 사방에 일어나 난을 일으키게 된 원인을 찾아보면, 실은 폐하를 모시고 있는 십상시가 폐하를 속이며 뇌물을 받고 어리석은 자들에게 벼슬을 주어 지방 장관을 임명한 때문으로 아옵니다. 그로 인해 지방의 정치가 어지러워져 백성의 원망을 사게 되었으므로, 마침내 황건적 장각과 같은 사교(邪敎)의 무리에게 이 땅을 짓밟히게 되었던 것이옵니다. 참다운 어진 인재는 결코 십상시의 비위를 맞추거나 하지는 않습니다. 이 점을 깊이 통촉해 주옵소서……."

"알았노라, 알았노라. 이제 그만."

영제는 귀찮다는 듯이 손을 내저었다.

그러나 장균은 일단 입을 연 이상 도중에 물러서지 않았다.

"나라가 다스려지는 것은 군자에게서 나오고, 나라가 어지러워지는 것은 소인에게서 나옵니다. 폐하께옵서는 이를 잘 알고 계실 것이옵니다. 황건적이 땅을 휩쓸고 간 지금이야말로, 임금 곁에 있는 간사한 무리들을 몰아내야 할 가장 좋은 기회이옵니다. 어진 인재를 등용하고 어리석은 자들을 물리치는 것이 나라를 다스리는 첫길이옵니다. 바라옵건대 폐하께서는 굳은 결의로써 이를 단행하옵소서."

"어째서 그대는 지금에 와서 그 같은 말을 하는가?"

"아뢰옵기 황송하오나 신이 아는 사람 중 의병장 유비라는 무장이 있습니다. 중산정왕의 후손으로 중랑장 노식의 첫째가는 제자이옵니다. 탁현에서 몸을 일으켜 의병을 이끌고 황건적과 30여 차례를 싸웠는데, 관군의 승리가 모두 그의 도움에 의한 것이라고 해도 결코 지나친 말은 아니옵니다. 그런데 여지껏 유비에게는 아무런 은상도 내려지지 않고 있습니다. 단순히 관군의 장수가 아니고 초야에서 일어난 의병장이란 이유만으로 그 공로를 인정받지 못한다는 것은 있을 수 없는 일이옵니다. 정치란 초야에 숨은 어진 사람을 발굴해 내고, 어진 이를 벼슬에 오르게 하는 인재 등용이 그 시작이 아니겠습니까. 십상시에게 이로운 자들한테만 세력 있는 자리를 주고, 초야에 있는 어진 사람을 버리는 것은 밝으신 임금이 취할 일이 아니옵니다. 십상시의 목을 잘라 남문 밖에 달아매고, 널리 공을 세운 사람에게 벼슬을 내리시면, 온 천하 만백성은 폐하의 올바른 정치에 감복하게 되고 사해(四海) 안은 절로 태평을 누리게 될 것이옵니다."

당당하고 막힌 데 없는 장균의 간언은 마음 약한 영제를 떨게 만들었다.

"폐하! 통촉하여 주옵소서!"

장균은 한 걸음 영제 앞으로 다가갔다.

그때였다. 장균의 등 뒤에서 갑자기 몇 사람의 발소리가 들렸다.

장균이 돌아다보니 누군가의 밀통을 듣고 달려온 십상시 즉, 장양, 조충, 단규(段珪), 하운(夏惲) 등이었다.

"낭중! 목이 잘려 옥문 앞에 달아매어야 할 자는 우리가 아니고 바로 당신이 아닐까."

장양은 천천히 장균에게 다가서면서 싸늘한 웃음을 던졌다. 장균은 잠자코 마주 흘겨보고 있었다.

십상시는 영제 앞으로 성큼성큼 다가가며 다짜고짜 말했다.

"폐하, 장균의 무례한 행동을 징벌하는 칙명을 내리시옵소서."

그리고 술병과 잔을 내밀며 이것을 장균에게 마시게 하라고 말했다. 독주였다.

영제는 떨리는 손으로 그것을 받아들더니 마침내 말했다.

"장균, 이걸······."

"······아아, 하늘도 무심하구나!"

장균은 절망과 체념으로 몸이 굳어져 있었다.

이윽고 독술을 따른 잔에 절을 하고 장균은 가만히 영제를 지켜보며 말했다.

"옳고 그른 것을 뒤바꾸지 않는 분을 참다운 임금이라 하옵니다. 폐하! 신의 이 마지막 말을 잊지 말아 주옵소서!"

말을 마치자 단숨에 독주를 마시고, 잔을 바닥에 던져 박살을 낸 다음 그 자리에 쓰러져 숨이 끊어졌다.

장균의 억울한 죽음은 과히 헛되지만도 않았다. 아무리 십상시이지만 장균을 죽인 뒤로는 잠을 편히 잘 수가 없었다. 영제도 장균의 마지막 말이 귓속에서 떠나지 않았다.

며칠 지난 뒤 영제는 십상시를 불러 명령을 내렸다.

"유비란 의병장에게 은상을 내리도록 하라······."

십상시도 일찍이 유비의 명성이 높은 것을 알고 있는 터여서 영제의 명을 거역할 수는 없었다.

유비는 중산부(中山府) 안희현(安喜縣)이란 고장의 위(尉)에 임명되었다. 지방의 위는 말하자면 오늘의 경찰서장과 비슷한 것으로 대단한 벼슬은 아니었다. 그 공로가 큰 데 비하면 너무도 보잘것없는 벼슬이었다.

유비는 은상의 칙명을 전하는 칙사를 맞아 위에 임명된 것을 듣고 엎드려 받들었다. 그 뒤 장균이 죽었다는 소식을 듣자 유비는 고개를 떨구었다.

노예소녀 247

역시 불길한 예감이 들어맞은 것이다.

주어진 벼슬이 너무도 낮은 데 장비가 몹시 불만스런 표정을 짓자 유비는 말했다.

"장균이 자신의 목숨과 바꾸어 내게 준 벼슬이니 소중하게 여기지 않으면 안 된다."

위가 되어 임지로 떠날 때 1천 500 철기병을 거느리는 일은 허락되지 않았다. 유비는 군사들을 타일러 서울을 지키는 근위대에 편입시켜 주었다.

그리고 자신은 관우·장비와 20여 명의 심복만을 데리고 안희현으로 떠났다. 일행 뒤에 젊은 무사 주랑에게 고삐를 잡힌 나귀가 아름다운 소녀를 등에 태우고 터덜터덜 따라가고 있었다. 소녀의 이름은 부용(芙蓉). 유비가 노예 시장에서 사온 소녀에게 그런 이름을 붙여 준 것이다.

부용은 아름다운 여인이 될 자질이 보였다.

"부용, 그대는 이 다음에 자라면 우리 주군을 모시는 거야."

나귀를 끌고 가면서 주랑은 말했다.

"네에."

소녀는 방긋 웃으며 고개를 끄덕였다. 꽃이 흐드러지게 피고 새들이 노래했다. 봄바람에 가는 몸매 옷깃을 나부끼며 유비의 뒤를 따라가는 부용은 기쁨으로 가슴이 벅찼다.

사람이 지니고 있는 덕이란 것은 이상한 감화를 주위 사람들에게 주게 마련이다.

유비는 중산부 안희현에 이르러 맡은 바 고을 일을 시작한 지 석 달이 채 안 되어 사람들의 존경을 한몸에 받게 되었다. 유비는 부임하자마자 현의 민생을 돌보는 일에 온 정성을 쏟았다. 그는 손견이 자신보다 조금 더 높은 관직을 얻어 부임했다는 소식을 들었으나 개의치 않았다. 오직 민생이 편안하면 그것으로 족하였다.

포악하기로 이름이 드높았던 자들까지도 붙들려서 유비의 판결을 받게 되었다. 그들은 머리를 숙여 그때까지 저지른 죄를 모조리 자백하고 새 사람이 될 것을 맹세하며 죄값을 치르는 데 조금도 어긋나지 않았다.

유비는 그때까지의 현위들이 자신을 높게 보이려고 만들어낸 허례나 거짓 행사 같은 것을 모두 버리고 자연스럽게 행동했다.

말단 소임들의 의견에도 낱낱이 귀기울인다든가, 부하도 거느리지 않고 혼자 나가 길가에서 노는 어린아이들을 흐뭇하게 바라보는 현위는 지금까지 한 사람도 없었던 것이다.

관사 안에서는 주인의 거실 같은 것을 따로 만들지 않고, 관우·장비와 식탁을 같이하고 침대를 나란히 하고 잤다.

관우와 장비는 서로 조심하며 백성들이 모여 있을 때는 유비를 좌우에서 모시되, 비록 종일이라도 꼼짝 않고 서서 주인의 위엄을 돋구는 데 힘썼다.

그러나 백의종군(白衣從軍)하는 심경으로 황건적과 맞서 싸울 때와는 상황이 달랐다. 관우와 장비의 불만은 바로 여기에 있었다. 목숨을 걸고 용맹하게 싸운 대가가 고작 '현위'라니, 장비의 상식으로는 도저히 이해할 수 없었다. 하지만 유비는 그런 사사로운 감정에 연연할 틈이 없었다.

덕분에 안희현(安喜縣)은 짧은 시간에 평온을 되찾았다. 한때 궁궐 건축을 위한 증세(增稅) 시비가 붙기도 했지만 지혜롭고 정직한 현위 유비의 설득으로 백성들의 협조를 얻어낼 수 있었다. 오히려 그로 인해 크게 상심한 것은 유비였다.

'황건적의 반란을 평정한 직후 민심을 수습하기도 바쁜 이때 새 궁궐을 세우다니, 이 무슨 가렴주구(苛斂誅求)의 횡포란 말인가.'

날이 갈수록 유비는 한 고을의 수장(首長)으로서 관직에 얽매여 있는 자신의 처지가 안타깝게 느껴졌다.

안희현에 부임한 이후, 유비는 장세평과 소쌍을 만나 여러 차례 밤을 지새며 이야기를 나누곤 했다. 그들은 전국 방방곡곡에 어떤 날랜 상인들 못지않은 거미줄 정보망을 갖고 있었다. 더욱이 안희현은 장세평의 고장이었다.

"현위라니요! 황건적 일당을 토벌해 백척간두에 이른 나라를 구한 일등공신에게 기껏 '현위' 따위를 주다니, 이게 말이 됩니까?"

장세평은 때때로 찾아와 말했다. 그리고 유비가 다시 거병을 하게 되면 사람을 모아주겠다고도 했다.

장세평의 이야기에 따르면 반란의 불씨는 아직 완전히 꺼지지 않은 상태였다. 황건의 난은 그 시초에 불과했다. 앞으로 더 큰 역당들의 모의와 거병이 속속 일어날 것이다.

실제로 조정의 고관들은 여전히 매관매직을 일삼고 있었다. 곳곳에서 뇌물이 오가고 조정에서 황제의 권위는 날로 힘을 잃어가고 있는 중이다. 낙양에서는 이미 영제를 폐위시키려는 움직임이 있었다고 한다. 장세평의 또 다른 정보에 의하면 영제 폐위를 위해 두세 명의 고관이 벌써 모의를 시작했다. 유비는 그 소식을 듣자 눈앞이 아득해졌다.

'무릇 황제의 눈과 귀가 열려 천하를 볼 수 있어야 하거늘 한 나라의 제왕이란 자가 구중심처(九重深處) 황궁 안에서 내시들의 꼭두각시 놀음에 휘말려 세월을 허송하고 있으니 나라 꼴이 말이 아니구나.'

무엇보다 환관과 외척을 제거하는 일이 시급했다. 그들의 횡포는 극에 이르러 이미 황권은 유명무실한 상태나 다름없었다.

"형님! 민심이 무엇이라고 생각하십니까?"

어느 날, 식탁에 마주 앉아 관우가 결연한 목소리로 물었다. 유비는 무심한 척 관우의 눈을 들여다보며 대답했다.

"백성들의 마음이 아닌가. 그걸 새삼 묻는 이유가 무엇인가?"
"그럼 민심이 이반하면 장차 나라의 앞날은 어찌 되는 겁니까?"
관우의 물음이 무엇을 의미하는지 모를 리 없는 유비였다.
"나도 요즘 민심에 대해 자주 생각하곤 하네."
"형님! 설마 황건의 난이 일어난 배경을 잊으신 건 아니겠죠?"
유비는 지그시 눈을 감았다.

황건의 난.

난은 평정되었으나 그것을 완전한 평정이라고 안심할 수는 없었다. 민심은 아직도 피폐하고 반란의 기운은 여전히 도사리고 있다. 태평도는 일단 진압되었으나 '오두미도'가 그 세력을 확장하고 있는 중이었다. 유비는 종교의 힘이 얼마나 막강하고 전파력이 무서운 것인지 태평도를 통해 알게 되었다.

태평도나 오두미도 모두 처음에는 병을 고쳐주는 데서 시작했다. 그러나 차츰 교세를 확장하며 태평도는 반란군의 무리로 변해갔다. 신도 조직을 36개 '방(方 : 류)'으로 구분한 것은 군제와 비슷했다. 그들의 반란계획이 발각되었을 때 장각은 그 '방'에 일제히 지령을 내리고 같은 시각에 봇물터지듯 반란을 일으켰다.

관우가 말했다.

"사람을 다시 모아야겠습니다. 형님만 허락하신다면 장세평과 힘을 합쳐 다시 의용군을 모아 보겠습니다."

그러자 기다렸다는 듯이 장비가 벌떡 일어나 소리쳤다.

"형님! 운장 형 말이 맞습니다. 큰 형님만 허락해 주시면 저도 다시 부하들을 부르겠습니다. 이렇게 촌구석에 묻혀 등이나 긁으며 사느니 들판에 나가 한 놈이라도 무찌르는 편이······."

흥분한 장비를 달래려는 듯 유비는 나직하고 위엄있는 목소리로 말했다.

"아직은 때가 아니다. 적당한 시기가 오면 너희들은 내가 말하지 않아도 깨닫게 될 것이다."
"하지만 형님!"
관우가 장비의 한팔을 잡아 겨우 제자리에 앉혔다. 그리고 장비에게 이렇게 말했다.
"형님께서는 우리를 만나기 전까지 돗자리 짜는 일을 생업으로 삼아 살아오셨다. 그러니 백성이 무엇을 원하고, 민심이 어떻게 돌아가고 있는지 누구보다 더 잘 아실 게야. 우리는 큰형님의 뜻을 따라야 한다."
유비가 심란한 눈빛으로 두 사람을 바라보며 말했다.
"내 너희들에게 큰 위안을 받는구나. 형으로서 아무것도 해주지 못해 정말 미안할 따름이다."
그러자 장비가 엎드리며 말했다.
"큰형님! 무슨 말씀이십니까. 다 제 잘못입니다."
관우도 무릎을 꿇고 사죄했다.
"저희들이 경솔했습니다. 큰형님!"
유비의 마음이 편할 리 없었다. 관우와 장비가 1년 동안 자신과 함께 싸움터를 전전하며 좌우의 선봉에 서서 세운 공훈이 적잖았음에도 아직 두 사람에게 이렇다 할 보답조차 한 적이 없었다. 미관말직(微官末職)이라도, 조정에서 그들의 공을 알아주는 성의를 보였다면 상황이 지금과 같지는 않을 것이다. 유비에게는 우울한 나날의 연속이었다.
장세평과 소쌍은 일찍부터 반란의 조짐을 감지하고 유비에게 은밀히 거병을 권유해 왔다. 그러나 처음 의병을 일으킬 때부터 나선 자들 가운데 몇몇은 이미 고향 탁현으로 돌아가고 지금 유비의 곁에 남아 있는 병사들은 고작 스무 명 남짓이었다. 이들과 함께 대의를 도모한다는 것은 사실상 불가능한 일이었다.
그런 와중에 홍기가 말 20마리를 끌고 왔다. 말을 산 대금은 장세평이 이미 지불했다고 했다. 홍기는 유비에게 다가와 나직히 속삭였다.
"오환 쪽이 움직이고 있습니다."
이번에는 북방의 이민족이란 말인가. 유비는 탄식하며 하늘을 올려다보았다. 커다란 검은 구름이 또 다른 큰 비를 몰고 오는 듯 성난 용처럼 꿈틀댔다.
이윽고 조정으로부터 포고문이 전국에 돌았다.

요즘 싸운 공로로 인해 고을의 원이 되고 관리가 된 사람들 가운데에는 벼슬이나 작위를 받기에 마땅치 않은 품격을 지닌 사람들이 적지 않으므로 칙사를 보내 이를 엄중히 조사하여 적당한 조처를 취하리라.

관우는 이 포고문을 읽고 장비에게 웃으며 말했다.
"조사를 받는 사람보다도 조사를 하는 칙사의 인격이 문제겠지."
그런데 이 말이 뜻하지 않게 들어맞는 예언이 되었다.
안희현에 내려온 칙사는 독우(督郵)라는 벼슬에 있는 사람이었다. 이 사람은 첫눈에 당장 구역질이 날 만큼 오만불손하고 방자하였다.
유비는 성 밖까지 나아가 그를 맞이하여 정중한 예를 올렸다.
그러나 독우는 유비를 거들떠보지도 않은 채 성 옆의 목책 안에 있는 말 20마리에만 눈길을 주고 있었다.
독우는 말 위에서 유비를 삐딱하게 굽어보며 흰소리를 쳤다.
"칙사가 내려오는 줄 알고 있으면서 큰길 가에 거름 냄새를 풍기게 버려 두는 것은 무엇 까닭인가?"
유비는 부드러운 얼굴로 그 점을 사과하고 길을 안내했다.
"칙사가 내려왔는데 백성들이 나와 맞이하게 하지도 않고, 거름을 논밭에 뿌려 악취를 풍기게 만들다니. 이런 것을 가정(苛政)

이라고 하는 거야. 백성들을 소나 말처럼 부리며 고작 자기 주머니나 불리고 있다는 것을 짐작할 수 있다."

칙사 독우는 이렇게 말하면서 채찍을 내둘러 구린내를 쫓는 시늉을 했다.

고을 관아로 들어오자 독우는 거드름을 피우며 남쪽을 향해 윗자리에 가서 앉았다. 그곳은 혹시 천자의 행차가 있을 때 천자를 모시기 위한 자리로서, 아무리 칙사라 하더라도 사양해야 하는 자리이다.

유비는 뜰 아래 공손히 서서 독우의 분부를 기다렸다.

독우는 수행한 관원들에게 술과 안주를 가져오게 하여 먹고 마시며 얼마를 보내고 난 다음에야 겨우 고개를 들어 뜰 아래 서 있는 유비에게 거나하게 취한 목소리로 말을 던졌다.

"그대의 출신을 말하라."

"소관은 탁현 출신으로 중산정왕의 후손입니다. 전번 황건적의 반란 때 조금의 공이 있다 하여 이 고을의 위로 임명되었습니다."

"닥쳐라."

독우는 별안간 두 눈을 부릅떴다.

"뻔뻔스럽게 중산정왕의 후손임을 자랑했으렷다. 이 독우의 눈이 옹이구멍인 줄 아느냐! 천한 농사꾼 출신인 주제에 손톱만한 공을 내세우고, 아무도 아는 사람이 없는 것을 요행으로 천자의 종친이라고 큰소리치고 있으니, 이보다 더 윗사람을 기만하는 행위가 다시 어디 있겠느냐! 이번 조정에서 칙명을 내리게 된 것도 바로 너 같은 엽관배(獵官輩)를 단속하기 위해서다. 당장 물러가라. 어서 물러가지 못할까!"

당장 벼락이 내리칠 것 같은 위세였다.

그러나 유비는 한 마디 변명도 없이 조용히 절하고 그 자리를 물러났다.

유비는 전부터 이곳에 근무하고 있는 하급관리들에게 조용히 물었다.
"지방을 순시하는 칙사는 언제나 저런 태도로 사람을 대하는가?"
관리는 주저하며 말했다.
"현위 나리께서는 관습을 소홀히 하셨습니다."
"관습이라니?"
"신분을 묻기 전에 현위 나리께서 먼저 뇌물을 바치셔야 했습니다. 아직도 늦지 않았습니다. 내일이라도 돈을 갖다 바치기만 하면 금방 태도가 달라지게 될 겁니다."
이 말을 듣자 유비는 고개를 내저었다.
"나는 이 고을을 다스린 지 반 년이 되지만, 백성들에게 세금을 터무니없게 물린 일이 없다. 칙사에게 줄 재물이 어디 있겠는가?"
"그렇지만 뇌물을 바치지 않으면 칙사는 어떤 트집을 잡고 나올지 모릅니다."
"무슨 상관이 있겠느냐. 참는 데까지 참으리라."
그리고 혼자 독우의 숙소를 찾아갔다.
"현위는 말을 20마리나 두었더군."
독우의 입에서 거침없이 가시 돋친 말이 튀어나왔다. 유비는 빈틈없이 대꾸했다.
"도적이 출몰할 때를 대비해서 준비해 둔 것입니다."
"자네는 말을 풀어 도적을 소탕하나? 도적이 오면 병사들을 내보내면 되지. 현위에게 말 20마리는 과하다고 생각하지 않나. 말은 내가 징발하겠네."
독우는 처음부터 작심하고 온 듯 말 20마리를 자신이 가져가겠다고 했다. 돈으로 관직을 산 관리일수록 본전 생각이 나기 마련이다. 그런 독우 같은 불한당에게 그대로 물러설 유비가 아니었다.
"안 됩니다. 그건 제 사유재산도 아닐뿐더러 현을 지키기 위해 말을 내놓은 고을 사람들에 대한 예의가 아닙니다. 또한 도적이 출몰했을 때 바로 추격하지 못하고 때를 놓치면 큰 손실을 보게 됩니다."

그러자 독우는 한동안 생각하는 척하더니 다시 말했다.

"말이 안 된다면 다른 것으로 주든지."

노골적으로 돈을 요구하고 나섰다. 순간 유비는 주먹을 불끈 쥐었다. 독우는 아예 확답을 받겠다는 듯 거듭 은근한 어조로 말을 계속했다.

"내일 아침까지 말 20마리를 대령해 놓든지 아니면 그에 상응하는 세금을 바치든지 하게. 알았나, 현위?"

유비는 어이가 없었다.

유비는 배짱으로 버티기로 했다.

독우는 그만큼 협박을 해두었으므로 뇌물이 산더미처럼 들이닥칠 줄로 알고 있었으나, 이튿날 한낮이 되도록 전혀 기미가 보이지 않자 화가 머리끝까지 치밀었다.

"어디 두고 보자!"

독우는 고을의 중요한 소임을 맡고 있는 현리(縣吏) 세 사람을 불러 지시했다.

"유비라는 그 현위는 천자의 종친을 사칭하여 공로도 없이 벼슬을 훔쳐 가진 못된 놈이다. 이 고을에 들어와 큰길 가를 한번 바라본 것만으로도 유비가 얼마나 백성들을 학대하며 사복을 채우고 있는지를 알 수 있었다. 저들 탐관오리에 대해 곧 천자로부터 엄벌을 내리는 분부가 계실 것이다. 그대들은 이 고을 관리를 대표해서, 유비가 법을 어기는 일이 많고 백성을 함부로 해친다는 소장(訴狀)을 쓰라."

현리들은 유비를 위해 용서를 빌었다.

"소장을 쓰지 않겠다면 그대들도 같은 죄를 범한 것으로 인정할 수밖에 없다!"

독우로부터 협박을 받자 그들은 그만 굽히고 말았다.

그때 유비가 칙사에게 문안하기 위해 관아로 들어가는데, 문 앞에서 칙사의 수행원이 저지하여 들어갈 수가 없었다.

그날 황혼 무렵, 장비는 칙사의 지나친 오만무례에 화가 치밀어 도저히 견딜 길이 없었다.

'이런 때는 술을 먹어도 형님이 나무라지 않겠지.'

몇 잔 술을 들이켠 다음 한바탕 찬바람을 쐬기 위해 말을 타고 관사를 나섰다. 관아 문 앞을 막 지나가려는데 20~30명의 사람들이 땅바닥에 엎드려 있었다.

"그대들은 거기서 무얼 하고 있소?"

장비가 외치는 소리에 엎드린 사람들이 일제히 몸을 일으켜 돌아보았다.

"익덕 나리. 아직 아무것도 모르고 계십니까?"

"무얼 말이오?"

"칙사께서 관리들을 시켜 소장을 쓰게 했다고 합니다."

"소장?"

"예, 현위께서 저희 백성을 학대하여 가혹한 세금을 물리게 했다는 소장입니다. 저희들은 현위님을 사모하고는 있을지언정 꿈에도 원망을 한 적이 없습니다. 그런 터무니없는 소장이 나라에 올라가 현위님께 어떤 불행한 일이라도 있게 되면 이보다 더 원통한 일이 어디에 있습니까. ……그 소장을 찢어 없애 달라고 칙사께 호소하러 왔는데, 문 안에 들여 주지 않아 여기서 이렇게 엎드려 빌고 있는 중입니다."

백성들의 그런 호소를 듣는 순간, 장비는 등잔 같은 고리눈을 더욱 크게 치뜨고 이를 으드득 갈았다. 그리고 곧이어

"에잇!"

무섭게 외마디 소리를 지르며 문안으로 뛰어들었다.
"웬놈이냐!"
"들이지 마라!"
그 순간, 장비를 가로막던 칙사 수행원 7~8명이 강아지처럼 내던져졌다.
회오리바람 같은 기세로 뒷마당으로 달려 들어간 장비는, 유비의 어진 정사를 칭송하며 소장을 올리지 말아 달라고 애원하는 말단 관리들을 묶어 놓고 수행원에게 매를 때리게 하는, 대청마루 위의 독우를 보았다.
"이 간사하고 더러운 놈! 유현덕의 휘하에 장비가 있다는 걸 모르느냐! 맛을 보여 주리라!"
호통소리와 함께 단숨에 댓돌 위로 뛰어올랐다.
범의 수염을 거꾸로 세우고 두 눈알을 부라리며 바위덩이처럼 들이닥치는 거한을 보자, 독우는 겁을 먹고 일어나 도망치려 했다.
"네놈이 어디로 도망을 칠 테냐!"
장비는 긴 팔을 뻗어 독우의 머리채를 거머쥐고 개끌 듯 뜰 아래로 질질 끌어내렸다.
몇 명의 수행원이 칼을 뽑아들기는 했으나, 너무도 무서운 장비의 위세에 눌려 덤벼들 엄두를 못 내고 머뭇머뭇할 뿐이었다.
장비는 비명을 지르는 독우를 끌고 관아를 나와 큰 마당가 말을 매는 버드나무에 거꾸로 매달았다.
그리고 버드나무 가지를 꺾어 들고 후려갈겼다.
"알겠느냐! 지금부터 억울한 죄인이 맞는 채찍의 아픔이 어떤 것인지를 실컷 맛보여 줄 테다!"
철썩!
독우는 버드나무와 함께 후들후들 떨었다.
"아프냐? 이 아픔이 네가 쌓은 죄값인 줄 알아라! 어떠냐?"

노예소녀 259

넓적다리, 볼기, 등, 가슴 할 것 없이 사정없이 후려쳤다. 버드나무 가지는 금방 동강나고 말았다.
 장비는 다시 새로 굵은 가지를 꺾어 들고 휙휙 소리가 나게 후려쳤다. 독우의 옷은 찢어지고 살이 부어오르며 온몸이 피투성이가 되었다.
 급보를 전해 들은 유비가 곧장 말을 달려오지 않았다면, 장비는 독우를 쳐 죽이고 말았을 것이다.
 "장비! 그만두지 못하겠느냐!"
 유비는 말에서 뛰어내리자마자 굵은 가지를 들어올린 장비의 오른팔을 탁 쳤다.
 "형님, 말리지 마십시오! 이런 탐관오리야말로 만백성의 피를 빨아먹는 거머리 같은 놈입니다! 때려 죽여 본때를 보여 주어야 합니다!"
 장비는 유비의 손을 뿌리치려 했다.
 독우는 거꾸로 매달린 채 유비에게 애원했다.
 "요, 용서해 주오! 부, 부탁하오! ……용서해 주오! 무, 무엇이고 다 들어주겠소!"
 "닥치지 못할까, 이 똥구더기 같은 놈아!"
 장비는 독우의 머리를 발로 찼다.
 "장비! 그만두지 못하겠는가! 아무리 이 자가 못됐다 하더라도 칙명을 받고 내려온 사자가 아닌가. 죄수 다루듯 할 수는 없네!"
 장비를 심하게 나무란 다음 유비는 버드나무에서 줄을 풀어 독우를 땅바닥에 내려놓았다. 독우는 숨도 제대로 못 쉬고 말할 힘도 없었다.
 "형님!"
 장비는 그래도 분이 풀리지 않았다.
 "이놈을 살려 돌려보내면, 도성으로 돌아가 무슨 터무니없는 중상모략을 할지 모릅니다. ……이 자리에서 목을 베어야 합니다."
유비는 고개를 내저었다.
"이자의 목을 베는 일이 죄가 된다고는 생각지 않는다. 그러나 이자가 받들고 있는 칙명은 거역할 수가 없다. 만일 목을 베게 되면, 우리는 조정에 대해 반역죄를 짓게 된다. 앞으로의 일생을 반역한 신하로 살아간다는 것은 너무도 가슴 아픈 일이야."
그 말을 듣자 장비는 유비의 말을 따르지 않을 수 없었다. 거기에 급히 달려온 관우가 말했다.
"형님! 가시덤불은 봉황이 깃들 곳이 아니라고 하지 않습니까. 주군께서는 그토록 큰 공을 세우고도 겨우 한 고을의 위에 임명되었습니다. 게다가 칙사라는 허울좋은 조정의 천한 관리에게 견디기 어려운 모욕을 당했습니다. 생각해 보면 아직 뜻을 펼 시기가 되지 않은 것만 같습니다. 차라리 벼슬을 버리고 고향으로 돌아가 다시 한 번 큰 뜻을 세워 보지 않으시렵니까?"
"운장, 그대의 말이 옳다."
유비는 고개를 끄덕이고 가슴에 차고 있던 인수(印綬)를 풀어 독우의 목에 걸어 주면서,
"독우, 낙양으로 돌아가면 아뢰시오. 유비는 조정에 대해 조금도 배반할 생각은 없으나, 마음에 참지 못할 일이 있어 벼슬을 버리고 다시 초야로 돌아간다고 말이오."
칙사에게 유비의 선처를 호소하기 위해 관아 문 앞에 몰려와 있다가 이 북새통을 모두 지켜본 백성들은, 유비가 떠난다는 말에 놀랐다. 유비의 선정에 감복하고 있던 그들 아닌가. 혹은 더 있어 달라고 매달리기도 하고, 혹은 칙사를 저 꼴로 만들어 놨으니 빨리 떠나야 한다고도 했다. 무어라 하든 그들의 마음은 어수선했다.
유비가 나섰다.
"여러분, 참으로 민망하기 짝이 없소이다. 현위가 되어 이런 모습

을 보이다니. 이제 나는 떠날 수밖에 없습니다. 우리가 큰 뜻을 이루는 날 다시 만날 수 있게 되리라 믿소이다."

인사를 마친 유비는 몸을 돌려 관우, 장비와 함께 말에 올랐다.

그들은 바람처럼 그곳을 떠났다.

버들잎이 어지럽게 흩어진 땅바닥에 쓰러진 독우는 고통스럽게 외쳤으나 유비의 모습이 멀리 사라질 때까지 다가와서 도와주는 사람 하나 없었다.

잠시 후 한 부하가 다가와 독우를 관아 안으로 업고 들어가 치료를 했다. 머리, 목, 가슴 할 것 없이 온몸에 심한 상처를 입은 데다가 불덩이처럼 열이 올라 한동안 인사불성이었다.

얼마의 시간이 흘러 의식이 조금씩 회복되자 독우는 분한 듯 고함을 질렀다.

"현위 유비는 어찌 되었느냐."

"인수를 풀어서 칙사님 목에 걸어 놓고 오늘 밤 일족을 데리고 야반도주했다는 소문입니다."

"뭐? 달아나버렸다고? 그 장비란 놈도 말이냐?"

"그렇습니다."

"두고 보자. 이놈들 내 이대로 순순히 놓아 둘 줄 아느냐."

독우는 사흘 남짓 끙끙 앓다가, 나귀를 타고 정주(定州)로 달려가 그곳 태수에게 유비가 반란을 일으켰다고 거짓으로 고했다.

태수는 곧 급사를 보내어 조정에 이 사실을 보고했고 그는 곧 유비를 토벌하라는 명령을 받았다. 토벌 부대가 안희현을 향해 떠났다. 그러나 벌써 유비의 모습은 어느 곳에도 보이지 않았다.

유비와 그 수행원 20여 기는 북쪽을 향해 달리고 있었다. 어느덧 겨울이었다. 장비가 성난 듯 말했다.

"어디까지 이렇게 정처없이 가야 한담."

"대주(代州) 땅의 유회(劉恢)는 한나라 종친이다. 가서 부탁하면 반드시 숨겨 줄 것이다."

"운장 형, 우리는 이제 남을 의지할 수는 없지 않소? 아, 군사가 아쉽구나. 적은 대로 1만 명만 있으면 탁현을 점령하고 천하를 호령할 수 있을 텐데……."

"익덕! 만일 그런 식으로 반기를 들게 되면 제2의 황건적이 될 뿐이다. ……참아야 할 때는 이를 악물고 참는 거다. 기다려, 익덕. 태양은 반드시 우리 형님 위에 비추게 된다!"

운장 관우의 의젓한 말이었다.

"벌써 그 말은 골백번도 더 들었소. ……에잇, 빌어먹을! 기다려야지, 기다리는 수밖에 도리가 없다면!"

유비는 등 뒤로 그런 대화를 들으면서 눈길을 허공에 두고 있었다. 답답한 심정이야 관우, 장비 이상이었겠지만 그의 두 눈은 조금도 어둡지가 않았다.

겨울 해가 저물어가는 서쪽 저 언덕 너머에서 어떤 운명이 그들을 기다리고 있는 것일까.

유비는 고삐를 움켜쥐고 힘껏 말 배를 걷어찼다. 들판의 무수한 풀들이 바람에 소용돌이치고 눈앞에 펼쳐진 드넓은 대지가 이들의 길을 열어주었다.

인물론

진잠은 백마사(白馬寺) 경내의 9층탑을 우러르며 중얼거렸다.
"마치 딴 세상에 온 것 같구나."

그 무렵 불교는 아직 한민족 속에 침투되어 있지 않았다. 도읍 낙양에 있는 단 하나의 이 불교 사원도 포교의 거점이라는 성격을 가지고 있지는 않았다. 낙양에 거주하는 월지국(月支國) 사람들을 위한 하나의 사원일 뿐이었다.

월지족은 본디 신강성(新疆省) 동부에 살았지만 흉노(匈奴)에게 쫓겨 오늘의 아프가니스탄으로 옮아갔다. 천축(天竺 : 인도)이 가까우니 주민들은 거의 불교를 신봉했다.

낙양에 살고 있는 월지족도 신앙을 지켰다.

백마사는 후한 제2대 명제(明帝)가 세웠다. 그 역사가 이미 100년이 넘은 셈이다. 한족 신자가 전혀 없는 것은 아니었지만 그 수효는 아주 적었다. 그러므로 절 안에서 만날 수 있는 사람들은 대개가 월지족이었다.

'그렇구나. 소용님이 나를 왜 이곳에 보냈는지 이제야 알 것 같

다.'

진잠은 겨우 맥락이 이어진 것 같은 느낌이 들었다.

"이번에 다시 동쪽으로 가주어야 하겠어요. 2년이나 3년쯤은 있어야 할 테니 각오하세요."

오두미도의 교주 장로는 이미 23세였다. 그 어머니인 소용은 40세가 멀지 않았을 텐데 아직도 20대처럼 젊어 보였다. 젊게 보일 뿐 아니라 뭐라 말할 수 없이 아름다웠다. 기품 있는 아름다움으로 보는 사람의 마음을 부드럽게 감싸 주었다.

"낙양에 도착하면 이 편지를 가지고 백마사의 지영(支英)을 찾아 가도록 해요."

지시는 그것뿐이었다. 편지는 봉하지 않았으나 진잠은 편지를 읽을 수 없었다. 가로 쓴 천축(天竺) 글자였다.

경내로 들어서자 넓적한 돌을 깔아 놓은 십자로에서 안내하던 동승(童僧)이 왼쪽 길을 가리켰다.

"이쪽입니다."

4년 전 이 백마사 곁을 지나면서도 이렇듯 강한 이국 정서를 느끼지 못했던 것은 마원의의 처형에서 받은 충격 때문이리라.

앞서 걷는 동승은 맨발에 나막신을 신고 있었다. 발을 옮길 적마다 나막신이 돌판 길에 달그락거리며 울렸다. 그 맑은 소리에 진잠의 정신도 맑아졌다.

진잠은 넓적돌이 깔린 길을 한 걸음 또 한 걸음 다짐하듯 걸었다. 그는 가죽신을 신고 있었기 때문에 소리가 별로 나지 않았다.

"여기입니다."

동승은 이윽고 발걸음을 멈추더니 합장했다.

납빛깔의 벽돌로 만들어진 작고 나직한 건물 앞이었다.

백마사는 천축 사원을 그대로 본뜬 구조였다. 크고 작은 탑파(塔婆)가 늘어서고 요사채가 여기저기 세워져 있었다.

'이런 곳에?'
엉뚱한 곳에 사원이 들어서 있는 것 같았다.
방금 안내된 암자 같은 건물도 아름드리 나무들로 덮여 있어서 얼핏 눈에 띄지 않았다.
진잠은 물었다.
"들어가도 좋습니까?"
"예, 저는 이제 물러가겠습니다."
느릅나무 문짝을 밀자 소리없이 열렸다. 천축의 승려들이 백마에 싣고 온 경전이 느릅나무 상자에 간직되었다는 전승(傳承)이 있어 이 절에서는 느릅나무 목재를 많이 쓰고 있었다.
"어서 오세요. 기다리고 있었습니다."
진잠이 안을 기웃거리기도 전에 나직한 목소리가 들려왔다. 그것은 여인의 목소리였다. 동승처럼 심하지는 않았으나 역시 서역(西域) 사투리를 쓰고 있는데, 그것이 묘하게 교태스럽게 느껴졌다.
"예."
진잠은 다음 말을 삼켰다.
방 한가운데 네모꼴의 긴 탁자가 있고 그 건너쪽에 젊은 여인이 서 있었다. 진잠이 마른침을 삼킨 것은 여인의 보기드문 미모 탓이었다.
'서역의 여인이 틀림없다.'
얼마쯤 움푹 들어간 둥근 눈에 푸른 눈동자가 아름다웠다.
한족 복장에 머리도 그 무렵 유행이던 타마계(墮馬髻)를 하고 있었다. 타마계는 낙마했을 때 상투가 한쪽으로 기울어진 모양과 비슷한 머리 모양이다.
머리 꼭대기의 기우뚱한 머리를 아래에서 야무지게 받치고 있는 듯한 느낌을 주는 팽팽한 얼굴은 커다란 눈과 잘 어울렸다. 살갗은 희고 고왔다.

진잠은 눈을 깜빡거렸다. 그는 눈앞의 젊은 여자를 소용과 비교해 보았다. 이제까지 그는 소용을 다른 여자와 비교해서 떠올린 적이 없었다.

그에게 소용은 여자로서 생각해선 안될 대상이었다. 그렇건만 소용의 존재는 진잠의 마음속에서 다른 모든 여자를 내쫓아 왔던 것이다. 그런데 이제 비로소 그의 마음을 사로잡을 만한 여자가 눈앞에 서 있는 것이다.

"저는 경매(景妹)라고 합니다. 지영님께 전하겠으니 잠깐 앉아 기다려 주십시오."

서역 아가씨는 그렇게 말하더니 꽃무늬가 수놓인 군(裙 : 치마)을 나부끼며 안으로 사라졌다.

조금 있으려니까 눈빛이 날카로운 30세 안팎의 사나이가 나타났다. 틀림없는 서역 사람이지만 사투리는 없었다.

"제가 지영입니다. 부인의 편지는 지금 읽었습니다. 저로서 도움이 된다면 무슨 일이라도 기꺼이······."

짧지만 말꼬리가 또박또박 끊기는 맑은 목소리였다. 그 말씨로 미루어 상대편은 예사롭지 않은 변설의 소유자임을 알 수 있었다.

"파촉 땅에서 온, 아무것도 모르는 시골 사람입니다. 지금의 천하 대세를 가르쳐 주신다면 고맙겠습니다."

"저 같은 월지족 사람이 뭘 알겠습니까?"

"소용돌이에서 한발 벗어나 있는 당신들이야말로 천하를 통찰하고 앞날을 잘 내다봐서 바른 판단을 할 수 있다 생각되어 찾아뵙게 되었습니다."

지영은 잠시 생각했다. 그리고 입을 열었다.

"저희들이 소용돌이 속에 있지 않다는 말씀에는 이의가 있습니다. 하지만 좋습니다. 그런 것을 따질 필요는 없겠지요. 천하대세를 알자면 무엇보다 먼저 천하를 움직이는 인물을 알아야겠지요."

월지국 사람의 우두머리라서 그런지 생각하는 것부터 달랐다. 진잠은 고개를 끄덕였다.

"황건적 난리에서 이름이 크게 드러난 인물이 있습니다. 누군지 아십니까?"

"조조인가요?"

진잠의 대답에 지영은 고개를 끄덕이고는 덧붙였다.

"그러나 세상에서는 그를 지나친 출세주의자로 보고 있습니다. 그는 자기가 돋보일 기회를 노리고 있다가 화려하게 등장했다고 합니다. 말하자면 시기와 장소를 계산했다는 평이지요."

황건당은 거병 당시 파죽지세였다. 그러나 그것은 황보숭 군단을 장사에서 포위했을 때까지뿐이었다.

황건당은 황보숭과 유비의 화공에 크게 혼란을 일으켰고 갑자기 나타난 조조군에게 결정적 타격을 입었다.

지영의 지적은 그 전투를 말하고 있는 것이다.

진잠은 다시 물었다.

"동탁은 어떻게 보십니까?"

"그는 운이 나빴습니다. 참패만 거듭했으니까요. 황건의 상대로선 부족했던 모양입니다. 그러나 황건에 이어 서북 지방에서 호·강족이 반란을 일으키자 동탁군은 물을 만난 고기처럼 뛰어난 작전 솜씨를 보였습니다. 따라서 지금 사람들은 동탁을 황보숭·주준과 같은 반열의 무장으로 평가하고 있지요."

"그밖에 또 누가 있겠습니까?"

"손견을 꼽을 수 있겠지요. 그는 남쪽의 웅재(雄才)로서 이번에도 구성 일당을 무찔렀지요. 앞으로 주목할 인물입니다."

"또 그밖에는?"

지영은 고개를 저었다.

"저로서는 그 이상 꼽을 사람이 없습니다."

진잠이 말했다.

"유비는 어떻게 생각하십니까?"

"유비에 대해서 나도 생각해 보았지요. 역사를 볼 때 이름없는 영웅이 갑자기 나타나 천하를 통일한 일도 결코 없었던 건 아니었으니까요."

"그렇다면 유비도 충분한 자격이 있지 않습니까?"

"네, 유비가 이름없는 인물임에도 많은 공로를 세웠다는 건 나도 잘 알고 있습니다. 그러나 그는 너무도 뿌리가 없습니다. 앞으로 10년 뒤는 몰라도 지금으로는 앞에 나온 세 사람과 겨루기가 힘들지 않을까요?"

지영의 말에 진잠도 더이상 반박할 여지가 없었다.

진잠은 낙양에 머물러 있는 동안 이틀에 한 번 꼴로 백마사로 지영을 방문했다.

'그 사람과는 어딘지 마음이 통하는 데가 있어.'

더욱이 진잠은 방문할 적마다 지영에게서 무엇인가 배우는 것이 있었다.

"지금 우리들은 아무런 아쉬움도 없습니다. 언제까지나 지금처럼 대우받기를 바랄 뿐입니다. 그러나 세상은 바뀝니다. 주권자가 교체되는 겁니다. 우리 같은 서역인을 싫어하는 황제가 나타나 서역인을 모두 주살하라고 명령을 내린다면 우리들은 그것으로 끝장입니다. 우리들은 결코 소용돌이 밖에 있는 것이 아닙니다. 사람을 잘못 택하여 지나치게 가까워졌다간 그 사람과 같은 운명이 되어버립니다. 알맞아야 합니다. 너무 밀착해도 안 되고 너무 떨어져도 안 되는 겁니다. 다음 대에 권력을 잡을 가능성이 있는 사람들에게는 좀더 충실하게 이바지해서 호의적인 관계를 유지해야 합니다."

지영의 이야기를 듣는 사이, 진잠은 그의 논리가 자기들 오두미도에도 고스란히 들어맞는다고 느꼈다.
"우리의 가장 큰 임무는 무슨 일이 있더라도 끝까지 살아남는 일이에요."
소용은 이렇게 말했었다.
낙양에 사는 월지족 사람들도 난세에서 살아남는 방법을 진지하게 생각하고 있는 것이다. 지영은 수천 명을 책임진 월지족 우두머리로서 바로 그것을 실천해 온 인물이었다.
'나에게 지영의 지혜를 배우라는 것이었구나.'
진잠은 비로소 소용의 뜻을 깨달은 것 같았다.
"우리는 바로 경매에게 그 임무를 맡길 참입니다."
지영이 다시 입을 열었다.
"무슨 말씀인지 모르겠습니다만……."
진잠은 솔직히 대답했다.
"다시 말한다면."
지영은 말을 끊고 지그시 진잠의 눈을 들여다보았다. 진잠도 상대의 눈을 보았다.
"경매는 가엾은 아이입니다. 일찍이 부모를 여의어 내가 맡아 키워 왔습니다. 그러나 무슨 전생의 업보인지 양아버지인 나는 낙양에 거주하는 우리 동포의 행복과 안전을 무엇보다도 먼저 생각하지 않으면 안 될 입장입니다. ……나는 경매에게 특별한 교육을 시켰습니다. 어떠한 교육인지 아시겠습니까?"
"글쎄요."
"아름답고 또 총명해지는 것. 다음 대의 권력자에게 총애받는 일. 그리하여 그의 귀에 월지족 사람들을 보호해 달라고 속삭이게 하는 일입니다. 남자들은 여자를 사람으로 취급하지 않습니다. 여자의 말을 사람의 말이라고 여기지도 않겠지요. 제대로 사람 대접을 받으려면 미모 외에도 총명함을 보여야 합니다. 나는 경매에게 온갖 것을 가르쳤습니다."
"다음 대의 권력자란?"
진잠은 가장 궁금한 것을 물었다.
"그것은 제가 고릅니다. 저는 늘 필사적으로 연구합니다. 우리 종족의 운명이 달린 일이니까요. 그리하여 우선 두 사람을 점 찍었습니다."
"조조와 손견입니까?"
"그렇습니다. 이 두 사람으로 범위를 좁히고, 두 사람 귀에 낙양 월지족에 절세의 미녀가 있다는 소문이 들어가도록 손을 쓰고 있습니다."
지영은 이렇게 말하고 얼굴에 쓸쓸한 웃음을 띄었다.

어둠의 속

  천하의 혼란이 가라앉으면 조정 안의 문관들이 다시 권세를 잡게 되는 것은 어느 세상이나 마찬가지이다.
  낙양궁에서도 장양을 우두머리로 한 십상시가 더욱더 권세와 횡포를 더해가고 있었다. 특히 군공을 세운 무관에 대해 노골적으로 좋아하거나 미워하는 태도를 드러냈다.
  돈과 비단을 뇌물로 바치는 사람은 벼슬을 올려 주고 기름진 땅을 나눠주었다. 뇌물 바치기를 꺼리는 사람은 정도에 따라 벼슬을 빼앗기도 하고, 변두리 지방으로 멀리 쫓아버리기도 했다. 따라서 지조 있는 무인과 용장들은 차례로 벼슬을 버리고 초야로 돌아갈 수밖에 없었다.
  장군 주준 또한 그 불운한 사람들 가운데 하나였다.
  십상시의 한 사람인 조충과 맞서 그의 탐욕스러움을 꾸짖은 것이 빌미가 되어 벼슬을 빼앗기고 말았다. 그리고 거기장군의 자리는 말을 타 본 일조차 없는 조충에게로 돌아갔다.

뿐만 아니라 십상시는 한 사람도 빼지 않고 열후(列侯)로 봉해졌다. 영제가 어리석고 모자란 때문이라고 말할 수밖에 없었다. 당연한 결과로 3년이 채 지나지 않아 여러 지방에서 난이 일어났다.
 장사(長沙)에서는 구성(區星)이란 자가 그 근처 도적떼를 이끌고 약탈을 일삼고 있었다. 어양(漁陽)에서는 장거(張擧)·장순(張純) 두 형제가 반란을 일으켜, 형은 자칭 천자라 했고 아우는 자칭 대장군이라 했다. 그밖에 강하(江夏) 근처에서도 도적들이 벌떼처럼 일어나 더이상 감당할 수 없게 되었다.
 이들 반역의 무리들이 날뛰고 있다는 보고는 눈보라치듯 낙양궁으로 날아들었다.
 그러나 십상시들은 이런 보고들을 중간에서 가로채고 영제에게는 천하가 태평하다며 거짓말만 했다.
 어느 날 영제는 후원에서 문득 간의대부(諫議大夫) 유도(劉陶)가 술잔을 들고 말없이 고개를 숙이고 있는 것을 보았다.
 "경은 왜 그러고 있는가?"
 유도는 임금의 질문을 받자 결연한 태도로 앞으로 나아가 아뢰었다.
 "천하의 위태로움이 이제 단석(旦夕)에 이르렀다고 해도 지나친 말이 아니옵니다. 그런 걸 모르시고 폐하께서 내관들과 술자리를 즐기고 계시다는 것은······."
 "경이 미치기라도 했는가? 백성들은 지금 태평을 노래하고 있지 않는가? 어디에 반란을 일으킨 도적이라도 있단 말인가!"
 "폐하! 모르고 계신 건 폐하 한 분뿐이옵니다. 지금 사방에서 도적이 일어나 약탈을 일삼고 있습니다. 그 화는 오로지 십상시들이 벼슬을 팔며 백성을 해치고 폐하를 속이는 데서 온 것입니다. 이 점을 폐하께서는 깊이 통촉하옵소서!"
 이를 들은 장양이 재빨리 십상시들에게 눈짓을 했다. 십상시는 모조리 관을 벗고 땅바닥에 넙죽 엎드렸다.

"폐하."

영제를 우러러보는 장양의 얼굴은 눈물로 젖어 있었다.

"방금 간의대부가 아뢴 내용이 사실이라면, 저희들은 다같이 폐하 앞에 벼슬을 내놓고 고향으로 돌아가서 있는 가산을 다 군자(軍資)로 바치고, 도둑을 쳐서 평정하는 길밖에 방법이 없습니다. 바라옵건대 저희들을 대궐에서 내쫓으라는 칙명을 내리소서."

이말을 들은 영제는 순간 얼굴이 새파래지며 소리쳤다.

"유도! 경의 집에도 근시(近侍)가 있으렷다. 짐에게도 상시(常侍)라는 벼슬은 필요한지고. 경과 같은 대신들은 다른 사람으로 바꿀 수도 있지만, 십상시를 대신할 근시는 없지 않은가!"

장양 등 십상시는 회심의 미소를 지었다. 당장 유도는 끌려나가게 되었다.

"폐하! 신의 목숨은 아깝지 않습니다! 오직 한나라 400년 사직이 망할까 두렵사옵니다."

유도가 문 밖으로 끌려나가 목이 잘려지려 할 때, 마침 사도(司徒) 진탐(陳耽)이 지나가다가 호령했다.

"이게 무슨 짓이냐! 당장 치우지 못하겠느냐."

진탐은 성품이 강직하여 불의를 보고는 참지 못하는 사람이었다.

"유도 같은 훌륭한 대신의 목을 치는 것은 벌써 궁중이 썩을 대로 썩었다는 증거다. 내 어찌 가만 있을 수 있겠느냐!"

진탐은 영제에게 한 걸음에 달려가 무릎을 꿇고 간하였다.

"폐하, 온 천하의 백성들은 십상시의 간사함을 미워하여 그들의 살을 물어뜯고 싶어합니다. 그런데 폐하께서는 십상시를 두둔할 뿐 아니라 '아버지'라고까지 부르고 계십니다. 십상시는 한 치의 공도 없이 모두 열후에 봉해져 있고, 주준 등 뛰어난 군공이 있는 장군들은 멀리 추방되어, 종묘사직의 기강은 이미 무너지고 폐하의 위엄은 땅에 떨어져 있습니다. 폐하, 당장 십상시를 주벌하시지 않으면 한나라는 머지않아 망하게 될 것이옵니다."

그 결과는 뻔했다. 유도와 함께 진탐 또한 땅바닥에 끌려나와 목이 잘렸다.

뭇도적이 벌떼처럼 일어나고 있다는 소식이 천자의 귀에 들어간 이상, 십상시도 그대로 있을 수는 없었다. 도적을 토벌하기로 했다.

손견을 장사 태수로 급히 임명해 구성을 치게 했다. 손견은 50일이 채 안 되어 구성을 쳤다는 보고를 보내 왔다. 그 공로로 손견은 오정후(烏程侯)에 봉해졌다.

어양에서 난을 일으킨 장거와 장순에 대해서는, 장군 유우(劉虞)를 유주(幽州) 목에 임명하여 토벌토록 하였다. 유우는 같은 집안인 대주(代州)의 유회(劉恢)에게 도움을 청했다. 유회는 곧 자신을 대신해서 유비를 추천했다.

조정에 반항했다는 누명을 쓰고 있던 유비는 관우, 장비 등 심복 부하를 거느리고 질풍처럼 달려가 유우의 관군과 합세했다. 장거, 장순의 적군은 유비의 임기응변 전술에 걸려들어 사흘이 못 가 섬멸되었다.

조정에도 사람을 볼 줄 아는 사람은 있었다.

장군 공손찬(公孫瓚)은 이미 전부터 유비가 큰 그릇임을 알고, 그의 뛰어난 공을 크게 칭찬했다. 더욱이 그는 노식 문하에서 같이 배운 터였다.

유비는 조정에 반항한 죄를 용서받아 별부사마로 봉해지고, 평원(平原) 현령에 임명되었다. 평원현은 돈과 양식도 넉넉하고 군마도 충분히 갖춰져 있었다.

"이제 운이 돌아오기 시작하는 모양이다, 익덕."

관우는 장비의 어깨를 두드렸다.

"군사를 모으지 않으면 안 된다. 군사를 말이다. 여기에는 1만 명 군사를 기를 만한 돈과 양식이 있다."

장비도 기쁨을 감추지 못했다.
중평(中平) 5년은, 이렇게 유비와 그 부하들에게 큰 희망을 안겨주고 저물었다.

이듬해 여름, 영제는 무거운 병에 걸렸다.
대궐 안에 불길한 소문이 떠돌았다.
"어쩌면 이 달 안에라도……."
영제의 운명을 예언하는 사람도 있었다.
"아니, 이 병은 3년이나 4년쯤 더 끌게 된다."
"병이 나으려면 먼저 도읍을 옮기지 않으면 안 된다."
그러던 어느 날, 대장군 하진에게 급히 입궐하라는 분부가 떨어졌다.
하진은 젊었을 때는 소 돼지를 잡는 천한 일을 하던 사람이었다. 그의 누이가 빼어난 미인이었기 때문에, 후궁으로 들어와 귀인이 되고 황자 변(辯)을 낳았다. 그리고 마침내는 황후가 되는 보기드문 출세를 했다. 덕분에 오빠인 하진도 대장군에 승진될 수가 있었다. 말하자면 누이 덕으로 출세한 셈이다.
그런데 몇 해 전부터 하후(何后)는 매우 투기가 심한 여자가 되어 있었다.
영제의 사랑이 왕미인(王美人)이라는 후궁에게로 옮겨가 황자 협(協)을 낳았기 때문이다.
하후는 질투 끝에 왕미인을 잔학하게도 독살했다. 그때 궁녀 하나가 급히 황자 협을 안고 영제의 생모인 동태후(董太后) 궁으로 피신했기 때문에 다행히 그 아기의 생명은 무사했다.
동태후는 본디 해독정후(解瀆亭侯) 유장(劉萇)의 아내였다. 그런데 환제에게는 자식이 없었으므로 해독정후의 아들을 입양시켜 태자로 봉했으니 이이가 바로 영제이다. 환제가 죽고 영제가 대통을 잇게 되자 그는 생모를 궁중으로 모시고 높여 동태후라는 칭호를 내렸다. 동태후는 총명한 여자였다. 차츰 후궁에 위엄이 미치게 되고 영제에게도 갖가지 충고를 주곤 했다.

황자 협을 맡은 동태후는 어린아이의 영리함을 사랑하여 '언젠가는 이 아이를 태자로 삼았으면.' 하고 바라고 있었다.

영제는 한 번 두 번 생모의 말을 듣는 사이 어느덧 그런 마음을 갖게 되었다.

급한 부름을 받은 하진은 고개를 갸웃했다. 임금의 병이 오늘 따라 갑자기 심해졌다고는 생각되지 않았다.

"……무슨 일일까?"

미심쩍지만 서둘러 대궐 안으로 들어가려 했다. 그러자 그때 사마(司馬) 반은(潘隱)이 나타나 속삭였다.

"서두르지 마십시오, 지금 대궐 안으로 들어가시는 것은 아주 위험한 일인 줄 압니다."

"아차!"

하진은 급히 발길을 돌려 자기 집으로 돌아가, 즉시 밀사를 조정 대신들에게 보내어 비밀리에 모이게 했다.

"오늘 나는 십상시의 간계에 빠져 하마터면 목숨을 잃을 뻔했습니다. ……십상시가 동태후와 짜고 태자 변 대신 황자 협을 태자로 삼으려는 음모를 꾸미고 있습니다. 그 음모를 이루기 위해서는 먼저 태자의 외삼촌인 이 하진을 죽이지 않으면 안 된다고 생각한 겁니다. 십상시는 이 하진을 죽인 다음 여러분들을 제거할 속셈으로 있는 줄 압니다. 일이 여기에 다다른 이상 결단이 필요하다고 생각되는데, 여러분들의 생각은 어떠신지?"

그렇게 말하고 하진은 대신들을 둘러보았다.

온 방 안에 침묵이 흘렀다. 하진은 대신들에게 존경받거나 신뢰받을 만한 그릇은 못되었다. 하진의 말이 다분히 이기적인 것임을 누구나 느꼈다. 그때 맨끝 자리에서 천천히 일어나는 사람이 있었다.

백옥같이 잘생긴 사내였다.
"환관이 세도를 얻기 시작한 것은 어제 오늘이 아니고 지금은 그 세력이 조정에 넘쳐흐르고 있습니다. 이 기운을 모조리 제거하고 새로운 햇빛을 조정에 비추게 하는 것은 하루아침에 이루어질 수 있는 일이 아닙니다. 또한 일을 그르쳤을 때는 대장군을 비롯해 모든 대신들이 삼족을 멸하는 화를 입게 될 것입니다."
이렇게 말한 것은 다시 조정에 들어와 전군(典軍) 교위 벼슬에 있는 조조였다.
"닥쳐라!"
하진이 호령했다.
"조금 좋게 보아 주니 철없이 아무 데나 나서는구나. 너 같은 어린것들이 어떻게 조정 대사를 알겠느냐. 여기는 너희들 어린 사람들이 들어오는 곳이 아니다. 당장 물러가라!"
눈총을 맞고 조조가 물러가려고 할 때였다.
황급히 사마 반은이 달려들어와 알렸다.
"방금 폐하가 가덕전(嘉德殿)에서 붕어하셨습니다."
방 안은 금방 소란해졌다.
"조용히들!"
반은은 큰 소리로 일동을 제지시킨 다음 말했다.
"십상시는 이를 숨기고 먼저 하진 대장군을 궁중으로 불러 해친 다음, 하루쯤 후궁에 가두고서 황자 협에게 대통을 잇게 할 계획이었음을 분명히 알게 되었습니다."
"내 이놈들을!"
하진은 분노로 몸을 떨었다. 조조가 얼른 뒤를 받아 외쳤다.
"지금으로서는 먼저 천자의 자리를 바로잡은 뒤에 간사한 적을 무찔러야 합니다."
대신들이 모두 찬성했다.

하진은 주위를 둘러보며 물었다.
"누가 나를 위해 새 천자의 자리를 바로잡고 적을 칠 용기를 가진 사람은 없는가?"
"소관이 하겠습니다."
모두의 눈길을 받으며 풍채 늠름한 거한이 일어섰다.
"사예교위(司隸校尉) 원소(袁紹)라고 하옵니다. ……소관에게 정병 5천을 주십시오. 곧 금문을 부수고 궁중으로 들어가 새 황제를 모시고 내관들을 모조리 목베어 보이겠습니다."
원소는 한나라 사도 원안(袁安)의 손자요 원봉(袁逢)의 맏아들로 자를 본초(本初)라고 했다. 여남(汝南) 여양(汝陽)의 명문으로 무예가 크게 뛰어나 천하에 널리 알려져 있는 인물이었다.
"원소인가? 그대라면 능히 해낼 것이다. 부탁한다."
하진은 명령을 내렸다.

용꿈

영제는 불행한 황제였다.

십상시들이 꾸민 거짓말만 믿고 한 세상을 살았을 뿐 진실이라고는 아무 것도 모르는 채 세상을 떠났다.

십상시의 일당에게 영제는 눈먼 황제였고 꼭두각시에 지나지 않았다. 옥좌는 그들이 폭정을 휘둘러가며 요사스런 술책을 펼치는 무대였다.

영제가 붕어하자 십상시들은 권력을 손에 놓치지 않기 위해 기민하게 움직였다. 서원(西園) 8교위를 지휘하는 상군(上軍) 교위로 있는 건석(蹇碩)은 부하들을 불러모았다.

"폐하께서 붕어하셨다. 나는 폐하의 유칙(遺勅)을 받들어 협 황자를 옹립하리라. 그러자면 대장군 하진을 주살해야 한다. 폐하 붕어의 뒷일을 의논하겠다는 이유로 하진을 대궐에 불러들여 느닷없이 베면 일은 쉽다."

그러나 일은 그렇게 쉽지가 않았다. 이미 원소(袁紹)가 들이닥치고 있었던 것이다.

갑옷을 차려입은 원소는 어림(御林)의 정예 5천여 기를 이끌고 내전으로 들어가자, 사방을 에워싸고 자기편 사람 이외에는 개미 새끼 한 마리 얼씬거리지 못하게 했다.

하진은 하옹(何顒)·순유(荀攸)·정태(鄭泰) 등 대신 30여 명을 데리고 궁중으로 들어가, 영제의 관 앞에 나아갔다.

그때 십상시는 원소가 지휘하는 군사에 쫓기어 하후의 궁전으로 도망쳤다. 하진에게 도륙당하지 않으려면 그의 누이인 하후의 치맛자락에 매달릴 도리밖에 없다는 약삭빠른 생각에서였다. 그러나 그것도 소용없었다.

원소는 대장군 하진을 암살하려고 꾀했던 십상시의 우두머리 건석을 후원에서 단칼에 목을 베었다. 다른 십상시들은 넋이 달아난 채 하후가 있는 후궁에서 숨을 죽이고 있었다. 원소는 내친 김에 하진에게 주장했다.

"지금이야말로 십상시를 모조리 없앨 수 있는 절호의 기회입니다."

그러나 하진은 대장군 지위를 감당하기에는 너무도 그릇이 작은 사람이었다. 십상시를 죽이는 데 주저했다.

"권세를 앗아버리면 그들은 날개 꺾인 새나 다름이 없다."

원소는 이를 갈며 하진의 우유부단을 안타까워했지만, 자신은 아직 사예교위에 지나지 않았으므로 독단적인 행동은 할 수 없었다. 십상시는 하진이 주저하는 태도를 보이자 하후의 치맛자락에 매달려 살려 달라고 애원했다.

하후는 십상시들의 음모를 확실히 알지 못했고, 지난날 그들의 도움을 받아온 처지였다. 사랑에 대한 질투는 강했지만, 울며 매달리는 인정에는 마음이 약해지는 보통 여자에 지나지 않았다.

하후는 하진을 불러 부탁했다.

"오라버니, 우리는 변변치 못한 집안에서 태어났습니다. 그런데도 우리 오누이가 지금의 부귀를 누리게 된 것은 오로지 내관인 장양의 무리들이 힘이 되어 준 덕분이 아닙니까? 이 점을 깊이 생각하십시오."

하후의 이 말에 하진은 과감한 조치를 취하지 못했다. 하진은 백관들을 모아놓고 선포했다.

"나를 암살하려고 꾀한 건석은 이미 죄를 물어 목을 베었소. 그러나 다른 십상시들은 그 음모에 직접 관여하지 않은 것이 밝혀졌으므로 그들의 죄를 묻지 않기로 했으니 그리들 아시오."

그러자 원소가 분연히 일어나 주장했다.

"장군! 풀을 베어도 그 뿌리를 뽑지 않으면 뒷날 반드시 그 화가 몸에 미치게 됩니다!"

"원소는 말을 삼가라! 내 뜻이 이미 정해진 이상 함부로 반대하는 것은 허락하지 않는다!"

하진은 원소의 말을 눌렀다. 대궐 안은 한때 소강 상태를 유지했다. 그러나 한 달이 채 지나지 않아서, 십상시들은 다시 고개를 쳐들고 잃었던 옛 권세를 되찾으려 했다.

낙양은 어느덧 무더운 5월을 맞이하고 있었다. 조조는 뜰의 나무 그늘에 자리를 깔고 손님과 마주앉아 있었다. 그는 무릎을 안고서 하늘의 은하수를 우러르더니 문득 중얼거렸다.

"천하 대란이 멀지 않겠는걸."

대란이라는 불길한 말을 입에 올리면서도 조조는 흰 이를 드러내며 씨익 웃었다.

"딴청 부리지 말고 어때, 해보지 않겠소? 자, 대답하시오!"

손님이 말했다. 그는 사예교위 원소였다.

원소는 조조와 같은 연배로서 명문의 귀공자였다. 그는 여남군

(汝南郡) 여양현(汝陽縣)에서 태어났다. 그의 고조부 원안(袁安)은 사도(司徒) 벼슬을 지낸 인물인데 학문을 좋아했고 명신으로 이름이 높았다. 원안 이래 원씨 집안은 4대 계속해서 3공을 배출하여 '4세 3공'이라 일컬어지며 권세를 자랑했다.

원안을 비롯하여 모두 도량이 넓어 그 문하에 모이는 사람을 차별없이 받아들였으며, 그들의 뜻을 이루게 해주어 천하의 신망을 얻고 있었다.

자를 문개(文開)라 한 그의 아버지 원성은 젊어서 죽었지만 사람을 다룰 줄 아는 남자다운 인물이었다. 황제의 외척 같은 당시의 권력자들도 다투어가며 그와 사귀려 들었기 때문에 도읍에서는,

"문개를 찾아가면 안 되는 일이 없다."

이렇게 소문났을 정도였다.

그런데 원소는 명문에 태어난 것을 오히려 거추장스럽게 여겼다. 소년 시절 동네 아이들과 단짝이 되어 망나니 짓을 일삼았던 것도 그런 반발 때문이었다. 조조는 키가 작고 체격이 빈약한 사나이였지만, 원소는 위풍당당한 위장부였다.

조조의 풍채가 형편없었다는 것은 다음의 실화로도 증명된다.

뒷날 조조가 위왕(魏王)이 되어 흉노의 사자를 만났을 때의 일이다. 상대편에게 위압감을 주지 못할까 염려하여 풍채 좋은 부하에게 대역(代役)을 맡기고 자기는 짐짓 호위병 차림으로 칼을 들고 옥좌 옆에 서 있었다. 그리고 나중에 사람을 시켜 위왕의 인상이 어떠냐고 사자에게 물어보았다.

"아주 훌륭하십니다. 드물게 보는 분입니다. 그렇지만 옆에서 호위를 하고 있던 분, 그분이야말로 영웅입디다."

조조는 이 보고를 듣고 안 되겠다 싶어 곧 추격대를 보내어 흉노의 사자를 죽이게 하였다.

그것이야 어쨌든 원소는 조조에게 한풀 꺾이지 않을 수 없었다.

그런 원소가 단 한 가지 조조에게 우월감을 가질 수 있었던 것은 '4세 3공'의 빛나는 집안뿐이었다. 원소는 명문에 반발하면서도 명문의식을 버리지 못했던 것이다.

원소의 불량 소년시절은 오래 계속되지 않았다. 이윽고 시동(侍童)으로서 궁중에 들어갔고 명문의 귀공자답게 출세 가도를 달렸다. 20세에 벌써 복양(濮陽) 태수가 되어 뛰어난 인물이라는 평판을 얻었다.

그러나 원소는 어머니의 죽음으로 관직을 사임하고 3년상을 치렀고, 곧 이어 아버지의 상을 입어 도합 6년간 시묘를 살았다. 그 뒤에도 그는 낙양에 살았으나 벼슬은 하지 않았다. 초야에 묻혀 살며 천하 영웅들과 깊이 사귈 뿐이었다.

당시 태부(太傅)였던 숙부 원외(袁隗)는 십상시들이 그를 의심하고 있다는 이야기를 듣자 원소를 불러다가 야단을 쳤다.

"원씨 가문을 멸망시킬 셈이냐!"

그래서 그도 할 수 없이 대장군 하진의 명을 좇아 벼슬길에 나섰던 것이다. 원소는 서원 8교위의 하나인 중군교위(中軍校尉)가 되었다. 조조와 같은 사단장급이다.

조조가 되물었다.

"아까부터 자꾸 대답해 달라는데 대체 무슨 일을 말이오?"

"아니, 아직 듣지도 못했소! 저 썩어빠진 환관들을 싹 쓸어버릴 방법 말이오."

원소는 답답하다는 표정이었다. 조조는 안고 있던 무릎을 펴면서 말했다.

"아, 그 일 말이오?"

그러면서도 마음속으로는 이렇게 생각했다.

'귀공자라 할 수 없군!'

경멸에 가까운 감정이었다. 거기엔 얼마쯤 부러움도 섞여 있었다.

환관들을 몰살하자고 환관의 손자에게 지껄이고 있는 것이다. 의심할 줄 모르는 순진함은 역시 전통 있는 명문의 자제가 아니고서는 가질 수 없는 것이리라.

"어떻소?"

성급한 점도 원씨 집안의 사람답다.

권문 명가와의 교제가 아무리 많아도 조조는 이 사나이처럼 될 수가 없다. 뿌리내린 명문 출신이 아니다. 조조의 양 어깨는 어두운 그림자를 짊어지고 있었다. 그 그림자와의 투쟁이 그에게 주어진 삶이라 해도 좋았다.

조조는 별 흥미 없다는 태도로 말했다.

"잘 될까요?"

"잘 되고말고!"

"뭘 보고 잘 된다고 장담하시오? 며칠 전 들은 이야기로는 대장군 하진은 황태후에게 환관 주살 건의를 했다가 거부당했다던데.……아무리 오라버니 말이라도 황태후로서는 환관이 한 명도 없게 되면 불편해 견뎌낼 수가 없지 않겠소? 대궐의 잡다한 일들을 누가 한단 말이오?"

"후궁의 일 같은 건 별것 아니오. 궁녀도 충분히 해낼 수 있소."

원소는 어디까지나 낙관론자였다.

"내 의견을 말하겠소."

조조는 다시 무릎을 안았다. 뻔한 것을 굳이 말해야만 하는 것이 따분하다는 표정이었다.

"환관은 어느 때고 존재했소. 문제는 군주들이 지나치게 권한을 주었기 때문에 생겼소. 원흉에게만 중벌을 가하면 되고, 그러려면 옥리 하나로도 충분하오. 바깥 힘을 빌릴 것도 없소, 환관을 몰살시키려고 하다가는 반드시 일이 누설되고 말 것이오. 결코 성공할 수 없소."

"맹덕은 너무 한가한 소리를 하는군. 그렇게 미적지근해서는 안 되는 거요. 담대하게 결단을 내리지 않는다면……."
"무리해서는 안 되지요. 실패할 가능성이 커요."
"만전을 기하고 있는데, 뭘 더 걱정하시오? 대장군은 환관 주살이 천하의 공론이란 것을 나타내기 위해 지방의 맹장, 호걸들에게 소집령을 내렸소."
"뭣이, 지방의 장군들에게?"
조조는 크게 놀랐다.
"그렇소."
"불길하다!"
"무엇이?"
"서량(西涼) 자사 동탁(董卓)에게도 소집장을 보냈소?"
"물론이오. 그가 끼지 않는다면 가망이 없소. 서북 지방에선 최고 실력자가 아니오?"
"실력자임에는 틀림없지만……."
조조는 한숨을 길게 쉬었다.
실력자일지는 모르지만 동탁은 성품이 각박하기로 소문난 무장이다. 적어도 조조는 그렇게 생각하고 있었다.
이때 십상시들의 움직임은 어떠했던가?
어느 날, 십상시는 몰래 동태후가 있는 후궁으로 들어가 바닥에 엎드려 아뢰었다.
"새 황제께서 즉위하시고 한 달이 지났으나 모든 신하들은 아직 마음속으로 불안을 느끼고 있사옵니다. 이대로 가다가는 새 황제 폐하의 지위가 흔들리게 될 것으로 생각하옵니다."
총명하다지만 동태후 또한 여자였다.
자기를 가볍게 보는 줄 알고 있던 십상시가 모조리 자기편이 되어줄 태도를 보이는 바람에 그만 눈이 어두워지고 말았다.

"그대들의 생각을 듣고 싶구려."
장양이 모두를 대신해서 말했다.
"태후께옵서 직접 조정에 나아가 수렴청정을 하셔야 합니다. 그래서 황자 협을 왕으로 봉하시는 한편, 조카 되시는 동중(董重)을 높은 벼슬에 올려 군사의 기밀을 장악하게 하시고 저희들 십상시가 일을 할 수 있게 만드시면, 머지않은 장래에 다시 대궐 안은 옛날의 권위를 되찾을 것으로 믿사옵니다."
동태후는 그들의 의견에 고개를 끄덕였다.
곧 황자 협을 진류왕(陳留王)에 봉하고 동태후의 친정 조카인 동중을 표기장군(驃騎將軍)에 올리도록 했다. 그리고 장양 등 십상시를 저마다 조정의 정치에 관여할 수 있는 벼슬에 나가게 하려 했다. 그러나 그 직전에 그들의 음모가 한 궁녀의 입을 통해 하황후의 귀에 들어가고 말았다.
하황후의 분노는 불길처럼 타올랐다. 곧 하진을 불러 명령을 내렸다.
"당장 동태후를 사람들이 알지 못하는 먼 곳으로 귀양보내도록 하시오."
하진은 순간 얼굴이 새파래졌다. 잔뜩 독기를 뿜고 있는 하황후에게 뭐라고 간할 말이 생각나지 않아 그대로 물러나오고 말았다.
집으로 돌아온 하진은 원소를 불렀다.
"십상시들이 다시 꿈틀거리고 있다. 이번엔 동태후를 업으려 하고 있다. ……동태후를 먼 곳으로 보내 몰래 죽이라는 황후의 명령이시다."
원소는 이맛살을 찌푸리더니 대답했다.
"장군! 동태후를 시살해서는 안 됩니다. 그것은 장군 자신을 위태롭게 만드는 원인이 될 수 있습니다. 십상시를 모조리 잡아 목을 베는 일이 더 급합니다."

그로부터 며칠 뒤 궁중에서 새 황제의 등극을 축하하는 화려한 연회가 베풀어졌다. 잔치가 한창 무르익었을 때 소동이 일어났다.
 하황후가 취한 척하며 몸을 일으키더니 술잔을 들고 동태후 앞으로 나아가, 짐짓 공손한 태도로 술을 따라 올리며 말했다.
 "여인들이 나라 정사에 간섭을 하게 되면 결코 좋은 결과를 얻지 못하는 법이옵니다. 옛날 여후(呂后)는 무서운 권세를 쥐고 정사를 멋대로 했기 때문에 도리어 친정 집안 식구 1천 명이 목숨을 잃게 하는 결과를 가져왔습니다……. 우리 여자들은 그저 궁중 깊숙이 몸을 담아 두고 나라의 정치는 중신과 원로들에게 맡겨 두면 사해는 자연 태평무사하게 되는 줄 아옵니다."
 이 말을 들은 동태후의 두 눈썹이 갑자기 파르르 떨렸다.
 "닥치지 못하겠소! 돌아가신 황제께서 사랑하시던 왕미인을 황후께서 독살한 것을 내가 모르는 줄 아시오? 지금 황후가 낳은 아들이 천자의 자리에 오르고, 오빠인 하진이 대장군에 있다고 해서, 천하가 내것인 것처럼 생각하는 모양이구려. 내가 마음만 먹으면 표기장군 동중을 시켜 하진의 목을 베게 할 수도 있소!"
 꾸중을 들은 하황후도 즉각 태도를 바꾸었다.
 "내가 어머니의 신분을 중히 여겨 말과 태도를 공손히 하니까, 공연히 우쭐해져서 못하는 말이 없군요! 지금 국모는 황제의 친어머니인 바로 나요! 당장 그 자리에서 내려오시오!"
 "참으로 방자하구나! 너는 근본을 캐면 천한 백정집 딸이 아니냐. 네가 무얼 아는 것이 있다고 그렇게 큰소리치는 거냐!"
 "내 앞에서 감히 그런 소리를 지껄이다니!"
 "지껄였으니 어쩔 테냐!"
 "에잇, 늙은 할미 같으니!"
 앞뒤를 분간할 수 없게 된 하황후는 느닷없이 동태후를 쥐어뜯고 함께 나뒹굴었다. 동태후도 지지 않고 하황후의 얼굴을 손톱으로 할

뀌었다.

 십상시들이 황급히 뛰어들어 두 여인을 뜯어 말렸다. 동태후와 하황후는 떨어지면서도 입에 담지 못할 갖은 욕설을 서로 퍼부었다.

 동태후가 비밀리에 대궐에서 끌려나가 멀리 하간(河間)으로 옮겨진 것은 이튿날 저녁이었다. 그리고 하간 별궁에 갇힌 지 사흘이 채 못되어, 동태후는 누구의 손에 죽었는지 널에 담기어 낙양으로 돌아왔다.

 낙양에서는 큰 장례가 치러졌다.

 그러나 하진은 병중이라는 핑계를 대고 대궐에도 세간에도 얼굴을 내밀지 않았다. 하진은 변덕이 심했다. 금세 노여워하다가도 이내 소심해졌다. 그는 자기 자신이나 집안의 영화를 위해서는 큰 일이라도 서슴지 않고 저질렀으나, 그러고는 반면에 소심하여 크나큰 부담을 갖고 세상에 대해 자책하였다.

 하진은 누이 덕에 비천한 신분으로 윗자리에 올랐지만 커다란 야망가가 될 자질이 없을 뿐만 아니라 실질적인 악인도 될 수 없는 사람이었다. 자신이 차지하고 앉은 자리가 지나치게 무거웠던지 이리저리 눈치만 살피는 보잘것없는 인물이었다. 조개가 사람의 발자국 소리에 껍데기를 급히 닫는 격이었다.

 동중은 당연히 표기장군의 자리에서 쫓겨나야만 했다. 결국 자객에 의해 암살당할 것을 알자 동중은 스스로 대청에서 목을 매어 죽었다.

 "장군!"

 그뒤 어느 날, 후원 나무 근처에서 낮잠을 즐기던 하진은 원소의 험악한 목소리에 잠이 깨었다. 동태후의 장례를 문릉(文陵)에 치르고 난 지 20일 남짓 지나서였다.

 "뭔가, 원소?"

"장양과 단규 등 십상시들이, 동태후를 돌아가시게 만든 것은 하진 대장군이라고 마구 소문을 퍼뜨리고 있습니다."
"으음……."
"하진 대장군은 천하를 앗을 야심을 품고 있다는 소문이 항간에 퍼지고 있습니다."
"설마, 그런!"
"더 이상 지체할 수 없습니다. 환관들을 한 사람도 빼지 말고 모조리 죽이지 않으면 장군께서 위태롭게 됩니다. 지금 당장 결단을 내려야만 합니다!"
"……."
"다행히 장군께서는 어림군을 통솔하고 계십니다. 뿐만 아니라 휘하에 용맹스런 장수가 얼마든지 있습니다. 일을 이루기는 손바닥 뒤집듯 쉽습니다."
하진도 마침내 결심을 굳혔다.
"알았다! 십상시를 한 사람도 빼지 않고 없애겠다."
"그것이야말로 대장군이 해야 할 일입니다. 그러나 그들을 치는 것은 정정당당한 명분 아래 행해야만 합니다. 그러기 위해서는 각 지방에서 무공이 있는 용장들을 불러 올려 위세를 돋우고 온 천하 백성들이 다 알게 죄를 주어 목을 베어야 할 것입니다."
"그게 좋겠지."
하진은 우선 휘하 장수들과 관리들을 집으로 불러 모았다.
원소가 십상시를 치자는 안을 제기하고 각 고을 무장들에게 보내는 격문을 읽자 한 장군이 계책을 내놓았다.
"하황후는 아직도 십상시의 달콤한 말을 믿고 계신 모양이므로 하진 대장군께서 저들을 죽이기에는 어려운 점이 있습니다. 각 지방에서 불러 올린 제후들에게 죽이게 하십시오."
그러자 주부(主簿) 진림(陳琳)이 앞으로 나와 의견을 말했다.

"공연히 시간만 끌 필요가 없습니다. 속담에 자기 눈을 가리고 참새를 잡는 것은 스스로를 속이는 짓이라 했습니다. 참새 같은 작은 것도 속일 수 없거늘 하물며 이것은 국가의 중대한 일이 아닙니까! ……지금 대장군께서는 천하의 병권을 손에 쥐고 있습니다. 크고 작은 일을 마음대로 할 수 있습니다. 그까짓 환관을 잡아 죄를 주는 거야 어려운 일이 아닙니다."

하진은 잠시 망설이다가 이윽고 말했다.

"진림, 그대가 한 말은 너무 속되오. 역시 각 지방의 장군들을 불러 올려 십상시를 죽이는 것이 명분이 설 것 같소."

하진은 역시 자기 한 개인의 명령으로 대궐에 군대를 들여보내는 일이 겁났던 것이다. 하진의 말에 모두는 침묵을 지켰다.

그러나 그때 정적을 깨뜨린 사람이 있었다.

"일을 하는 데는 긴 토론이 필요치 않은 줄로 압니다!"

하진은 소리나는 곳을 바라보았다.

조조의 희멀건 얼굴이 이렇게 말하는 것만 같아 보였다.

　　임금 주위 소인배들 어지러움 없애려면
　　조정의 지략 있는 이의 꾀를 들으라

"무슨 좋은 계략이라도 있단 말인가?"

"계략 같은 걸 쓸 필요도 없습니다."

조조는 힘차게 대답했다.

"환관들로 인한 화는 고금이 다 같습니다. 까닭인즉 한결같이 천자가 이들을 사랑하여 항상 가까이하기 때문이지, 그들이 무슨 남다른 재주와 지혜를 갖추고 있기 때문은 아닙니다. 그러므로 그들 죄를 바로잡으려면 십상시를 잡아 옥졸에게 넘기고 그들 목을 자르게 하면 그만입니다. 거창하게 각 고을의 무장들을 부를 필요는 없을 것입니다. 만일 격문을 띄우게 되면 십상시들은 스스로 생명의 위험을 느끼고 궁지에 몰린 쥐가 고양이에게 대들 듯 선수를 칠 것이 틀림없습니다."
"닥쳐라! 너는 언제든지 트집만 잡느냐!"
하진은 호통을 쳤다. 조조는 한 번 절을 하고 방을 나가버렸다. 밖으로 나오자 조조는 차가운 얼굴로 비웃었다.
"바보들! 하진이 그토록 지혜가 얕은 사람인 줄은 몰랐어. 각 지방 무장들에게 격문을 띄우면 일은 금방 알려지고 만다. 음험하고 교활한 십상시들이 제 목숨을 지키기 위해 어떤 수단을 쓸 것인지는 뻔하지 않은가. 설사 십상시의 반역을 쳐부순다 하더라도 각 지방에서 모인 무장들 중에는 하진 같은 인간에게 권세를 내맡길 수 없다는 야심을 품은 사람도 있을 것이다. 하진은 그것을 모르고 있어."
조조는 걸어가면서 혼자 중얼댔다.
"예를 들면, 서량 자사(西涼刺史) 동탁이 그런 인물이다. 황건적을 무찌른 공로로 높은 벼슬에 올랐고, 지금은 20만이나 되는 대군을 거느리고 있다. 게다가 부하에 이각(李傕)·곽사(郭汜)·장제(張濟)·번조(樊稠) 같은 용장들이 있다. 이유(李儒)와 같은 놀라운 지혜를 지닌 모사도 있다. 절대 방심할 수 없어. 동탁이 낙양으로 올라오면 하진 따위는 밀려나고 말걸."
집에 돌아온 조조는 고향에서 데리고 온 늙은 하인에게 술을 가져오도록 했다.
하인은 술 같은 것을 좀처럼 마시는 일이 없던 주인이 뜻하지 않은 일을 시키자 대뜸 물었다.
"나리, 어찌 되신 겁니까?"
"아무것도 아니다. 그저 혼자서 미리 축배를 드는 거다."
"미리 축배를 들다니요?"

"내가 천하를 차지한다……. 그 조짐이 앞에 보이고 있어. 그것을 미리 축하하는 거야."

하인은 조조가 미치지나 않았나 하고 의심했다.

"하하하……. 이 사람아, 나 미치지 않았어. 머지않은 장래에 천하는 갈갈이 나뉘고 전란이 일어난다. 이것이 눈에 환히 내다보인다는 거야. 그때 이 조맹덕(曹孟德)은 비로소 실력을 마음껏 펼 수 있게 될 거다. 두고 보아라!"

서량 호랑이

어린 천자의 조서(詔書)는 각 지방 무장에게로 보내졌다.

부름을 받은 무장들은 잇따라 낙양으로 올라오기 시작했다. 동군태수 교모(橋瑁), 병주자사 정원(丁原), 하내태수 왕광(王匡), 그리고 서량자사 동탁 등이었다.

서량 땅에 있는 동탁은 앞서 황건적을 토벌할 때 사령관인 체한 사실이 명예롭지 못했다. 또한 난이 평정된 뒤 조정에서 문책을 받아야 할 처지였으나 십상시 일파를 잘 구워삶아 불문에 붙여졌을 뿐 아니라 오히려 현관(顯官) 자리를 차지해서 지금은 서량의 자사요, 20만의 군사까지 거느리게 되었다. 그 동탁의 손에 '낙양으로부터' 라고 적힌 한 편의 격문이 밀사의 손에 의해 전해졌다.

동탁은 스스로 대군을 이끌고 출발하기 전에 먼저 거창한 표문(表文)을 천자에게 올렸다.

삼가 듣건대 천하가 어지러워져 있는 것은, 모두 장양 등 내시들이 하늘 무서운 줄을 모르고 황제의 명령을 저희들 멋대로 주무르기 때문이옵니다. ……신이 듣건대 끓는 물을 끓지 않게 하려면 불을 끄고 섶을 꺼내야 한다고 하옵니다. 신은 감히 북을 울리고 낙양으로 들어가 장양 등을 제거하겠습니다. 이는 곧 조정의 안녕과 천하의 평정을 위해서입니다.

이 표문은 참모 이유가 지었다.
하진은 이 표문을 뜯어 본 다음 대신들을 모아놓고 이를 보였다. 그러자 시어사(侍御史) 정태(鄭泰)가 이맛살을 찌푸리고 말했다.
"동탁은 사나운 호랑이와 같습니다. 만일 그를 서울로 들어오게 하면 반드시 사람을 해치게 될 것입니다."
하진은 기가 막히다는 듯이 말했다.
"정태, 그대는 사람을 너무 의심하는군."
"아닙니다. 정태가 말한 것이 옳은 줄로 압니다."
이때 나서서 말하는 사람이 있었다. 지방 각국을 순찰하고 돌아온 중랑장 노식이었다.
"소관은 동탁의 사람됨을 잘 알고 있습니다. 그는 겉으로 좋은 얼굴을 꾸미고 있지만, 마음속에 승냥이의 사나운 성질을 품고, 기회를 틈타 자신의 야망을 이뤄보려고 항상 이빨을 갈고 있습니다. 만일 대궐로 그를 끌어들이면 반드시 화를 불러일으키게 될 것입니다. 사자를 보내 동탁을 본국으로 돌아가게 하여, 미리 반역의 후환을 없애게 하는 것이 좋을 것입니다."
"잠자코 계시오!"
하진이 소리쳤다.
"당신들은 큰 일을 하는 마당에 함부로 남을 헐뜯어 사람 마음을 어지럽게 하는구려. 어찌들 그리도 의심이 많단 말이오!"
노식은 하진의 기고만장한 태도를 바라보고 깊이 탄식했다.

'……이런 소인의 편이 된다는 것은 어진 사람이 나아갈 길이 아니다.'

노식이 그날 안으로 벼슬을 내놓자 정태와 순유를 비롯해서 지혜와 능력 있는 사람들은 모조리 조정을 떠나고 말았다.

그래도 하진은 여전히 자신의 어리석음을 깨닫지 못했다. 오히려 심복을 보내 동탁을 도중에서 맞이한 다음, 돈과 비단을 주어 후하게 위로하며 협력을 부탁했다.

그런데 동탁은 하남 민지(澠池)라는 곳에 이르자 대군을 그곳에 머무르게 하고 웬일인지 움직이려 하지 않았다.

"동탁 장군의 병마가 이미 민지까지 와 있다고 하옵니다."

"왜 바로 오지 않느냐! 영접을 하도록 해라."

하진은 부하로부터 보고를 받고 여러 번 사자를 보냈다. 동탁은 하진의 재촉에도 불구하고 먼 길을 행군했으니 병마에게 휴식을 준 연후에라든가, 군비를 갖추고 난 뒤에 가겠다는 등의 핑계를 대면서 꼼짝도 않았다. 호랑이가 눈독을 들이고 낙양의 동정을 살피다가 때가 이르면 사납게 덤벼들 기세였다.

한편 장양을 우두머리로 하는 십상시는, 하진이 계획하고 있는 일을 첩자를 통해 낱낱이 알고 있었다.

"더 이상 지체할 수 없다."

함께 뜻이 맞은 십상시는, 힘이 센 도부수(刀斧手) 50명을 뽑아 장락궁(長樂宮) 가덕문(嘉德門)에 숨겨두고, 거짓 사자를 보내 하황후가 급히 부른다는 전갈을 하진에게 보냈다.

궁문을 나선 사자는 평상시와 같이 태연자약하게 아무것도 모르는 체하며 서신을 하진의 관문에 놓았다. 하진은 누이의 부름을 조금도 의심하지 않고 후궁으로 들어가려 했다.

주부 진림과 원소는 그 자리에서 이것이 십상시의 음모일 것이라고 짐작했다.

"장군! 준비없이 가볍게 들어가시면 안 됩니다. 아무래도 이 부름은 의심스럽습니다."

진림이 간하고, 원소도 말렸다.

"십상시들은 벌써 장군의 계획을 알고 있을 것입니다. 의거를 하기까지는 궁중으로 들어가지 않는 것이 좋습니다."

조조도 충고했다.

"장군께서는 먼저 십상시를 밖으로 불러내는 계책을 세우시는 것이 좋을 줄 압니다."

그들의 말을 듣고 난 하진은 없는 기량이라도 만들어 보여 주고 싶은 충동이 일었다. 거짓 만용이라도 부리고 싶어하는 것이 바로 사려깊지 못한 하진의 병이었다.

하진은 껄껄 웃었다.

"천하의 권세를 쥐고 있는 나에게 십상시가 감히 손을 댈 수는 없을 것이다."

하진이 말을 듣지 않자, 원소는 거듭 말했다.

"기어코 가시겠다면 저희들이 정병을 이끌고 좇겠습니다."

하진은 아무런 의심도 품지 않고 집을 나섰다.

원소는 친동생인 원술(袁術)을 시켜 500기를 거느리고 청쇄문(靑瑣門)까지 가서 그곳에 진을 치게 한 다음, 자신은 하진을 따라 궁중으로 들어가 장락궁 앞에 이르렀다.

그러자 환관이 기다리고 있다가 앞을 막았다.

"황후께서는 밀실에서 대장군과 단 두 분이 상의하시겠다 하오니, 다른 분은 여기서 기다리시기 바랍니다."

원소는 고개를 갸웃했다.

"그래? 그럼 원소, 그대는 여기서 기다리도록 하라."

하진은 의심 없이 성큼 들어갔다. 가덕문을 막 들어섰을 때였다. 하진의 눈앞에 나타난 십상시들은 하나같이 살기에 찬 모습을 하고 있었다.
"먼저 묻겠다!"
장양이 말했다.
"너는 동태후를 무슨 죄가 있어서 죽였는가? 너는 백정의 천한 몸으로 우리 환관들의 추천으로 출세를 하여 오늘의 부귀를 누리거늘 어찌하여 지금에 와서 우리 환관들을 도리어 해치려 하고 있는가. 무슨 속셈인가?"
하진은 대답 대신 몸을 돌려 도망치려 했다.
그러나 이미 궁문이 닫혀 있어 아무데도 달아날 곳이 없었다.
"이 백정놈! 적어도 마지막 죽음만은 사내답게 맞는 것이 좋으리라!"
장양 등은 허둥대는 하진을 비웃었다.
하진은 발끈하여 칼을 뽑아들기는 했지만, 본디 칼 쓰는 법을 배운 적이 없는 그는 공연히 꼴사납게 헛칼만 휘두르고 있었다.
도부수 하나가 하진의 허리를 찼다. 하진은 네 활개를 벌리고 땅바닥에 자빠졌다. 그러자 장양은 칼로 콱 찌르며 외쳤다.
"배신자! 네 죄를 알렷다!"
후세 사람이 시를 읊어 탄식했다.

    한나라 황실 기울어 천수가 다하려니
    어리석은 하진이 삼공이 되었구나
    충신들 간언을 들을 줄 몰랐으니
    궁중에서 칼맞는 일 어이 피하리

원소는 아무리 기다려도 하진이 나타나지 않자 차츰 불안해졌다. 견디다 못해 억지로 안으로 밀고 들어가려 했다.
그러자 환관들이 앞을 가로막았다.

"역시 속임수였구나!"

원소가 이를 가는 순간, 궁문 담 너머에서 머리가 하나 날아왔다. 하진의 머리였다.

그때 성문 위에서 무장한 궁병이 큰 소리로 외쳤다.

"듣거라. 너희들의 주인인 하진은 모반 혐의로 방금 저와 같이 죄의 대가를 치렀다. 어서 수레에 실어 가져가도록 하라."

"이 내시 놈들! 우리가 이대로 물러날 줄 아느냐!"

원소는 허리에 차고 있던 종을 들고 깨질 듯이 마구 흔들었다.

그 신호를 들은 청쇄문 밖 500기가 무서운 함성을 지르며 문에 불을 지르고 물밀 듯이 쳐들어왔다.

"한 놈도 살려 보내지 마라! 모조리 다 죽여라!"

원술이 외치는 소리에 따라 500기는 한순간 마귀의 집단으로 변해 궁중으로 뛰어들었다. 그들은 내시로 보이기만 하면 열 살 먹은 어린아이이든 80살 먹은 늙은이든 닥치는 대로 모조리 쳐죽였다.

500기와 함께 불길 또한 궁중을 휩쓸고, 삽시간에 그 화려하던 낙양궁이 아비규환의 지옥으로 바뀌었다. 군사들이 한번 사나운 야수로 변해 피비린내를 맡게 되면, 그 사나움은 걷잡을 수 없게 된다. 도망치며 갈팡질팡하는 궁녀들과 계집종까지도 모진 칼날 아래 쓰러져 갔다.

원소는 달려드는 대궐 안 군사들을 닥치는 대로 치고 찌르고 하며 서궁(西宮) 취화루(翠花樓)까지 뚫고 쳐들어가 그곳에 숨어 있는 십상시들 가운데 조충·정광·하운·곽승을 발견했다.

"천벌이다! 알겠느냐!"

원소는 소리치며 순식간에 그들의 목을 쳐 넘어뜨렸다.

그 날은 바람이 거셌다. 불길은 삽시간에 궁문에서 궁전으로 옮겨 붙어 하늘로 치솟았다.

장양은 단규·조절·후람 등과 함께 하황후와 새 황제와 진류왕을 억지로 모셔내어 뒷길을 따라 북궁(北宮)으로 도망쳤다.

마침 벼슬을 버리고 낙양을 떠나려던 중랑장 노식은, 멀리 대궐에 검은 연기가 뿜어오르는 것을 바라보고 탄식했다.

"결국은 변이 일어나고 말았는가!"

일찍부터 품어온 예감이 들어맞은 것을 알자, 원귀를 데리고 쏜살같이 말을 달렸다.

노식은 지혜 있는 장군이었다. 십상시들이 새 황제를 앗아 도망치려 할 것이 틀림없다고 생각했다. 그래서 길을 돌아 북궁을 향해 달려갔다. 과연 단규 등이 하황후를 끌고 달아나고 있었다.

"이 역적놈들! 어디로 가는 거냐!"

노식이 소리를 질렀다.

"이놈의 늙은이가!"

단규가 고개를 돌리더니 칼을 휘두르며 노식에게로 달려들었다.

원귀가 몸을 훌쩍 날려 단규의 가슴을 힘껏 걷어찼다. 단규는 피를 토하고 그 자리에서 숨이 끊어졌다.

한편 남궁에서는 원소와 원술의 지휘 아래 십상시의 일족이 모조리 참살당했다.

궁중에 있는 관리들 가운데 수염이 없는 탓으로 환관으로 오인되어 목이 달아난 사람도 적지 않았다. 대궐 안에 있던 사람들은 남성의 '상징'을 드러내 보이며 겨우 목숨을 건지는 웃지 못할 희극이 연출되기도 했다. 이때 살해당한 자는 2천 명에 이르렀고 도망친 자도 모두 강물에 몸을 던졌다고 한다.

한편 십상시의 하나인 장양은 새 황제와 황제의 동생 진류왕을 모시고 이리저리 헤매고 있었다.

낙양의 거리는 불길에 휩싸였다. 전란이 곧 닥칠 것이 두려워 가재도구를 등에 지고 피란길에 오르는 백성들로 혼란이 극에 이르렀다. 이 소용돌이 속에서 장양의 말과 새 황제와 진류왕을 태운 연

(輦)은 달아나는 노인을 치고 어린아이를 짓밟으면서 나는 듯 성문 밖 멀리까지 도망쳤다.

그곳은 낙양 북쪽 공동 묘지가 있는 북망산(北邙山) 부근이었다.

낙양궁에 불길이 치솟고 검은 연기가 워낙 자욱해서 원소와 원술의 눈을 피할 수 있었던 것이다.

벌써 밤이 되었다.

"어디로 가느냐?"

가마 안에서 진류왕이 물었다.

"신들에게 맡겨 주십시오."

장양은 제정신이 아니었다.

약 30리쯤 갔을까……. 갑자기 뒤쪽에서 말발굽 소리가 들리며 급히 뒤쫓아오는 자가 있었다.

"끝장이로구나!"

어지간한 장양도 당황했다. 가마를 어딘가 숨기려고 서둘렀으나 공교롭게도 오른쪽은 벼랑이었고 왼쪽은 강이었다.

장양은 자기 운명이 마지막인 것을 깨닫자 스스로 강에 몸을 던졌다. 남았던 10여 명의 환관도 장양을 뒤따랐다.

어린 새 황제와 진류왕은 손을 마주잡고 가마에서 내려섰다. 강가를 따라 뛰다가 숨을 곳을 찾아 벼랑을 정신없이 기어올랐다.

뒤쫓아온 군대는 하남 중부의 연리(掾吏)인 민공(閔貢)이라는 장수였다. 가마를 발견하고 안을 들여다보았으나 텅 비어 있었다. 천자는 이미 없다. 그러자 부하들에게 명령했다.

"폐하께서는 틀림없이 이 근처에 계시다. 샅샅이 뒤져라!"

"그래 폐하를 모시고 대궐에서 도망친 환관들이 모조리 강물에 몸을 던져 죽은 게 틀림없느냐!"

날카롭게 물은 것은 월지족의 지도자 지영이었다.

'호기심이 강한 사람이다.'

신앙의 중심인 백마사에 모여드는 월지족 불교도에 대해 진잠은 처음 한동안 이렇게 느끼고 있었다. 하지만 그들과 생활하는 사이 그것이 단순한 호기심이 아니란 것을 차츰 알게 되었다. 여러가지 사정을 들으려는 것은 조금이라도 많은 정보를 모으고 싶어서였다. 정보를 분석하여 자기들의 행동 방침을 결정하는 데 참고로 삼았다.

그들은 살아 남기 위해 온갖 정보를 알고 싶어했다. 그것은 필사적인 정보 수집이지 심심풀이로 일어난 일을 알려는 호기심이 아니었다.

지영이 지금 묻고 있는 것도 어쩌면 그들의 생사를 결정하게 될 자료인지도 모른다.

환관들이 죽었다는 정보를 가지고 온 자는 그때 수효가 얼마 안 되는 한족 신자 중의 장가(張哥)라는 사람이었다.

장가는 이날 낙양 서쪽 소평진(少平津) 근처에 있다가 정말 우연히도 역사적 사건을 목격했다. 그는 그곳에서 밤낚시를 하고 있었다. 그때 황제 일행이 나타났던 것이다. 물론 처음에는 황제인 줄을 몰랐다.

"또 큰 불이 났나? 저곳은 우리 집 방향과 반대쪽이니 걱정할 것은 없지만."

낙양성 안에 치솟는 불길을 바라보면서도 장가는 낚싯줄을 그대로 드리우고 있었다. 그때 등 뒤쪽의 둑에서 사람 목소리가 들렸다.

"황공하옵니다. 고단하시지 않습니까?"

어린아이 목소리였다. 먼저 물은 소년의 목소리는 좀 씩씩했으나 뒤에 대답하는 목소리는 나긋나긋하고 어리광 섞인 말이었다.

"아니, 괜찮긴 한데……."

"정신 차리세요, 폐하!"

"짐은 이제 지쳤어. 어디로 가지? 태후마마에게 돌아가자."

"폐하, 이럴수록 정신을 차리셔야 합니다."

앞서의 소년이 거듭 힘주어 말했다.

그때 횃불을 든 한 떼의 군졸들이 둑길 위에 나타났다.

"우리를 죽이러 오는 적이다."

"폐하, 아직 모릅니다. 아무튼 이 근처에 숨도록 합시다."

그러고 나서 소년들의 목소리는 장가의 귀에 다시 들리지 않았다. 이번에는 어른들 몇이 허둥지둥 둑을 뛰어내려와 강변 느티나무 아래 엎드리거나 주저앉거나 했다. 장가 바로 옆이었다. 장가도 낚싯대를 놓아 둔 채 갈대숲에 몸을 숨겼다.

도적들이 들이닥친 것이다. 가진 물건을 빼앗기는 것은 괜찮지만 목숨을 빼앗긴다면 큰일이다.

"아, 우리를 뒤쫓아온 원소의 군대인 것 같다."

느티나무 아래에서 누군가 속삭였다. 먹물을 푼 듯한 어둠 때문에 서로의 얼굴은 보이지 않았다.

"우리는 이제 살지 못할 거예요. 원소의 군대라면 그래도 살아날 수 있을지 모르지만 동탁의 군대라면…… 동탁군에는 야만인이 많다고 해요."

북소리를 울려가며 횃불을 들고 다가오는 군사는 겨우 10여 명에 지나지 않았다. 선두에 큰 깃발이 펄럭이고 있었다. 병사들 손에 들린 횃불 빛에 '토엄간(討閹奸)'이라는 글자가 얼핏 보였다.

그것은 동탁군의 척후대였다. 장가는 글은 읽지 못했지만 속삭이는 목소리로 짐작이 갔다.

'옳지! 느티나무 밑에 숨은 자들은 내시들이로구나. 얼마 전부터 내시놈들을 죽이려고 각 지방 태수들이 올라온다는 소문이 있었는데, 지금 나타난 저 군대가 바로 그들이로군.'

장가는 자기들 서민과는 관계없는 일에 엉뚱하게 휩쓸리면 큰일이라고 생각했다. 얼마쯤 시간이 흘렀다.

지친 목소리가 체념하듯 말했다.
"이제 달아날 길은 없습니다. 그들이 미워하고 있는 것은 저희 환관들입니다. 폐하나 전하께는 감히 손을 대지 못할 것이옵니다. ……작별드리옵니다. 신들은 이 강물에 몸을 던져 이리들의 밥이 되는 것을 피하고자 합니다……."
뒷말은 가느다란 흐느낌으로 바뀌었다.
장가는 다시금 놀랐다. 무식한 서민이지만 폐하나 전하라는 존칭이 누구에게 쓰이는지 정도의 상식은 있었다.
'폐하'라는 호칭은 진나라 때 이사(李斯)의 건의로 진시황제 이래 천자에게만 쓰게 되어 있었다. '전하'는 황태자나 여러 왕에 대한 존칭이다.
'이건 큰 불구덩이 속에 뛰어든 셈 아냐!'
장가는 오직 불똥이 자기에게 튈까 봐 겁이 났다. 도망칠 궁리만 이리저리 했다. 장가가 몸을 일으키려 하는 순간, 다시 소년의 목소리가 들렸다.
"아직 단념하기는 이르다. 갈 데까지 가보자."
어린 목소리는 또렷했다. '폐하'라고 불린 소년이 아니라 '전하'라고 불린 소년이었다.
'오, 지금 말한 소년이 진류왕이로구나.'
장가도 진류왕이 영특하고 새 황제가 좀 바보스럽다는 소문을 들은 바 있었다.
"아닙니다. 폐하와 전하는 피하십시오. 저희들은 여기서……."
그러더니 곧 환관들이 하나둘 조용히 물 속으로 들어가는 모양이었다.
장가도 물 속으로 들어갔다. 그는 헤엄칠 줄 알았기 때문에 물 속에 숨어 있을 작정이었다.
장가는 여기에서 일단 발을 멈추고 한숨을 돌렸다.

군사들이 기를 쓰고 찾는 동안, 새 황제와 진류왕은 어두운 비탈을 타고 올라가 풀이 우거진 곳에 다시 숨었다. 생전 처음 대궐에서 나온 두 소년은 너무도 무서워 몸을 떨면서 손을 마주잡고 있었다.

얼마 후 두 소년은 터벅터벅 어디론가 정처없이 걸었다.

도망하지 않고 뒤쫓는 사람을 기다렸더라면 더 좋았을 것을……. 그러나 두 소년은 쫓아오는 사람에게 잡히면 죽는다는 두려움에 사로잡혀 있었다. 십상시를 죽인 사람들이 충신이란 사실에 생각이 미치지 못했던 것이다.

"더 걷지 못하겠다."

새 황제가 마침내 우는 소리를 내며 주저앉고 말았다. 피로와 배고픔으로 한 발도 더 걸을 수가 없었다. 진류왕도 피로하고 배고팠다. 그래도 정신력은 형보다 훨씬 꿋꿋했다.

"폐하! 여기서 머뭇거리다가는 죽음을 면치 못할 것이에요. 걸으셔야 합니다! 어딘가 우리를 쉬게 해줄 집이 있을 것이에요."

그렇게 달래고는 황제의 옷과 자기 옷을 마주 붙들어매고 방향도 모르는 채 다시 기운을 내어 나아갔다.

5리쯤이나 갔을까. 진류왕도 마침내 힘이 빠졌다. 두 소년은 풀밭에 쓰러졌다.

진류왕이 갑자기 머리를 들었다.

"아!"

무심코 눈을 크게 떴다.

몇 천인지 헤아릴 수 없는 반딧불이가 풀 속에서 나와 바람을 따라 날아가고 있었다. 반딧불이가 그려내는 현란한 빛의 어지러운 춤이 두 소년에게 힘을 솟게 했다.

"폐하, 가세요! 여기 넘어져 죽을 수는 없어요, 자!"

진류왕은 황제를 붙들어 일으켰다.

황제가 황제 아니오
왕이 왕 아니라네
천 대 수레 만 명 기병 함께
북망산으로 달아나네

새벽——마침내 동이 틀 무렵, 두 소년은 어느 좁은 길을 걷고 있었다. 이윽고 가파르지 않은 어느 언덕 위로 올라서자 큰 풀더미가 나왔다.

새 황제와 진류왕은 기진맥진하여 그 풀더미 위에 또 쓰러졌다.

그리고 쏟아지는 졸음에 그만 의식이 몽롱해지고 말았다. 얼마 지나자 한 사나이가 언덕으로 올라왔다.

"허어……이건?"

정신없이 풀 속에서 자고 있는 두 소년을 보자 이맛살을 찌푸렸다.

진흙이 어지럽게 묻어 있기는 했으나 그들이 걸친 옷은 예사 옷이 아니었다. 잠든 얼굴도 시골 아이는 아니었다.

"대체 누구일까?"

사나이는 고개를 갸웃했다. 그러고는 머리를 숙이고 들여다보는 순간, 소년 하나가 눈을 가만히 떴다.

소년은 깜짝 놀라 몸을 벌떡 일으켰다. 그러고는 아직 잠들어 있는 소년을 감싸면서 야무지게 호령했다.

"가까이 오지 마라! 이 분은 황제 폐하시다! 가까이 오지 마라!"

서량자사인 중랑장 동탁은 높이 솟은 망루에 우뚝 서 있었다. 초여름의 산들바람을 쐬며 늠름한 모습으로 멀리 눈길을 주고 있다.

낙양에서 100리쯤 되는 이곳 민지 들판은 숱한 깃발로 덮여 있었다. 동탁은 군사를 이끌고 여기까지 오자, 마치 낙양궁에 변이 일어날 것을 예감한 듯이 묵묵히 진을 친 채 움직이지 않고 있다. 겉보기로는 마음이 바다처럼 넓은 호걸 같지만 그 눈빛에는 독기가 서려 있었다.

낙양궁이 불에 타고, 반란을 꾀한 장군들이 미쳐 날뛰고 있다는 급보가 들어온 것은 어젯밤이었다.

"……마침내 내가 나서야 할 시기가 온 것 같구나."

동탁은 자신이 대궐의 윗자리에 앉아 있는 내일을 그려보았다. 이런 꿈을 꾼 지는 이미 오래되었다. 드디어 그 서광이 눈앞에 비치는 게 아닌가.

들판을 꽉 메우고 있는 군사는 이날을 위해 가려뽑은 정예들이다. 약한 군사들은 모두 버리고 왔다.

발자국 소리가 들렸다. 모사 이유였다. 풍채가 볼품 없이 초라한 모습이었지만, 그 머릿속은 보기드문 지혜로 꽉 차 있었다.

"장군, 방금 상서로운 새가 막사로 들어왔습니다."

"어떤 새인데?"

"두 마리 봉의 새끼올시다. 전조(前朝)에 벼슬했던 사도(司徒) 최열(崔烈)의 아우 최의(崔毅)란 사람이 데리고 왔습니다. 최의는 십상시가 어진 사람들을 미워하자 벼슬을 버리고 여기서 30리쯤 떨어진 산골에서 숨어 살았는데, 오늘 아침 집 근처에서 이 두 마리 봉의 새끼를 발견했다고 합니다."

"으음, 그래서?"

"소관은 지난해 장군을 모시고 입궐하여 황제를 배알한 바 있어 그 옥안을 분명히 기억하고 있습니다. 이 두 어린 새는 돌아가신 황제의 모습을 그대로 닮았습니다. 시험삼아 대궐의 생김새와 관습 같은 것을 하나 둘 물어보았는데 아무 막힘없이 대답했습니다. 틀림없이 새 황제와 황제의 아우 진류왕입니다."

이 말을 듣자 동탁은 껄껄 웃었다.

"사람의 운이란 것은, 때가 되면 찾지 않아도 저절로 찾아오는 거로군."

그러나 이유는 입도 벙긋하지 않고 충고했다.

"적을 가볍게 여기는 것보다 더 큰 화가 없다는 말이 있습니다. 낙양에 들어가시더라도 마음놓지 마십시오."

"알고 있소. ……자아, 출발이다. 북을 울려라!"

동탁은 큰 소리로 명령했다.

그날도 하남 중부의 연리 민공은 새 황제와 진류왕을 찾아 하루 밤낮을 동으로 서로 치닫고 남으로 북으로 찾아 헤매다가 지칠 대로 지쳤다. 그래도 그는 포기하지 않고 여전히 말을 달렸다.

그러던 중 어느 언덕을 타고 꼭대기로 올라섰을 때 민공은 깜짝 놀라 눈을 크게 떴다.

"어떤 놈이 쳐들어오는 거냐?"

흙먼지가 자욱이 하늘을 가린 채 숲 저쪽에 무수한 깃발이 움직이고 있었다.

민공은 부하를 호령하여 언덕 비탈을 달려 그곳으로 내려갔다. 마냥 넓게 펼쳐진 들판에 군사와 말이 가득하고 그것은 멀리 언덕까지 메우고 있었다. 민공은 말 배를 힘껏 차고 채찍을 휘둘렀다.

단숨에 군대 앞에 이르렀다.

"누가 군사를 움직인 것이냐?"

큰 소리를 질렀다. 그러자 무장한 한 장수가 말을 달려나와 말했다.

"서량 자사 동탁 장군이시다. 황제와 진류왕은 우리가 받들어 보호하고 있다. 빨리 성 안으로 돌아가 그렇게 전하도록 하라."

민공은 황제의 무사함에 마음이 놓이면서도, 동탁이 구출했다는 사실에 문득 불안한 생각이 들었다.

여포

"황제께서 무사하시다!"

불길이 가라앉은 대궐에 마침내 기쁨의 함성이 올랐다. 곧 황제의 행차를 맞기 위해 문관, 무관이 저마다 수백 기를 거느리고 교외로 달려나갔다.

사도 왕윤(王允), 태위 양표(楊彪), 좌군교위 순우경(淳于瓊), 우군교위 조맹(趙萌), 후군교위 포신(鮑信), 중군교위 원소 등이었다. 조조도 역시 그들 틈에 끼어 있었다. 그는 한숨만 나왔다.

'……이들 장군과 대신들은 한 사람도 동탁이 입성하는 것을 경계하지 않는단 말인가?'

동탁이 천자를 구출하여 호위하며 입성한다는 것은 생각만 해도 소름끼치는 일이었다. 그런데도 조조가 보기에는 어느 얼굴이나 한결같이 황제가 무사하다는 것만 기뻐하고 있는 빛이었다.

조조는 군자라는 평을 듣는 사도 왕윤의 곁으로 다가가 넌지시 물어보았다.

"사도님……. 동탁을 궁중으로 들어오게 하면 어떤 사태가 벌어질지도 모른다고 생각해 보신 적은 없습니까?"
왕윤은 조조를 흘끗 바라보며 말했다.
"그대는 동탁에게 반심(叛心)이 있다고 의심하는가?"
"동탁의 사람됨을 알고 있다면 그런 의심을 갖는 것이 당연하지 않습니까?"
"설마하니 동탁이 한나라 조정의 충신이었던 조상의 이름을 더럽히는 짓을 하겠는가? 황제를 모시고 입성하는 것을 막을 도리도 없고 말일세. …… 좀 걱정이 되더라도 지금은 어쩔 수가 없네."
왕윤은 대답을 그렇게 해놓은 다음 다시는 조조를 상대하려 하지 않았다.
한편 숙연히 행진해 오는 군대 앞쪽에는 동탁이 새하얀 준마에 올라 이유와 고삐를 나란히 하고 있었다.
동탁이 물었다.
"그대는 황제와 진류왕을 비교해 볼 때 어떻다고 생각하는가."
"소관에게 물을 것까지도 없지 않습니까?"
이유는 당연한 일이 아니겠느냐는 듯 대답했다.
"으음, 그대도 나와 같은 의견인 모양이군."
동탁은 히죽 웃었다.
어제 최의가 데리고 온 두 소년을 만나보기 위해 동탁이 막사로 들어갔을 때의 일이었다. 동탁은 먼저 소년들이 정말 영제의 아들인가 확인하기 위해 유심히 바라보았다.
그러자 나이 어린 쪽 소년이 다부지게 가슴을 펴고 물었다.
"그대는 누구인가?"
"이 군대를 거느린 서량자사 동탁입니다."
"그럼 묻겠다. 그대는 우리를 포로로 할 생각인가, 아니면 호위를 맡을 것인가?"
"말씀드릴 것도 없이 호위를 할 것입니다."

"닥쳐라! 신하로서 도리를 다할 생각이라면 어찌하여 우리 앞에 나와 있으면서 엎드려 절을 하지 않는가! 이분은 황제 폐하이시다!"

그 말에 동탁은 황급히 무릎을 꿇고 엎드려 절을 했다. 그리고 머리를 숙이면서 곰곰이 생각했다.

'같은 형제이면서 그 그릇이 비교가 되지 않는다. 형은 죽은 영제와 똑같이 어둡고 어리석다. 아우는 여간 재치와 기백이 있는 것이 아니다. 언젠가는 형을 폐하고 아우를 세우게 되겠지.'

당연한 일이 아니냐는 듯 대답한 이유는 동탁의 속셈을 환히 알아차리고 충고를 잊지 않았다.

"그러나 아직은 가볍게 행동해서는 안 됩니다."

"알고 있어."

동탁의 계산은 이랬다.

'황제에게는 하태후가 있다. 하진은 이미 참살됐지만 원소를 비롯해 하진의 세력들이 황제를 에워싸고 있다. 언젠가 그들은 나를 몰아내기 위해 힘을 합칠 것이다. 그렇지만 만일 내가 하루라도 빨리 그들의 자리를 대신한다면? 해답은 오직 하나다. 진류왕을 황제로 옹립하면 된다. 그렇게만 하면 모든 일이 수월해질 것이다.'

동탁의 자만심은 자꾸만 부풀어올랐다.

장가는, 동탁의 척후대는 그대로 지나갔지만 이날의 기억을 영원히 잊을 수 없으리라. 말발굽 소리가 멀어지고 횃불도 사라졌다. 어둠을 헤치고 장가는 물에서 기어나왔다. 마치 악몽과 같은 길고도 짧은 순간이었다. 그 무서움이 머릿속에 선명히 남아 있다.

장가는 백마사로 가서 지영에게 그 놀라운 이야기를 과장해 가면서 풀어놓았다. 지영은 낚시꾼 장가의 이야기를 듣자 곧 기민하게

행동하기 시작했다.
 동탁의 군대가 백마사 앞에 이르렀을 때 동탁은 지영이 밤새 준비해 놓은 음식을 흐뭇하게 바라보았다.

 절 앞에 큰 솥이 5개나 걸려 있고, 그 속에선 죽이 끓고 있다. 월지족의 장로들이 늘어서서 그들을 맞이했다. 지영이 모두를 대표하여 동탁 앞에 나아가 절을 한 뒤 말했다.
 "먼 길에 수고가 많으십니다. 저희들은 불도의 가르침을 받드는 서역 사람으로 여행자들에게 따뜻한 죽과 물을 대접하는 것이 관습입니다. 사양치 마시고 잠시 쉬어 가십시오."
 동탁(董卓)은 농서(隴西) 임조현(臨洮縣)이 고향이다. 임조현은 지금의 감숙성(甘肅省) 난주(蘭州)의 남쪽에 자리잡고 있으니 동탁은 서역으로 가는 길 입구에서 태어난 셈이다. 더욱이 젊은 시절 강족(티베트족) 사이에서 자랐고 환제 말기에는 서역의 천산 남쪽 기슭에 주둔한 일도 있었다.
 따라서 불교에 대해 웬만큼은 알고 있었다. 또 그의 부하 중에는 강족이나 서역의 군졸과 불교도도 있었다.
 "고맙소이다."
 동탁은 부대에 휴식을 명하고 자기도 말에서 내렸다. 그러자 지영이 동탁에게 다가가서 귀엣말로 속삭였다.
 "장군, 군사가 많지 않군요."
 "무엇이?"
 동탁은 발끈했다.

 동탁이 입성할 때 낙양은 일찍이 없었던 혼란에 빠져 있었다. 하진파가 환관들을 몰살시킨 까닭에 권력의 중추부가 텅 비어 있을 때였다.

하진의 소집으로 동군태수 교모, 병주자사 정원, 하내태수 왕광 등 지방 제후들이 속속 군사를 이끌고 올라왔다. 먼저 교모는 하진이 자멸한 것을 듣고 말을 돌려 버렸고, 뒤이어 왕광도 본국으로 돌아가고 말았다. 정원 또한 동탁군의 위세를 보자, 이와 충돌하는 것이 불리하다는 것을 깨달은 듯 군사를 낙양 교외로 후퇴시켰다. 따라서 낙양에서 그나마 무력을 가진 세력이란 원소와 조조 정도였다.

그런데도 동탁이 선불리 그 본색을 나타내지 않은 데에는 까닭이 있었다. 입성 때 동탁군은 겨우 3천이었다. 낙양을 완전 장악하고 천하를 호령하기에는 너무나 모자라는 숫자였다. 그 약점을 지영이 지적했기 때문에 동탁은 발끈했던 것이다.

지영은 또 말했다.

"둘러본즉 1천도 안 되겠더이다."

"분산시키고 있는 중이오. 곧 뒤따라올 것이오."

"셋으로 나눈 것 중의 한 부대입니까?"

동탁은 새삼 이 월지족 지도자의 얼굴을 바라보았다.

'군사 상식일지 모르지만 승려치고는 너무도 관찰력이 예리한 게 아닌가?'

동탁은 경계심을 품었다.

지영은 상대편의 경계심을 풀어주려는 듯 부드럽게 미소를 띠며 말했다.

"대장군 하진, 그 동생인 하묘(何苗)도 살해되었습니다. 애처로운 일이지요."

"그것은 나도 알고 있는 일이오."

"그러니까 주인을 잃은 군사들이 성 안에는 많이 있다는 것이지요. 그런 군사들까지 휘하에 거두신다면 결코 적지는 않겠지요."

"으음."

동탁은 신음을 했다. 그리고 옆에 있는 이유를 돌아보았다.

지영이 말을 이었다.
"여러 가지 계책이 있겠지요. 하지만……."
"잠깐 기다리시오!"
동탁은 둘레를 둘러보며 지영의 말을 가로막았다.
"우리 저편으로 가서 이야기합시다. 이 사람은 내 심복 이유라는 사람이오."
그들은 군병들로부터 떨어진 곳에 앉았다. 동탁이 서둘러 물었다.
"계책을 듣고 싶소."
"간단합니다. 병사는 강한 쪽에 붙게 마련입니다. 그래서 패자(霸者)가 태어나게 되지요."
동탁은 이유의 얼굴을 바라보았다. 이유가 고개를 끄덕인다. 옳다는 신호이다.
동탁은 일부러 아무것도 모른다는 듯이 반문했다.
"우리는 고작 3천이오."
"아뇨! 6천이 되고 1만이 될 수 있습니다."
그 순간 동탁은 벌떡 일어섰다.
이유는 벌써 뛰고 있었다. 작전 지시를 하기 위해서였다.
이날부터 동탁은 부대 일부를 밤중에 소리 없이 교외로 빼내었다가 이튿날 아침 새로 입성하는 군대처럼 깃발을 세우고 북을 울려가며 입성시켰다.
이것을 너댓새마다 되풀이시켰고 그때마다 소문을 퍼뜨리게 했다.
"또 서쪽 변경에서 동탁군이 도착했다.!"
사람들은 이 속임수를 눈치채지 못하고 동탁의 군사가 헤아릴 수 없이 많다고 쑤군거렸다.
"10만, 아니 20만은 될걸세."
이렇게 되자 주인이 죽어 갈팡질팡하던 하진의 군사까지 동탁의 진영으로 모여들었다.

이보다 앞서 동탁이 처음으로 낙양에 입성하던 날, 새 황제와 진류왕의 연도 불타고 남은 대궐에 무사히 환궁했다.

하태후는 맨발로 뛰어나와 황제 일행을 맞자 부둥켜안고 뜨거운 눈물을 뿌렸다. 이윽고 태후는 눈물을 거두고 물었다.

"옥새는?"

황제의 손에 그것을 되돌려 주려고 찾았지만 어느 틈에 옥새는 사라지고 없었다.

옥새가 없어졌다는 것은 황제의 자리를 잃은 것이나 다름없는 큰일이었다. 그런만큼 절대 비밀로 하고 있었는데 어느덧 말이 새어나가 소문은 꼬리에 꼬리를 물고 입에서 입으로 옮겨갔다.

"아아, 멸망할 조짐이다.!"

이렇게 민심이 흔들리자 동탁은 더욱 자신을 품게 되었다.

'드디어 낙양을 내 지배하에 둘 때가 왔도다!'

물론 동탁의 그런 검은 뱃속을 들여다본 사람이 없었던 것은 아니다. 후군교위 포신(鮑信)도 그 가운데 한 사람이었다. 어느 날 가만히 원소를 만나 말했다.

"동탁의 안하무인인 행동을 볼 때, 그놈이 딴 생각을 품고 있는 것이 틀림없어. 당장 없애버리지 않으면 대궐은 그놈의 발에 짓밟히게 되고 천하는 크게 어지러워지고 말 것이야."

"그래도 동탁을 죽이기는 어렵네."

원소는 고개를 저었다.

"모사 이유가 경계를 엄중히 하고 있는 데다 동탁의 신변을 무술이 뛰어난 무사들이 밤낮 경호하고 있어. 게다가 대궐 안이 겨우 조용해진 참에 가볍게 군사를 움직이는 것은 바람직한 일이 못되니 말이야."

포신은 원소의 머뭇거리는 태도를 이해할 수가 없었다. 그래 사도 왕윤(王允)을 몰래 찾아가 의거를 권했다.

왕윤은 군자요 문관이었다. 그러나 왕윤도 포신의 주장을 당연한 것으로는 받아들이지 않았다.

"……말할 상대조차 되지 않는 사람들과 자리를 같이할 수는 없다!"

포신은 자기 심복만을 데리고 태산(泰山)이란 시골로 가버렸다.

그밖에도 나라가 어지러워지는 것을 보고 벼슬을 버리고 시골로 내려가는 식견 있는 관리들이 적지 않았다.

"갈 사람은 가라지!"

동탁으로서는 이거야말로 은근히 바라는 일이기도 했다.

하루는 동탁이 이유를 불러 말했다.

"이제 천천히 행동을 개시해도 좋지 않을까?"

지금의 황제를 폐하고 아우인 진류왕을 새 황제로 모신 다음, 그것을 공로로 내세워 스스로 절대적인 권좌에 올라서려는 계획이었다.

이유는 동탁을 똑바로 쳐다보더니 말했다.

"기회는 지금입니다. 다만, 하실 생각이시면 단숨에 해치우지 않으면 안 됩니다. 하진은 공연히 시일을 끌었기 때문에 자신을 망치고 만 경우입니다."

"언제가 좋을까?"

"내일 당장."

"내일은 너무 빠르지 않은가?"

"빠를수록 좋습니다. 내일 술자리를 베풀어 문무백관을 모이게 한 다음 이 안을 제시하고, 만일에 반대하는 사람이 있으면 그 자리에서 당장 목을 베는 겁니다. 세력을 쥐고 있는 이상, 몇몇 반대하는 사람이 있다고 해서 큰일을 그르쳐서는 아니 됩니다."

이유는 이렇게 말하고 싸늘한 웃음을 흘렸다.

그날 안으로 사자가 사방으로 달려 다음날 온명원(溫明園)에서 연회를 베푼다는 초청장을 전달했다.

이튿날 아침, 해가 떠오를 무렵 문무백관들이 모두 온명원에 모여 들었다. 얼마나 동탁의 위세를 두려워하는지는 이것 하나만 보아도 알 수 있었다.

동탁은 다 모였다는 전갈을 받자, 말을 타고 원문(轅門)까지 이르러서 칼을 철거덕거리며 온명원으로 걸어 들어갔다.

이유가 시킨 대로 동탁은 일부러 온유한 태도를 보이며 한 사람 한 사람 인사를 나누었다.

풍악이 울리고 술잔이 오고갔다. 이윽고 술판이 거나해졌을 때, 동탁은 서서히 자리에서 일어나더니 한쪽 손을 번쩍 들었다.

"풍악을 그쳐라!"

홱 찬물을 끼얹은 듯 한순간에 조용해졌다. 동탁은 목청을 가다듬고 말했다.

"문무백관 여러분! 오늘 공들을 이 연회에 모신 것은 이 동탁이 한 가지 제의할 일이 있기 때문입니다."

백관들은 일제히 눈길을 동탁에게로 모으고 귀를 기울였다. 동탁은 한층 목소리를 높였다.

"무릇 천자는 천하의 주인이므로 그 몸에 위엄이 없을 때는 종묘사직을 보존할 수 없는 법입니다. 거리낌없이 말한다면, 지금 폐하께서는 몸과 마음이 다같이 나약해서 도저히 천자로 받들 수가 없습니다."

백관들은 너무나 엄청난 말에 어안이 벙벙해서 죽은 듯이 모두 숨을 죽였다. 동탁은 말을 계속했다.

"그래서 나는 감히 제의하는 바입니다. 지금의 황제를 폐하고 황제의 아우인 진류왕을 즉위시키자는 것입니다. 진류왕은 자질이 총명하고 영특하여 하나를 들으면 백을 압니다. 천자의 기량을 지닌 진류왕인지라, 여러분께서도 이의가 없으실 줄로 아는데, 어떻습니까?"

동탁은 번쩍이는 눈빛으로 백관들을 쏘아보며 좌중을 제압했다. 잠깐 무거운 침묵이 연회장을 내리눌렀다.

그때 원문에서 한 위장부가 성큼성큼 걸어들어오며 외쳤다.

"이의 있소!"

백관들은 갑자기 웅성거리기 시작했다. 병주자사 정원(丁原)이었다. 이번 소요 때 정원은 재빨리 낙양에 진주하여 치안을 담당하는 경비사령관이 되었다.

백관들을 더욱 놀라게 한 것은 정원의 등 뒤에 서 있는 그의 부하 장수였다. 주인인 정원보다도 한 자나 키가 더 크고, 늠름한 골격과 날카로운 눈빛이며, 시원한 얼굴에 드높은 기상은 백관들이 일찍이 보지 못한 호걸이었다. 그는 머리에 금관을 쓰고 백화전포(百花戰袍)와 당예(唐猊) 갑옷을 입고 있었다. 또 허리에는 빛나는 사만보대(獅蠻寶帶)를 둘러 화려한 풍모가 자못 남달라 보였다.

"아! 저 사람이 여포(呂布)로구나!"

한 사람이 외쳤다.

"저 사람이 오원군(五原郡)의 그 여포란 말인가!"

"오, 저 사람이!"

여포를 바라보는 사람들의 눈에 두려운 빛이 감돌았다.

여포는 자를 봉선(奉先)이라 하며, 그의 고향 오원군은 지금의 내몽고 포두(包頭) 서북쪽이다. 태어나면서부터 용맹성이 있어 처음에 병주(지금의 태원) 관아에 근무했다.

그때 자사 정원에게 발탁되어 부장으로 활약했다. 여포는 정원을 '아버지'라고 부르면서 충성을 다했다.

여포는 특히 활쏘기와 말타기에 뛰어나서 '비장군(飛將軍)'이란 별명이 있었다. 이 별명은 무척 명예스러운 것이었다. 한 무제 때 역시 활쏘기와 말타기로 뛰어나 흉노에게 '한의 비장군'이라 불린 이광(李廣)에게 비유되는 명성이었기 때문이다.

정원은 동탁 앞에 서서 꾸짖었다.

"큰소리를 치는 것도 분수 있게 하라! 지금 황제께서는 선제(先帝)의 맏아드님이시고 즉위하신 지 얼마 안 되었다. 아직 아무런 허물도 없을뿐더러 밝고 어두운 것은 그 누구도 모른다. 몸이 약하신 것은 단련하면 된다. 한낱 자사 주제에 함부로 폐립을 논할 수 있단 말인가! 동탁, 귀공은 반역을 꾀하고 있는 것이 아닌가!"

"닥쳐라! 내게 순종하는 자는 살고 거역하는 자는 죽음이 있을 뿐이다!"

동탁은 발끈하여 차고 있던 칼을 뽑으려 했다.

순간 이유가 달려들어 동탁의 손을 잡아끌며 눈짓했다.

"장군, 국가 대사를 술자리에서 논한다는 것은 좋지 않습니다. 내일 정청(政廳)에서 다시 모여 의논해도 늦지 않을 것입니다."

동탁 역시 정원의 등 뒤에 서 있는 여포의 위풍에 은근히 두려운 생각이 들었으므로, 마지못한 척 이유의 권고를 받아들였다.

백관들은 정원이 이 연회에 그대로 있게 되면 소동이 일어날 것이 걱정이 되어 저마다 권했다.

"오늘은 이만 물러가 계십시오."

동탁은 뜻하지 않게 정원이 나타남으로써 그만 콧대가 꺾이고 말았으나, 정원이 자리를 뜨자 다시 야망이 끓어 올랐다.

시간을 두고 다시 술잔이 몇 차례 돌기를 기다렸다가 동탁은 다시 일어섰다.

"여러분, 내가 제의한 것은 전혀 공도(公道)에 어긋나지 않는다고 보는데 어떻게들 생각하십니까?"

중랑장 노식이 일어났다. 노식은 백관들의 청에 의해 다시 벼슬에 올라 있었다.

"옛날 은(殷)나라 태갑(太甲)은 재질이 부족한 탓으로 충신 이윤

(伊尹)에 의해 동궁(桐宮)에서 죽임을 당했고, 한나라 창읍왕(昌邑王)은 즉위한 지 27일 만에 너무도 많은 죄를 범했기 때문에 곽광(藿光)이 이를 태묘(太廟)에 고하고 폐한 사실이 있습니다. 그러나 우리 황제께서는 아직 나이 어려 그 총명함을 밖으로 드러낼 기회도 없었으며, 또 아무런 잘못도 범한 일이 없습니다. 황제께서 영명한 분이신지 아닌지는 때를 두고 기다리지 않으면 모르는 일입니다. 어려서 너무 영리한 쪽이 어쩌면 조숙한 때문일지도 모릅니다. 장군은 지방 자사로 국정을 논할 처지도 아니며, 또 이윤, 곽광과 같은 큰 재주를 지녔다고는 아무도 믿지 않는데 어떻게 성급하게 폐립과 같은 중대한 일을 백관들에게 강요할 수 있겠소? 옛 사람도 말했습니다. 이윤과 같은 뜻이 있으면 이윤과 같은 일을 할 수 있지만, 그렇지 못하면 찬역(簒逆)이 된다고."

차근차근 말하는 노식을 흘겨보고 있던 동탁은 느닷없이 칼을 뽑아들었다. 이유는 혀를 찼다.

만일 정원이 나타나지 않고 노식이 첫 반대자였다면, 이를 목베어 백관들을 떨게 할 수 있었을 것이다. 그러나 정원이 나타남으로 해서 오늘의 계획은 무너지고 만 것이다.

이유가 혀를 찼을 때 다행히 의랑(議郎) 팽백(彭伯)이란 사람이 뛰어나와 동탁을 말렸다.

"장군! 노식은 온 천하의 두터운 신망을 얻고 있는 큰 선비입니다. 만일 장군께서 이분을 해한다면 온 천하 만백성들은 장군을 부덕한 사람이라 하여 얼굴을 돌리고 말 것입니다. 진정하십시오."

"그럼 이 늙은이를 당장 끌어내도록 하라!"

동탁은 소리쳤다.

쫓아낼 것도 없이 노식은 자기 발로 연회장을 나가 버렸다.

노식은 낙양을 떠난 뒤 다시는 돌아오지 않았다. 상곡(上谷)이라는 한적한 시골에서 여생을 보냈다.

적토마

'한밤에 외출하는 자는 목을 벤다.'

밤 외출이 금지되었다. 전란 때면 흔히 내려지는 조치이다.

계엄령이라 성문 경계가 엄한 것은 당연했지만 서쪽에 있는 광양문(廣陽門)·옹문(雍門)·상서문(上西門)의 세 문이 특히 엄중했다.

'낚시꾼 장가'는 그런 정보를 진잠에게 알려주곤 했다.

"서문 경계가 심하단 말이지?"

진잠은 뜻밖이라고 생각했다. 현재 성문 경비 책임은 동탁군이 맡고 있다.

'동탁의 본거지는 서쪽이 아닌가. 따라서 그쪽에서 오는 군사는 한편일 것이다. 오히려 그가 대비하지 않으면 안 될 곳은 반대 세력이 강한 동쪽이 아닐까?'

동탁이 적은 병력을 눈속임하기 위해 계책을 쓰고 있다는 것을 모르는 진잠은 그렇게 생각했다.

낚시꾼 장가는 이런 말 저런 말을 한없이 늘어놓다가 해가 서산으로 기울자 허둥지둥 백마사를 떠났다.

우물거리고 있다가는 야간 통행금지에 걸려 집에도 돌아갈 수 없게 된다. 장가를 배웅해 주기 위해 진잠은 절문 근처까지 걸어갔다.
거기서 지영과 젊은 승려 지경(支敬)을 만났다.
진잠이 물었다.
"암자로 가시는 길입니까?"
안쪽에는 여자들만 10여 명 거주하는 암자가 있었다. 요즘 경매는 그곳에 기거하고 있었다.
"예, 그렇습니다. 아무래도 세상이 험악해 가끔 둘러보아야 하니까요."
"오늘밤 제가 암자에 가도 좋겠습니까? 무엇인가 도움이 되는 일을 하고 싶습니다."
이렇게 말하며 진잠은 문득 경매를 떠올렸다.

낙양에 온 뒤로 진잠은 거의 이틀에 한 번 꼴로 백마사에 드나들었지만, 주로 지영을 만나 천하의 움직임과, 그에 대한 월지족의 대책을 화제로 삼았을 뿐이다.
간혹 경매를 생각지 않은 것도 아니다. 또 한 번쯤 얼굴이라도 스칠 수 있지 않을까 하는 기대를 품고 들른 적도 없지는 않았다. 그러나 진잠은 자기가 이곳에 온 목적, 즉 자기가 숭상하는 소용이 백마사의 지영을 찾아가라고 하며 말없이 부탁한 일을 잊지 않았다.
이국에 사는 소수 종파로 천하대란에서 살아남기 위해 안간힘을 다하는 지영에게서 생존의 지혜를 배우는 것, 이것이 진잠의 임무였다. 이것은 소용이 오두미도의 앞날을 걱정하여 진잠에게 당부했던 일이다.
그런만큼, 비록 경매의 아름다움에 은연중 마음이 끌리는 것도 사실이지만, 경매 또한 지영과 마찬가지로 모범적 상대로만 보려고 애썼다. 지영은 월지족의 생존을 위해서라면 경매를 미인계의 미끼로 쓸 수도 있다는 뜻을 내비치지 않았던가. 그때 지영은, 난세를 틈타 일어선 영웅이 여럿이지만 장차 권력을 잡을 사람은 조조 또는 손견이라며, 그 둘에게 백마사에 월지족의 미인이 있다는 말을 흘릴 계획이라고 말했다.

그랬기에 어느날 지영이 불쑥 '오늘 조조가 백마사를 방문하기로 했소.'라고 말했을 때도 별로 놀라지 않았다.

진잠은 드디어 조조가 백마사에 월지족의 미인이 있다는 말을 들었는가 보다 생각했을 뿐이다. 오히려 진잠이 당황한 것은, 지영이 경매와 함께 조조를 만나는 자리에 진잠도 동석하자고 권한 것이었다.

"아, 저……."

"왜 그러십니까? 오두미도 역시 우리와 마찬가지 입장이니 조조와 인사를 터 두는 것도 좋지 않습니까?"

주저하는 진잠에게 지영이 거듭 권했다.

"실은 조조와 이미 대면한 적이 있습니다."

진잠은, 전에 거록의 태평도 본거지를 방문하고 파촉으로 돌아가는 길에 불심검문에 걸려 조조 앞에 끌려갔던 일 하며, 필상(筆相)을 볼 줄 안다고 한 게 빌미가 되어 그의 장광설을 듣고 풀려났던 일을 이야기했다.

"그런 일이 있었군요. 스스로 스스럼없이 탁류임을 밝히고, 게다가 허소의 인물평을 말하다니 역시 예사 인물은 아닌 듯합니다. 다음의 권력자가 될 가능성이 있다고 본 우리 판단이 정확할 것 같습니다. 아무튼 조조와 구면이시라니 잘됐습니다."

"하지만 제가 여기 있는 것을, 조조가 어떻게 볼지 걱정입니다."

"염려하지 않아도 될 것 같습니다. 좀 전의 말씀을 들어보니, 조조의 가슴 속엔 이미 난세의 영웅이 되겠다는 웅지가 굳게 서 있는 듯합니다. 그 뜻을 이루는 데 도움이 된다면 누구도 멀리하지 않을 겁니다. 아니, 조금이라도 힘이 될 만하면 먼저 찾아올 겁니다. 그가 백마사에 오는 게 어찌 경매의 미모 한 가지 때문이겠습니까?"
이래서 진잠도 조조와 자리를 같이했다.
한참 이런저런 이야기를 나누며, 지영과 진잠과 조조는 서로의 입장을 헤아리고 저마다의 가치를 가늠했다. 경매도 은연중에 총명함을 드러내 조조의 관심을 끌었다. 지영은 역시 날카로웠다. 그의 예상은 모두 맞았다.
그 뒤로 몇 번 조조는 백마사에 들렀으며, 그때마다 진잠은 자리를 같이했다.
그런데 어찌 된 일인지 얼마 전부터 조조는 통 백마사에 발걸음을 하지 않았다. 따라서 경매 또한 조조를 만날 수가 없었다.

남자 승려 몇 명이 여자들만 있는 암자를 지키고 있다. 밤이 깊었지만 진잠은 그 일을 가벼운 마음으로 자청했다.
그러나 상대편에서는 가볍게만 생각하지 않았던 모양이다. 지영은 그렇지 않았지만 젊은 지경의 표정에는 확실히 거부하는 빛이 역력했다.
"안 되겠습니까?"
아무 대답이 없자 진잠은 거듭 물었다. 지영은 웃으면서 대답했다.
"아니오. 상관없습니다. 오히려 고마운 일이지요.……자, 함께 갑시다."
백마사 경내라 하지만 경매가 기거하는 암자는 걸어서 10여 분이나 걸렸다.
진잠은 함께 걸으면서 지경이 왜 싫은 빛을 띠었을까 생각했다.
'이들은 나에게 숨긴 것이 하나도 없지 않은가?'
지영은 진잠의 이런 속마음을 눈치채고 있었다. 암자에 이르렀을 때 그는 싱긋 웃으며 말했다.

"사실은 오시면 좀 곤란한 일이 있지요."
"그렇다면 진작 그렇게 말씀해 주실 일이지, 벌써 문 앞까지 다다르지 않았습니까. 이제라도 돌아가겠습니다."
"아닙니다. 여기까지 오셨다가 돌아가시면 정말 저희들이 민망해집니다."
지영은 진잠의 소맷자락을 잡았다.
"하지만 곤란한 일이 있다고 하시지 않았습니까?"
지영은 고개를 가로젓고 말했다.
"오늘밤은 일찍 주무셔야겠습니다. 만일 잠을 못 이루시어 무언가를 듣거나 보시게 되더라도 모두 잊어 주시기 바랍니다."
진잠은 암자로 들어섰지만 아직도 마음속엔 여전히 석연치 않은 것이 남아 있었다.
경매는 전보다 더 풍만하고 아름다웠다. 대체로 한족은 가냘픈 어깨에 버들허리를 좋아하지만 그는 풍만한 경매가 매력적이라고 느꼈다.
인사를 한 뒤 진잠이 물었다.
"오늘밤 무슨 일이 있습니까?"
"무슨 일이라구요?"
경매는 고개를 갸웃했다.
"지영님이 여기서 무엇인가 듣거나 보더라도 모두 잊어버리라고 하셨기에……."
"호호호, 그 일 말이군요."
경매는 옷소매로 입을 가리며 웃었지만 곧 진지한 얼굴빛이 되었다.
"우리들 일족이 살아남기 위해 슬픈 작업을 하고 있어요. 마음 내키지는 않지만."
"슬픈 작업이라뇨?"
"보시면 알게 됩니다. 이 암자에는 여느 때보다 더 많은 사람들이

들어와 있습니다."
 "그러고 보니……."
 암자에 들어와서 진잠은 그것을 금방 눈치챘다. 평소와는 달리 활기찬 움직임이 있었다.
 암자는 넓은 사원 부지 한구석에 있었으며 남아도는 터에는 몇 개의 헛간이 있었다. 경전이나 불구(佛具)를 넣어 두는 곳은 사원 안쪽에 있다. 암자 부지 안의 가건물은 불구 따위를 만드는 작업장으로 쓰이고 있었다.
 불교는 아직 중국에 퍼져 있지 않았다. 불상 하나까지도 불교도인 월지족이 자기들 손으로 직접 만들지 않으면 안 되었다. 그 때문에 머나먼 강국(康國)에서 전문 직공이 들어왔고 그 기술이 물려져 왔다.
 진잠은 암자에서 깃발이나 휘장에 수를 놓는 자수의 명수라 일컬어진 월지족 노파를 만나보기도 했다.
 '불공 준비를 하는 걸까?'
 진잠은 자수 작업 광경을 보며 생각했다. 그런데 경매는 '슬픈 작업'이라고 했다. 불공 준비라면 슬퍼해야 할 까닭이 없는데 이상한 일이다.
 "대체 무슨 일이 있습니까?"
 진잠은 거듭 물었지만 경매는 쓸쓸히 미소만 지을 뿐 아무 말도 하지 않았다.
 진잠은 암자 행랑에서 혼자 자게 되었다. 물론 무슨 일이 있는지 자기 눈으로 확인하기 전에는 잠이 올 리 없었다.
 깊은 밤 이경(二更 : 밤9시~11시 사이)쯤.
 별안간 밖에서 이상한 기척이 있었다. 문틈으로 엿보던 진잠은 눈이 휘둥그레졌다. 상당히 넓은 암자터에 군졸들이 빼곡히 들어차 있었다. 그리고 뜰 한구석에 횃불이 하나 밝혀졌다. 섬뜩한 것이 진잠의 등골을 타고 흘렀다.

'망령든 군대?'

진잠은 처음에 그렇게 생각했다. 암자의 뜰을 가득 채우고 있으니 2천 명 이상은 되리라. 그만한 대부대가 한밤중에 소리없이 나타난다는 것은 믿어지지 않는 일이었다.

그 무렵의 군대는 세력을 과시하기 위해 떠들썩하게 북을 울려가며 행군했다.

그렇건만 이 군대는 소리없이 나타났다. 북은 울리지 않더라도 2천 병력이라면 꽤나 시끄러운 소리가 날 게 아닌가.·이렇듯 소리없이 나타난 것은 일체 소리를 내지 말라는 엄한 명령이 내려졌기 때문일 것이다.

'무슨 이유에서일까?'

이곳은 성 밖 서쪽 변두리이다.

'저 군대는 서쪽에서 와서 낙양을 기습하려는 것일까? 낙양의 누구를 습격하겠다는 것일까?'

진잠의 머리에 먼저 떠오른 것은 조조였다. 전군교위인 조조의 휘하에는 수천 명의 근위병이 있다. 그러나 그들은 조조의 군대가 아니었다. 조조는 다만 지휘를 위임받고 있을 뿐이다. 기습받는다면 단번에 무너지고 말리라.

'급히 알려야 한다. 그렇지만 성문은 경비가 엄하고 야간은 통행금지이다.'

진잠으로서는 어쩔 도리가 없었다.

"지금 잠을 자 두어라. 새벽은 아직 멀었으니까."

장수 하나가 군졸들 사이를 돌아보며 낮게 명령했다. 군졸들은 대개 땅에 앉아 있었지만 장수의 명령을 기다릴 것도 없이 누워 자는 자도 있었다.

말 울음소리가 들렸다. 암자 밖에는 꽤 많은 말이 매어져 있는 모양이다. 소달구지도 당연히 있으리라.

'그렇다, 이만한 군대를 들어오게 하려면 백마사 측의 양해가 있어야 하지 않겠는가? 지영이 말한 오늘밤의 일이란 바로 이것이었구나.'

진잠은 뜬눈으로 날이 새기를 기다렸다. 벽 틈이 희끄무레 밝아올 무렵 밖이 갑자기 떠들썩해졌다.

진잠은 벽 틈으로 바깥을 내다보았다. 군졸들이 벌써 일어나 대오를 정돈하고 있었다.

"자, 되었습니다."

낯익은 목소리가 들렸다. 백마사의 절머슴으로, 진잠도 잘 아는 기수였다. 그 기수가 몇 개의 큰 깃발을 장수에게 건네주었다.

"어젯밤 밤을 새워가며 만들었지요. 정성껏 만들었습니다."

"음, 훌륭해!"

장수가 깃발을 펄럭여 보았다. 붉은 바탕에 푸른 테를 둘렀다. 깃발 한복판에 큼직하니 '동(董)'자가 수놓여져 있었다.

'동탁군이었구나! 그런데?'

진잠은 아직도 영문을 몰랐다.

'서쪽에서 증원군이 도착한 걸까?'

그렇다면 백마사에 군대 기지를 만든 이유는 무엇일까?

"출발!"

장수가 큰 목소리로 명령했다.

동탁군은 어젯밤엔 암자의 뜰에서 쥐죽은 듯이 잠잠했었다. 그런데 지금은 원기왕성한 집단이 되어 있었다. 그들은 암자 밖으로 나가며 북을 크게 울렸다.

장수가 또 명령했다.

"말 짚신을 벗겨라."

이 무렵 말발굽을 보호하기 위하여 민간에선 주로 짚신을 신겼다. 군마라면 무쇠신을 쓰는데 가죽끈을 꿰어 말다리에 매었다. 말굽쇠가 사용된 것은 이때부터 1천 년이나 지나고 나서의 일이다.
 '은밀히 군대를 이동시키고 있었구나.'
 그러나 의문은 계속 남았다. 백마사는 낙양 서문에서 5리도 못되는 곳에 있었다. 진잠은 처음에 기습을 연상했다. 그러나 당당히 북을 치며 낙양을 향해 행군하려 하고 있다. 그때 별안간 벽 틈이 가려져 아무것도 보이지 않게 되었다.
 누군가 벽 틈을 가로막았던 것이다. 그것이 지영이라는 것은 벽을 사이에 두고 들려오는 목소리로 알았다.
 "그럼 또 기다리고 있겠습니다."
 "이것 수고가 많소. 동탁 장군도 몹시 기뻐하고 계시오. 백마사의 지영은 군사(軍師)로 모실 정도라 하시면서."
 "과분하신 말씀."
 "아니오, 겸손할 것 없소. 낙양에 입성한 3천 군대의 대부분을 네댓새마다 서문으로 살며시 내보냈다가 이튿날 당당히 입성시켜 새로 도착한 병력으로 보이게 하는 책략, 예사 사람으로선 생각도 못할 일이오."
 "아닙니다. 모든 것은 동탁님께서 계획하셨고 저는 다만 거들어 드렸을 뿐이지요."
 벽 틈이 다시 환해졌다. 지영과 동탁의 장수가 그 자리를 떠났던 것이다.
 "그랬었구나."
 진잠은 자리에 털썩 주저앉았다.
 계속 승원군이 오는 것처럼 보이기 위해 지영과 이유가 마련했던 책략이 이 암자를 이용하여 행해졌던 것이다.
 얼마쯤 있다가 진잠은 문을 열고서 밖으로 나갔다. 초가을 아침 햇살이 눈부시게 쏟아지고 있었다.
 지영은 동탁군을 배웅하고 돌아오는 참이었다. 그는 진잠을 보더니 빙그레 웃으며 말했다.
"들으셨죠?"
행랑 앞을 막아서며 동탁의 장수와 말을 나눴던 것은 안에 있는 진잠에게 들려주기 위해서였던 모양이다.
"여차할 때 이 백마사만은 구해야 하기 때문이랍니다. 불태우지 않는다는 약속을 받았지요."
진잠은 그 뒤 동탁의 군사가 하진의 무리를 받아들여 수만 명으로 늘어났다는 얘기를 들었다.
그 무렵이었다. 병주자사이며 집금오(執金吾)인 정원이 1만 남짓 군사를 이끌고 성 밖에 포진한 동탁군을 기습한 것은.
정말 뜻밖의 공격이었다.
미녀 둘을 양쪽에 끼고 자던 동탁은 이유가 다급하게 부르는 소리에 잠을 깼다.
"뭐라구! 정원이란 놈이?"
동탁은 분을 못참고 고래고래 소리질렀다. 그런 동탁에게 이유는 차가운 눈길을 보냈다.
"장군, 진정하십시오. 정원은 아마 승부를 결정지으려고 쳐들어 온 것은 아닐 겁니다."
"그럼 뭣 때문에 쳐들어왔단 말인가?"
"무인으로서 체면을 세우기 위해서일 겁니다. 또 장군의 무력이 어느 정도인가, 시험해 보기 위해서일지도 모릅니다. ……이 싸움은 흥분하는 쪽이 불리합니다."
"시끄럽다! 어찌 화를 안 낼 수 있느냐?"
"장군, 우리 군사는 반격할 준비가 되어 있지 않습니다. 진형(陣形)도 갖추지 못한 채 이대로 싸워 보았자 승산이 있을 리 없습니다."
"듣기 싫다! 정원 같은 놈에게 우리 진지를 짓밟힐 수는 없다."

동탁이 뛰어나와 적토(赤兎)라는 말에 올라탔을 때는 벌써 정원군이 질풍 같은 기세로 눈앞에 닥쳐와 있었다.
 "아니?"
 동탁은 적군의 선두에서 달려오는 무장의 용맹과 귀신 같은 무술에 눈을 크게 떴다.
 백화전포를 펄럭이며 머리에는 금관(金冠)을 쓰고, 당예의 갑옷에 사자 모양 구슬띠를 두르고 칠흑빛 준마를 달리며 방천극(方天戟)을 휘두르자, 몰려가던 동탁의 군사는 마치 낙엽처럼 흩어져 달아났다.
 "이유! 저놈이 어떤 놈인가!"
 "오원군의 여포입니다. 저 장수가 정원을 지키며 선봉을 맡고 있는 이상 반반의 승부를 걸고 싸울 수는 없습니다."
 이유의 말에 동탁은 신음했다.
 "동탁 듣거라!"
 정원은 고삐를 당겨 말을 세우며 외쳤다.
 "환관의 터무니없는 권세로 말미암아 한나라 조정이 쇠약해지고 만백성이 도탄에 빠져 있는 이때, 너는 한낱 서량자사에 불과한 몸으로 나라에 한 치의 공도 세운 바 없거늘, 어찌 함부로 황제의 폐립을 운운하며 조정을 어지럽히려 하느냐! 너 같은 역적의 무리는 살아 돌아가지 못하리라."
 동탁이 미처 대답할 겨를도 없이 한쪽에서 여포가 바람처럼 돌격해 들어왔다.
 이유가 날쌔게 말을 달려 들어와 동탁이 탄 적토마의 머리를 발로 차고 동시에 채찍으로 궁둥이를 후려쳤다. 적토마는 하루 천리를 간다는 천하의 명마이다. 적토마는 미친 듯이 자기 군사들 속으로 달려갔다. 이날 동탁의 군사는 진형을 바로잡지 못하고 뿔뿔이 흩어진 채 사방팔방으로 달아났다.

그날 밤, 성 밖 멀리 본진을 옮긴 동탁은 여러 장수들을 모아놓고 정원을 칠 계책을 논의했다.

정원을 죽이지 않는 한, 조정의 실권을 장악할 수 없다는 것을 동탁은 잘 알고 있다.

"정원을 쳐서 무찌르려면 먼저 그 여포를 떼어놓지 않으면 안 된다. 무슨 좋은 생각은 없는가?"

그러자 이유가 말했다.

"여포를 정원에게 떨어지게 하는 것만으로는 모자랍니다. 여포를 우리 편으로 끌어들이지 않으면 안 됩니다."

"암, 그렇게만 된다면야 내가 천하에 무서워할 사람이 한 사람도 없지. 여포로 하여금 정원을 배반하게 만들 묘책을 가진 사람은 없을까?"

"소장이 하겠습니다."

그 자리에서 대답하고 일어난 것은 호분중랑장(虎賁中郎將) 이숙(李肅)이었다.

"으음, 무슨 묘책이 있는가?"

동탁은 반기며 몸을 내밀었다.

"장군께서 사랑하고 계신 천하의 명마 '적토'를 제게 주신다면……."

"적토마를 말인가?"

동탁은 약간 얼굴을 찌푸렸다.

적토마를 타고 있는 한, 제아무리 용맹무쌍하게 돌격해 오더라도 유유히 도망질 수가 있다.

"적토마를 주면 어떻게 하겠다는 건가?"

"소장은 다행히 여포와 같은 고향이어서 어릴 때부터 서로 친한 사이입니다. 그 사람됨을 잘 알고 있습니다. 여포는 보신 바와 같이 천하에 어깨를 견줄 사람이 없는 용맹한 장수입니다. 그러나 하늘은 두 가지를 함께 주지 않습니다. 그는 권모(權謀)를 모르고 또 욕심이 강해 이익을 탐하여 쉽게 의리를 저버립니다. 소장에게 적토마와 금은보화 한 주머니를 주시면, 세 치 혀를 움직여 여포로 하여금 정원을 배신하게 해 보이겠습니다."
"성공할 자신은 있는가?"
"여포는 내일이면 장군의 휘하에 들어와 있게 될 것입니다."
동탁은 그래도 아직 적토마를 내놓기가 아까워 망설이고 있었다.
이유가 앞으로 다가가 차가운 눈길을 보냈다.
"장군! 천하와 말 한 마리 중 어느 쪽을 택하시겠습니까?"
"좋아!"
동탁은 결단을 내렸다.
곧 적토마를 끌어내게 하고, 거기에 황금 1천 냥과 구슬 수십 덩어리와 옥띠 한 벌을 이숙에게 건네주며 다짐했다.
"기어코 여포를 설복시켜야 한다."
이숙은 먼저 사람을 시켜 금과 구슬과 옥띠를 여포의 진영으로 보냈다. 그리고 이튿날 아침 혼자 적토마를 끌고 찾아갔다. 길에 숨어 있던 군사가 뛰어나와 이숙을 둘러쌌다.
이숙은 태연한 얼굴로 말했다.
"나는 여장군의 옛 친구로 이숙이란 사람이다. 장군께 예물을 가지고 왔다고 전해라."
여포는 이숙이 왔다는 말을 듣자, 어릴 때 글방에서 늘 으뜸으로 선생의 총애를 받던 이숙의 의젓한 모습을 기억해 냈다.
이숙이 들어오자 여포는 활짝 웃으며 물었다.
"이게 얼마만이오, 이숙. 찾아 주어서 고맙소. 재주가 뛰어난 귀공이니만큼 크게 출세했을 것으로 늘 생각하고 있었는데, 지금 어떻게 지내시오?"
이숙은 정중히 인사를 차린 다음 말했다.

"나는 지금 호분중랑장이란 벼슬을 하고 있소. 공이 정원 장군을 도와 천하를 위해 일하고 있다는 말을 듣고, 하도 반가워 축하 인사 겸 선물을 가지고 왔소."
"참 어젯밤에는 귀한 예물을 보내 주셔서 잘 받았소. 깊이 감사하오."
"그건 그 동안 오래 만나지 못했던 정표로 보낸 것뿐이오. 정말 내가 공에게 드리고 싶은 물건을 방금 가지고 왔으니 구경을 하시구려."
여포는 한 걸음 발을 내딛고 밖을 내다보더니, 눈이 휘둥그레졌다.
"아니! 저건 동탁이 타고 있던 명마가 아닌가!"
천리마 적토의 소문은 여포도 일찍이 들어 알고 있었다. 그런데 그 명마가 지금 자기 눈앞에 서 있는 것이다. 그 명마를 바라보는 순간 여포는 완전히 정신을 빼앗긴 듯했다. 온몸은 숯불이 달아오르는 것처럼 새빨갛게 빛났고 한오리 잡털도 섞이지 않았다. 머리에서 꼬리까지 길이 열 자, 발굽에서 목덜미까지 높이 여덟 자.
후대 사람은 이 적토마를 읊어 다음과 같은 시를 지었다.

천리를 달리며 티끌 먼지 자욱 일으키고
물 건너 산 오르면 검붉은 안개 흩어지네
기운 써 고삐 끊고 옥재갈 흔들면
화룡이 하늘에서 내려오는 것 같아라

"이숙, 이걸 내게 주시겠다는 거요?"
"그렇소."
"대체 어떻게 된 일이오? 이건 동탁이 사랑하는 말로 너무나 유명하지 않소?"
"내가 동탁 장군에게서 얻어 공에게 선사하는 거요. 딴 뜻은 없소."

 여포는 곧 술자리를 베풀어 옛 친구 이숙을 윗자리에 앉히고 눈을 똑바로 뜨며 물었다.

 "다시 묻소. 이숙, 당신이 동탁 장군에게서 얻은 명마를 어째서 내게 주려는 거요?"

 이숙은 빙그레 웃으며 담담한 말투로 말했다.

 "천하 으뜸 명마는 역시 천하 으뜸 영웅이 타야 하지 않겠소. 나같이 대궐 안 구석에서 서류나 뒤적거리는 나약한 서생이 탄다는 것은 어울리지 않소. 역시 당신을 빼고는 이 말을 탈 사람이 없다고 생각했기 때문이오."

 "아아, 그래. 고맙게도 이 여포를 생각해 주셨구려. 저 명마를 얻은 것은 한 고을을 얻는 것보다도 반가운 일이오."

 여포는 새삼 이숙의 손을 잡으며 참으로 고마워했다. 이윽고 술이 거나해졌을 무렵, 이숙은 문득 혼자 말하듯 중얼거렸다.

 "그러나 적토마는 공의 손에 그리 오래 있지는 못할 거요. 나는 그것이 걱정이오."

 "무슨 말씀이오!"

 여포는 발끈했다.

 "한번 내 것이 된 이상은, 내가 목숨이 달아나지 않는 한 적토마는 뺏기지 않을 거요."

 이숙은 그 말을 기다렸다는 듯이 회심의 미소를 띠며 말했다.

 "만일……만일에 당신 아버님이 달라고 한다면?"

 "아버지라고? 우리 아버지는 벌써 20년 전에 세상을 떠났소."

 "아니, 집금오 정원 장군을 두고 하는 말이오."

 정원과 여포는 부자의 의를 맺은 사이였다.

 "정원 장군은 전에 동탁 장군에게, 적토마를 주면 어떤 조건이라도 받아들이겠다고 청을 넣었다가 거절당한 일이 있다고 들었소.

그 뒤로 정원은 동탁을 원망하여 사사건건 가로막고 나서게 된 거요. 정원은 당신이 적토마를 가진 줄 알면 틀림없이 자기에게 넘기라고 강요하게 될 거요."

"안 되지! 적토마는 아무리 의부의 요구라 하더라도 내놓을 수 없어."

여포는 고개를 내저었다.

"여포! 당신은 이미 하늘을 흔들고 땅을 움직이는 용맹으로 세상에 알려져 있는 무장이오. 만일 그럴 생각만 있으면 부귀공명은 주머니에서 물건을 꺼내는 것처럼 쉬운 일이오. 그러나 아깝게도 당신은 옳은 주인을 만나지 못한 것 같소. 좋은 새는 나무를 골라서 둥지를 틀고, 어진 신하는 주인을 골라서 섬긴다 했는데……, 안타까운 일이오."

"음, 그건 나도 잘 알고 있어. 정 자사는 내가 섬기기에 충분히 큰 인물이 아니야. 그러나 어릴 때부터 나를 길러 준 분인데, 이제 와서 인연을 끊는다는 것은……."

"여포! 당신은 이미 10년 길러 준 공을, 수많은 싸움터를 돌아다니며 다 갚지 않았소? 일이란 시기를 놓치면 반드시 후회하게 되는 법이오."

"이숙, 지금 세상에 내가 섬길 만한 영웅이 있기라도 하단 말이오?"

"그렇소. 내가 모든 대신과 장군들을 두루 살폈을 때, 지금 세상에 아무도 어깨를 겨룰 수 없는 사람은 오직 동탁뿐이오!"

이숙은 자신있게 말했다.

"정말이오?"

"동 장군은 어진 사람을 존경하고 선비들을 후대하며, 상과 벌이 분명하기 때문에 앞으로 반드시 큰일을 이룩할 인물이라고 나는 믿고 있소."

"동 장군이 그런 인물이란 말이오? 당신이 그렇게 믿는다면 틀림이 없겠지. 그러나 나는 동 장군과는 아무 인연도 없는 사람이오."

"여포!"

이숙은 무릎을 다가붙이며 말했다.

"내 솔직히 고백하리다. 동 장군은 일찍부터 당신의 뛰어난 무용을 사모하고 있었소. 지금 이 기회를 타서 나보고 당신 속마음을 알아보고 오라는 부탁이었소. ……적토마를 당신에게 선사한 것은 내가 아니고 실은 동 장군이오."

"음!"

여포는 팔짱을 끼고 이숙을 가만히 노려보았다.

이숙은 속으로 여포가 갑자기 호통치지나 않을까 겁을 먹으면서 열변을 계속했다.

"동 장군은 나같이 무능한 사람도 호분랑이 되도록 극력 밀어 주셨소. 참으로 사람을 보는 무서운 눈을 가진 분이오. 당신이 만일 동 장군을 섬기게 되면 부귀는 소원대로 누리게 될 거요."

여포는 귀를 기울여 듣더니 이윽고 말했다.

"이숙, 동 장군에게로 가려면 떳떳이 대할 만한 무슨 공이 있어야 하지 않겠소. 나는 그런 것이 없지 않소."

이숙은 그 말에 됐다 싶어 싱긋 웃으며 혼잣말 하듯 말했다.

"공은 손바닥을 뒤집는 사이에도 세울 수 있는 거요. ……그러나 당신은 마음이 착한 사람이니 도저히 그럴 수는 없겠지."

"흐음, 손바닥을 뒤집는다?"

여포는 잠시 허공을 바라보았다.

"인정상 지금까지 섬기던 주인을 배반한다는 건 당신으로서는 하기 어려울 거요. ……단념하고 그대로 정 자사를 섬기도록 하오."

이숙은 이렇게만 말하고 돌아갔다.

여포는 고민했다. 여포는 본디 용맹하되 소심했다.

'정원을 죽이기는 어렵지 않다. 그러나 남들이 어떻게 생각할까? 또 금오부의 군대가 순순히 따라 줄까?' 그런 생각들이 뒤를 이어 꼬리에 꼬리를 물듯 떠올라 결단을 내리지 못했다.

며칠 뒤 이숙이 또 찾아왔다.

"장군, 아직도 결정을 내리지 못했소? 동 장군께선 일이 성공만 되면 당신을 기도위에 임명하고 정원처럼 양자로 삼으시겠다고 약속하셨소."

여포는 눈이 크게 떠졌다.

조조가 맡고 있는 교위가 사단장쯤이라면 기도위(騎都尉)는 여단장쯤이었다. 조조는 29살 때 이 기도위에 임명되었다. 여포는 그 출생년이 확실치 않았으나 대체로 30살이 채 못되었을 것이다. 출신이 분명치 않은 여포로서는 기도위도 적토마 이상으로 매력적이었다. 조조마저 29살에 가까스로 임명된 관직이 아닌가.

그런데도 여포는 망설였다.

그러던 어느 날 부하 장수가 수상한 자를 잡았다고 보고했다.

"잡역부인데 몸에 단검을 품고 있었습니다. 그래서 엄중히 조사했더니 집금오를 암살하겠다는 둥……."

여포는 '암살'이란 말에 눈이 번쩍 뜨였다. 그의 머릿속을 번개같이 스친 생각이 있었다.

"뭣이! 집금오를 죽이려는 자객이었다고? 그래 그 녀석은 어떻게 되었나?"

"취조할 때 몇 번 후려갈겼더니만 그만 죽어버렸습니다."

"좋아, 그러나 이것은 절대 비밀로 해야 한다. 나에게 생각이 있으니……."

부하 장수는 사람을 죽인 죄가 있어 여포가 시키는 대로 하기로 했다.

여포는 곧 정원의 숙소로 갔다.
여포가 불쑥 들어오는 것을 보자 정원은 이맛살을 찌푸리고 목소리를 높였다.
"이 밤중에 무슨 일이냐?"
"정 자사는 듣거라!"
여포는 버럭 소리를 질렀다.
"아니? 네가 실성을 했느냐! 어디서 이런 무례한 태도를!"
"무례하긴! 당당한 대장부로서 어찌 너 같은 못난 자사 밑에서 양자 노릇을 할 수 있겠느냐?"
"누가 너보고 배반하라고 부추기더냐? 남의 꾐에 속지 말고 침착하라!"
정원은 소리치면서도 슬금슬금 뒤로 물러났다. 달아날 틈을 엿보기 위해서였다.
그러나 여포는 그럴 틈을 주지 않고 단번에 열두 자 거리를 훌쩍 뛰어넘으며 허리의 칼을 빼어 번쩍 휘둘렀다. 정원의 머리는 비명을 지를 겨를도 없이 높이 튀어올랐다.
여포는 정원의 머리를 들고 장막 안에서 뛰쳐나오자, 부하가 고삐를 잡고 있는 적토마에 뛰어올라 큰 소리로 외쳤다.
"장병들은 듣거라!"
곤한 잠에서 깬 장수와 군졸들이 무슨 일인가 하고 막사에서 뛰어나왔다.
여포는 타오르는 불빛 앞에 정원의 머리를 쳐들어 보이며 외쳤다.
"잘 듣거라! 나의 의부 정원은 자객에게 목숨을 잃었다. 그 아들 여포가 곧 자객을 죽여 원수를 갚았다. 그런데 왜 자사의 목을 베느냐? 그것은 우리가 살기 위해서이다. 정원의 목을 가지고 동탁에게 가자. 그도 반가워하리라. 이에 불복하는 자는 떠나고 나를 따르는 자는 남으라."

순식간에 병주군 진영은 소란해졌다. 군사들은 태반이나 여포를 믿지 않고 떠났다.

그 이튿날 여포는 정원의 머리를 들고 적토마를 달려 곧장 동탁의 진으로 갔다. 호랑이를 길들이게 된 이숙은 그렇게 기쁠 수가 없었다.

동탁의 입이 떡 벌어져 곧 성대한 주연을 베풀고 여포를 환영했다. 동탁은 짐짓 여포를 윗자리에 앉히고 앞으로 나아가 말했다.

"지금 장군을 내 휘하로 맞이하게 된 것은, 비유하자면, 타들어가던 곡식이 단비를 만난 것과 같소……. 이 기쁨을 뭐라고 형언할 수가 없구려."

여포는 황공해서 동탁을 윗자리에 다시 모신 다음 두 번 절하고,

"만일 대장군께서 소장을 버리지 않으신다면, 바라옵건대 저를 자식으로 맞아 주옵소서."

동탁은 곧 금갑(金甲)과 금포(錦袍)를 가져오게 하여 여포에게 내리고, 영원히 의부(義父)와 의자(義子)로 지낼 것을 굳게 맹세했다.

거울

동탁으로서는 이제 천하에 두려울 것이 없었다.

지는 해를 다시 서쪽에서 떠오르게 할 것 같은 위세를 자랑했다. 동탁은 낙양을 완전히 손아귀에 틀어쥐었다.

자기 아우인 동민(董旻)을 좌장군(左將軍)에 봉하고, 여포를 기도위 중랑장 도정후(都亭侯)에 임명했다.

"장군, 장군께서 하셔야 할 일이 아직 하나 남아 있습니다."

모사 이유(李儒)가 말했다.

"알고 있네."

"알고 계시면 급히 단행해야 합니다. 이제 술자리를 베풀어도 정원이나 노식의 모습은 보이지 않게 되었습니다."

"그렇지!"

동탁은 이유에게 단단히 준비를 갖추게 했다.

낙양에 일찍이 없었을 정도의 성대한 잔치가 벌어진 것은 그로부터 오래지 않아서였다.

낙양에 사는 사람들은 연회를 좋아했다. 특히 조정 백관들은 모두

춤과 노래와 술을 즐겨 밤새 흥청거리며 놀았다.

"오늘은 지난번 향연보다 분위기가 누그러지고 들떠 있군."

동탁은 대회장의 공기를 보고 이렇게 느꼈다. 동탁은 여포를 시켜 철갑군 1천여 명을 좌우에 늘어서게 하여 문무백관을 위압했다. 잔이 몇 순배 돌고 조용한 이야기와 웃음소리가 한창인 때를 기다렸다가 이유가 동탁에게 귀띔했다. 동탁은 왼손으로 칼집을 어루만지며 천천히 일어서서는 크게 소리쳤다.

"여러분, 들으시오!"

장내는 물을 끼얹은 듯 금방 조용해졌다.

"현명하신 여러분께서는 오늘 이 자리가 무슨 목적으로 마련되었는지 짐작하실 겁니다. 전번에 내가 제의했던 문제를 오늘 이 자리에서 결정짓고 싶습니다. 어둡고 나약하여 종묘를 받들기 어려운 지금의 황제를 폐하여 홍농왕(弘農王)으로 하고, 진류왕을 세워 황제의 위에 오르게 하는 이 의안을 여러분은 어떻게 생각하십니까?"

동탁은 커다란 몸집으로 위협이라도 하듯 날카로운 눈길로 좌중을 둘러보았다. 그의 눈길을 정면으로 받고 눈을 내리감지 않는 사람은 한 사람도 없었다.

'됐다! 이의를 말할 사람은 한 사람도 없구나!'

동탁이 만족한 표정을 띠었을 때, 갑자기 자리에서 일어나 앞으로 나오는 사람이 있었다. 중군교위 원소였다.

"동 자사! 적자를 폐하고 서자를 세우는 것은, 그 적자에게 죄가 있을 경우에 한하오. 지금 폐하께서 무슨 죄가 있다는 거요? 아니면 자사 자신이 반역을 꾀할 속셈이 있는 거요?"

조금도 막힘없이 말했다.

"닥쳐라! 내게 모반할 생각이 있다고 의심하는 네 자신이 조정을 자기 개인의 것으로 만들려던 하진의 음모에 가담하지 않았더냐!

오늘까지 살아 남은 것도 요행인 줄 알아라…….”

동탁이 버럭 소리를 지르자 여포가 그 옆에서 한 걸음 발을 내딛고 원소를 딱 노려보았다.

원소는 조금도 두려워하지 않았다. 하지만 정원이 의로움 받들다 먼저 죽으니 원소가 다투는데 형세 위태로웠다.

"동탁! 천하의 영웅은 당신뿐이 아니야."

그러자 그의 숙부인 태부 원외(袁隗)가 달려와서 말렸다.

"소야, 조용히 해라! 조용히 못하겠느냐!"

칼자루를 잡은 원소의 오른손을 잡아 누르고 속삭였다.

"기회는 뒤에도 있다!"

원소는 옳다는 생각이 들자, 다음 순간 몸을 돌려 밖으로 뛰쳐나갔다. 그 길로 원소는 부하를 거느리고 멀리 본국인 기주(冀州)로 떠났다. 원소가 가버린 뒤 이제 아무도 이의를 제기하는 사람은 없었다.

연회는 끝났다.

황제는 폐하기로 결정이 났다.

동탁은 백관들이 물러간 뒤, 시중(侍中) 주비(周毖)와 교위 오경(伍瓊)과 의랑(議郞) 하옹(何顒) 세 사람을 남게 하고 물었다.

"그대들 생각에는 원소가 반란을 일으킬 것 같은가?"

주비가 말했다.

"원소가 앙심을 품고 떠난 것은 틀림없지만, 아마 본국에서 난을 일으킬 만한 계략은 가지고 있지 못할 겁니다."

오경도 말했다.

"소관도 그렇게 생각합니다. 그러나 만일 태사(太師)께서 원소를 치거나 하신다면 궁지에 몰린 쥐가 고양이에게 대들 듯 반기를 들 것이 틀림없습니다. 원씨들은 벌써 4대에 걸쳐 기주에서 세력을 잡고 있어 그 문하생과 옛 관원들의 수가 적지 않으므로, 만일 원소가 반기를 들게 되면 많은 무리들이 모여들 것으로 우려됩니다. 어쩌면 그 때문에 산동(山東)을 잃게 되지 않을까 걱정이 되기도 합니다."

"원소의 죄를 용서하고 한 군의 태수로 봉하는 것이 지금으로서는 상책인 줄로 압니다."

동탁은 뒤를 돌아보며 물었다.

"이유, 그대의 생각은 어떤가?"

이유는 차가운 태도로 말했다.

"원소는 용기는 대단하지만 결단력이 없으므로 큰일을 꾀할 만한 그릇이 못됩니다. 세 분이 말한 대로 한 지방의 태수로 임명하는 것이 좋을 줄로 압니다. 그것도 도성에서 먼 발해군(渤海郡) 같은 데로……"

"음, 알았다."

동탁은 자신에게 반항한 마지막 한 사람에 대한 조치를 취했다.

중평 6년(190) 9월 초하루.

낙양궁 가덕전에 황제가 나오기를 기다려, 동탁은 문무백관을 향해 칼을 뽑아들었다.

"다들 들으시오! 지금 하늘에 고하는 책문(策文)을 읽겠소. 이로써 천하를 다스리는 황제가 바뀌게 되오."

기다리고 섰던 이유가 앞으로 나아가 책문을 펴들었다. 이유의 목소리는 낭랑하고 꽤나 장중했다.

효령황제께서 일찍이 신하와 백성을 버리시니
황제가 뒤를 이어 천하가 우러러보게 되었다.
그런데 황제는 천품이 가볍고 위엄이 없는데다가
상주 노릇을 게을리하여 옳지 못한 품행이 드러나므로

천자의 자리를 부끄럽게 함이 있었고
바르지 못한 소문으로 조상을 욕되게 하고 종묘를 더럽혔다.
하태후는 이를 가르치는 데 어머니의 도리를 잃었고
동태후의 돌아가심이 의심스런 데가 있어
삼강의 도리와 천지의 기강이 모자람이 많았다.
진류왕 협은 성덕(聖德)이 크고 왕성하여
법도를 지킴이 엄격하고
상주 노릇을 슬피하고 말에 그릇됨이 없었다.
좋은 소문과 아름다운 자랑이 천하에 널리 들리니
마땅히 황업을 이어받아 길이 만세에 전할지어다

 백관들은 아연실색했고 옥좌에 앉은 황제도 부들부들 떨고 있었다. 가덕전은 무덤 속처럼 무거운 침묵에 휩싸였다.
 이유가 읽기를 마치자 동탁은 좌우 시신들을 향해 명령했다.
 "어서!"
 시신들은 옥좌로 나아가 새파랗게 질려 떨고 있는 천자를 끌어내린 다음, 데리고 가서 북쪽을 향해 무릎꿇게 했다.
 동탁은 진류왕의 손을 잡아 옥좌에 앉힌 다음, 북쪽을 향해 무릎꿇고 있는 천자에게 차디차게 명령했다.
 "자, 신하의 예를 올리시오."
 날 때부터 유약했던 천자는, 지금까지 단 하나 자기편이었던 아우에게 마치 꼭두각시나 된 것처럼 넙죽 엎드려 절했다.
 문무백관들은 자신들의 비겁함을 까맣게 잊고 이를 비웃기까지 했다.
 '……과연, 목숨이 아까워 체면을 헌신짝 버리듯 하는 이런 천자는 옥좌에서 끌려 내려오는 것이 당연하다.'
 그때 뒤쪽에서 울부짖는 여자의 비명소리가 들렸다.

하태후였다. 시신들에게 끌려 동탁 앞에 오자 하태후는 갑자기 미친 사람처럼 몸부림치며 동탁에게 덤벼들려 했다.
동탁은 같잖다는 웃음을 던지며 명령했다.
"태후의 옷을 벗겨라!"
입고 있던 옷이 하나하나 벗겨져 하태후는 알몸이 되다시피 했다.
"이 역적놈! 이게 무슨 짓이냐!"
마침내 참다 못한 문관 한 사람이 섬돌 아래에서 뛰어올라왔다.
"네놈이 무슨 권세로 하늘 무서운 줄 모르고 못된 짓을 함부로 저지르느냐!"
상서(尙書) 정관(丁管)이라는 젊은 문관이었다. 그는 상아로 만든 홀(忽)을 들어 동탁을 내리치려 했다.
"미친놈 같으니!"
옆에 섰던 여포의 칼이 번쩍했다. 정관의 머리는 아홉 자나 날아가 섬돌 아래로 굴렀다.
동탁의 횡포에 대해 이날 대항한 사람은 가엾게도 그 젊은 문관 한 사람뿐이었다.
이때에 한 시인이 시를 지어 정관의 충의를 찬양했다.

    역적 동탁이 황제를 폐하려 하니
    한나라 사직이 무너지는구나
    조정의 모든 신하 입을 다무는데
    오직 정공(丁公) 하나만 대장부로다

천자는 본디대로 홍농왕으로 내려앉고 하태후와 함께 끌려가 영안궁(永安宮)에 갇혔다.
그리고 진류왕이 새로 천자의 자리에 오르니, 곧 헌제(獻帝)이다. 이때 진류왕은 겨우 아홉 살이었다.

그날로 즉위식이 거행되었다.
그와 동시에 동탁은 상국(相國)이 되었고, 양표(楊彪)는 사도(司徒)에, 순상(荀爽)은 사공(司空)에, 한복(韓馥)은 기주(冀州) 목(牧)에, 장류(張留)는 진류(陳留) 태수에, 장자(張資)는 남양(南陽) 태수에 앉았다. 동탁은 심복들을 모조리 출세시켰다.
상국의 자리에 앉은 동탁은, 천자가 있는 전(殿)에 오를 때도 칼을 차고 신을 신은 채, 마치 새 황제의 양아버지나 되는 것처럼 행동했다.
그러나 이유는 백관들이 숨어서 동탁을 미워하는 것을 은근히 걱정했다.
"이 기회에 학식과 재능이 있는 사람을 등용하여 상국의 인망을 두텁게 하는 것도 생각해야만 합니다."
그리하여 낙양에서 가장 뛰어난 인재라고 소문이 나 있는 채옹(蔡邕)을 천거했다.
동탁은 곧 채옹을 불러냈다. 그러나 채옹은 사양하고 나오려 하지 않았다.
화가 치민 동탁은 사람을 시켜 협박했다.
"만일 나오지 않으면 너의 삼족을 멸하리라."
채옹은 하는 수 없이 동탁 아래 들어와 일했다. 채옹이 정치의 중심 인물로 등장한 것은 문무백관의 마음을 가라앉히는 데 절대적 효과가 있었다.
연호를 초평(初平)으로 고쳤다.

"아니!"
영안궁 뒤뜰을 경비하던 위병대장(衞兵隊長)이 문득 걸음을 멈추고 귀를 기울였다. 어디선지 슬프게 시를 읊는 소리가 들려온 것이다.
"아! 저건 폐제(廢帝)의 목소리이다. 그냥 들어넘길 수 없다!"

가만히 듣고 있던 위병대장은 그 노래의 내용을 알아듣고, 곧 안으로 들어가 한 궁녀에게 명했다.
"폐제가 방금 읊은 시를 베껴 가지고 오너라."
위병대장이 이유에게로 가져온 폐제의 시는 다음과 같았다.

파릇파릇 새싹 아지랑이 피어오르고
날아드는 제비 쌍쌍 귀엽기도 하구나
푸른 띠 두른 듯 낙수(洛水)는 흐르는데
둔덕 위 오가는 이들 부럽기만 하다
아득히 보이는 푸른 구름 깊은 곳
내가 살던 옛 궁궐이라네
어느 누가 충의 받들고 일어나
내 마음속 원한 씻어 주리오

쭉 한번 훑어본 이유는 중얼거렸다.
"이거 안 되겠군! 이런 원망의 시가 항간에 퍼지게 되면, 반드시 내가 나서리라. 반기를 드는 사람이 나타나게 된다."
이튿날 아침 이유는 10명의 부하를 거느리고 영안궁으로 들어갔다. 마침 그때 폐제 홍농왕과 하태후는 사방을 바라볼 수 있는 누각 위에서 화창한 봄볕을 받으며 서로 마주 앉아, 갇혀 사는 슬픔에 잠겨 있었다.
이유는 천천히 나아가, 가져온 술을 금잔에 가득히 부어 내밀었다.
"날씨도 화창하고 좋은 계절이라, 상국께서 마음을 위로해 드리라고 이 술을 보냈습니다. 사양 말고 드십시오."
폐제는 겁을 먹고 하태후를 돌아보았다.
하태후는 이유를 노려보며 소리쳤다.
"그것이 정녕 위로의 술이라면 그대가 먼저 맛을 보도록 하라."

이유는 그 말에 당황하기는커녕 히죽이 웃고는 숨겨 가지고 왔던 단도와 흰 비단폭을 꺼냈다.
"술을 마시기 싫으면 이 두 가지를 받으시오!"
"아아!"
하태후는 자기 가슴을 쥐어뜯었다.
이유는 또다시 폐제를 협박하면서 빨리 독주를 마시라고 다그쳤다. 폐제는 어머니 하태후를 바라보고 통곡하면서 시를 지어 불렀다.

  하늘 땅이 바뀌었네 해도 달도 거꾸로 떴다
  만승 자리에서 쫓겨나 제후의 신세로 떨어졌네
  천신의 핍박을 받음이여 목숨이 오래지 못하리
  대세는 가버렸는데 부질없이 눈물만 쏟아지네

폐제의 아내 당비도 옆에서 통곡을 하다가 시를 지어 불렀다.

  하늘이 무너지니 땅마저 꺼지려 하네
  황제 짝이 된 이 몸 따라가지 못해 한이로세
  삶과 죽음의 갈림길 이제는 영결련가
  어찌 재촉하는가 가슴 속 슬픔만 차오네

다 읊고 나서 어린 황제와 당비는 서로 부둥켜안고 다시 한바탕 울음을 터뜨렸다.
"내 오빠 하진이 어리석게도 동탁 같은 역적을 도성으로 불러들여 이런 화를 당하게 될 줄이야……아아!"
하태후는 이렇게 외치며 그 단도를 받아 쥐자 이유를 향해 찌르려고 대들었다.
"못된 계집!"

이유는 몸을 피하여 하태후의 허리를 걷어찼다.
"으앗!"
비명을 지르고 난간을 헛디딘 하태후는 거꾸로 누각 아래로 떨어졌다. 이유는 땅바닥에 나가떨어진 하태후의 시체를 차가운 눈으로 굽어보고 나서 천천히 잔을 들고 폐제 앞으로 나아갔다.
폐제는 반쯤 정신이 나가 있었다.
"이것이 못난 귀인의 운명이란 거요."
이유는 바보처럼 헤벌리고 있는 홍농왕의 입에 독주를 흘려 넣었다.

"어찌 되었느냐?"
동탁은 술을 마시면서 소식을 기다리고 있었다. 조금 뒤에 이유는 옷에 피를 묻힌 채 돌아와 들고 온 머리를 내밀었다.
"상국 분부대로 거행하였습니다."
동탁은 홍농왕의 머리와 하태후의 머리를 바라보았다.
눈은 모두 감겨져 있었지만 금방이라도 눈을 부릅뜨고 달려들 것처럼 느껴져 동탁은 온몸에 소름이 돋았다.
"그런 것까지 보여 주지 않아도 된다. 어서 성 밖에 내다가 묻도록 하라."
그 뒤 동탁은 밤낮을 가리지 않고 술을 퍼마셨다. 그리고 궁내관이나 후궁의 여관 할 것 없이 마음에 들지 않으면 즉석에서 쳐죽이고 밤에는 지친 듯 침상에서 춘면(春眠)에 빠져들었다.
동탁이 낙양에 입성하여 천자 폐립을 자행할 때까지 석달 동안 도읍은 무법지대였다.
낙양에서는 귀족들이 대저택을 짓는가 하면 하나같이 금은보화를 산더미처럼 쌓아 놓고 떵떵거리며 살았다.
동탁은 낙양 일대에 휘하 장병들을 야수처럼 풀어 놓았다. 서쪽 변경의 무지한 군졸들은 부잣집을 떼지어 습격하고 여자를 겁탈했

으며 손에 닿는 대로 값 나가는 물건을 약탈했다.

　동탁은 동탁대로 일찍이 영제가 쓰던 용상에 누워 자며, 궁녀를 차례로 불러들여 욕을 보였다. 때로는 한꺼번에 둘씩 셋씩 거느리는 일도 있었다.

　동탁은 무서운 짐승의 욕정을 지니고 있었다. 매일밤 여자를 품지 않으면 잠을 이루지 못했다.

　"나는 낙양궁 천 명의 궁녀를 모조리 안아 줄 것이다."

　동탁은 거리낌없이 큰소리쳤다.

　동탁의 만행은 이뿐이 아니었다. 어느 날 군사를 거느리고 성 밖으로 나와 양성(陽城)으로 갈 때였다. 마침 그날은 마을 제사가 있는 날이라 남녀노소가 다같이 화려한 옷을 입고 즐겁게 뛰놀고 있었다.

　이를 바라본 동탁은 공연히 화를 냈다.

　"백성들이 분수도 모르고 저렇게 날뛰며 놀다니!"

　군사들을 시켜 사방에서 이를 포위한 다음, 젊은 여자를 빼고는 모조리 죽이고 말았다. 그리고 도성 안으로 돌아오자,

　"동 상국께서는 산으로 놀러 가던 도중 도적의 무리를 발견하고 이를 쳐서 무찔렀다."

　이러한 방과 함께 가져온 농민의 머리 천여 개를 성문에 걸어 두게 했다. 뜻있는 사람들은, 동탁이 살아 있는 한 세상은 영영 밝아질 수 없다고 생각하고 그의 목숨 끊을 기회를 엿보고 있었다.

　월기교위(越騎校尉) 오부(伍孚)도 그 중의 한 사람이었다. 오부는 조복(朝服) 밑에 철갑을 입고 가슴에 단도를 품은 채 매일 기회가 오기를 기다리고 있었다.

　어느 날 조회에 들어가 동탁의 주위에 호위하는 사람이 없는 것을 보자,

　"이 역적! 천벌이다!"

　오부는 동탁의 가슴을 향해 칼을 내질렀다.

동탁은 얼른 몸을 피했다. 칼은 왼쪽 가슴을 살짝 스치며 빗나갔다. 동탁은 조금도 당황하지 않고 주먹으로 오부를 후려쳤다.
 그때 여포가 달려왔다. 오부는 여포와 맞붙어 싸웠으나 곧 팔이 비틀려 바닥에 엎어지고 말았다.
 "너를 반역하도록 충동질한 놈이 누구냐? 바른대로 아뢰라!"
 동탁은 오부의 얼굴을 신 신은 채로 짓밟았다. 오부는 그래도 굽히지 않았다.
 "너는 내 주인이 아니고 나는 네 신하가 아니다! 반역이 무슨 반역이냐! ……네놈의 죄악은 하늘에 차 있다. 모든 사람이 네가 죽기를 바란다. 원통하다, 네놈을 저자 바닥으로 끌어내어 찢어 죽이지 못한 것이!"
 오부는 힘껏 외치면서 동탁에게 침을 탁 뱉었다.
 오부는 형장으로 끌려가 온몸이 창에 찔려 만신창이가 되었으나 숨이 끊어질 때까지 동탁을 꾸짖었다.
 후세 사람이 오부를 찬양하여 시를 지었다.

 한(漢)나라 다할 무렵, 오직 한 사람 충신이시여
 높은 기개 하늘을 찌르고 호방한 기운 세상에 없어라
 조당에 역적 찔렀으나 비록 뜻은 이루지 못했어도
 천추만고에 꽃다운 대장부 그 이름, 오부여!

 멀리 발해로 가 있던 원소는, 낙양에서 동탁이 황제 이상의 권력을 휘두르고 있다는 소문을 듣자 의분을 누를 길이 없어 밀사를 사도 왕윤에게 보냈다.

 '역적 동탁이 하늘을 가벼이 여기고 황제를 폐한 죄를 도저히 용서할 수 없거늘, 공은 그 횡포를 못 본 척 내버려 두고 있으니,

어찌 나라를 위하는 충신이라 하겠소? 원소는 지금 군사를 모아 훈련을 하고 있으나 아직은 감히 가볍게 움직일 때가 아니오. 공이 만일 뜻이 있다면 곧 틈을 타서 이를 도모해야 할 것이오.'

왕윤은 어질긴 했지만 용기는 부족했다. 밀서를 받고도 마음을 정할 수가 없어 한동안 혼자 괴로워하고 있었다.

'어떻게 하면 동탁을 무찌를 수 있을까!'

왕윤으로서는 방법이 없었다.

그러던 어느 날이었다.

왕윤은 대궐에 들어가 조신들의 휴게실을 들르게 되었다. 때마침 거기에는 동탁의 심복이나 그의 손발이 되는 내관들은 한 사람도 없었다. 모두 옛날 신하들뿐이었다. 그것을 보자 왕윤은 그 자리에서 결심했다.

"여러분, 오늘이 내 생일입니다. 번거롭지만 우리 집에 오셔서 같이 술 한 잔 들어 주시지 않겠소?"

그러자 모두 기꺼이 응했다.

그날밤 왕윤의 집 뒤채에는 동탁을 미워하는 옛 신하들만 30여 명이 모였다. 때를 얻지 못한 불우한 사람들의 밀회였기 때문에 분위기는 처음부터 침울했다.

술잔이 몇 순배 돌고 났을 때 왕윤이 문득 긴 한숨을 내쉬며 머리를 숙였다.

"아아!"

그의 볼에 눈물이 흘러내리는 것을 보자 내신들이 물었다.

"오늘같이 기쁜 날에 무엇이 그리 슬퍼서 그럽니까?"

"여러분……."

왕윤은 좌중을 둘러보며 말했다.

"사실 오늘은 제 생일이 아닙니다. 다만 제 심중에 여러분께 드리고 싶은 말이 있으나, 동탁에게 의심을 받을까 싶어 핑계를 댄 것뿐입니다. ……이미 보신 바와 같이 동탁의 전권과 횡포는 차마 눈을 뜨고 볼 수가 없는 지경에 이르렀습니다. 이대로 가다가는 조정이 언제 어떻게 될지 알 수 없습니다. 고제(高帝)께서 천하를 통일한 지 400년, 이제 와서 이런 말세를 맞게 될 줄 누가 상상이나 했겠습니까. 이 나라는 동탁과 같은 더럽고 사나운 도적에 의해 이대로 망하고 말 것인지!"
그러자 모두 침울한 표정으로 어깨를 늘어뜨리고 고개를 떨구었다. 그러고는 저마다 한 마디씩 괴로움을 토했다.
"차라리 이런 세상에 태어나지 않았어야 했네. 옛날 고제께서 삼척검으로 흰뱀(白蛇)을 베고 천하를 평정하여 이어온 왕통 400년인데 이 말세에 태어나 이 꼴을 보게 될 줄이야."
"이런 몹쓸 시국을 만난 우리의 처지가 가랑잎 같네그려."
"큰 소리 내지 말게. 자칫 동 상국이나 그 측근들이 알게 된다면 우리의 목도 끝장일세."
떨어지는 촛농처럼 눈물과 한탄의 소리가 간헐적으로 이어졌다.
그때,
"하하하……."
뜻밖에 끝자리 쪽에서 높은 웃음소리가 들렸다.
왕윤을 비롯해 일동이 깜짝 놀라 그쪽으로 눈길을 보냈다.
동탁이 보낸 사람인가 하고 소스라쳐 놀랐던 것이다.
그것은 효기교위 조조였다. 혼자서 잔을 들고, 뭐가 그토록 우스운지 호쾌하게 웃어 댄다. 조조는 때가 오기만 기다리고 있었다. 호시탐탐이란 말은 조조의 바로 이때의 심경이었다.
조조가 보았을 때 피살된 하진도, 지금 위세가 낙양궁을 덮고 있는 동탁도, 그리고 눈앞에 있는 사도 왕윤도 보잘것없는 속물에 지나지 않았다.

지략에 있어서는 자기와 어깨를 겨룰 사람이 없다고 생각하는 조조였다. 다만 기회가 오지 않아 용이 되어 승천하지 못하고, 비구름을 기다리며 못에 웅크리고 있을 뿐이다. 조조는 이런 자부심으로 가득 차 있었다.

'이제 두고 보아라!'

조조는 조정의 끝자리에 앉아 늘 자신에게 이렇게 타이르고, 뭇 관원들의 얼굴을 차갑게 바라보고 있었던 것이다.

오늘밤도 조조는 왕윤의 집 후당에 모인 옛 조정 대신들 틈에 끼어앉기는 했으나, 마음속으로는 자기 자신을 다른 위치에 두고 있었다. 그러다 너무도 무기력한 그들의 태도에 그만 자신도 모르게 웃음이 터져 나왔던 것이다. 왕윤은 정색하며 조조를 꾸짖었다.

"조 교위! 무엇이 그리도 우스운가?"

"참으로 죄송하게 되었습니다."

조조는 짐짓 정중하게 고개를 숙이고 나서 대답했다.

"황송하오나 다같이 이름 있는 대신들이신데, 그래 한낱 필부에 지나지 않는 동탁 하나를 쳐서 무찌르는 일에 이렇다 할 계책 하나 내놓지 못하시고, 공연한 탄식이나 눈물만 흘리시는 것이 너무나 아녀자들 같아 무심코 웃음이 나오고 말았습니다. 참으로 죄송합니다."

"너무 방자하지 않은가. 그대는 승상 조참의 후손으로 조상 대대로 한나라 녹을 먹고 있는 사람이 아닌가. 이 나라 장래를 비웃으며, 나라에 보답할 생각은 하지 않으니 어찌 된 일인가."

"그런 것이 아닙니다."

조조는 짐짓 태도를 바꾸었다.

"제가 무심코 웃은 것은 대신들께서 공연한 눈물만 흘리는 모습이 너무도 안타까웠기 때문이지, 나라에 보답할 생각이 없어서가 아닙니다. 이 가슴에도 나라에 보답하려는 뜻은 불처럼 타오르고 있습니다."
"그렇게 큰소리치는 것을 보니 동탁을 무찌를 무슨 묘책이라도 있다는 말인가?"
왕윤이 이렇게 묻자 조조는 빙긋이 웃었다.
"조조 비록 재주는 없지만, 동탁의 머리를 베어 도성 문에 달아 두고, 천하에 사죄하여 만백성을 건질 계책이 있으니 안심하십시오."
조조는 태도와 말투를 금방 바꾸어 늠름한 기개를 보여 준다.
"어떤 계책인가?"
"그럼 말씀드리겠습니다. 제가 요즘 몸을 굽혀 동탁을 가까이하고, 그의 뜻을 받들어 아첨하며 섬기고 있는 것은 틈을 엿보아 이를 단칼에 찌를 각오가 되어 있기 때문입니다."
"뭐! ……자네가 벌써 그런 결심을 하고 있었나?"
"그렇지도 못하다면 어찌 대소대언(大笑大言)을 여러 경들 앞에서 보이겠습니까."
"아아, 세상에 이런 의인도 있었구나."
왕윤은 크게 감동하였다. 모인 대신들도 모두 마음이 놓이는지 굳었던 표정들이 조금씩 풀리기 시작했다.
조조는 계속해서 말을 이어 나갔다.
"그런데 제가 왕공께 솔직히 드릴 말씀이 한 가지 있습니다."
"무엇인지 사양 말고 말해 보게."
"다름이 아니오라 듣건대 사도께서는 조상 때부터 전해 내려오는 천하에 보기드문 명검을 갖고 있다 들었습니다. 이왕이면 그것을 저에게 주십시오, 역적 동탁을 찌르는 이기(利器)로 삼을까 합니다."
"그대가 참으로 그럴 결심이 서 있다면 전가의 보도쯤 무엇이 아까울 것이 있겠는가?"
왕윤은 곧 안으로 들어가 그 칼을 가지고 나왔다. 길이 한 자 남짓에 칠보로 아름답게 장식한 칼집이 이미 예사롭지 않은 물건임을 말해 준다. 칼집에서 칼을 뽑아 들면 마음이 절로 가다듬어진다. 명검이었다. 참으로 훌륭했다.
조조는 이를 받아들고 말했다.
"이 칼을 가지고 상부(相府)로 들어가 동탁을 찔러 죽이게 된다면, 이 몸이 없어진다 하더라도 새삼 무엇을 후회하겠습니까."
왕윤은 손수 술을 따라 조조의 성공을 빌고 약속했다.
"일이 성공하면, 내 그대를 중랑장 좌장군으로 천거하리다."

집으로 돌아온 조조는 칼을 뽑아 들고 삼킬 듯이 쳐다보았다.
'이걸로 동탁의 가슴을 찌른다. 동탁을 찌르면 천하의 형세는 확 달라지게 된다. 조정의 첫자리가 나를 위해 비어 있게 되는 것이다!'
이때 늙은 하인이 들어왔다.
"나리, 어떻게 되신 겁니까?"
하인은 이맛살을 찌푸리며 물었다.
"어떻게 되다니?"
"오늘밤은 대단히 험악한 기색으로 그렇게 칼을 물끄러미 쳐다보고 계시니 말입니다."
"나는 이 칼로 내일 아침 동탁을 죽일 것이다."
"나리!"
하인은 기겁했다.
"그, 그런 무모한!"
"무모한 줄 알지만 이 무모함을 강행해야 천하가 내 것이 되는 거야."
"그러나 여포라는 대단한 호걸이 밤낮으로 동 상국 옆을 떠나지 않는다고 들었습니다."
"예부터 패도(霸道)를 달리는 영웅은, 첫출발 때 남이 불가능하다고 생각되는 어려운 일을 목숨 걸고 가능하게 만들었다. 나는 기어코 하리라!"
조조는 장담했다.
늙은 하인은 잠시 젊은 주인을 지켜보더니 일러주었다.
"나리, 이런 말씀을 드렸다가 꾸중을 들을지 모르겠습니다만, 만일에 뜻대로 안 되었을 때는 부디 동남쪽으로 달아나십시오. 하남 중모현(中牟縣) 현령인 진궁(陳宮)이란 사람은 소인의 조카가 됩니다. 의리와 용맹이 있는 사람입니다. 반드시 구해 드릴 것입니다."
조조는 입가에 미묘한 웃음을 흘리며 말했다.
"하후돈과 조인을 불러오너라."
기왕이면 거사를 치르기 전에 자신의 의협심을 맘껏 뽐내고 싶었다. 그러나 용맹하기로 소문난 하후돈과, 아우 조인도 조조의 동탁 암살계획에는 쉽게 찬동할 수 없었다. 동탁의 주위에는 늘 그림자처럼 따라붙는 호위병과 저승사자 같은 맹장 여포가 있었기 때문이다.
하후돈이 말했다.
"너무 무모한 계획입니다. 재고하심이 좋을 줄로 생각합니다."
"신중한 것도 좋지만 무사는 때로 대의를 위해 초개처럼 목숨을 버릴 줄도 알아야 하는 법!"
조조는 붓을 들었다.

　　인생은 잠시 머물다 가는 것
　　번민이 많으면 무슨 뜻을 이루리오.

일필휘지(一筆揮之)로 써내렸다. 하후돈이 낭송을 하고 말했다.
"과연 절창(絶唱)입니다."
조조는 흐뭇한 듯 말을 했다.
"동탁의 천하는 오래 가지 않는다. 기주로 간 원소를 토벌하지 못하는 걸 보면 그 실력이 의심스럽다. 전에 서량의 대군이 몰려왔을 때도 적은 병력을 많아 보이게 꾸민 눈속임에 속아 그만 기회를 놓치고 말았다. 천하의 모사꾼인 책사 이유와 호위무사 여포가 없었더라면 그토록 눈이 어두운 수장이 지금껏 건재할 리 만무하다. 이제 진류왕을 등에 업고 안하무인 격으로 날뛰는 시절도 얼마 남지 않았다."

"맹덕 형님! 그럼 앞으로 저희들은 어떻게 되는 겁니까?"

조인이 수심 가득한 얼굴로 물었다.

"길은 나뉘어졌다. 둘 중 하나를 선택해야지. 곧 이대로 면종복배(面從腹背)를 계속하든가, 동탁에게 등을 돌리든가. 이제 난세와 태평시대를 가르는 선택의 기로에 놓여 있다. 너희도 하나를 택일하여 앞길을 개척하도록 하라."

하후돈과 조인은 비장한 얼굴로 서로 마주보다가 입을 모아 말했다.

"형님! 형님은 우리의 대장이십니다. 우리는 대장과 뜻을 같이 하겠습니다."

조조는 감격에 북받쳐 저도 모르게 눈시울이 붉어졌다.

"날 따라주겠나? 고맙다. 내 아우들의 충정을 잊지 않겠다."

그날 밤, 거사를 앞두고 조조는 초조한 마음으로 보검을 쓰다듬었다. 칼집에서 칼을 뽑자 한 자 남짓한 도신에 멋들어지게 돋을새김된 일곱 개의 별이 드러났다. 칼집에는 일곱 빛깔의 옥이 끼워져 있었다. 조조는 눈앞에 번뜩이는 칼날을 보며 중얼거렸다.

"천하 명검아! 부디 내게 기회를 다오."

조조는 쉽게 잠을 이룰 수 없었다.

'일찍이 허소한테서 난세의 영웅이란 말을 들었던 내가 이토록 마음이 흔들려서야……'

그 이튿날 아침.

상부로 출근한 조조는 낮이 되기를 기다렸다가 심부름하는 아이에게 상국께서는 지금 어디 계시냐고 물었다.

동탁은 뒤채에서 쉬고 있는 중이라고 했다.

'됐다!'

조조는 뒤채로 갔다. 동탁은 침대 위에 엎드려 시녀에게 허리를 주무르게 하고 있었다. 그 옆에는 여포가 바위처럼 우뚝 서서 지키고 있었다.

"조조냐? 왜 그렇게 늦었느냐?"

조조는 매일 아침 출근하면 곧 동탁에게 문안을 드리는 것이 버릇처럼 되어 있었다. 그런데 이날만은 일부러 그렇게 하지 않았던 것이다.

"죄송합니다. 실은 소인이 가진 말이 늙고 병들어 있었는데, 오늘 아침 등청길에 끝내 죽고 말았습니다. 그래서 묻고 오느라고 늦었습니다."

조조가 그럴 듯하게 변명하자 동탁이 명령했다.

"그러냐. 가지고 있던 말이 죽었으면 내가 한 마리 주지. 어제 서량(西涼)에서 좋은 말이 열 마리쯤 와 있다. 여포, 한 마리 골라 내어 조조에게 주도록 하라."

'……지금이다!'

여포가 대답을 하고 나가자 조조는 가슴이 설레었다.

동탁은 시녀가 몸을 주무르자 기분이 좋아 눈을 반쯤 감고 있었다. 조조는 가만히 칼을 뽑아 등 뒤에 감추고 살금살금 침상 가까이 다가갔다. 그런데 조조는 뒷벽에 거울이 걸려 있는 것을 모르고 있었다. 칼날이 거울에 비쳐 번쩍 하고 빛났다. 그 바람에 동탁은 반쯤 감았던 눈을 문득 떴다.

"뭐냐?"

벌떡 일어난 동탁이 물었다.

"조조, 무엇을 들고 있느냐?"
그때 밖에서 여포가 끌고 오는 말발굽 소리가 들렸다.
'이젠 틀렸다!'
조조는 속으로 안타깝게 외쳤다. 그러나 임기응변의 슬기가 남달리 뛰어난 조조는 조금도 당황한 빛을 보이지 않았다.
조조는 그 자리에 무릎을 꿇고 칼을 공손히 받쳐든 채 태연히 말했다.
"이것입니다. 승상께 드리려고 가지고 왔습니다. 아까 말이 길에서 넘어졌을 때 소인도 함께 넘어졌었기 때문에 혹시 날이 상하지나 않았나 하고 뽑아 보았습니다. 칼날이 그토록 빛나는 걸로 보아 역시 보도(寶刀)가 틀림없는 줄로 압니다."
동탁은 받아들고 한 번 들여다보자 얼굴을 빛냈다.
"으음! 과연 명도로구나."
그때 여포가 들어왔다. 조조는 얼른 칼집을 건네주었다.
"이런 훌륭한 칼집을 보신 적이 있습니까?"
여포도 눈을 크게 떴다.
"허어, 이건 참 훌륭한데!"
그 틈을 놓치지 않고 조조는 물었다.
"내게 줄 말은 밖에 있습니까?"
"음, 마당에 끌어다 놓았어."
"어디 구경 좀 할까요."
조조는 얼른 밖으로 나갔다.
마당에는 마부에게 고삐를 잡힌 채 말 한 마리가 서 있었다.
"승상께서 주신 말을 한번 타고 달려 볼까."
조조는 혼자 중얼거리며 훌쩍 올라탔다.
올라타기가 무섭게 말 배를 힘껏 찼다. 말은 바람처럼 상부의 문을 빠져 나가 그길로 곧장 성문을 향해 내달렸다.

줄행랑

한참을 지나도 조조가 돌아오지 않자 동탁은 그제야 여포에게 말했다.
"웬일이냐, 조조는?"
"승상, 조조는 아마 다시 돌아오지 않을 겁니다."
"뭐라고? 어째서?"
"아무래도 태도가 좀 이상하다고 생각했습니다. ……그놈이 칼을 뽑은 채 들고 있었고 제가 들어오자 칼집을 건네주었는데, 혹시 그놈이 승상을 찌르려다 들키자 그냥 얼버무린 것인지도 모릅니다."
"그래, 듣고 보니 그놈이 어딘가 수상한 데가 있었어. ……여봐라, 이유를 불러라!"
동탁은 소리쳤다. 이유가 급히 들어왔다.
"조조란 놈이 나를 찌르려다가 실패하자 도망친 모양이다."
이유는 잠시 이맛살을 찌푸리고 있더니 말했다.
"조조는 아직 처자를 거느리지 않고 혼자 살고 있습니다. 곧 사람을 보내 불러 보겠습니다. 불러서 곧 들어오면 정말로 칼을 바치려 한 것이 되겠지만, 만일 집에 없다면 말씀하신 대로 승상을 찌르려다가 실패하고 달아난 것이 틀림없을 겁니다.”

10여 명의 기병이 조조의 집에 들이닥쳤으나 세간은 그대로 놓아 둔 채 조조는 이미 온데간데 없었다. 시중들던 늙은 하인마저 자취를 감추고 없었다.

동탁의 군사들은 곧 되돌아가, 본 그대로 아뢰었다. 이 보고는 곧 동탁에게 올라갔다.

그때까지만 해도 반신반의하고 있던 동탁은 대로하여 소리질렀다. “조조란 놈, 내가 그렇게 돌보아 주었는데 은혜를 원수로 갚으려 하다니! 그놈이 무엇 때문에 나를 죽이려 했는지 그 까닭을 아는가?”

이유가 말했다.

“아마 노신들 가운데 승상을 미워하는 무리들이 있어, 조조가 그들을 대신해서 그런 일을 저질렀을 것으로 생각됩니다.”

“그래? 그 배신한 놈들을 모조리 잡아 죽이고 말 테다!”

“아니 됩니다. 승상께서 직접 이 문제를 거론하시는 것은 좋지 못합니다. 모의에 가담했던 일당들은 조조가 실패하고 도망간 줄을 알면 각자 신변의 안전을 위해 내색도 하지 않을 것이 뻔합니다. 그렇게 되면 누가 모의에 가담했는지는 알기 어려울 것입니다. 무엇보다 급한 것은 조조를 산 채로 잡는 일입니다.”

“그래? 그럼 당장 조조를 잡아들여라.”

“알겠습니다.”

이유는 곧 화공을 불러 조조의 초상을 수십 장 그리게 하고, 공문서와 함께 사방으로 돌리게 했다.

‘조조를 사로잡아 끌고 오는 사람에게는 천 금을 상으로 주고 만호후(萬戶侯)에 봉할 것이나, 만일 그를 숨겨 주는 자가 있으면 그

죄를 물어 중벌로 다스리겠다'는 내용이었다. 그것은 삽시간에 도성 안에 퍼졌다.

"조조가 언제까지 도망치게 될지는 모르지만, 독 안에 든 쥐와 다를 것이 없다."

이유는 혼자 웃었다. 이유의 재빠른 수배에는 빈틈이 없었다.

진잠은 길을 걷다가 고개를 갸웃했다. 진잠은 요즘 조조에게 탈출할 방도를 터주기 위하여 동탁 쪽의 움직임을 살피고 있었다. 워낙 낙양 성문의 경비가 삼엄한데다 이유가 기민하게 수배를 내리는 바람에, 조조는 아직도 낙양성을 벗어나지 못하고, 진잠의 도움을 받아 숨어 지내고 있었다.

오늘도 진잠은 성 안의 동정을 살피러 다니다가 뜻밖에도 낯익은 얼굴을 하나 보았다. 얼핏 보아 한섬(韓暹)인 듯했다.

'혹 잘못 본 것은 아닐까?'

하지만 너무도 닮았다.

그가 일찍이 거록의 태평도 본부에 있을 때 본 대방의 하나, 한섬이 틀림없었다.

'정말 대담하구나!'

세상에서는 장각 형제의 죽음으로 황건당이 아주 망했다고 생각했지만, 그 뿌리는 아직 여기저기 남아 있었다. 특히 청주나 서주에는 황건의 기지가 자리잡고 있다는 소문이었다.

"청주나 서주 같은 먼 곳뿐이 아니라 분수(汾水) 유역에도 황건적의 기지가 있다더니 정말이로군요."

진잠은 조조에게 한섬 이야기를 했다.

"동탁군도 꽤나 허술합니다. 역적 무리의 대방이 백주(白晝)에 거리를 활보하고 있는 걸 보면."

"그만큼 황건당도 쫓기고 있다는 증거가 아닐까? 대방쯤 되는 자가 낙양에 와서 살길을 찾고 있는 것을 보면 말일세. 그나저나 공사는 언제부터 시작하는가?"

조조는 화제를 바꾸었다.

백마사가 세워진 지도 120년이 지났다. 요즘 와서 겨우 한인 신자가 늘기 시작하고 출가를 희망하는 여신도 나타났다.

'여승방을 세우자!'

지영은 동탁에게 계획을 말했다. 그리고 불탄 궁전의 기둥이나 대들보로 쓸 만한 재목 불하를 부탁했다.

"새 재목을 써도 좋아. 자금 걱정은 하지 말라."

동탁은 백마사에 호감을 가지고 있었다. 군사로 하여금 백마사까지 호위케 했다. 조조가 백척간두의 위기에서 백마사에 도움을 청한 것도 이런 사정을 잘 알고 있었기 때문이다.

그러나 지영은 동탁과 너무 가까이하려고는 하지 않았다. 아직은 동탁의 지위가 그리 든든한 것이 못되었기 때문이다. 게다가 그 자신과 그의 부하들이 벌이는 행패로 하루가 다르게 인심을 잃고 있었다.

"공사가 언제 시작되는지 나 같은 외부 사람에게는 가르쳐 주지 않습니다."

진잠은 조조의 물음에 대답했다.

조조는 팔짱을 끼며 생각에 잠겼다. 이윽고 조조가 물었다.

"성문 검색은 어떤가?"

"들어오는 것은 그다지 심하지 않지만, 나가는 것은 아주 엄합니다. 몸 수색까지 철저하게 합니다."

성문 경비가 엄한 것은 조조 체포령이 내렸기 때문만도 아니었다.

'낙양은 모두 내 것이다!'

동탁은 이렇게 생각하고 있었다. 낙양 자체뿐이 아니다. 거기 살고 있는 사람도, 그들이 가지고 있는 재물도 모두 그의 것이라고 생각했다.

'낙양 것은 바늘 하나라도 밖으로 내보내선 안 된다. 성문을 단속하라!'

조조가 쉽사리 탈출하지 못한 이유도 바로 여기에 있었다.

이때 낙양은 장안에 비해 매우 작았다. 남북 10리, 동서 5리 크기의 도읍이 높은 성벽에 둘러싸여 있었다.

낙양성에는 남쪽에 개양(開陽)·평(平)·원(苑)·진(津)의 네 문, 북쪽의 하(夏)·곡(穀)의 두 문, 동쪽에 상동(上東)·동중(東中)·망경(望京)의 세 문, 서쪽에 광양·옹·상서의 세 문 등 모두 12개 성문이 있었다.

조조는 동탁이 백마사 쪽에 제공한 상동문 안쪽 작업장에 숨어 있었다. 진잠은 그 속셈을 읽을 수 있었다.

'조조는 공사가 시작되면 그 혼잡을 틈타 탈출할 계획이구나.'

조조가 또 물었다.

"그밖의 일은?"

"동탁이 드디어 부자들의 재물을 몰수하기 시작했습니다."

동탁은 그 무렵 반역자와 관련이 있었다는 이유를 붙여 부자나 명문의 재물을 강탈하고 있었다. 동탁은 실로 엄청난 욕심의 소유자였다. 물욕 덩어리였다.

빼앗은 황금은 녹여 금덩이를 만들고 '동(董)'이라는 낙인을 찍었다. 이것도 그의 물욕이 그대로 드러난 짓이라 하겠다.

그때 지영이 불쑥 나타나 싱글벙글하며 말했다.

"오늘밤 안으로 백마사까지 갈 수 있을 것입니다."

백마사는 낙양성 서쪽 밖에 있었다.

"그럼 준비가 되었소?"

조조는 성급하게 물었다.

지영은 고개를 끄덕였다. 그는 필요 없는 말은 한 마디도 하지 않는 성미였다.
 "진잠도 함께 나가도록 하십시오."
 지영은 그 말만 전하고 나갔다.
 설계도에 따라 헌 재목을 적당한 길이로 자르고 대패질한 다음, 쉽게 짜맞출 수 있도록 홈이나 돌출부를 만들어 여승방을 지을 자재로 가공했다. 이것을 성 안에서 실어내는 허락을 받아낸 것이다.
 동탁의 허가장이 있으므로 성문 통과는 쉬울 것이다.
 커다란 짐수레 셋이 준비되었다. 동탁은 군마까지 빌려 주었다. 짐수레 뒤에 10명쯤의 군사가 따랐다. 동탁의 군졸이었다. 진잠과 지영도 수레 옆을 따라 걸었다. 그러나 조조의 모습은 보이지 않았다.
 성문은 쉽게 통과했다. 그리하여 자재를 수북하게 실은 수레는 백마사 경내 암자가 있는 뜰에 이르렀고, 동탁의 군졸과 군마는 다시 성 안으로 돌아갔다.
 날은 이미 어두웠다.
 진잠이 수레 옆에 가서 가만히 속삭였다.
 "이제 나오셔도 괜찮습니다."
 자재더미 속에 교묘히 만들어진 틈에서 조조가 기어나왔다.
 "다치지 않으셨습니까?"
 진잠의 물음에 조조는 머리를 만지며 빙긋 웃었다.
 "마차가 흔들리는 바람에 머리를 부딪치기는 했지만 붙잡혀 목이 잘리는 것보다는 낫지."
 "곧 떠나시겠습니까? 말이 준비되어 있습니다."
 "음, 고맙네. 지영에게도 감사의 말을 전해 주게."
 조조는 곧장 동남쪽을 향해 달렸다. 백마사에서 마련해 준 준마는 산과 들을 쏜살같이 달렸다.
 중모현 현성 앞에 도착한 조조는 속으로 외쳤다.

"이제 살았다!"

이곳 중모현 현령 진궁은, 자신을 길러 주고 섬겨 온 충실한 하인의 조카라고 한다.

조조는 닫힌 문 가까이 가서 지키고 있는 군사에게 부탁했다.

"나는 떠돌이 장사꾼으로 황보(皇甫)라는 성을 가진 사람이오. 사주(泗州)에서 오는 길이니 문을 열어 주시오."

수문장이 나왔다. 그의 손에는 조조의 초상화가 쥐어져 있었다. 조조의 얼굴과 비교해 보더니 다자고짜 체포해 버렸다.

현령 진궁(陳宮)은 끌려온 조조를 바라보자 소리쳤다.

"네가 조조로구나! 너를 낙양으로 압송하겠다!"

조조는 충실했던 자기 집 하인의 말과 다른 데 속으로 몹시 당황했다. 구사일생으로 탈출한 몸이 여기서 잡히다니!

진궁이 부하에게 말했다.

"내일 이 조조를 함거에 넣어 낙양으로 올려보내겠다."

깊은 밤, 조조는 후원 뒤쪽에 있는 감옥 벽에 기대어 묵묵히 눈을 감고 있었다.

늙은 하인의 충고에 따라 이 중모현까지 도망쳐 왔던 것인데, 현령 진궁은 뜻밖에도 낙양으로 압송해 상을 받겠다고 큰소리치며 매정하게 조조를 감옥에 처넣은 것이다.

'남의 호의를 바라고 찾아온 내가 어리석었다.'

조조는 자신을 비웃으며 목숨을 단념했다. 허망했다.

현청에서는 많은 은상을 받을 것이라며 미리 축하잔치를 연 모양이었다. 성문을 지키는 군사들이 술을 마시고 큰 소리로 노래를 부르며 떠들어 대는 소리가 들려왔다.

얼마 뒤 모두 곤드레가 되었는지 쥐죽은 듯 조용해졌다. 그때 조용조용한 발소리가 가까이 다가왔다.

"조 교위……."

촛대를 든 사람을 창살 너머로 본 조조는 깜짝 놀랐다.
현령 진궁이 나직한 목소리로 말했다.
"당신은 도성에 있는 동안 동 승상에게 상당한 신임을 받고 있다고 들었는데, 어째서 그 고마움을 저버리고 스스로 화를 부르게 되었소?"
조조는 그 물음에 대해 아주 차갑게 대답했다.
"제비나 참새가 어찌 기러기와 고니의 뜻을 알겠는가? 그대가 할 일은 나를 서울로 압송해서 천금을 받고 만호후가 되는 거요. 그만 돌아가오."
"귀관은 아직 이 진궁의 고육지책을 모른단 말이오?"
"뭐요?"
"나는 현령이오. 당신을 구하려면 먼저 관문 지키는 군사들을 속이지 않으면 안 되잖소?"
"그럼 역시 당신은?"
"그렇소. 당신의 하인이던 아저씨로부터 전갈을 받았소. 당신이 도망쳐 오거든 구해 주도록 하라는 부탁이었소. ……나는 못난 관리이기는 하지만 언젠가는 내 몸을 바칠 주인을 만나기를 기다려 왔소이다."
"그랬던가요? 그렇다면 내 뜻을 말하리다."
조조는 태도를 바꾸었다.
"우리 조상은 400년 동안 이 나라에 충성을 다해 왔소. 한나라 조정이 쇠미해진 지금, 결연히 몸을 일으켜 간악한 도적을 무찌를 결심을 하고, 일부러 몸을 굽혀 동탁을 섬기며 틈을 보아 죽이려 했던 것인데, 운이 아직 이르지 않아 실패하고 말았소."
백면세안(白面細眼) 조조는 참으로 침착한 모습이었다. 역시 명문의 핏줄을 타고났기 때문인지 감히 가까이 다가서기 어려운 침착함이 있었다.

"만일 이 관문을 무사히 빠져나간다면, 장차 어떻게 하실 작정이십니까?"

"고향인 초군(譙郡)으로 돌아가 온 천하의 제후들을 고무하여 군사를 일으킬 작정이오."

진궁은 곧 쇠문을 열고 안내했다.

"이리로 오십시오."

가만히 조조를 방으로 데리고 들어온 진궁은 공손히 절을 두 번 하고 말했다.

"당신이야말로 이 진궁이 오래 전부터 바라며 기다리던 천하의 호걸인가 싶습니다. 나는 지금부터 벼슬을 버리고 당신을 좇겠습니다."

조조는 마음속으로 외쳤다.

'하늘의 운은 내게 있구나!'

이윽고 진궁은 조조와 함께 눈에 잘 띄지 않는 옷으로 갈아입은 다음, 저마다 칼 한 자루를 품고 현청에서 곧장 말을 달려 나갔다.

그로부터 두 사람은 밤낮을 쉬지 않고 달려 사흘 뒤 성고(成皐) 땅에 닿았다.

그날도 이미 해는 저물어 가고 있었다.

조조는 어느 큰길을 지나면서 자꾸만 주위를 둘러보더니 채찍으로 동남쪽에 있는 숲을 가리키며 말했다.

"아아, 저 숲이다. 본 기억이 있다."

"여기에 오신 적이 있습니까?"

"저 숲속에 여백사(呂伯奢)라는 선비가 살고 있소. 아버지와 의형제를 맺은 사이여서 어릴 때 한 번 아버지를 따라와서 며칠 묵은 적이 있었지요. 다행히 아직 살아 계시다면 하룻밤 쉬어 갈 수 있을 거요."

조조와 진궁이 집 앞에 말을 매고 대문을 들어서자, 수염이 긴 노인이 하인들에게 뭔가를 시키면서 뜰을 걸어왔다. 노인은 두 사람의 모습을 바라보자 이맛살을 찌푸렸다. 그리고 급히 다가오면서 물었다.

"너는 바로 조맹덕?"

"그렇습니다. 조조입니다. 아저씨께서 아직 이렇게 정정하시니 무엇보다 기쁩니다."

"어서 안으로 들어오게나."

여백사는 두 사람을 방 안으로 데리고 들어가자 일러주었다.

"큰일이야! 자네의 인상서(人相書)가 수배문서와 함께 낙양에서 벌써 이 근처에까지 와 있어."

조조는 여기로 오는 사흘 동안 몇 번이나 검문을 당하고 뒤쫓기었으므로 별로 놀라지도 않았다. 태연한 표정으로 여백사를 안심시키고 지금 고향으로 돌아가는 길이라고 말했다.

"자네가 저지른 죄 때문에 아버님께서 벌써 고향에서 피했다는 소문을 듣고 있는데……."

"저는 아버지의 도움을 바라고 고향으로 돌아가려는 것은 아닙니다."

조조는 기운차게 웃어 보였다.

여백사는 그의 생각은 별로 묻지 않았다.

"아무튼 이 초당은 자네들에게 그래도 안전한 곳일세. 푹 쉬도록 하게. 나는 지금부터 고을에 가서 가만히 형편을 보아 어느 길로 가는 것이 좀더 안전한지 알아가지고 오겠네. 간 김에 좋은 술도 구해 가지고 옴세."

집 주인은 나귀를 타고 떠났다.

두 사람은 침상에 눕자 금방 잠이 들었다.

얼마 동안 꿈속에 잠겼는지 모른다. 갑자기 조조가 벌떡 일어났다.

"진궁, 일어나게!"

부르는 소리에 진궁도 벌떡 일어났다.

"진궁, 들리는가? 칼 가는 소리가 들리지 않나?"

진궁은 가만히 문을 열고 봉당으로 나가 귀를 기울였다. 집 뒤곁에서 분명히 칼 가는 소리가 들렸다. 뿐만 아니라 몇 사람인지 쑤군거리는 소리도 들렸다.

"묶지 않으면 죽일 수 없어."

"나무에 붙들어 매는 것이 좋을 걸세."

"목줄기를 단번에 꽉 찌르면 돼."

'그렇다면!'

진궁은 소름이 끼쳤다.

조조가 옆으로 와서 속삭였다.

"여백사는 고을에 가서 형편을 살피고 오겠다고 했는데, 밀고를 하러 간 것이 틀림없다. 그 동안 하인들에게 우리를 죽이도록 시켜 놓고 자기 자신은 몰랐던 것으로 하여 뒷날 우리 아버지에게 변명할 속셈일 거야. ……진궁, 저들에게 죽기 전에 이쪽에서 선수를 치자!"

그러자 진궁은 망설였다.

"그 여백사가 그런 무서운 생각을 했을 것으로는 도저히 생각되지 않는데……."

"그럼 무엇 때문에 밤중에 칼을 갈겠는가?"

조조의 말을 듣자 진궁도 자기들을 죽이려 한다는 생각이 들었다.

"이야기를 하고 있을 때가 아니야. 선수를 치지 않으면 안 된다!"

조조는 칼을 뽑아 들고 뛰쳐나갔다. 하는 수 없이 진궁도 뒤를 따랐다.

소리나는 곳으로 뛰어든 조조는 칼을 갈고 있는 사람의 목을 쳤다. 뒤이어 뛰어든 진궁이 창을 들고 있는 사람의 목을 쳤다. 비명을 지르며 달아나는 사람들에게 닥치는 대로 마구 칼을 휘둘렀다.

순식간에 여섯 사람을 그 자리에서 죽이고, 다시 시끄러운 소리에 놀라 뛰쳐나온 사람들을 쫓아가 모조리 죽였다.
 진궁은 또 초당 뒷마당으로 달아나는 사람을 쫓아가 죽였다. 그때 부엌 언저리에서 시꺼먼 것이 신음소리를 내며 꿈틀거리고 있는 것이 보였다.
 그것은 굵은 말뚝에 묶여 있는 멧돼지였다.
 진궁은 소스라쳐 놀랐다. 하인들이 칼을 간 것은 잡아 온 멧돼지를 요리하기 위해서였던 것이다. 주인의 지시로 밤 사이에 요리를 해서 이튿날 아침 두 손님의 밥상에 올릴 참이었다.
 "성급했다!"
 진궁은 자기들이 성급히 생각한 것을 몹시 후회했다.
 그러나 때는 이미 늦었다.
 "용서하라!"
 진궁은 땅바닥에 웅크리고 앉아 고개를 숙였다.
 "진궁, 빨리!"
 재촉하는 조조의 목소리가 들렸다.
 어둠 속을 달리면서 진궁은 자기들이 너무 성급했다고 말했다.
 그러나 조조는 천연스럽게 말을 몰았다.
 "이미 저지른 일은 후회해도 소용이 없다. 잊어버리게, 진궁."
 20리쯤 단숨에 달려 이윽고 나즈막한 고개를 넘어서려는데, 나귀 안장에 술병을 매달고 돌아오는 여백사와 마주쳤다.
 여백사는 달빛 아래 달려오는 두 사람을 보자 깜짝 놀라며 말했다.
 "어찌된 일이냐? 왜 떠나느냐?"
 조조는 말을 세웠다.
 "아저씨. 죄를 짓고 도망가는 사람을 재워 준 것이 드러나면 아저씨네 온 식구가 벌을 받게 될지도 모르잖습니까? 그래서 진궁과 의논하여 이렇게 날이 밝기 전에 멀리 달아나려는 참입니다."

"아니다. 그런 걱정 안 해도 된다. 이렇게 술까지 사가지고 왔다. 집사람들에게는 돼지를 잡도록 시켜 두었으니 부디 돌아가 자고 가려무나. 자, 어서."
여백사는 권했다. 그러나 조조는 이를 뿌리치고 말에 채찍을 가했다.
"진궁, 가자!"
"아, 잠깐만."
여백사가 붙들려 했으나 벌써 조조는 저만치 달려가고 있었다.
진궁은 마음속으로 깊이 사과를 하며 여백사의 옆을 지나갔다.
그로부터 몇 마장도 채 안 가서 갑자기 조조가 말고삐를 당겼다.
"그렇지!"
조조는 생각난 듯이 외쳤다.
"진궁, 잠깐만 기다려."
"어쩌시려구?"
"음, 해야 할 일이 생각났어."
그리고는 말머리를 돌려 쏜살같이 어둠 속을 달려갔다.
'어떻게 하려는 걸까?'
진궁은 어쩐지 불안했다.
얼마 지나지 않아 다시 말발굽 소리가 들렸다. 조조는 진궁의 옆으로 달려오더니 서둘렀다.
"이제 됐다! 자, 가자."
"무얼 하셨소?"
"음, 여백사를 죽이고 왔어."
조조의 태연스런 대답에 진궁은 가슴이 철렁했다.
"어, 어떻게 그런 짓을?"
"뻔하지 않아. 여백사가 집에 돌아가 식구들이 죽어 있는 것을 보면 관아에 고발할 것이 틀림없지 않은가? 관아에 고발하게 되면 당장 우리 앞에는 그물이 쳐지게 된다. 도리 없잖아."

"그렇지만, 그토록 호의를 가지고 보호해 주려 한 사람을 무참하게 죽인다는 것은……."
"진궁, 무릇 큰일을 하려면 작은 일에 얽매여서는 안 되네. 그것이 천하를 잡을 큰 뜻을 품은 사람이 알아야 할 일이야. 공연히 선한 척하는 것은 금물일세. 자, 가세."
조조는 말에 채찍질을 했다.
뒤를 따라가는 진궁은 가슴이 무거웠다.
'……무참한 일이다! 이건 너무 도리에 벗어나는 짓이야! 이 사람도 진정으로 세상을 걱정하는 사람은 아니다. 천하를 빼앗으려는 야망에 찬 사람일 뿐이다!'
이런 사람을 따라 나선 것이 잘못이 아닐까 후회도 해 보았다.
그러나 이미 때는 늦었다. 벼슬을 버리고 가족을 버리고 천하의 죄인인 조조를 따라 나서고 만 것이다.
날이 밝기 전 두 사람은 겨우 어느 마을에서 허술한 주막 하나를 발견했다. 귀먹은 노파 혼자 사는 주막이었다. 이곳에서 쉬어 가기로 했다.
조조는 방으로 들어가 곧 자리에 누웠다. 진궁은 말에 여물을 주고 뒤에 들어왔다. 조조는 기분좋게 코를 골며 자고 있었다. 그 잠자는 얼굴을 바라보는 순간, 진궁은 느꼈다.
'무서운 승냥이 같은 마음을 지닌 자이다! 이런 사람이 천하를 얻게 된다면 아마 동탁 이상으로 포악한 군주가 되지 않겠는가?'
진궁은 결심을 굳혔다.
'그렇다! 지금이다! 여기서 앞날의 큰 걱정을 덜어버리는 것이 천하 만민을 위하는 길이다!'
진궁은 칼을 뽑아 들었다.
진궁은 한 발 한 발 조조에게로 다가갔다.
'용서할 수 없다! 승냥이 같은 너를 살려 둘 수는 없다!'

마음속으로 외치며 칼을 높이 쳐들었다.

그러나 진궁은 칼을 뽑아 든 채 그대로 굳어졌다. 조조의 잠든 얼굴이 너무도 단정해 보였기 때문이다.

만일 조조의 얼굴이 그의 마음과 같이 사나워 보였다면 진궁은 아마 망설임 없이 칼을 내리쳤을 것이다. 그러나 잠시 주저하는 순간 갑자기 결심이 무너지고 말았다.

'나는 처음에 이 사람을 훌륭한 사람으로 믿고 부하로서의 예를 갖추었다. 비록 뒤늦게 그의 악독한 마음을 알았다 하더라도 그를 죽이는 것 또한 배신이 아니겠는가. 군자가 할 짓이 아니다. 내가 취할 최선의 행동은 이를 버리고 다른 곳으로 떠나는 것뿐이다.'

자신을 이렇게 타이른 진궁은 가만히 물러나 몸을 돌려 밖으로 나왔다. 진궁은 말을 타고 목적지도 없이 달렸다.

조조가 눈을 뜬 것은 두어 시각 지난 뒤였다. 해는 벌써 높이 떠올라 있었다.

"진궁, 진궁! 거기 없나?"

불러도 대답이 없기에 밖으로 나가 보았으나 사람도 말도 함께 보이지 않았다.

'진궁은 내가 어질지 못하다고 생각하고 가버린 거로군.'

조조는 차갑게 엷은 웃음을 지었다.

'나한테서 떠난 것은 장차 대장군으로 출세할 수 있는 길을 박차 버린 거나 마찬가지다.'

조조는 속으로 이렇게 큰소리치고는 말에 올라 채찍을 휘둘렀다.

그로부터 닷새 뒤, 조조는 뒤쫓는 관병의 눈을 교묘히 피해 무사히 고향에 다다랐다.

그곳은 하남(河南)의 진류(陳留)라는 곳이었다. 땅은 넓고 풍요했다. 남방의 문화는 북방의 중후함과는 달리 진취적이고, 사람들은 대체로 민활하며 기지에 찬 예리한 눈을 지녔다.

아버지 조숭은 이미 그곳에 없었지만, 조조는 마음속 깊이 계획한 바가 있었다.

집으로 돌아온 조조는 곧 능란한 문장으로 편지를 적어, 40리쯤 떨어진 곳에 사는 효렴(孝廉) 위홍(衛弘)이란 사람에게 보냈다. 위홍은 아버지 조숭과는 40년 동안 친하게 사귀어 온 친구로서, 하남에서 첫째가는 부자였고 또 의리를 중히 여겨 옳은 일에 돈 쓰는 것을 조금도 아까워하지 않는 사람이었다.

위홍은 언제라도 좋으니 와 달라는 회답을 보내 왔다. 조조는 부랴부랴 말을 달려 위홍의 집으로 갔다. 조조는 위홍에게 두 번 절하고, 자기가 천하의 죄인이 된 연유를 들어 달라고 사정했다.

위홍이 거절할 리 없었다. 조조는 힘차게 설명했다.

"이제 한나라 조정에는 황제가 없는 것이나 마찬가지입니다. 동탁이 어린 황제를 손아귀에 넣고 백성을 못살게 구는지라 뜻 있는 사람은 물론이요 온 천하가 이를 갈고 있는 형편입니다. 이런 때를 당해 이 조조는 힘을 다해 나라를 건지고자 하나 안타깝게도 힘이 모자라 천하에 대의를 외칠 수가 없습니다. 아저씨께서는 일찍부터 충의로써 널리 세상에 알려지신 분입니다. 바라옵건대 이 조조에게 약간의 힘을 빌려 주십시오."

열과 정성이 담긴 조조의 이야기를 묵묵히 듣고 있던 위홍은 이윽고 말했다.

"한 가지 묻겠네. 큰일을 도모했다가 운이 나빠 실패했을 때 처신을 어떻게 하겠는가?"

그렇게 묻고 위홍은 조조를 유심히 바라보았다. 조조는 회심의 미소를 지으며 대답했다.

"이 조조는 한두 차례 싸움에 패하는 일은 있을지언정 멸망은 당하지 않을 것입니다. 마지막에는 반드시 승리를 거두겠습니다."

"참으로 기개가 장하다."

위홍은 그 자리에서 조조를 위해 자기의 전재산을 쓰겠다고 약속했다.

조조는 기뻐 어쩔 줄 몰랐다. 곧 자기는 황제의 비밀 조서를 받아 고향으로 돌아온 것이라는 거짓 격문을 지어 사방으로 보내고 이 소문을 널리 퍼뜨렸다.

지금은 지방의 한 향사(鄕士)로 쇠락했지만 누가 뭐라고 해도 조씨 집안은 명문이었다. 적자인 조조 또한 출중한 재사로 원근에 그 이름이 널리 알려져 있었다.

"조조가 밀칙(密勅)을 받고 내려왔다."

먼저 가까운 고장의 장정들과 향사들이 움직이기 시작했다. 그때부터 조조가 하는 일을 보면 더욱 그가 보통 사람이 아니라는 사실을 알 수 있다.

조조는 우선 근처의 장정들을 모아 놓고 흰 깃발 두 개를 만든 다음 한 깃발에는 '의(義)'라고 크게 쓰고 다른 깃발에는 '충(忠)'이라고 썼다.

위홍도 의병을 모으는 데 있는 힘을 다 기울였다. 하남 으뜸가는 부호가 명문 조씨집 맏아들의 뜻을 받들어 의병을 일으킨다는 말을 듣자, 혈기 넘치고 뜻 있는 젊은이들이 구름처럼 모여들었다.

위홍의 집 대문 앞에 높이 세운, '충의(忠義)'라는 두 글자를 쓴 흰 깃발은 젊은이들의 피를 들끓게 만들었다.

의군

 어느날 진잠은 경매와 함께 이야기를 나누고 있었다. 그때 거기에 일곱 살쯤 되어보이는 귀여운 사내아이가 들어왔다.
 "같이 놀아."
 진잠은 눈이 둥그레졌다. 한족의 아이가 아니다. 월지족 아이도 아니었다. 그 복장이 색달랐다. 털가죽 조끼를 입었고 소매는 눈이 부실 만큼 빨간 비단이었다.
 경매는 생글생글 웃으며 대답했다.
 "응, 곧 가겠다. 표(豹)야."
 "어디 아이입니까?"
 "흉노 왕자예요."
 "그렇다면 저 용문(龍門)의?"
 "그렇습니다. 부하의 호위를 받으며 때때로 여기까지 놀러 온답니다."
 "그렇군요."
 진잠은 중얼거렸다.

월지족은 온갖 사람들과 의좋게 지내야 한다. 그것이 그들의 운명이었다. 경매도 그것이 자기의 운명임을 알고 있었다.

흉노는 몽고계 유목민이다. 이때 흉노는 북흉노와 남흉노로 나뉘어 있었다. 남흉노는 후한에 조공을 바치며 서하(西河)의 미직(美稷:삼섬) 일대를 본거지로 삼았다. 그런 유목민의 왕자가 낙양에 와 있었던 데에는 그만한 까닭이 있다.

흉노의 왕을 선우(單于)라 불렀다. 그 아래 우현왕(右賢王)과 좌현왕(左賢王)이 있어 선우를 보좌했다.

중평 4년(187) 중산태수 장순(張純)이 반란을 일으켜 선비족과 손을 잡고 변경을 시끄럽게 할 때 조정에서는 남흉노에 조명을 내렸다.

"너희는 유주 목(牧)의 지휘 아래 들어가 반역의 무리를 무찔러라."

그러자 선우는 황제의 칙명을 받들어 좌현왕에게 기병대를 주어 유주로 보냈다. 그러나 남흉노의 백성들은 이에 반대했다.

'이런 선우 아래 있다가는 자식들을 모조리 군대에 빼앗기고 말겠다.'

10명 남짓한 무리들이 모여 선우를 죽여 버렸다. 그러자 우현왕 오프라가 선우가 되었다. 오프라는 바로 살해된 선우의 아들이었다. 반란을 일으킨 쪽은 오프라에 반대하여 스푸크를 선우로 세웠다.

따라서 남흉노에는 두 명의 선우가 대립하게 되었고 대부분의 백성들은 스푸크를 따랐다. 할 수 없이 오프라는 자기파 수십 기를 이끌고 남하했다.

"한나라 황제께 호소해서 내가 정통 선우임을 인정받자."

이것이 중평 6년의 일이었다.

그 뒤 영제가 죽고 환관 몰살 사건이 있었다. 다시 동탁의 입경, 황제 폐립 사건이 잇따랐다. 한나라 조정은 남흉노 선우 가운데 어느 쪽이 정통인지 그런 문제를 가릴 여유가 없었다. 오프라는 부하를 데리고 낙양 근처를 방랑하는 신세가 되었다.

경매한테 놀러 온 소년은 바로 그 오프라의 아들이었던 것이다.

진잠은 공을 가지고 노는 경매와 표의 모습을 보며 문득 조조를 떠올렸다.

'조조는 무사히 탈출했다지. 동탁을 치기 위해 지금 의군을 모으고 있다는데……. 성패는 제후들이 조조의 격문에 호응하느냐 하는 데 달려 있다.'

조조는 그야말로 시운(時運)을 타고 있었다. 조조가 '하늘을 대신하여 동탁을 무찌른다'는 격문을 띄운 때는 그야말로 다시없이 좋은 시기였다.

동탁이 전권을 휘두르고 있는 것을 미워하는 사람은 천하에 가득 차 있었지만, 이를 쳐서 무찌를 용기를 앞장서서 보여 주는 사람은 없었던 것이다. 누군가 앞장을 서주면 나도, 하고 생각하는 사람들 뿐이었다. 바로 그럴 때에 조조가 감연히 의군을 일으킨 것이다.

조조는 2천 명의 의병을 모으자, 이를 500기씩 4부대로 나누어 '충의' 깃발을 높이 들고 사방 각지로 돌아다니게 했다. 이 시위는 절대적 효과를 거두었다. 4부대가 다 각각 3천 기씩 병력을 모아 돌아왔다. 그와 동시에 위홍의 집에는 1천 명, 혹은 2천 명의 부하를 거느린 호족들이 찾아왔다.

그 가운데는 양평(楊平) 위국(衛國) 사람 악진(樂進)이라든가, 거록(鉅鹿) 사람 이전(李典)이라든가, 초(譙) 사람 하후돈(夏侯惇)이라든가 하는 무술에 뛰어난 용사들이 있었다.

그 가운데에서도 하후돈은 명장 하후영(夏侯嬰)의 후손으로 어릴 때부터 창술을 닦아, 그 솜씨가 귀신 같다는 말을 듣는 터였다. 그에게 창술을 가르쳐 준 스승이 어느 고관에게 모욕을 당했다는 말을 듣고 하후돈은 분함을 참지 못한 나머지 그를 죽여 없앴다. 이 일로 잠시 몸을 숨기고 있다가, 조조가 의병을 일으켰다는 소문을 듣고 아우 하후연(夏侯淵)을 설득시켜 장사 1천 명을 이끌고 달려온 것이다.

하후돈은 조씨 집안과는 친족 사이였다. 조조의 아버지 조숭은 하후씨 집안에서 태어나서 조씨 집에 양자가 됨으로써 성을 조로 바꾼 것이다. 하후돈은 조조가 동탁 암살을 계획한 전날 밤, 이미 조인과 함께 불려가 뜻을 함께 하기로 맹세한 바 있었다. 그러나 계획이 실패로 돌아가 철석같이 믿고 있던 조조가 도주해버리자 한동안 마음 둘 곳을 찾지 못해 방황하고 있었다. 그러던 중 드디어 조조의 의거 소식을 전해 듣게 된 것이다. 마침 저지른 죄도 있는데다 은신처에 숨어 있는 것도 진저리가 나던 참이었다. 더욱이 충성을 맹세한 맹덕 형님의 부름임에랴.

진류에서 백 리쯤 떨어진 곳에 몸을 피해 있던 아버지 조숭은, 맏아들 조조의 의거 소식을 듣자 둘째인 조인(曹仁)과 셋째인 조홍(曹洪)에게 각각 1천여 명의 군사를 주어 보내왔다.

위홍은 그동안에 온 재산을 투자하여 옷과 갑옷과 깃발을 갖추고, 군마를 사들이고 군량을 사 모았다.

발해에서 시기만 기다리고 있던 원소가 3만의 군사를 거느리고 달려 올라와서 조조와 의거의 맹약을 맺었다.

조조는 이때다, 하고 각 진의 제후들에게 보내는 격문을 초안했다.

우리는 삼가 대의로써 천하에 알리노라. 동탁이 하늘과 땅을 속여가며 나라를 없애고 임금을 죽였다. 대궐을 어지럽게 더럽히고, 산 사람들을 참혹하게 죽이며, 승냥이와 같은 잔학함으로 그 죄악이 천지에 가득하다. 이에, 천자의 밀조를 받들어 크게 의병을 모아, 이 나라를 깨끗이 쓸고 흉악한 무리를 죽여 없애고자 한다.

바라건대 정의의 군사를 일으켜 함께 공분(公憤)을 풀고, 황실을 떠받들어 만백성을 건지도록 하라. 격문이 도착하는 즉시 이를 받들어 행할지어다.

이 격문에 호응하여 들고 일어난 장군들은 다음과 같았다.
　　제 1 진――후장군(後將軍) 남양태수 원술(袁術)
　　제 2 진――기주(冀州) 자사 한복(韓馥)
　　제 3 진――예주(豫州) 자사 공주(孔伷)
　　제 4 진――연주(兗州) 자사 유대(劉岱)
　　제 5 진――하내군(河內郡) 태수 왕광(王匡)
　　제 6 진――진류(陳留) 태수 장막(張邈)
　　제 7 진――동군(東郡) 태수 교모(橋瑁)
　　제 8 진――산양(山陽) 태수 원유(袁遺)
　　제 9 진――제북(濟北) 상(相) 포신(鮑信)
　　제10진――북해(北海) 태수 공융(孔融)
　　제11진――광릉(廣陵) 태수 장초(張超)
　　제12진――서주(徐州) 자사 도겸(陶謙)
　　제13진――서량(西涼) 태수 마등(馬騰)
　　제14진――북평(北平) 태수 공손찬(公孫瓚)
　　제15진――상당(上黨) 태수 장양(張楊)
　　제16진――오정후(烏程侯) 장사(長沙) 태수 손견(孫堅)
그리고 제17진을 맡은 것은 발해(渤海) 태수 원소(袁紹)였다.

17진으로 나뉜 제후들은 각자 1만 내지 3만의 군사를 이끌고 낙양을 향해 진격했다.
제14진 북평태수 공손찬은 1만 5천의 정병을 이끌고 곧장 낙양을 향하고 있었다.

이윽고 덕주(德州) 평원현(平原縣)을 지나다가 어느 고개에 올라섰을 때, 공손찬은 눈 아래로 보이는 뽕나무 숲에 검은 깃발이 수없이 펄럭이는 것을 보고 고개를 갸웃했다. 그 숲속에서 물줄기가 역류하듯 언덕을 향해 말 세 필이 달려 올라왔다.
 "아아, 저건!"
 맨 앞에 말을 달려올라오는 사람은 1년 전 공손찬의 추천으로 별부사마에 임명되어 이곳 평원현 현령이 된 유비가 틀림없었다.
 이윽고 공손찬 앞에 와닿은 유비는 뒤따른 관우, 장비와 함께 말에서 내려 정중히 인사드렸다.
 "유공, 공은 아직도 이곳 현령이오?"
 공손찬이 물었다. 유비는 대답했다.
 "시골 구석에서 때가 오기를 기다리고 있었습니다. 이번 각군 태수들이 일어나 낙양으로 향한다는 말을 듣고, 장군께서 틀림없이 이곳을 지나시리라 믿고 기다리던 참이었습니다."
 공손찬은 고개를 끄덕이고 시선을 유비의 등 뒤에 서 있는 두 사람에게 보냈다.
 "유공은 용맹이 뛰어난 심복을 좌우에 거느리고 있다는 말을 들었는데, 바로 저 사람들이오?"
 "그렇습니다. 관우와 장비입니다."
 "황건적을 무서워 떨게 한 것이 바로 그대들이었던가. 지금의 관직은 무엇이오?"
 "관우는 마궁수(馬弓手), 장비는 보궁수(步弓手)입니다."
 그 말을 듣자 공손찬은 탄식했다.
 "이럴 수가!"
 마궁수니 보궁수니 하는 것은 겨우 10명밖에 안 되는 군사를 거느리는 하찮은 하급 장교에 지나지 않았기 때문이다.
 "황건적을 토벌해 혁혁한 무공을 세운 영걸들을, 겨우 마궁수니 보궁수니 하는 하찮은 녹을 주어 이런 시골 구석에 썩혀 두다니!"

공손찬은 그렇게 말한 다음 태도를 바꾸어 부탁했다.

"이제 온 천하의 제후들이 다같이 일어나, 낙양으로 쳐들어가 역적 동탁을 무찌르기로 맹약을 하였으니, 유공께서도 두 용사를 거느리고 나와 합세해 주지 않겠소?"

그 말을 듣는 순간 장비가 소리쳤다.

"이렇게 될 줄 벌써부터 알고 있었다니까, 에잇! 그때……처음 만났을 때, 나는 그 동탁이란 놈의 오만무례를 참을 수 없어 그놈의 목을 치려고 했었지. 만일 주군께서 말리지 않고 목을 치게 버려 두었으면 이런 일은 벌어지지 않았을 것 아닌가! 에이, 분해!"

참으로 장비가 말한 대로였다.

"익덕, 일이 이미 이렇게 되어 버렸는데 이제 와서 지나간 일을 말한들 무슨 소용이 있는가?"

관우가 타일렀다.

"운장 형, 형은 언제나 나를 가로막기만 하는데, 때로는 내 생각대로 하게 좀 내버려 둘 수 없소?"

장비는 관우에게 대들었다.

"알았네, 알았어……. 동탁의 목을 베는 일은 자네에게 양보해 주겠어."

"좋아! 분명히 약속했소!"

장비는 관아에 온 뒤로 마냥 답답해 견딜 수 없는 나날을 보내고 있었다. 그런데 이제 다시 용맹을 마음껏 휘두를 기회가 오는구나 하고 생각하니 마냥 온몸에 기운이 솟구쳤다.

이렇게 낙양에서 천리 떨어진 진류의 들판에 17진의 제후들이 모였다.
 군사는 모두 합해 53만여 명.
 17진의 진영은 사방 백 리의 들을 덮고 있었다. 조조는 높이 쌓아 올린 망루에 올라 땅을 뒤덮고 있는 깃발을 바라보며, 흐뭇하게 미소를 머금었다.
 이튿날 조조는 제단을 만들어 소와 말을 잡아 올려놓고 의거에 대한 의식을 거행했다. 의식이 끝난 뒤 성대한 잔치가 열렸다. 술잔이 몇 순배 돌았을 때 하내태수 왕광이 제의했다.
 "대의를 받들어 역적을 치기 위해서는 먼저 우리들 가운데서 맹주(盟主)를 세워 전체의 지휘를 맡겨야 하지 않겠소?"
 아무도 이의를 제기하는 사람은 없었다.
 여러 장군들에게 격문을 보낸 것은 바로 조조이다. 그런 의미에서 맹주로 뽑힐 수도 있었다. 그러나 조조는 신분이 효기교위에 지나지 않았고, 게다가 나이도 가장 어렸다.
 굳이 하겠다면 안 될 것도 없었지만, 17진의 장군들이 속으로 불평을 품을 것은 뻔했다. 조조는 그런 불평이 생길 것을 뻔히 알면서도 총지휘권을 쥘 만큼 어리석지는 않았다.
 "원소 장군이 어떻겠습니까?"
 조조는 자기 대신 발해태수를 지명했다.
 "원씨 4대가 이미 계속해서 삼공(三公)의 높은 벼슬을 지냈을 뿐 아니라 문하에는 관리들도 많으니 명신(名臣)의 자손 원소 장군이 맹주로서 가장 적임자일 줄 압니다."

 월지족에게는 특별한 정보망이 있었다. 이상이 월지족 지도자 지영이 진잠에게 들려준 내용이었다.
 "원소가 맹주로 추대되었습니까?"
 저마다 내로라 하는 사람들이다. 명문 출신이라고 해서 원소를 선

뜻 맹주로 받들 리가 없었다.
"결국 원소가 되긴 되었지만……."
"말썽이 있었습니까?"
진잠의 물음에 지영은 고개를 끄덕였다.
"기주의 한복이 반대하고 나섰습니다. 그러나 한복도 결국은 원소에게 양보했습니다."
한복은 콧대가 세기로 유명했다.
그의 부하로서 유자혜(劉子惠)라는 선견지명을 가진 인물이 있었다. 유자혜가 한복을 설득했다.
"병(兵)은 흉사(凶事)이므로 그 우두머리가 되어서는 안 됩니다. 앞날은 깁니다. 이런 때 우두머리가 되어 여차한 때 숨이 차다면 어떻게 하겠습니까?"
이것은 무척 뜻깊은 말이었다. 겉으로는 의군이니 뭐니 하고 있지만 속으로는 이해 관계가 저마다 얽혀 있다. 유자혜는 그 점을 지적한 것이다.
맹주가 되었다 해서 정치적인 의미는 있을지 모르지만 실질적 이익은 없다. 오히려 맹주쯤 되면 돈이나 양식 같은 거라도 체면상 더 내놓아야 한다. 조조는 아마 그런 계산을 하고서 맹주 자리를 원소에게 주자고 제의했으리라.
한복도 유자혜의 설명을 듣고 나서 원소에게 양보했다. 이리하여 다음날 3층 대를 쌓고 4방에 깃발을 늘어세운 다음, 대 위에는 백모(白旄)와 황월(黃鉞)과 병부(兵符)와 장인(將印) 등을 세워 놓았다. 그 한복판에 원소가 환호를 받으며 우뚝 올라섰다.
원소는 제단을 향해 향을 사른 다음 두 번 절하고 엄숙하게 맹세했다.
"우리들은 의병을 규합하여 국난을 다스리러 갑니다. 함께 맹세한 우리는 마음을 같이하고 힘을 다하여 신하된 도리를 다하려 합니다. 천지신명과 조종의 신령은 함께 굽어보소서."

원소의 장중한 목소리에 여러 장군 이하 모든 군사들은 숙연해져 바스락 소리 하나 내지 않았다.

원소는 손수 자기 손목을 그어 피를 빨고, 몸을 서서히 돌려 칼을 뽑아 머리 위로 높이 치켜들었다.

"하늘을 대신하여 역적을 무찌르자! 사명이 우리에게 있노라! 자, 앞으로 나아가자!"

드높이 외쳤다.

천지를 진동하는 우뢰같은 만세 소리가 울려퍼졌다. 결전을 알리는 만세 소리였다.

깃발 올리다

 한편 동탁은 낙양궁 후궁에서 재주가 뛰어나고 얼굴이 아름다운 젊은 사람 15명을 골라 환관을 만드는 의식을 거행했다. 멀쩡한 육신을 가진 젊은 사내를 내시로 만드는 것이다. 그 의식은 참으로 참혹하다.
 15명을 발가벗겨 평상 위에 눕혀 놓고 성기를 잘라낸다. 본디 이것은 다섯 가지 형벌 가운데 한 가지였다. 다섯 가지 형벌이란 문신(文身), 코베기, 다리끊기, 성기 잘라내기, 그리고 죽이는 것이다.
 성기를 잘라내는 형벌을 부형(腐刑)이라고 했다. 살을 썩게 만드는 형벌이란 뜻이다. 어떤 사람은 그 상처에서 나는 냄새 때문에 이런 이름이 생겼다고도 한다. 사형 다음 가는 무서운 형벌이다. 처음에는 간통죄를 저지른 사람을 다시는 그런 짓을 하지 못하게 폐인을 만드는 데 그 목적이 있었다.
 이렇게 폐인이 된 사람을 궁중 내시로 쓰기 때문에 궁형(宮刑)이라고도 한다. 궁형을 받은 사람은 몸이 남자 구실을 하지 못하기 때문에 자연 여자를 상대할 수 없게 된다. 후궁에 1천여 명의 미녀를 거느리고 있는 황제는 이렇게 궁형을 받은 사내들에게 후궁 일을 맡기는 환관 벼슬을 주었다.

그런데 환관이 점차 득세하자 어릴 때 자진해서 불구자가 되어 후궁에서 벼슬하기를 희망하는 사람들이 나타나게 되었다. 남자의 구실을 못하는 내시들은 궁 안 깊숙한 데까지도 자유롭게 드나들며 황제를 가까이 모실 수 있었다. 출세하기 어려운 세상에 이렇게라도 해서 출세를 하려는 사람이 얼마든지 있었던 것이다.

한나라에 들어와서는 후궁 내관으로 있는 사람 가운데 죄인으로 궁형을 받은 사람은 한 사람도 없고 모두 자진해서 불구가 된 사내들뿐이었다. 그들을 환관(宦官) 또는 중상시라 불렀다. 내시들이 얼마나 권세를 함부로 휘둘렀는가는 앞에서 이미 보아 왔다.

동탁도 후궁의 관습에 따라 내시를 두기로 한 것이다. 천자를 모시는 환관이긴 하지만 어디까지나 승상인 자신에게 충성을 다하게끔 이유를 시켜 뽑은 이들 15명에게 맹세를 받고 의식을 거행했다.

칼을 대는 순간 사내들은 고통을 견디다 못해 비명을 지르며 몸부림쳤다. 팔다리를 단단히 평상에 묶어 두었기 때문에 가슴과 배만이 파도처럼 출렁거릴 뿐이다. 동탁은 이 광경을 일부러 수백 명 궁녀들에게 보여 주고, 궁녀들이 무서워 떠는 모습을 즐기고 있었다.

"눈은 가리지 못한다!"

동탁은 미리 명령해 두었다.

죽 늘어서 있는 궁녀들은 아직 남자를 모르는, 때묻지 않은 처녀들이었다. 정신을 잃고 그 자리에 쓰러지는 궁녀들이 잇따라 나타났다.

동탁은 이러한 의식을 거행하는 동안 자신이 천자가 된 듯한 쾌감을 맛볼 수 있었다. 15명 젊은이는 모두 한나라의 녹을 먹은 명문가 자제들이었다. 그들 조상 가운데는 고조가 사수(泗水)의 한 정장(亭長)으로 처음 몸을 일으켰을 때 빛나는 공을 세웠던 사람도 있고, 무제 때 대사마 대장군이었던 사람도 있었으며, 또 가까이는 환제 때 승상을 지낸 사람도 있었다.
 이들 명문집 자제들을 환관으로 만들어 후궁 곳곳에 심어 놓고 자기 손발처럼 부릴 수 있다는 것은, 악마의 기질을 타고난 동탁으로서는 매우 통쾌한 일이 아닐 수 없었다. 동탁은 15명이 모조리 사타구니가 피투성이가 된 채 죽은 듯이 축 늘어진 것을 바라보며 말했다.
 "됐다……. 의식은 끝났다. 오늘부터 너희들은 황문량(黃門良)으로서 후궁 각 국(局)의 영(令)과 승(丞)이 된다."
 그 때 이유가 급한 걸음으로 들어섰다. 전에 없이 그의 얼굴은 이상하게 굳어 있었다.
 "승상, 큰일이 벌어졌습니다."
 "무슨 소리냐?"
 "즉시 승상부로 납셔 주십시오."
 이유와 함께 동탁이 승상부로 들어와 보니 벌써 백관들이 긴장된 표정으로 모여 있었다.
 "큰일이라니?"
 자리에 앉자 동탁은 일동을 둘러보았다.
 "17주의 태수와 자사들이 모여 반기를 들었다 합니다."
 "뭐야? 수괴는 어느 놈이냐?"
 "총대장은 원소로 판명되었으나, 조조가 총참모의 자리에 앉은 것으로 미루어 보아, 이번 거사의 주모자는 조조가 아닌가 생각됩니다."
 이 말에 동탁의 얼굴은 불처럼 달아 올랐다.
 "조조란 놈이 반기를 들다니!"
 동탁은 탁자 위의 술잔을 집어 마룻바닥에 내던졌다.
 "이유, 조조의 선동을 받은 태수와 자사의 이름을 대어라!"
 이유는 곧 그들 이름을 차례로 보고했다.
 "이들 가운데 마음놓을 수 없는 강적은 강남의 손견인 줄 압니다."
마침 그때 또 한 사람이 황급히 뛰어들어왔다.
"급사(急使)가 왔습니다."
편지 한 장을 이유에게 급히 내밀었다. 이를 펴 본 이유는 눈살을 찌푸렸다.

장사태수 손견이 선봉이 되어
사수관(汜水關)을 공격해 옴.

이유는 급보의 내용을 동탁에게 알리고 나서 말했다.
"만일 사수관을 잃게 되면 반란군은 도성을 향해 물밀듯이 밀려올 것이 틀림없습니다. 어떤 일이 있어도 사수관을 지키지 않으면 안 됩니다."
그러자 뚜벅뚜벅 동탁 앞으로 걸어나오는 사람이 있었다.
도정후 여포였다.
"승상, 조조와 원소의 반란을 크게 걱정하실 건 없습니다."
여포는 자신있게 큰소리쳤다.
"승상 휘하에 이 여포가 있다는 것을 잊으셨습니까? 소장이 보기에 반란을 일으킨 제후들은 한낱 허수아비에 지나지 않습니다. 원소가 겁이 많은 것은 이미 알고 계시는 일입니다. 또 손견 따위가 뭘 하겠습니까? 손자의 후손이니 어쩌고 하며 세상 사람들을 속여 헛이름을 팔고 있을 뿐입니다. 소장이 지금부터 적토마를 타고 사수관으로 달려가, 역적의 무리들을 모조리 무찔러 그 머리를 도성 문에 매달겠습니다."
여포의 자신에 넘치는 소리에 동탁도 크게 고개를 끄덕였다.
"도정후, 그대가 있는 한은 내가 베개를 높이하고 편히 잘 수 있을 것일세."

동탁의 그 말이 채 끝나기도 전에

"승상! 닭 잡는 데 소 잡는 칼을 쓸 것까지야 없지 않습니까?"

급한 걸음으로 다가온 자는 키가 여덟자 가까운 거한이었다.

범의 몸에 늑대의 허리요, 표범의 머리에 원숭이의 팔이라는 표현이 조금도 어색하지 않은 거한으로 여포에 견주어 손색이 없었다.

관서(關西)에서 이름을 날린 맹장 화웅(華雄)이었다.

"이까짓 싸움에 도정후를 내보낼 것까지는 없습니다. 이 화웅을 보내 주십시오. 이마에 땀이 날 사이도 없이 제후들의 목을 베어 바치겠습니다."

"오오, 화웅 그대도 있었구나! 여포, 어떠냐? 화웅에게 맡기는 것이?"

"화웅이라면 나보다 더 훌륭히 해낼 수 있을 것입니다."

"그럼 화웅을 효기교위에 임명하고 기병과 보병 5만을 주겠다. 그리고 이숙(李肅)과 호진(胡軫)과 조잠(趙岑)이 그대의 참모로서 일하리라."

화웅은 동탁이 따라주는 큰 술잔을 받아들자 단숨에 쭉 들이켜고 승상부를 달려나왔다.

화웅을 전선으로 내보낸 뒤 동탁은 참모 이유와 의논했다.

"아무래도 도읍을 옮기는 게 나을 듯한데 어떨까?"

"어디로 말입니까?"

"장안(長安)으로……."

원소를 맹주로 삼은 17진의 연합군은 동쪽에서 진군해 오고 있었다. 장안은 낙양 서쪽에 있으며 동탁의 본거지인 서쪽 변경에 좀더 가까운 곳이다. 이유도 찬성했다.

"장안으로 간다면 함곡관(函谷關)이라는 요충지가 있습니다. 정말 명안이십니다."

동탁은 이유가 찬성해 주어 기분이 좋았다.

"그렇다면 그 준비를 서두르게. 비밀은 지켜야 하네."
"여부가 있겠습니까."
이유는 급히 밖으로 나갔다.

이 무렵 백마사 쪽은 여전히 여승방 짓기에 바빴다. 며칠만큼씩 재목을 성 안에서 성 밖으로 실어냈다. 성 안에서 백마사로 가자면 상서문(上西門)을 지난다. 그 문을 나서서 얼마쯤 가면 곡수(穀水)라는 강이 흐른다. 강에 걸린 돌다리를 건너자 인부들의 노랫소리가 들렸다.

> 강이란 강은
> 동으로 동으로
> 바다 향해 흐르고
> 서쪽으로 돌아온 일이 없다네
> 힘써 일해라 힘써 일해
> 젊었을 때 일해라
> 나이를 먹게 되면 이미 늦다네

"인부들도 긴장이 풀렸나 보군요."
진잠이 말했다. 서민들이라도 동탁이 군림하는 낙양성 안에 있으면 숨이 막힐 지경이었다. 지영도 고개를 끄덕였다. 그는 이미 동탁에게 희망을 걸지 않고 있었다.
곡수를 건넌 일행은 북쪽으로 꺾어 백마사로 향했다.
"앗!"
느닷없이 선두에서 말 재갈을 붙잡고 있던 사나이가 비명을 질렀다. 좌우 숲속에서 나타난 100명쯤의 무리. 하나같이 머리에 누렁 두건을 두르고 있었다.

황건적!

'앗, 한섬이다!'

말탄 사람이 셋인데 가운데에 있는 자가 바로 한섬이었다.

"목숨까지 빼앗을 생각은 없다. 짐수레와 말을 두고 가거라!"

한섬이 외쳤다. 좌우의 사나이는 저마다 도끼와 창을 들고 있었다. 재목 운반인은 10여 명에 지나지 않았다.

지영은 앞으로 나가 한섬에게 말했다.

"분부대로 하겠습니다. 그런데 필요하신 것이 말 세 마리뿐입니까? 그렇다면 짐수레는 저희들이 끌고 가겠습니다."

"아니다, 짐도 두고 가라."

"재목은 오래 된 것을 가공했을 뿐입니다. 별 값어치가 없습니다."

"으하하하, 바로 그 낡은 재목이 필요하다. 100년 200년 대궐 기둥으로 서 있던 나무 아니냐. 바짝 말라서 곧 쓸 수가 있지."

"그렇습니까. 산채라도 지으려 하십니까?"

"하하하하, 산채 따위라면 생나무로도 충분해. 우리들은 궁전을 만든다. 백파곡(白波谷)에 대궁전을 짓는단 말이야."

지영은 이맛살을 찌푸리며 되물었다.

"백파곡에 말입니까?"

"쓸데없는 것은 묻지 마라."

한섬은 좌우의 졸개들에게 명령했다.

"자, 어서 끌고 가라!"

100여 명의 황건적은 석 대의 짐수레를 둘러싸더니 앞뒤에서 끌고 가기 시작했다.

그때였다.

곡수 앞쪽 나직한 야산 기슭에 구름이 일었다. 기마대였다. 100이나 200 정도가 아닌 듯싶었다.

'멍청이들! 대담한 척 굴더니 관군이 나타나고 말았어.'

진잠은 황건당에 동정적이었다. 같은 도교 단체이고 자기도 한때 그들과 인연을 맺은 일이 있었다.

먼지 구름은 차츰 커지더니 황건당과 백마사 인부들을 둘러싸기 시작했다. 완전히 포위되기 전에 달아날 수도 있었지만 한섬은 달아나지 않았다. 황건당은 백성을 위해 일어난 '의군'이라 자칭하고 있었다. 의군 대장이 부하를 저버리고 도망칠 수는 없었다.

"돼지 같은 놈!"

한섬은 욕을 했다. 동탁은 유난히 뚱뚱하게 살이 쪄서 돼지라는 별명을 듣고 있었다. 지영이 이마에 손을 갖다대며 말했다.

"아니오. 동 승상의 군대는 아닌 것 같습니다. 깃발이 달라 보이지 않습니까."

"돼지의 군졸이 아니란 말인가?"

티끌이 솟아오르는 위로 깃발이 높이 펄럭이고 있었다. 깃발에는 말의 무늬가 수놓여져 있었다.

한섬이 중얼거렸다.

"오오, 문마(紋馬)……."

문마는 말의 문양이란 뜻이다. 문마는 남흉노가 사용했다.

남흉노의 선우 오프라가 정통권 싸움으로 한나라 조정에 호소하러 왔다가 동탁이 상대를 해 주지 않자 부족을 이끌고 방랑하고 있음을 황건적도 잘 알고 있었다.

한섬은 밀어닥치는 흉노의 기마대 앞에 단기로 나가 큰 목소리로 외쳤다.

"우리는 백파곡의 황건당이오. 우리는 오프라님과 싸우고 싶지 않소. 우리는 당신들에게 조금도 적의가 없소. 그렇건만 당신들은 어째서 우리를 포위하오?"

그러자 10기 남짓한 기마 무사가 앞으로 달려나왔다. 문마의 큰 깃발이 펄럭였다. 빨간 색깔의 단현(端玄) 서의(絮衣)를 입고 빨갛게 칠한 투구를 쓴 인물이 10기 가운데서 앞으로 말을 몰고 나왔다. 그리고 한섬의 앞쪽 10미터쯤에서 말을 세웠다. 단현은 옷깃과 소매가 검은 천으로 굽도리되어 있는 옷을 말하며, 서의라 함은 질기고 굵은 삼실로 짠 옷인데 웬만한 칼이나 화살도 뚫지 못한다. 갑옷 대용품이다.

그 인물이 외쳤다.
"내가 선우 오프라다."
오프라는 말을 이었다.
"우리도 황건당을 적으로 보지는 않는다."
"그렇다면 포위를 풀어 주시오."
"아냐. 이대로는 물러갈 수 없다. 그 석 대의 짐수레를 두고 간다면 길을 열어 주겠다."
그러자 한섬이 아까 지영이 말한 것과 똑같은 말을 했다.
"깎아서 새 것처럼 보이지만 이 짐수레는 한낱 헌 재목에 지나지 않소."
"헌 재목이라도 상관없다. 여기까지 왔으니까 받을 것은 받아야겠다."
"우리의 숫자가 적다고 무리한 요구를 하는 거요?"
"그러는 너도 소수의 인부를 얕보고서 거짓말하지 않았는가? 산 속에서 다 보고 있었다."
정곡을 찔리자 한섬은 대꾸할 말이 없었다. 그러나 한섬은 잠시 뒤에 힘차게 말했다.
"여기서 고스란히 넘겨준다면 황건당의 수치가 된다! 마지막 한 사람이 쓰러질 때까지 싸울 테다. 목숨을 걸고 우리의 우군 10만이 풀뿌리를 헤쳐서라도 오프라의 거지떼를 찾아내어 주살할 거다!"

"군사가 10만이라고? 백파곡에는 고작 농사꾼 2만이 모였다고 들었는데……. 큰소리깨나 치는군. 그게 소원이라면 네 솜씨를 한 번 볼까!"

오프라는 채찍을 잡은 오른손을 높이 들었다. 그것이 내려지면 전투 개시의 신호가 된다.

이때 지영이 외치면서 뛰어나갔다.

"기다려 주시오. 멈추시오!"

"뭐야? 월지족 같은데……?"

오프라는 들어올린 팔을 곧장 내리지 않고 크게 한바퀴 돌려 내렸다. 이것은 명령을 보류한다는 신호였다.

월지족은 눈이 파랗고 머리칼이 밤색이어서 모습만으로도 금방 알 수 있었다.

"백마사의 월지족 지영이라는 자입니다. 부처를 믿는 우리는 전쟁이나 살생을 즐기지 않습니다. 지금 우리들의 짐 때문에 피를 본다는 건 견디기 어려운 일입니다. 아무쪼록 이 자리에서는 창을 거두어 주십시오."

지영은 땅에 무릎을 꿇고 조용히 합장했다. 한섬이 물었다.

"어떻게 수습하라는 건가?"

"석 대의 짐수레는 본디 우리 백마사의 것입니다. 이미 우리들의 손을 떠났지만 그것이 싸움의 씨앗이 된다면 부도(浮屠)의 시자(侍者)로서 한 마디 드리지 않을 수 없습니다. 황건과 흉노 양쪽이 석 대의 짐수레를 나눠 가지십시오. 여기서는 황건당이 적지만 백파곡에 수만 명이 있습니다. 두 대를 황건, 한 대를 흉노편이 갖는다면 어떨까요!"

한섬과 오프라는 저마다 곰곰이 생각하는 눈치였다. 지영의 제의가 자신들에게 과연 유리한지 불리한지를.

그때 오프라가 문득 말했다.

"혈맹을 맺고 싶소."

오프라가 말하는 혈맹은 짐수레를 나누겠다는 뜻만이 아니었다.

"서하로부터 멀리 달려온 우리 3천 500기를 동탁이 가벼이 보아, 천자님을 배알하는 것은 물론 낙양에 들어가는 것조차 허락하지 않았소. 이젠 기다리다 지쳤소. 그리하여 힘으로써 소원을 이루리라 마음먹었소. 황건과 결맹(結盟)하여 흉노의 정통을 천하에 드러내고 싶소."

오프라의 말에 한섬도 말했다.

"우리도 바라는 일이오."

백파곡 2만의 황건당 역시 자신들의 처지를 불안하게 여기고 있었다. 관군의 토벌 목표가 되어 있는 처지였던 것이다.

3천 500. 수는 적지만 흉노 기병대는 용감하기로 이름나 있다.

그때 지영이 나섰다.

"그렇다면 저 서쪽에 사람이 살지 않는 사당이 있으니 거기서 결맹식을 올리도록 합시다. 나는 부도를 섬기는 자라 결맹의 입회인으로 진잠님을 천거합니다."

옛날부터 한족의 결맹은 소를 죽여 제단에 바치고 그 피를 나눠마시며 서로 맹세하게 되어 있다. 흉노의 3천 500과 황건당의 10여 명은 다 함께 지영이 인도하는 사당으로 향했다.

흉노 군졸이 소를 잡아 머리를 사당 안으로 가져왔다.

한섬과 오프라가 마주섰다. 입회인 진잠은 작은 칼로 쇠머리의 왼쪽 귀를 잘랐다. 손이 부들부들 떨렸지만 피는 아래쪽에 놓인 사발에 어김없이 떨어졌다. 많은 피가 필요한 것은 아니다.

"나이 차례로 합시다."

진잠이 말하자 나이가 많은 한섬이 나섰다. 한섬이 사발의 피를 한 모금 마셨다. 진잠이 그 사발을 받아 오프라에게 건넸다. 오프라가 사발에 남은 피를 마셨다.

그러자 진잠이 소의 귀를 잡은 채 나직한 목소리로 맹세의 말을 중얼거렸다.

"이로써 백파곡의 황건당 총수 한섬과 남흉노 선우 오프라는 하늘을 우러러 혈맹한다. 저마다 거느리는 군은 형제가 되어 마음과 힘을 합쳐 대의를 밝히겠노라. 이 결맹을 어기는 자 있다면 곧 천벌을 내려주소서."

의식은 끝났다. 사당에서 나온 오프라가 부하들에게 선언했다.

"말을 황건 형제들에게 빌려주어라. 곧 출발한다. 이제 용문에는 돌아가지 않는다. 목표는 백파곡!"

갓 결맹한 흉노, 황건의 양군은 티끌을 일으키며 서쪽으로 사라졌다. 석 대의 짐수레도 함께 끌려갔다.

진잠이 지영에게 말했다.

"가 버렸군요."

"그렇습니다. 우리는 이제 크고 힘센 하나가 되었습니다. 동쪽의 17진도 언젠가 이렇게 되겠지요."

진잠은 물었다.

"어째서 헌 재목 따위에 그토록 집착할까요?"

지영은 대답을 망설이는 듯하더니 말했다.

"동 승상이 어째서 하 태후를 갑자기 선황제의 능에 합장한다고 하는지 아십니까?"

"글쎄요."

"문소릉에 부장(副葬)된 금은재보를 도둑질하기 위해서입니다."

"앗!"

진잠은 그만 말을 삼키고 말았다.

'그런 꿍꿍이속이 있었구나.'

이어 지영은 놀라운 비밀을 가르쳐 주었다. 짐수레에 실린 재목 속에 금은이 들어 있었다는 것이다. 나무의 속을 파내고 금은을 넣어둔 것이다.
 석 대는 백파곡에 빼앗겼지만 12대는 탈없이 백마사로 실어냈다.
 "낙양 부자 도고(陶固)의 부탁으로 우리가 힘을 빌려 준 셈입니다. 동탁한테 빼앗기기 전에 미리 옮겨 두는 것이지요."
 더욱 놀라운 일은 석 대의 짐수레 비밀을 일부러 황건당에게 누설시켜 그들을 꾀어냈다는 것이다.
 10만이라 자칭하는 백파곡의 황건당은 도읍 가까이 있느니만큼 무시할 수 없는 세력이다. 백마사로서는 그들과 무슨 연관을 갖지 않으면 안 된다.
 헌금(獻金). 이 방법은 너무나 단순하다. 그것보다 재물의 장소나 이동 정보를 은밀히 알려 주어 그것을 약탈해 가도록 하는 편이 상대편에게 주는 인상이 더 강렬하리라. 그러면 밀고자와 공범자로서 친근감이 발생한다.
 '지영은 헌금의 한 방법으로써 그와 같은 각본을 꾸민 것이구나. 이로써 한섬이 스스로 낙양성 안에 숨어들어와 돌아다닌 수수께끼도 풀린다. 한섬은 그 정보가 진짜인지 확인하러 왔던 것이다.'
 지영이 진잠에게 말했다.
 "우리들의 계획을 대충 짐작하신 모양이군요."
 "예. 그렇지만 한참 지나고 나서야 그런 것을 깨닫게 되니 아직도 풋내기입니다. 그러나 아직도 흉노군과의 관계는 이해되지 않습니다."
 "오프라와 한섬의 결맹 말입니까? 흉노에 대한 것은 경매의 계책입니다. 표라는 아이가 자주 놀러 오기 때문에 그런 계책이 나온 것이지요."
 진잠은 크게 고개를 끄덕였다.
 이때껏 보아왔지만 백마사의 월지족은 온갖 사람들과 손을 잡으려 한다. 이미 말했지만 그것이 그들에게는 살아남는 확실한 보증이 되기 때문이다.
　지영은 그런 진잠의 짐작을 뒷받침하듯 설명해 주었다.
　"부도의 가르침은 사해동포(四海同胞)를 아우르는 것입니다. 게다가 흉노 사람과는 벌써부터 관계를 갖는 길을 찾고 있었습니다. 지금 오프라는 자기 부족을 데리고 방랑하고 있습니다. 사람의 인정이 가장 그리울 때…… 구원의 손길을 뻗쳐 준다면 그들이 상대편에게 어떤 마음을 갖게 되는지……."
　지영은 더 이상 말하지 않았다. 그리고 문득 화제가 바뀌었다.
　"그래서 부탁입니다만. 진류에 있는 조조님한테 가 주시지 않겠습니까?"

사수관

그때 사수관을 향해 진격하는 손견의 제1진을 뒤쫓는 제2진은 제북상(濟北相) 포신(鮑信)이었다. 포신의 마음은 무서운 야망으로 불타고 있었다.

도성에서 화웅이 이끄는 5만의 관군이 들이닥친다는 급보를 받자, 포신은 아우 포충(鮑忠)을 불러 말했다.

"너에게 군사 3천을 줄 테니 샛길로 달려가 사수관을 습격해라."

"앞질러 가란 말씀입니까?"

"가만히 앉아 손견에게 공을 빼앗기고 싶지 않다. 이번 싸움에 내가 선봉을 맡을 생각이었는데 손견에게 선수를 뺏기고 말았다. 그래서 무슨 일이 있어도 손견을 앞지르려는 거다."

"형님 기대에 어긋나지 않게 싸우겠습니다."

포충은 군사 3천 명을 이끌고 샛길을 단숨에 넘어 사수관을 향해 맨먼저 공격해 들어가려 했다.

그러나 포충에겐 운이 따르지 않았다. 이 때 화웅이 손견군을 옆에서 기습할 작정으로 철기병 500을 이끌고 같은 샛길을 넘어 맞은 편으로 다가오고 있었다.

포충의 군사는 500에 대해 6배가 되는 3천이었지만, 맹장 화웅이 훈련해 낸 철기병과 정면으로 맞붙어 싸우기에는 오합지졸에 불과했다.

포충의 군사는 일단 화웅의 500 철기병을 에워싸는 데는 성공했다. 그러나 일사분란하게 포위망을 누비는 화웅군에게 반은 죽고 반은 항복하고 말았다.

포충 역시 화웅의 추격을 벗어나지 못하고, 맞붙어 싸울 겨를도 없이 단칼에 목이 달아나고 말았다. 화웅은 포충의 머리와 함께 사로잡은 장수와 군사들을 승상부로 보냈다. 그 공으로 화웅은 도독(都督)의 지위에 올랐다.

한편 손견은, 포충이 패해 죽었다는 급보를 듣고도 눈썹 하나 까딱하지 않았다. 전군의 진두에 서서 말을 달려 나아갔다. 은빛 나는 갑옷에 붉은 투구를 쓰고, 고정도(古錠刀)를 찬 모습은 그야말로 위풍당당했다. 그 뒤에는 세상에 이름이 알려진 네 장수가 따르고 있었다.

첫째 장수는 토은(土垠) 사람 정보(程普)로 자는 덕모(德謀)라 하는데, 등에 철척사모(鐵脊蛇矛)를 둘러메고 있었다.

둘째 장수는 황개(黃蓋)로 자는 공복(公覆)이라 하고 영릉(零陵) 사람이었는데, 길이 열 자나 되는 쇠채찍을 들고 있었다.

셋째 장수는 한당(韓當)으로 자는 공의(公義)라 하고 영지(令支) 사람이었는데, 다섯 자 큰 칼을 허리에 차고 있었다.

넷째 장수는 조무(祖茂)로 자는 대영(大榮)이라 하고 부춘(富春) 사람인데, 쌍칼을 잘 써서 천하무적이란 말을 듣고 있었다.

네 장수 모두 손견을 사모하여 그 휘하로 들어와 충성을 맹세한 맹장들이었다. 이윽고 사수관에 도착한 손견은 고정도를 뽑아들고 관문 위를 가리키며 소리쳤다.

"역적 동탁을 주인으로 받드는 어리석은 필부야. 어두운 눈을 뜨고 하늘을 대신한 군사 앞에 항복하여 목숨을 건지도록 하라!"

그러자 관문 위에 우뚝 선 화웅이 명령했다.

"호진, 나가서 손견을 쳐라!"

호진은 군사 5천 명을 이끌고 단숨에 관문을 나서서 공격을 감행했다.

"하룻강아지 같은 것이!"

손견의 진중에서는 정보가 군사 1천여 명을 지휘하여 무섭게 진격해 나갔다. 정보는 티끌이 자욱한 가운데 호진을 밀어붙였다.

"내가 지옥의 사자인 줄 모르느냐!"

정보는 호진을 일곱 자 사모로 찔러 땅바닥에 떨어뜨렸다.

주장을 잃은 5천 군사는 눈사태처럼 무너져 관문 안으로 도망쳐 들어갔다. 첫싸움에 이긴 손견은 승세를 타고 단숨에 사수관을 점령하려고 쳐들어갔다. 여기에 맞서 화웅은 화살과 돌을 퍼부었다.

손견은 단숨에 점령할 수 없다는 것을 알자, 일단 군사를 거두어 양동(梁東)이란 곳에 진을 쳤다. 꽤 장기전이 될 것으로 예측한 손견은 사람을 원소의 본진으로 급히 보내어 요구했다.

"군량을 보내 주시오."

그런데 이때 원소 막하에 손견에 대해 좋지 않은 감정을 품은 장수가 있었다. 원소가 손견에게 군량미를 보내주려 하자 그 장수가 조용히 속삭였다.

"장군, 이 시점에서 깊이 뒷날을 생각할 필요가 있지 않을까요?"

"뒷날을 생각하다니?"

"소장이 본 바로는 손견은 강남(江南)의 사나운 호랑이입니다. 만일 낙양에 쳐들어가 이를 함락시키고 동탁을 죽이게 되면, 손견은 당장 동탁을 대신하여 낙양궁을 한 손아귀에 넣고 말 염려가 있습니다. 그렇게 되면 늑대를 제거하고 호랑이를 대신 집어넣는 꼴이 될 것입니다. 늑대와 호랑이를 마주 싸우게 하여 함께 쓰러지게 하는 것이 옳은 줄로 압니다. 손견이 군량이 모자라게 된 것은 다행한 일입니다. 굶주린 군사를 거느린 손견은 하는 수 없이 덮어 놓고 사수관을 공격하게 될 것이며, 비록 함락시킨다 해도 낙양에 다가갔을 때는 힘이 빠져 있을 것이 틀림없으니, 동탁군과 맞붙어 싸우다가 죽게 되지 않겠습니까. 사나운 호랑이에게 힘을 보태 주는 것은 뒷날을 보아 결코 현명한 일이 못됩니다."
"그래. 그것도 그럴 것 같군."
그 말을 듣자 원소도 고개를 끄덕이며 군량을 보내지 않았다.
전황을 시찰하기 위해 부대를 이끌고 낙양에서 사수관에 이른 이숙은 망루에 올라가 적의 진영을 한 번 바라보고 빙긋 웃었다.
"옳지!"
옆에 있는 화웅에게 물었다.
"장군, 저 손견 진지를 바라보고 생각나는 것이 없소?"
"글쎄요? 뭔가 짐작되는 일이라도 있습니까?"
"그걸 모르시다니! 이 시각이면 반드시 밥짓는 연기가 올라와야 할 터인데, 전혀 눈에 뜨이지가 않거든. 아마 총대장 원소가 손견의 세력을 무서워한 나머지 군량을 보내 주지 않은 걸 거요. 그렇다면 군사들의 사기가 땅에 떨어져 군기가 문란해져 있을 것이 틀림없소……. 오늘밤 당장 기습을 하도록 합시다. 나는 군사를 이끌고 사잇길을 돌아 손견의 본영 뒤를 찌르겠소. 장군은 앞쪽에서 총공격으로 나가는 것이 좋겠소. 손견을 사로잡는 것은 닭장에서 닭을 붙잡는 것보다도 쉬울 겁니다."
이숙은 자신있게 말했다. 이날 밤 달은 밝고 바람은 시원했다.
이숙은 자정이 지나자 군대를 거느리고 성문 뒤쪽을 돌아 사잇길로 몰래 행진했다. 그로부터 한 시간쯤 지나, 화웅은 전 군대에 명령을 내려 앞쪽에서 일제히 공격해 들어갔다.
 선봉을 맡은 손견의 진영도 아무리 밤이라지만 마음놓고 있을 리는 없었다. 잠결에 벌떡 일어난 손견은 철갑옷을 두르기가 무섭게 말을 타고 달려나가며 외쳤다.
 "이 손견의 뒤를 따르라! 화웅이 머리를 바치러 왔다!"
 그리고 곧바로 휘몰아쳐 오는 적을 향해 돌진했다. 그 때 등 뒤에서 느닷없이 함성이 터졌다. 그 선두에 선 이숙이 큰소리로 외쳤다.
 "손견은 이미 패했다!"
 이숙이 이끄는 기습대는 화살 끝에 불을 붙여 한꺼번에 쏘아댔다. 손견의 군사는 금방 혼란에 빠졌다. 군량이 모자라 제대로 먹지 못해 사기가 떨어져 있는 것이 지휘하는 장수로서는 가장 못 견딜 일이었다.
 앞뒤로 협공당한 2만의 군사는 그물에 갇힌 고기떼처럼 공연히 허둥대며 이리 밀리고 저리 밀리고 할 뿐이었다. 총대장인 손견 자신이 벌써 호령을 내릴 수가 없게 되었다. 적의 포위로부터 자기 한 몸이 빠져 나가는 것도 힘겨웠다. 그를 뒤따라온 장수는 네 장수 가운데 한 사람인 조무뿐이었다.
 손견이 간신히 포위를 뚫고 나왔을 때 화웅이 이를 보았다.
 "손견! 어디로 도망치느냐! 이 비겁한 놈아!"
 외침 소리에 손견은 고삐를 놓은 채 두 다리로 말 배를 꽉 조이며, 몸을 비틀고 활에 살을 메겨 화웅을 쏘았다. 화살 둘을 쏘았으나 모두 화웅의 귀 옆을 스치고 지나갔을 뿐이다.
 손견은 다시 세 번째 화살을 메겼으나 너무 세게 당기는 바람에 손견이 늘 자랑하는 유명한 작화궁(鵲畫弓)은 두 동강으로 부러지고 말았다.
 '달아날 수밖에 없다!'
 손견은 말 배를 찼다. 초원을 가로질러 깊은 숲속을 빠져나왔을

때, 등 뒤에서 결사적으로 뒤쫓아온 조무가 부르짖었다.
"주군! 그 투구를 제게 던져 주십시오!"
손견의 투구는 머리수건처럼 동여매는 것으로, 빨간 금랍(金鑞)으로 만들어져 있어서 때마침 떠오르는 아침 햇빛에 유난히 번쩍였다. 손견은 그것을 벗어 조무에게 던졌다. 공중에서 받아든 조무는 자기가 대신 그것을 쓰고 손견과는 다른 방향으로 말을 달렸다.
"아아! 저기로 달아나고 있다!"
뒤쫓던 군사는 번쩍번쩍 빛나는 투구를 바라보며 일제히 그리로 몰려갔다.
조무는 손견이 사잇길을 무사히 빠져나간 것을 알자, 어느 집의 타다 남은 기둥 위에 빨간 투구를 걸어두고, 담 밖에서 보면 거기에 숨어 있는 걸로 보이게 한 다음 숲속으로 몸을 숨겼다.
거기에 화웅이 말을 달려오자 단숨에 담을 뛰어넘으려 했다. 그때 조무가 숲속에서 번개처럼 내달았다. 쌍칼을 쓰면 천하무적이란 소리를 듣는 그였다. 그러나 조무는 이미 등에 몇 군데나 화살을 맞고 있었다.
"네놈이 감히!"
속임수에 넘어간 것을 알자, 화웅은 화가 머리끝까지 치밀어 말을 달려왔다.
"받아라!"
화웅의 칼이 번쩍하는 순간 조무는 칼에 맞아 말에서 떨어지고 말았다.
손견은 크게 패했다. 적의 손에 죽은 군사는 그 수를 헤아릴 수 없었다. 그 보고를 듣고 원소는 비로소 깜짝 놀랐다. 모략하는 소리에 넘어가 큰 실수를 저지른 자신을 깨달았다.
원소는 곧 17진의 태수와 자사들을 본진으로 소집했다. 한 방에 모인 제후들은, 젊고 용맹무쌍한 손견이 화웅에게 패했다는 소식을 듣자 모두 침통한 표정을 지었다.

마지막으로 늦게 들어온 것은 북평태수 공손찬이었다.

회의를 진행하는 도중, 원소는 우연히 공손찬의 등 뒤에 서 있는 인물에게 시선이 끌렸다. 제후들이 다같이 비장한 표정을 하고 있었지만 그 인물만은 태연한 얼굴을 하고 있었다. 얼굴도 태수나 자사들보다 한층 뛰어나고 눈과 눈썹이 늠름한 기품을 지니고 있었다.

원소는 약간 못마땅한 생각이 들어 물었다.

"공손 태수께 묻겠는데, 공의 뒤에 서 있는 사람은 누구요?"

"아아, 여기 있는 사람은 내가 전부터 조정 백관들 가운데 가장 큰 그릇으로 알고 있는 별부사마 평원현령인 유비 현덕이란 장수입니다. 부디 잘 보아 두십시오."

"으음……."

원소는 고개를 끄덕였다.

"황건적 토벌에 있어서 뛰어난 공을 세웠다는 유비 현덕이 바로 그대였던가."

벌써 원소를 비롯해 제후들은 유비의 이름을 익히 듣고 있었다.

공손찬은 유비의 출신에 대해 자세히 소개했다.

원소는 유비에게 자리에 앉기를 권했다.

"한나라 종친이라면 자리에 앉도록 하시오."

유비는 자신은 한낱 한 고을의 원에 지나지 않는다면서 사양했다. 원소는 고개를 내두르며 말했다.

"나는 공의 무공을 존경해서가 아니오. 공이 천자의 후손임을 존경해서요."

그래서 유비는 끝자리나마 제후들과 나란히 앉게 되었다. 그러자 그 현덕의 등 뒤에 두 거한이 나타나 신장(神將)처럼 우뚝 섰다. 유비의 위풍은 그들 때문에 더욱 돋보였다.

그로부터 얼마쯤 시간이 지났을 때였다. 멀리서 일어나고 있는 함성이 이곳 원소의 본진까지 들려왔다.

손견의 군사를 가볍게 눌러 버린 여세를 몰아 화웅이 전병력을 거느리고 밀려오는 것이었다. 전선 진지에서 쏜살같이 달려온 전령이 장막 안으로 들어와 보고했다.

"적장 화웅이 우리 2진과 3진을 뚫고 중군 앞에 나타나 긴 장대에 손견 장군의 붉은 투구를 매달고 갖은 욕설을 퍼붓고 있습니다!"

이어 중군 참모인 젊은 심복이 몹시 흥분한 얼굴로 달려들어와서 말했다.

"화웅은 오만무례하게도, 손견 같은 용장도 자기를 보고 달아났으니 이제 자기와 맞서 싸울 장수는 한 사람도 없다고 큰소리치고 있습니다."

그러자 조조가 말했다.

"큰소리치게 버려두는 것이 좋아. 화웅은 여포와 맞먹는 보기 드문 맹장이야. 그와 공연히 1대 1로 싸울 필요는 없다."

장막 안에는 어색하고 무거운 침묵이 감돌았다. 그 때 유비의 등 뒤에 서 있던 장비가, 관우의 옆구리를 쿡 찌르며 잠자코 지푸라기를 두 개 내밀더니 눈짓을 했다.

"어느 것이든 뽑으라구요."

장비는 화웅과 자웅을 겨룰 사람은 자기와 관우를 빼고는 없다고 단정하고 누가 나설지를 심지뽑기로 결정짓자는 것이다.

관우는 고개를 저으며 속삭였다.

"우리가 나서기에는 아직 이르다."

"무슨 소리! 형이나 나를 빼고 화웅을 무찌를 힘을 지닌 호걸이 어디 있소?"

장비는 못마땅한 빛을 보였다.

"신분을 생각해야지! 우리 주군께서 겨우 말석에 참여했을 뿐이

않은가. 그 막하의 마궁수나 보궁수가 적의 총대장과 자웅을 결정짓겠다는 청을 할 수 있겠는가! 잠깐만 기다려!"

전황은 자꾸만 이쪽에 불리해져 갔다.

적의 함성이 차츰 가까워지는 것을 이곳 본진에서도 똑똑히 알 수 있었다. 이윽고 전령이 또 달려와서 보고했다.

"화웅은 중군 본판을 돌파하기 위해 진형을 갖추고 있습니다."

이제 더 이상 지체할 수는 없었다. 원소가 벌떡 일어났다.

"이리 된 이상 이 원소가 나가 화웅과 자웅을 결하겠다!"

이 말을 듣고 그의 등 뒤에 서 있던 원소 휘하의 날랜 장수 유섭(兪涉)이 말했다.

"맹주께서 직접 나가실 일은 아닙니다. 이 유섭에게 맡겨 주십시오."

그러나 30분도 채 못되어 유섭이 이끌고 갔던 군대는 주장을 잃고 패해 돌아왔다.

"유 장군은 화웅과 마주치자 삼합(三合)도 못 가서 몸이 두 쪽 나고 말았습니다."

방 안 제후들은 벙어리가 된 듯 말이 없었다. 그 답답하고 무거운 침묵을 깨뜨리고 기주자사 한복이 일어나 힘차게 말했다.

"우리 진영에 상장군 반봉(潘鳳)이란 사람이 있습니다. 화웅과 1대 1로 싸우는 데는 그 말고는 달리 사람이 없을 줄로 압니다."

곧 기주군 진지에서 반봉을 불러 왔다.

구름을 찌를 듯한 거한이 용의 머리를 아로새긴 큰 도끼를 들고 나타나자, 제후들은 다같이 고개를 끄덕였다.

"이 맹장이라면!"

곧이어 격돌하는 함성이 잠시 천지를 진동했다. 그러나 얼마 안 있어 피투성이가 된 한 군사가 주인인 반봉의 머리를 안고 돌아와 고개를 떨어뜨렸다.

멀리 적의 승전가를 들으면서 원소는 어두운 표정으로 말했다.
"내 심복 장수인 안량(顏良)과 문추(文醜)가 아직 도착하지 않은 것이 한스럽다! 두 사람 중 하나만 여기 있어도 이렇게 화웅에게 승리를 안겨 주지는 않았을 텐데……."
그때
"청이 있습니다!"
갑자기 끝자리에서 장막 안을 쩌렁쩌렁 흔드는 큰 소리가 났다.
제후들은 한꺼번에 유비의 등 뒤로 눈길을 보냈다.
천천히 원소 앞으로 나선 것은 관우였다. 관우는 반봉이 죽었다는 보고를 듣고 비로소 장비와 심지뽑기를 하여 이겼던 것이다.
"너는 누구냐?"
원소의 물음에 관우는 무릎을 꿇으면서 유비의 부하 관우 운장이라고 이름을 댔다.
"벼슬은?"
"마궁수올시다."
그 말을 듣자 원소는 눈을 치뜨고 호령했다.
"너는 17진 제후 중에 용장이 한 사람도 없다고 통째로 무시하는 거냐! 한낱 마궁수의 신분으로 적의 총수와 1대 1로 싸우겠다니 오만불손도 분수가 있지……. 여봐라! 이놈을 당장 끌어내어 매를 치도록 하라!"
"아니, 잠깐만!"
조조가 말렸다.
"이 관우란 사람의 용맹은 내가 일찍부터 알고 있습니다. 비록 미천한 궁수일지언정 그 생김새와 태도는 보시는 바와 같이 범상치 않습니다. 화웅의 목을 베어 올지 누가 알겠습니까? 나아가 싸우게 해보는 것이 좋을 듯합니다."
원소는 조조의 말에 마지못해 승낙했다. 조조는 관우를 자기 앞으로 불러, 뜨거운 술을 한 잔 따라 내밀었다.
"화웅을 죽이느냐, 그대가 죽느냐다. 만일 패해 도망쳐 오면 그대의 머리가 목에 붙어 있지 못하리라. 자, 이 술을 다 마시고 가도록 하라."
관우는 미소를 지으며 고개를 한번 숙인다.
"외람되오나 이 술은 화웅의 머리를 벤 축하주로 마시겠으니, 이대로 잠시 두어 주십시오."
관우는 급히 몸을 돌려 달려나갔다.
관우는 82근 청룡도를 들고 칠흑의 준마를 달려 한 줄기 질풍처럼 자욱히 소용돌이치는 먼지 속으로 사라졌다.
피비린내 나는 싸움터로 뛰어들면 당연히 거기에 처절한 함성이 일어나고 천지가 진동할 터였다. 그런데 싸움터는 쥐죽은 듯 조용하기만 했다. 그러더니 이윽고 뚜벅뚜벅 말발굽 소리가 정적을 깨뜨리며 가까이 들려왔다. 때마침 흘러가는 저녁 안개를 헤치고 조용히 모습을 드러낸 것은 바로 운장 관우였다.
연합군의 함성이 하늘을 찌르는 가운데 유유히 말에서 내려 장막 안으로 들어온 관우는 아직 살아 있는 듯한 머리 하나를 원소의 앞에 내려 놓았다.
"이제 축하주를 마시겠습니다."
그러고는 탁상 위의 잔을 집어들었다. 잔의 술은 아직 따끈했다.
후세 사람이 관우의 용맹을 시를 지어 칭송했다.

　　　하늘 땅 짓누른 첫 공은 이 세상에 비길 바 없어라
　　　우렁차게 울리는 둥둥 북소리!
　　　술은 아직 따끈하네, 맡겨 놓은 잔에 담긴 채
　　　술이 따끈한 그 몇 순간, 화웅 목이 떨어지네

혈투

  장비는 의형인 관우가 적의 총수 화웅의 머리를 베어 들고 돌아온 것을 보자, 도저히 가만히 있을 수가 없었다. 이곳이 어떤 곳인지를 잊고 한가운데로 달려나갔다. 유비가 말릴 겨를도 없었다.
  "의견이 있습니다. 화웅을 무찌른 이 기회를 놓치지 말고 전병력을 움직여 사수관을 깨뜨린 다음 나아가 낙양을 점령하게 되면 역적 동탁을 사로잡는 것은 손바닥을 뒤집는 것보다 쉬운 일입니다. 여러분, 모두들 일어나십시오!"
  이렇게 큰소리치고는 17진의 태수와 자사들을 한 바퀴 둘러보았다. 제후들은 깜짝 놀라 일제히 장비를 바라보았다. 무시무시하게 생긴 거한이 종발 같은 큰 눈을 불 켠 듯이 번쩍이며 서 있다.
  "닥쳐라! 이 졸병놈아!"
  후장군(後將軍)인 남양태수 원술이 눈을 부릅뜨고 호령했다.
  "네놈이 누구냐! 고작 현령 휘하의 한 궁수로서 감히 우리에게 명령하다니! 이 원술은 후장군의 지위에 있으면서도 겸손한 태도를 지키고 있다. 너같은 졸병에게 큰소리를 치게 놓아 둘 것 같으냐. 당장 물러가라!"

원술은 분을 못이겨 온몸을 떨었다.

조조가 미소를 지으면서 원술을 달랬다.

"이 보궁수는 자기 의형(義兄)의 공을 믿고 우리를 얕본 것은 아닐 겁니다. 아무리 아랫사람이라도 그 말이 옳으면 이를 받아들이는 것이 군을 통솔하는 사람의 도량입니다. 군략을 들을 때 귀천을 가려서는 안 될 줄 압니다."

"그렇지 않소!"

원술은 핏대를 세웠다.

"귀공께서 만일 한 현령을 소중하게 여기고 그 부하인 궁수들을 쓰겠다고 한다면, 나는 당장 군대를 이끌고 본국으로 돌아가겠소!"

원술과 조조 사이에 거친 공기가 감돌았다.

"부하의 무례함은 주인의 잘못입니다. 깊이 사과드립니다. 곧 물러가겠사오니 부디 태수께서는 마음을 진정하시기 바랍니다."

유비는 정중히 머리를 숙인 다음 관우와 장비를 데리고 장막 밖으로 나갔다.

한편 화웅을 잃은 사수관에서는 이숙이 황급히 글을 적어 사자를 낙양으로 달리게 했다.

동탁은 깜짝 놀라 모사 이유와 여포를 불러들였다.

"화웅과 맞붙어 그를 순식간에 베었다니, 대단한 영걸이 적군에 있는 모양이다. 이유는 이에 대한 대책을 세우라."

"존망을 건 싸움은 피할 수 없는 것 같습니다. 우선 주장인 원소를 흥분하게 만들어야 합니다. 그러기 위해서는 태부로 궁중에 있는 그의 숙부 원외를 죽여 그 머리를 사수관 앞에 매달아 두는 것이 좋을 줄 압니다. 그런 다음 승상께서 직접 대군을 거느리고 나가시는 것이……."

동탁은 곧 승상부 소속의 한 부대를 태부 원외의 집으로 보내어 에워싸게 했다. 원외를 비롯해 남녀노소의 구별없이 집안에서 살해된 사람은 130명이나 되었다.
　동탁은 이유가 세운 군략에 따라 군사 20만을 동원하여 이를 두 군으로 나누더니 한쪽 군사 5만을 이각·곽사 두 장군에게 주어 사수관을 응원하도록 내려보냈다.
　그 때 이유는 이각·곽사에게 타일렀다.
　"절대로 쳐나가서는 안 되오. 굳게 관문을 닫고 지키고 있어야만 하오."
　동탁도 총지휘를 하여 15만 군대를 이끌고 여포·장제·번조 등 맹장을 거느린 채 요충 호뢰관(虎牢關)을 지키기 위해 낙양을 떠났다. 호뢰관은 낙양에서 동쪽으로 50리 거리에 있었다. 기주·예주·연주·서주 등지로부터 제후들이 낙양으로 쳐들어왔을 때 그 진로를 가로막는 으뜸 가는 요새가 호뢰관이다.
　동탁은 호뢰관에 이르자 여포에게 3만의 군사를 주어 관 앞에 진을 치게 했다. 그리고 자신은 관 뒤에서 앞, 중간, 뒤로 나누어 철벽 같이 진을 쳤다.
　"동탁이 20만 대군을 거느리고 호뢰관에 진을 쳤다."
　이를 알리는 파발마가 원소의 본영으르 달려오자 17진 제후들이 급히 모여들었다.
　조조가 말했다.
　"동탁이 직접 군사를 이끌고 호뢰관으로 나온 것은, 존망을 건 결전을 벌일 결심을 한 것이 틀림없습니다. 그렇다면 우리 의군은 무슨 일이 있어도 동탁을 완전히 쳐부수지 않으면 안 될 것입니다."
　원소는 그 말에 찬성했다.
　호뢰관을 향해 8로(路) 제후가 병력을 총동원해 공격하기로 결정을 보았다. 하내의 왕광, 제북의 포신, 동군의 교모, 산양의 원유, 북해의 공융, 상당의 장양, 서주의 도겸, 그리고 북평의 공손찬, 이렇게 여덟 장군이었다.

　조조는 유군(遊軍)을 이끌고 8군 중 어느 부대이고 열세에 빠졌을 때 구원하는 임무를 떠맡았다. 먼저 하내의 왕광이 선봉을 맡아, 호뢰관이 저만치 바라보이는 지점까지 밀고 들어갔다. 진문을 세우고 깃발을 꽂고 군마를 배치해 진세를 이루었다.

　관문 앞을 지키던 여포는 땅을 뒤덮은 왕광의 군대를 멀리 바라보며 싱긋 웃었다.
　"이제 싸우게 됐다!"
　3천 명 군사를 거느리고 당당히 진 앞으로 나오는 여포의 모습은 참으로 고금에 그 예를 볼 수 없는 늠름한 모습이었다.
　세 가닥으로 묶은 머리에는 자금관(紫金冠)을 썼고, 8척 거구에는 서천(西川)의 붉은 비단으로 만든 백화포(百花袍) 위에 수면탄두(獸面吞頭)의 연환(連環) 갑옷을 껴입고 허리에는 사만대(獅蠻帶)를 두르고, 활과 화살을 메고, 오른손에는 장정 셋이 겨우 들 수 있는 거대한 방천극(方天戟)을 비껴 들었다.
　그리고 그 위용을 더욱 돋보이게 하는 것은 그가 타고 있는 천하명마인 적토마(赤兎馬)였다. 세상 사람들이 '사람 중에는 여포, 말 중에는 적토'라고 하는 소문이 과연 헛말은 아니었다. 다가오는 여포의 모습을 바라보는 왕광 부대 군사들은 지레 겁을 먹었다.
　주장 왕광은 이를 보자 먼저 여포를 무찌르지 않으면 안 된다고 생각하고 소리높이 외쳤다.
　"누가 여포와 맞붙어 싸울 사람 없느냐?"
　"소장이 나가겠습니다!"
　뒤쪽에서 답하고 힘차게 말을 달려 곧장 여포를 향해 쏜살같이 나아간 것은, 하내에서 첫째를 자랑하는 맹장 방열(方悅)이었다.

"받아랏!"

여포와 마주친 방열은 고함 소리와 함께 긴 창을 냅다 내질렀다.

여포는 벙긋 웃으며 그 긴 창을 하늘 높이 받아치고는 방천극으로 방열의 머리를 콱 내리쳤다. 방열은 몸이 두 쪽으로 갈라져 피보라 속에 땅바닥으로 굴렀다.

"간다! 다들 뒤를 따르라!"

여포는 피묻은 방천극을 높이 들고 이렇게 호령하며, 적토마를 질풍처럼 몰았다. 글자 그대로 무인지경을 가는 것 같은 여포의 무서운 공격이었다. 왕광군 2만은 여포가 파죽지세로 밀어닥치자 개미새끼처럼 흩어져 달아났다. 왕광 자신의 몸까지 위태롭게 되었다.

"으앗!"

방천극을 휘두를 때마다 맹수가 울부짖듯 하며 5명, 6명, 군사들의 머리와 팔과 몸뚱이가 한꺼번에 토막나 나갔다.

적토마는 피보라 속을 달리는 것이 마냥 신나는 듯 동에 번쩍 서에 번쩍 풀밭을 달린다. 그야말로 그 장수에 그 말이었다.

여포가 적토마를 타고 있는 한, 아무리 용맹스런 장수가 패를 지어 몰려온다 해도 도저히 당해낼 것 같지 않았다.

"왕광이 위태롭다!"

교모와 원유는 군사를 거느리고 물밀듯 한꺼번에 들이닥쳤다. 그러자 제아무리 여포라도 삼면 공격에는 당해내기 어려웠던지 군사를 이끌고 자기 진영으로 돌아갔다.

왕광·교모·원유의 세 군대는 진용을 가다듬기 위해 일단 멀리 물러나기로 했다. 이를 알아차린 여포가 다시 군사를 이끌고 붉은 돌개바람이 되어 뒤쫓아왔다.

마침 높은 언덕 위에 진을 치고 있던 상당태수 장양은 명령했다.

"목순(穆順)! 어서 가서 여포의 돌격을 막아라!"

창술을 천하에 자랑하던 목순은 한 떼의 병마를 이끌고 언덕을 달려 내려갔다. 그러나 갑옷 소매가 한 번 스치며, 여포의 방천극이 바람 소리를 내는 순간 목순은 창과 함께 두 토막이 나 말에서 떨어졌다. 뒤이어 북해 공융의 부장(部將) 무안국(武安國)이란 맹장이 무게 50근 되는 철퇴를 휘두르며 여포와 맞붙었다. 여포는 그 철퇴가 몸을 스칠 틈도 주지 않고 여유있게 무안국의 한쪽 팔을 베었다.

"여포가 호뢰관 앞에 진을 치고 있는 이상 관을 깨뜨릴 수는 없다."

왕광 등의 급보를 받은 원소는 다시 제후들을 불러 상의했다.

조조는 침묵하고 있는 제후들을 바라보고 나서 입을 열었다.

"여포의 용맹은 천하에 당할 사람이 없다고 합니다. 사람으로 생각되지 않습니다. 만부부당(萬夫不當)이란 바로 그를 두고 한 말입니다. ……이제는 하는 수 없이 17진의 전체 군사가 하나로 뭉쳐 파상공격을 되풀이함으로써, 여포가 싸워 지치게 만드는 수밖에 없는 줄로 생각합니다. 만일 여포를 사로잡을 수만 있다면 동탁을 무찔러 없애는 것은 쉬우리라 생각합니다."

조조의 말에 누구도 이의를 달지 못했다.

사수관을 포위하고 있던 군사들을 급히 불러들이기로 했다.

그러나 그런 상의가 완전히 끝나기도 전에 갑자기 진 밖이 시끌시끌했다.

"여포가 왔다!"

"여포가 쳐들어왔다!"

부르짖는 소리를 듣고 제후들은 얼굴빛이 싹 변했다. 그야말로 신장(神將)과도 같은 무서운 적이었다. 여포는 왕광·원유·교모의 3군을 여지없이 깨뜨리고 본영을 향해 쏜살같이 쳐들어온 것이다. 본영 앞에 진을 치고 있던 것은 공손찬 군대였는데, 벌써 거기까지 여포가 육박해 왔다.

"여포도 사람이다! 겁낼 것 없다!"

공손찬은 여포와 싸우려고 말을 달렸다. 그러나 그가 달려들자마자 창으로 헛되이 허공을 한번 찔렀을 뿐, 다음 순간 말과 함께 땅바닥으로 나가 굴렀다. 마치 소용돌이치는 돌개바람처럼 여포가 날뛰자 공손찬의 진지는 쑥대밭이 되었다. 사람이고 말이고 창이고 활이고 깃대고 할것없이 모조리 날아가고 말았다. 머지않아 총본영도 그 돌개바람에 휩쓸릴 것만 같았다.

그때 문득 여포의 앞을 가로막는 사람이 있었다.

눈 언저리가 찢어질 만큼 고리눈을 부릅뜨고, 호랑이 수염을 곤두세우고, 장팔사모를 바람개비처럼 돌리며 천둥 같은 소리를 질렀다.

"이 역적의 종놈아! 네놈을 기다리던 장비가 여기 있다!"

여포는 흘끗 바라보았다. 과연 늠름하게 생긴 위장부였다. 그러나 상대는 고작 궁수라는 초라한 신분 아닌가. 여포는 가볍게 웃음마저 지었다.

"이 졸개! 거치적거리지 말고 당장 물러나라!"

꾸짖고는 앞으로 달려가려 했다.

"여포야! 이 졸개에게 목을 바치고 싶으냐? 이 못난놈!"

장비는 놀려 주었다.

"이놈이!"

여포는 노기가 등등해서 방천극을 높이 들고 비스듬히 내리쳤다.

허공을 가르는 바람 소리와 함께 상대가 피보라를 뿜으리라고 생각한 것은 여포의 착각이었다.

방천극은 날카로운 쇳소리를 내며 다시 튀어올랐다.

"어, 이놈 봐라!"

방천극이 상대의 무기에 부딪쳐 튀어오른 것은 이번이 처음이었다. 여포는 큰 눈에 불을 켰다. 장비의 얼굴은 전혀 서두르는 기색이 없었다.

"여포는 듣거라! 자웅을 결정할 사람이 여기 있다! 자, 어서 오너라!"

"이놈, 큰소리쳤으렷다!"

장팔사모와 방천화극이 어울려 쩡그렁 하고 불꽃을 튀기며 마주 물어뜯고 또는 위에서 내리치고, 또는 옆으로 후려치고, 또는 쳐올리고, 또는 앞으로 찌르고 들어오며 있는 재주를 다하는 결투가 벌어졌다. 여포의 자금관이 벗겨져 달아났다. 장비의 철갑이 떨어져 나갔다. 여포의 턱에서 피가 흐르고, 장비의 손등에서 피가 튀었다. 말과 말이 맞부딪쳐 장대처럼 곤추섰다. 그 안장 위에서 뛰어오르면서도 두 사람은 적을 향해 공격을 쉬지 않았다.

이윽고 사모와 방천화극이 탁 맞물리더니 그대로 움직이지 않았다.

여포와 장비는, 피투성이가 된 저마다 마귀 같은 형상을 지척에서 마주 보았다.

'이런 뛰어난 인물이 한낱 궁수로 있다니!'

여포는 놀랐다. 감탄했다. 처음으로 머리 끝이 쭈뼛 설 만큼 호적수를 만난 것이다. 그러나 여포는 히죽 웃었다. 장비도 싱글거렸다.

영웅은 영웅을 알아본다. 서로가 상대의 실력을 인정한 것이다. 다음 순간 다시 처절한 혈투가 계속되었다.

양군의 장병들은 전투를 잊은 채 마른 침을 삼키며 이 격투를 지켜보고 있었다. 무서운 격투는 30분도 넘게 계속되었다.

마침내 장비가 불리해지기 시작했다. 장비 자신은 조금도 여포에게 뒤지지 않았으나 어쩌랴! 타고 있는 말에 차이가 있는 것을.

여포가 타고 있는 말은 천하 제일 적토마였다. 장비가 타고 있는 한혈마도 무척 날랜 말이긴 했지만, 적토마 앞에서는 감히 상대가 될 수 없는 누구나 타고 다니는 보통 말이었다. 장비가 사모를 휘두를 때마다, 또는 여포의 방천화극을 받아칠 때마다 장비가 탄 말이 휘청거리기 시작했던 것이다. 이를 지켜보던 유비가 명령했다.

"운장! 익덕을 도와라!"

관우가 날쌔게 말을 달려갔을 때, 장비의 말은 드디어 무릎을 꿇었다. 장비의 바윗덩이 같은 몸집이 곤두박질쳐 땅바닥에 나뒹굴었다.

"야앗!"

여포가 소리를 지르며 방천극을 장비에게 내리치려 할 순간,

"여포야, 받아라!"

무서운 고함과 함께 82근 청룡언월도가 옆에서 바람을 일으키며 날아들었다.

"앗!"

간신히 몸을 피한 여포는 두 번째 공격이 머리 위로 오는 것을 막으며 눈을 부릅떴다.

"웬놈이냐!"

넉 자 긴 수염을 바람에 휘날리는 관우의 용맹스런 모습에 여포는 소름이 끼쳤다. '방금 싸운 장비의 실력도 대단했는데, 세상에는 나와 겨룰 호걸이 또 있었구나.'

여포가 순간적으로 겁을 먹었다고 해서 조금도 이상할 것은 없다. 관우의 언월도에서 장비의 사모보다 더욱 앞선 빼어난 무술이 엿보였기 때문이다. 여포는 적토마 위에서 몸을 뒤로 피했다. 언월도의 살기찬 칼바람에 생명의 위협을 느끼지 않을 수 없었다.

게다가 유비가 늠름하게 생긴 황종마 한 마리를 끌고 달려와서 땅바닥에 서 있는 장비에게 넘겨 주었다.

"이걸 타라!"

"아, 형님! 고맙습니다!"

장비는 몸을 날려 황종마에 올라타자 소리를 지르며 달려들었다.

"운장 형! 여포는 내가 상대하던 적이니 내가 맡겠소!"

관우와 장비가 앞뒤에서 언월도와 사모를 어지럽게 휘두르며 치

고 들어오자 제아무리 초인인 여포라도 적토마의 다리 힘을 빌려 혈로를 열 수밖에 없었다.

그 여포 앞을 가로막은 것은 유비였다.

"여포는 유비 현덕을 아느냐!"

쌍고검(雙股劍)을 앞으로 내밀며 늠연히 외쳤다.

혈로를 열어야 하는 여포는 물불을 가리지 않았다. 맹수의 울부짖음과도 같은 소리를 지르며 유비를 향해 돌진했다.

쌍고검이 번쩍했다. 여포의 얼굴에서 피가 튀었다. 그러나 유비의 쌍고검도 두 토막이 나고 말았다.

"주군!"

관우가 염려하여 황급히 소리쳤다.

"역적의 종놈! 어디로 달아나느냐!"

관우와 장비가 앞서거니 뒤서거니 뒤쫓기 시작했을 때 벌써 여포는 200보 거리 저쪽에서 돌개바람처럼 달리고 있었다.

"여포가 도망쳤다!"

"여포가 패했다."

공손찬의 진지를 비롯해 8로의 제후진은 일제히 함성을 올리며 물밀 듯이 호뢰관을 향해 쳐들어갔다.

유비 관우 장비는 격류를 탄 세 척의 배처럼 여포의 뒤를 쫓았으나 적토마의 무서운 속력에는 끝내 미치지 못했다. 여포가 달려가는 곳에는 오색 깃발이 나비처럼, 솜처럼, 들꽃처럼 어지럽게 흩어졌다.

"아, 분하다!"

유비는 고삐를 당겨 말을 세웠다. 여포는 삽시간에 호뢰관 안으로 사라지고 말았다.

후세 사람이 이 싸움을 시로 읊었다.

한나라 왕조 환(桓)제·영(靈)제에 이르자

타오르는 해 찬바람 몰아친다
간악한 동탁은 소제를 끌어내려 홍농왕으로 삼으니
유협(劉協)의 나약한 넋 꿈속에서도 놀라네

조조가 천하에 격문을 보내자
분연히 의병을 일으킨 열여덟 제후들
모두들 원소를 맹주로 세웠네
왕실을 일으켜 태평천하 만들자 맹세하네

온후(溫侯) 여포는 세상에 대적할 자 없어라
사해를 덮는 위용 천하에 당할 사람이 없네
몸에 두른 갑옷에는 용의 은비늘 포개져 번쩍이고
금관 오색 빛 장식 꿩의 꼬리깃 맵시나네

그의 구슬띠 금으로 아로새긴 사자 머리
어긋어긋 백화전포 깃질하는 봉황새 날아오르네
용마 한번 뛰는 곳에 폭풍이 일어나고
그 화극은 가을 물처럼 번뜩인다

그의 도전받아 누가 맞설 것인가?
제후들 간담이 서늘 정신 황황 없어라
연인(燕人) 장비 용수철처럼 튀어나왔다
뱀처럼 구불구불 장팔사모 움켜잡았네

강철사 거꾸로 선 듯 긴 호랑이 수염들 일어섰네
고리눈 부릅뜬 큰 눈 번갯불이 번쩍인다
싸워도 싸워도 승부 나지 않네

진 앞에 마음죄는 관우가 화를 버럭 낸다

청룡언월도 큰칼은 서릿발이 번쩍이고
진연두색 전포 나비처럼 펄럭여라
내딛는 말발굽은 귀신도 울부짖으니
용솟음치는 노기는 피비를 몰고 오리

드디어 유비 현덕 쌍고검을 들었다
하늘이 준 타고난 위엄
뒤섞여 어울린 싸움 끝이 없네
내리치고 찌르고 숨 쉴 틈도 없다

피끓는 함성 진동하는 하늘 땅 뒤집히고
가득한 살기에 북극성도 떨어지리라
여포는 힘이 빠져 달아날 길 찾네
말돌려 힘 다해 관문으로 달린다

화극을 거꾸로 잡고 늘어뜨리자
오색깃발은 먼지에 진흙에 뒤범벅 되고
적토마 고삐 끊어질듯 내달려
간신히 건진 목숨 호뢰관으로 올라가네

관우와 장비는 여포를 뒤쫓아 관문 아래 이르자 욕을 퍼부었다.
"여포! 이 비겁한 놈아!"
"어서 나와서 싸워라!"
이에 대답해 들려오는 것은 서쪽에서 불어오는 바람소리뿐이다.
여포는 다시는 모습을 드러내지 않았다.

문득 정신을 차리고 쳐다보니 관문 위에 푸른 비단 일산(日傘)이 너울거리고 있다.

"운장 형! 저건 뭐요?"

"동탁이 와 있는 것 같군!"

"그럼 됐어! 관문을 부수고 여포와 동탁을 한꺼번에 산 채로 잡아야지!"

장비는 신바람이 나서 말 배를 찼다. 역적을 잡으려면 모름지기 우두머리부터 잡아야지. 기이한 공덕 세우려 기인을 기다릴 수만은 없다.

"익덕! 공연한 짓은 그만둬라!"

관우가 말렸으나 장비의 귀에는 그 말이 들어가지 않았다. 관문 옆까지 말을 달려간 장비는 단번에 껑충 뛰어 성벽에 달라붙었다. 그 순간, 성 위에 세워진 망루에서 꽝! 하고 천지를 뒤흔드는 소리가 나더니 큰 돌이 굴러 떨어졌다. 그와 동시에 관문 위에서 화살이 비오듯 날아왔다.

장비는 구사일생으로 겨우 살아 돌아왔다.

"에잇! 분해!"

관우 옆까지 쫓겨 물러난 장비는 온몸에 입은 상처 같은 것은 아랑곳하지 않고 여포를 놓친 안타까움에 고개를 내둘렀다.

"이봐, 익덕. 뒷날이 또 있지 않나. 여포 놈을 혼내준 것만으로도 큰 성공 아닌가."

관우가 미소를 지으며 말했다.

"아니오! 동탁을 사로잡고 여포의 목을 칠 때까지는 만족할 수가 없소. 그놈에게 땅바닥으로 굴러 떨어뜨려진 치욕은 평생 잊을 수 없을 거요!"

"여포가 적토마를 타고 있는 한 혼자 맞붙어 싸우는 것은 무리일 걸."

"무슨 소리! 나는 기어코 그놈과 1대 1로 맞붙어 숨통을 끊어 놓고 말 거요!"

큰소리치는 장비는 이마에서 흐르는 피가 귀찮다는 듯이 고개를 흔들어 떨어 버렸다. 마치 물에서 올라온 개가 몸을 터는 것처럼 피를 사방으로 털어버렸다. 그래도 장비는 태연했다.

한편 여포는 발빠른 적토마의 도움이 없었더라면 이미 죽은 목숨이나 한가지였다. 호뢰관에서 숨을 돌린 여포는 성 벽에 올라 적의 동향을 살폈다. 다행히 맞서 싸우던 장수들의 모습은 보이지 않았다. 적토마가 아니었더라면 번쩍이는 사모와 귀신같은 언월도에 벌써 여포의 목은 날아가고 없으리라.

'쌍고검을 휘두르며 나선 장수는 분명 유비 현덕이라 했으렷다!'

여포는 범상찮아 보이는 유비의 풍모와 기상을 떠올리며 되뇌었다. 그리고 자신을 뒤쫓던 용맹한 두 장수를 생각하자 등줄기에 소름이 돋는 것 같았다.

'그 둘은 관우와 장비라 했겠다!'

막사 한 구석에 앉은 여포는 피묻은 방천극을 닦으며 몇 번이고 잊을 수 없는 이름을 곱씹어 보았다.

'휘하에 그런 무장을 둘이나 거느린 유비는 썩 운이 좋은 장수로구나.'

여포는 방천극의 날에 얼굴을 비추며 중얼거렸다. 방천극은 끝부분이 양날로 되어 있고 그 좌우로 초승달 모양의 뾰족한 월아창이 있다. 칼날은 베는 데 쓰고, 창은 상대를 찌르거나 잡아 끄는 구실을 한다. 철제 손잡이는 미끄러지지 않도록 등나무 껍질로 친친 감았다. 무게가 무려 70근에 이르는 이 무기는 천하 제일이라는 낙양 최고의 대장장이가 몇 년을 두고 만든 명기였다. 때문에 수십 명에 이르는 죄수들을 죽 세워 놓고 차례로 목을 치거나 사지를 잘라내도 이가 빠지지 않을 정도로 견고했다.

'그런 무시무시한 병기와, 하루에 천리를 달리는 천하 명마 적토마가 있건만.'

여포는 땅이 꺼질 듯 한숨을 내쉬었다.

친아버지처럼 모시던 정원의 목을 치고 동탁에게 왔을 때만 해도 그는 자신의 선택이 백번 옳았다고 생각했다. 기마대와 보병을 합쳐 1만 병력을 거느린 명실상부한 장군이 되었기 때문이다.

그것은 정원의 휘하에 있을 때와는 비교도 되지 않는 신분 상승이었다. 그러나 동탁은 여포에게 지위와 신분만을 보장해 주었을 뿐, 그 위상에 걸맞는 결정권과 지휘권만은 완전하게 주지 않았다. 여포 휘하의 1만 병력은 동탁의 직속 정예부대 형태로 되어 있었다.

동탁은, 여포가 싸움터에서는 용맹한 무사이나 군략과 지휘능력은 부족하다고 판단하고 있었다. 여포는 그에 대해 불평하지 않았다. 스스로도 동탁이 자신을 무시하고 있다는 사실을 피부로 느끼고 있었으나 한편으로 동탁에게 자신의 존재가 얼마나 필요한지를 잘 알고 있었기 때문이다.

동탁은 성격이 본디 포악하고 잔인무도했다. 그러나 알고보면 그의 마음 밑바닥에는 두려움이 잔뜩 도사리고 있었다. 누군가 자신을 죽이러 오지 않을까, 배신하여 불쑥 제 목에 칼을 들이밀지 않을까 전전긍긍하며 끊임없이 사람들을 의심하고 경계했다. 그는 여포를 그림자처럼 달고 다녔다. 여포가 곁에 없으면 불안해지고 신경질적으로 변해 종국에는 반미치광이의 폭한으로 변한다. 말하자면 여포는 동탁의 호위병이요, 모사인 이유와 함께 가장 믿을 만한 측근이었다.

얼마 전까지만 해도 여포는 그것으로 족했다. 주군(主君)이란 애당초 자신을 위해 존재한다는 것이 그의 생각이었다. 주군이 지닌 힘의 일부를 자기가 사용할 수 있다는 것만으로도 주군의 존재가치는 충분하다.

충의(忠義)란 주군이 자신에게 무엇을 얼마나 제공해 주느냐에 따라 커지기도 하고 작아지기도 한다. 그래서 평소 여포 또한 자신의 부하들에게 가끔 금품을 나눠 주기도 하고 술과 고기를 베풀기도 하였다.

여포는 문득 쓴웃음을 지으며 앞에 매어놓은 적토마를 향해 중얼거렸다.

'나도 유비 같은 주군을 두었다면……. 나에게도 관우와 장비 같은 부하가 있다면 얼마나 좋을까.'

그날 밤, 8로 제후는 공손찬 진영에 모여 유비와 용맹한 두 심복을 초청하여 그 공을 찬양했다.

본영에서는 원소가 손견과 마주 앉아 있었다. 손견은 원소를 노려보고 있었다.

"전번 내가 사수관을 쳤을 때, 총수께서는 고의로 군량을 보내주지 않았소. 그 이유를 듣고 싶소. 이유 여하에 따라서는 총수와 적이 되는 일도 불사하겠소!"

손견은 대들었다.

원소는 얼굴이 새파래져서 사죄했다.

"그 점은 장군으로부터 어떤 책망을 들어도 할 말이 없소. 깊이 사과하오. 내가 밝지 못해 장군에게 사사로운 원한을 품고 있는 사람의 중상하는 말을 들었기 때문이오."

"그놈이 어떤 놈입니까?"

"곧 이리로 끌고 오겠소."

원소는 시종에게 명령하여 이미 함거에 가둬둔 그 장수를 데려오게 했다. 손견은 한 번 바라보자 침을 탁 뱉었다.

"음, 네놈이었구나!"

그리고 차고 있던 칼을 뽑아 목을 쳤다. 다시 원소에게로 몸을 돌린 손견은 거침없이 말했다.

"다시 총수께 말씀해 두겠소. 나는 동탁과는 본디 원수 사이는 아니오. 내가 몸을 돌보지 않고 날아오는 화살을 무릅쓰며 싸움에 앞장서고자 하는 것은, 첫째는 나라에 대한 충성 때문이오, 둘째는 우리 가문의 명예를 위해서요. 천하를 내것으로 만들겠다는 야망은 조금도 없소. 만일 총수께서 내가 그런 야망을 가지고 있다고 조금이라도 의심을 할 때에는, 나는 반드시 군사를 이끌고 총수와 맞설 것이오."

원소는 다시 정중하게 사과를 하지 않으면 안 되었다.

손견은 하고 싶은 말을 다 하고 나서 본영을 나와 자기 친지로 말을 달려 돌아갔다.

그날 밤 이슥해졌을 때, 손견은 정보와 황개 두 심복에 의해 잠에서 깨어났다.

"호뢰관에서 이각이란 장수가 몰래 동 승상의 밀명을 받고 왔다면서 찾아왔습니다. 만나시겠습니까?"

손견은 잠시 생각하고 나서 명령했다.

"그래? 데리고 들어와."

들어온 이각은 공손히 절하고 나서 말했다.

"소인은 승상 막하 참모의 한 사람으로 이각이라 합니다."

"인사는 그만 해 두고 용건을 말하라."

"승상께서는 일찍부터 말씀하시기를, 천하의 무장들을 둘러볼 때 참으로 장군다운 사람은 장사태수 손견 한 사람뿐이라면서 장군을 깊이 흠모하고 있었습니다. 지금 장군과 서로 갈라져 싸우게 된 것을 크게 유감으로 생각하고, 앞으로 길이 좋게 지낼 생각으로 일부러 소인을 보냈습니다. 동 승상께는 따님이 한 분 있습니다. 승상에게는 둘도 없는 보배로서 얼굴이 아름답고 마음이 착하여 모든 사람들의 흠모를 받고 있는 아리따운 아가씨랍니다. 이 따님을 장군께 보낼까 생각하고 있습니다. 어찌하시겠습니까? 승

상과 인연을 맺어 뒷날 승상이 되실 것을 약속받아 두시는 것이
……."
"닥쳐라!"
손견은 대로했다.
"동탁이 어떤 놈이냐! 하늘을 거역하고 나라를 뒤엎은 역적이 아니냐! 이 손견은 동탁과 그 삼족을 멸하고, 온 천하 만백성에게 태수·자사에 대한 믿음을 다시 돌이키고자 하는 사람이다! 그런데 나보고 동탁의 딸을 얻고 뒷날을 도모하라고 하다니! 개가 듣고 웃을 일이다. 알겠느냐? 역적의 수하는 단칼에 목을 쳐야 하겠지만 잠시 목숨을 붙여 두는 것이니, 당장 돌아가 호뢰관 군사를 타일러 항복하게 하고, 네가 항복한 사람의 대표로서 다시 한번 이리로 오도록 하라. 그러면 목숨만은 살려 주겠다. 만일 이틀이 지나도 관문을 열지 않을 때는 단숨에 쳐들어가 네놈들의 뼈를 모조리 가루로 만들 테다! 당장 물러가라, 이 어리석은 놈!"
서릿발 같은 호령에 몸이 얼어붙은 이각은 넋이 나간 채 도망쳐 호뢰관으로 돌아갔다.

옹문의 현자

이각의 보고를 들은 동탁은 불처럼 노했다.
"이유를 불러라, 이유를!"
동탁은 이유가 들어오자 소리질렀다.
"이유! 치고 나가야 하겠는가, 지키고 나가지 말아야 하겠는가? 당장 결정하라."
이유는 깊이 생각하더니 대답했다.
"온후(溫侯)는 이미 패했습니다. 온후가 패하는 것을 보고 군사들의 사기는 완전히 떨어져 있습니다. 그러므로 지금 관문을 나가 싸우는 것은 불리합니다. 지금으로서는 군사를 거두어 낙양으로 돌아가는 것이 상책인 줄 압니다."
"군사를 물리면 손견 이하 반란군들이 단숨에 낙양으로 쳐들어올 것이 아닌가?"
"분명 그렇게 될 것으로 압니다."
"낙양을 지키기 위해서는 호뢰관을 버릴 수 없다고 한 것이 그대가 아닌가?"

"그렇게 말했습니다."
"그 입술에 침도 마르기 전에 호뢰관을 버리라니, 대체 어찌된 일이냐?"
동탁은 몸이 달아 소리질렀다.
이유는 태연히 말했다.
"지금이야말로 도읍을 옮긴다는 것을 발표할 때라고 생각합니다."
동탁은 이유의 말에 기분이 좋아졌다.
"그래! 그게 좋겠어."
"그러나 도읍을 옮기자면 그럴 듯한 이유를 내세워야 합니다."
"이유?"
동탁은 다시 불쾌해졌다.
"빌어먹을! 무슨 이유가 필요해."
"아닙니다. 지금 서울에서는 아이들이 이런 노래를 부르고 있는데, 승상께서는 알고 계시는지요?

　　서쪽에도 하나의 한나라
　　동쪽에도 하나의 한나라
　　사슴이 장안으로 들어가면
　　이 어려움을 면할 수 있네

이 노래의 뜻을 생각해 보건대, 서쪽의 한나라라는 것은 고조가 처음 장안에 도읍을 정하고 12대라는 오랜 세월 동안 태평을 누린 것을 말하고, 동쪽의 한나라라는 것은 광무제가 지금의 낙양에 도읍을 정해 12대를 내려온 것을 말하는 것입니다. 사슴이 장안으로 들어간다는 것은 시조가 도읍으로 정하셨던 장안으로 돌아가야만 다시 태평을 누릴 수 있다는 뜻입니다."
"한나라는 12대를 두고 도읍을 옮긴단 말이지. 재미있는 이야기로군. 그럼 천도하도록 하자."

동탁은 결단을 내렸다.

그날 밤 안으로 동탁은 여포의 호위를 받으며 낙양으로 돌아왔다. 그리고 조정에 문무백관을 모아 천도 결정을 선포했다.

"광무제께서 이 낙양에 도읍을 정한 지 이미 200년. 그동안 태평성대를 누렸으나, 이제 운수가 다한 것 같소. 그래서 깊이 생각한 끝에 전한(前漢)의 도읍인 장안으로 천도하여 황기(皇氣)를 그곳에 다시 일으키려 하오. 곧 천자를 받들어 서쪽으로 행차를 모실 터이니 여러분께서는 각각 그 준비를 서두르도록 하시오!"

천도!

이 선언을 듣고 넓은 조정 안에 바닷물 넘치듯 놀라는 소리가 퍼져 나갔다. 동탁은 잠시 백관들이 놀라 웅성거리는 것을 거만스럽게 바라보더니 느닷없이 우레 같은 소리를 질렀다.

"조용히 하시오!"

그때 나선 인물은 사도 양표(楊彪)였다.

"잠깐 드릴 말씀이 있습니다! 천하의 백성들은 황건적의 화를 만난 뒤로 계속되는 병란 때문에, 파괴와 이산을 거듭하며 아직껏 생활의 고통에서 벗어나지 못하고 항상 불안에 쫓기고 있습니다. 그런데 이제 또 특별한 이유 없이 종묘와 황릉(皇陵)을 버리고 멀리 장안으로 도읍을 옮기게 되면, 백성들은 무슨 일인지 갈피를 못잡아 소란에 빠질 것이 틀림없습니다. 천하란 동요시키기는 쉬워도 안정시키기는 아주 어려운 것이니 깊이 생각하시기 바랍니다."

"시끄럽다!"

동탁은 소리쳤다.

"인순고식(因循姑息)해서 낡은 폐단을 뜯어고칠 용기를 전혀 갖지 못한 주제에, 공연히 아는 척하며 주둥아리만 놀리는 썩은 선

비놈 같으니!"
당장 칼을 뽑아 목을 칠 것 같은 기세였다.
"승상, 고정하십시오."
태위(太尉) 황완(黃琬)이 급히 앞으로 나섰다.
"양사도(楊司徒)의 말이 옳은 줄 압니다."
"뭐야!"
"장안은 옛날 왕망(王莽)이 반란을 일으키고, 계속해서 갱시(更始)·적미(赤眉) 두 적도들이 반역을 꾀하여 도성을 불사른 뒤로, 지금껏 폐허가 된 그대로 버려져 있습니다. 그러므로 장안에서 살던 백성들은 어디론가 떠나 버리고 지금은 거의 남아 있지 않은 상태입니다. 이제 이토록 번창한 도성을 버리고 황폐한 옛땅으로 옮긴다는 것은, 백 가지 해가 있을 뿐 한 가지 이익도 없을 줄로 압니다."
노기등등한 동탁을 눈짓으로 만류하며 이유가 나섰다.
"여러분, 대궐 안에 있는 문관들은 아직 모르겠지만, 지금 산동에 역적이 일어나 이곳 낙양을 향해 물밀듯 쳐들어오고 있습니다. 이들과 결전을 하게 되면 낙양은 하루 사이에 불길에 싸여 폐허가 되고 말 것입니다. 그러므로 이 낙양을 병화(兵火)로부터 건지기 위해서라도 우선 장안으로 피하는 것이 상책인 줄 압니다. 장안은 천험(天險)에 둘러싸인 천하 제일의 요새인만큼, 역적의 무리도 쉽게 쳐들어오지는 못할 것입니다. ……아무리 오래 황폐하였다 해도 옛모습을 알아볼 수 있는 궁궐터가 그대로 남아 있을 것이니 새로 궁궐을 꾸미는 데에는 넉넉잡고 석 달이면 충분할 줄 압니다."
이유의 말이 채 끝나기도 전에 큰 소리로 반대하고 나서는 사람이 있었다.
"아니오, 그건 백성을 너무도 무시한 생각인 줄 아오."

사도 순상(荀爽)이었다.
"나라 다스리는 데는 백성의 마음을 안정시키는 것이 으뜸이란 것은 양사도가 이미 말한 그대로입니다. 만일 도읍을 옮기게 되면 백성들은 소요 속에 휘말려 집과 논밭을 잃고 피난길을 떠나게 될 것이 뻔하니, 이 점을 부디……."
"닥쳐라, 닥쳐! 당장 닥치지 못하겠느냐!"
동탁은 소리소리 질렀다.
"천도는 천하 백 년을 위한 대계이다. 천한 백성들의 어려움만을 생각하면 무슨 정치를 할 수 있단 말이냐!"
"백성이 있어야 천하도 있고 조정이 있는 것이 아닙니까!"
순상은 조금도 두려워하지 않았다.
동탁은 순상·황완·양표 등을 무섭게 노려보더니 명령했다.
"이유! 승상인 내게 반항을 한 이상 이놈들을 그대로 벼슬에 둘 수는 없다. 당장 벼슬에서 내쫓아라!"
조정 안은 어둡고 무거운 공기에 휩싸여 백관들은 똑같이 고개를 떨어뜨리고 있었다.
동탁이 승상부로 돌아가기 위해 수레에 막 오르려 할 때, 두 명의 관리가 달려왔다.
상서(尙書) 주비(周毖)와 성문교위(城門校尉) 오경(伍瓊)이었다.
두 사람 모두 죽을 결심으로 도읍을 장안으로 옮기지 말라고 간했다. 동탁은 버럭 화를 내고 호송 무관에게 명령했다.
"당장 이놈들의 목을 쳐라!"

승상부에 돌아온 동탁은 몹시 기분이 불쾌했다.
"도무지 조정 백관이라는 자들이 마음에 들지 않아. 그들은 조상의 뼈다귀를 자랑하며 명문의 피를 내세우고 있지만 대체 뭣하는 것들이야. 무슨 발표를 하면 옛날의 일들을 끌어대며 반대를 위한 반대를 일삼을 뿐이니 말이야."

동탁은 서쪽 광야, 야성의 넓은 초원에 뿌리가 닿아 있는 터라 전통을 지키는 명문 거족을 무엇보다 혐오했다.

"이번에 제후 17진이니 하며 밀려온 자들도 대부분이 그 따위들이 아닌가. 그런 썩은 무리들은 모조리 쓸어내야 한다."

동탁은 혼자서 흥분하고 있었다.

그때 상서 정태(鄭泰)가 들어왔다. 정태를 보자 동탁의 흥분도 조금은 가라앉았다. 정태는 낙양 귀족 출신이지만 동탁의 마음에 드는 인물이었기 때문이다.

처음에 조조가 주동이 되어 동탁 타도의 의군이 결맹되었다는 소식을 들었을 때 동탁은 길길이 날뛰었다.

"당장 군을 일으켜 그들을 쳐 없애라."

그때 정태가 이런 말로 군의 총동원을 반대했다.

"환관의 자제나 부잣집 자식들, 그리고 청담고론(淸談高論)이나 일삼는 무리들이 모였다 해서 뭐가 대단합니까. 출병하실 것도 없습니다."

동탁으로서는 정말 듣기 좋은 말이었다.

사실 예로부터 '산동은 명상(名相)을 낳고 산서는 명장을 낳는다'는 말이 있다. 여기서 '산'이라 함은 낙양과 장안의 중간에 있는 성스러운 명산 화산(華山)을 가리킨다. 즉 화산 동쪽에서는 문관들이 배출되고 서쪽에서는 무관들이 나온다는 말이다. 동탁은 산서 출신으로 문관들, 다시 말해서 중앙의 벼슬아치들을 미워하고 있었다.

"그러나 그들의 병력이 많지 않은가?"

"달리 직업도 없고 보니 모병에 응하는 젊은이가 많겠지요. 제대로 싸울 줄 아는 군인은 아닙니다. 산동은 태평세월이 오래 계속되어 군졸도 훈련을 받지 않고 있을 겁니다. 그것에 비하면 승상의 군대는 역전의 용사들뿐이잖습니까? 군사를 일으켜 그들을 친다면 호랑이가 개나 양을 습격하는 것과 같아 전쟁이 되지 않습니다. 전쟁으로 백성을 괴롭히기보다는 덕으로써 위엄을 보이셔야 합니다."

요컨대 정태는 조조의 의군을 오합지졸(烏合之卒)이라 평했다. 정태는 동탁에게 덮어놓고 아부한 것은 아니었다.

그는 개봉(開封) 사람으로 중원(中原)을 싸움 마당으로 만들고 싶지 않았던 것이다. 하진이 동탁을 낙양에 불러들일 때 강력히 반대한 것도 바로 그였다.

따라서 이 간언은 정태의 고육지계(苦肉之計)이기도 했다. 그러나 어쨌든 정태의 말은 동탁의 마음에 들었다. 그런 정태였으므로 오늘도 동탁은 정태를 보자 조금은 마음이 편해졌다.

"승상, 무엇을 걱정하고 계십니까?"

"천도에 반대하는 자들이 많아서 본보기로 주비와 오경을 효수하고 늙은 대신 양표를 쫓아내라고 했네. 그런 놈들은 무슨 일에든 으레 반대하고 나선단 말이야."

"그런 일이라면 걱정하실 것 없습니다. 옹문(雍門)의 현자(賢者)가 있으니까요."

"옹문의 현자?"

"예. 요즘 성안 옹문 근처에서 사람을 모아 하늘의 소리라 하며 천도를 권하고 있는 인물이 있습니다. 그는 「석포실참(石包室讖)」에 나와 있다면서 적극 천도를 주장하고 있습니다."

「석포실참」, 돌로 둘러싸인 방에 깊숙이 숨겨져 있는 예언서란 뜻이다.

"그 책에 장안 천도가 예언되어 있다는 것인가?"

"그렇습니다. 사람들은 옹문의 현자 말을 하늘의 소리라고 열심히 귀기울여 듣고 있습니다. 이것은 대세입니다. 이제 장안 천도는 누가 반대하더라도 막지 못합니다."

동탁은 정태의 말에 입 언저리를 씰룩거리며 웃었다. 그러나 곧 엄한 표정을 지으며 말했다.

"하지만 그 옹문의 현자란 아무래도 수상쩍은 놈이다. 당장 잡아들이도록 하라!"

정태는 느닷없이 돌변한 동탁의 태도에 고개를 갸웃했다.

장안 천도를 권하고 있는 사람을 칭찬은 못할망정 잡아들이라니 너무도 억울한 명령이 아닌가?

「석포실참」은 동탁이 거짓으로 만들어 세상에 퍼뜨린 책이었다. 그것도 천도를 추진하기 위한 비밀 공작의 하나였다. 그런 까닭에 「석포실참」이란 책 이름을 들은 사람은 많았지만 실제로 읽은 사람은 아주 적었다. 동명이본(同名異本) 몇 종류가 있어 읽은 사람이 있어도 그들의 설명은 구구했다. 동탁과 이유는 그 점을 이용했던 것이다.

정태가 나가자 이유가 엇갈리다시피 들어와 말했다.

"천도를 앞두고 재정 상태를 조사해 본 바 너무도 한심했습니다. 부득이 낙양 부호들 집에서 재물을 징발하는 길밖에 없습니다. 특히 이번에 역모를 꾀한 집안의 재물을 몰수하는 것은 대의명분이 서는 일이므로 당장 이를 실행해야 할 줄 압니다."

"좋도록 하오."

동탁은 쾌히 승낙했다.

조금 뒤 철기 5천 기가 질풍처럼 달려나갔다.

낙양성 안에는 부(富)를 자랑하는 집이 1천을 헤아리고도 남는다. 철기 5천 기는 도성 한복판 네거리에서 10대로 나뉘어, 부잣집들을 폭풍우 같은 기세로 차례차례 습격했다.

문앞에 '반신역당(叛臣逆黨)'이라고 크게 쓴 깃발을 세워두고 안으로 쏟아져 들어가선 우선 주인을 잡아묶고 승상의 명령을 전했다. 용기를 내어 이 포악무도함을 따지는 사람도 있었으나, 당장 목이 달아났다.

　돈과 보물들을 모조리 찾아내어 수레에 실었다. 병사들은 어여쁜 여자가 보이면, 몇 사람이 눈짓하고 덤벼들어 빈 방으로 끌고 들어가 차례로 욕을 보였다. 용감하게 무기를 들고 반항하는 사람도 있었지만, 순식간에 칼에 맞아 죽고 말았다. 집안 식구들과 하인들은 그저 부들부들 떨며 넋을 잃고 바라볼 뿐이었다.

　그런데 앞서 이런 아비규환이 있을 것을 미리 눈치채고 재물을 빼돌린 사람이 있었다. 대부호 도고(陶固)였다. 언젠가 도고는 백마사로 놀러갔다가 지영에게서 이런 말을 들은 적이 있다.

　"당신이 사랑해 마지않는 낙양도 머지않아 큰 난리를 겪을 것 같습니다."

　자신이 신뢰하는 지영의 말이라 도고는 백마사를 이용하여 자기 재산을 실어내는 데 성공했다.

　"이것은 내가 사랑하는 낙양을 저버리는 것이 아닙니다. 언젠가 낙양은 다시 도성으로 살아날 것이므로 그때 쓰기 위해서입니다."

　백마사는 그 일에 전적으로 협력하여 재물을 무사히 성 밖으로 실어냈다.

　또 며칠 있다가 도고가 찾아와서 지영에게 말했다.

　"이번에는 집을 개축할 계획입니다."

　"개축! 무엇 때문에?"

　"개축하는 동안 가족과 같이 성 밖 친척집에 가 있도록 동 승상의 허락을 받기 위해서입니다. 돈을 많이 쓰긴 했지만 특별 허락을 받았습니다."

　그제야 지영은 도고의 속셈을 깨달았다. 지영은 웃으며 말했다.

　"정말 결심을 잘 하셨습니다. 사실은 저도 당신에게 무슨 수를 써서라도 낙양을 떠나라고 권할 참이었지요."

　지영은 도고가 가족과 자기의 생명을 안전하게 도피시킬 길을 찾고 있다는 것을 알았던 것이다.

"무슨 색다른 정보라도 있습니까?"

"아닙니다. 다만 낙양은 위험하다, 특히 부자는 더 위험하다는 게 저의 직감입니다."

지영은 이렇게 대답했지만 정보가 아주 없는 것도 아니었다.

'구덩이 파는 인부를 20명쯤 구해 주기 바란다. 단 극비로 말이다.'

이런 부탁이 동탁에게서 내려왔던 것이다. 20명이라면 상당히 큰 구덩이를 팔 수 있다. 그 구덩이가 재물을 파묻기 위한 것이라면 앞으로 약탈이 더욱 심해질 것이다, 지영은 그렇게 내다보고 있었다.

그러나 도고 또한 알고 있었다.

"우리가 서역 사막에서 어떻게 우물을 파는가를 들려 드린 적이 있었지요? 그 기술을 동 승상이 알고서……."

"알고 계셨군요."

"나로서도 있는 힘을 다해 정보를 모으고 있지요."

월지족의 본향인 서역은 사막이 많아서 물 문제를 해결하지 못하면 살아나가기 어렵다. 그들만큼 메마른 땅에서 물을 얻는 기술이 뛰어난 민족도 없었다.

오아시스 이외의 지역에서는 천산산맥이나 곤륜산맥의 눈 녹은 물을 끌어와야만 된다. 그것도 지표(地表)에 수로를 내면 소용없다. 사막의 불볕은 곧 수분을 증발시키므로 기껏해야 소금기 많은 물밖에 남지 않기 때문이다. 그러므로 땅 밑에 물길을 만들어 물을 유도한다. 그러기 위해서는 적당한 간격을 두고 수직갱을 판 뒤 그것을 땅밑에서 연결하는 방법을 썼다.

이윽고 지영은 말했다.

"그렇다면 저택 개축의 일을 저희한테 맡겨 주시지 않겠습니까?"

"좋습니다. 사실은 저도 그 일로 왔습니다."

고산 대삼국지 인간경영
1
조직 통솔 활로

고산 대삼국지 인간경영
1
조직 통솔 활로

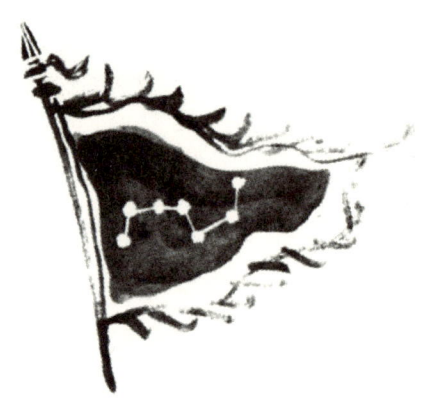

□ 조직과 경영

하나의 왕조가 쓰러질 때 거기엔 갖가지 원인이 있다. 후한(後漢 : 25~220)의 결정적 붕괴는 황건당의 봉기가 그 원인이 되었다. 물론 그 전에 환관의 발호가 있었지만 황건란이 원인이라는 데에 이론은 별로 없다.

그러나 장각(張角)의 황건당은 도교(道敎)의 일파인 태평도(太平道)를 바탕으로 한 민중의 엄청난 에너지 폭발이었는데도 그들의 운동은 실패하고 말았다.

어째서일까? 경영이 없었기 때문이다.

'경영은 연출'이라는 말이 있다.

경영도 연극의 연출이나 오케스트라의 연주와 공통되는 점이 있다. 즉 어떤 목표 아래 갖가지 소임을 가진 사람들이 하나의 지도방

침을 좇아 총력을 발휘하고 더욱이 정연한 질서와 템포를 가지고 나아가지 않으면 안 된다. 그리하여 연극에는 각본이 있고 음악에는 악보가 있듯 경영에는 마무리까지의 계획이 필요하다. 황건당은 이것이 없이 난맥봉기에 지나지 않아서 정권의 조직력에 쉽게 눌리고 만 것이다.

□ **계획 입안 비결**

계획은 각 부서의 업무 추진과 부서 상호간의 연계(連繫) 근거를 마련해 주고, 또한 빈틈과 중복이 없도록 만들어야 하며 그것은 지휘자의 지휘 기준이 된다.

계획을 세울 때에는 우선 대국적 견지에서 큰 줄거리를 입안한다. 큰 줄거리 없이 계획 입안에 착수하면 대국(大局)을 놓치기 쉽다.

계획 입안 과정은,

① 목표 확립
② 방침 결정
③ 방침을 수행하기 위한 지도요령 결정
④ 각 부서가 맡을 일의 세부 계획

대략 위와 같은 순서로 나눌 수 있다.

처음부터 각 부서의 행동(업무)을 생각하면 큰 방향을 그르치기 쉽다.

위의 계획이 확정되면 그 순서대로 실행한다. 이때 중요한 점은 예정된 레일을 충실히 달리는 일이다. 비록 잘못하여 탈선하더라도 곧 본디의 레일로 되돌리지 않으면 안 된다.

무릇 계획이라는 것은 예상대로 되기가 드물기 때문에, 지휘자로선 실정에 적응되도록 계획에 알맞은 개변(改變)을 가하여 원할히 추진할 수 있게 함과 동시에 계획의 근본 목적에서 벗어나지 않도록 노력해야 한다. 계획과 실시 결과를 비교하여 교훈을 찾아내는 일

(피드백)은 다음의 계획을 성공시키기 위해 꼭 필요하다.
 장각의 황건당 봉기엔 처음부터 이러한 계획이 없었던 것이다.

□경영은 조직의 효과적 운용
 도산(倒産)에 빠진 회사가 사장의 교체로 이상할 정도로 재기하는 사례가 있다. 그것은 그 사장의 개인적 실력이 앞서의 사장보다 월등히 뛰어났기 때문인 경우도 있지만 그보다도 그 사람이 사령탑에 앉아 통솔력을 발휘함으로써,
 ①조직의 전원이 떨쳐 일어나 회사가 가진 모든 능력을 발휘하게 되고
 ②그 능력을 기업 목적에 집중케 하여
흑자 경영으로 바꾸기 때문이다.
 1000명의 사람이 저마다 2배 더 힘을 내면 2000명의 힘이 되고, 또 지금까지 열 군데로 분산·지향되고 있었던 힘을, 꼭 필요할 때 필요한 곳 한군데로 모으면 특별히 새로운 노력은 하지 않더라도 10갑절의 성과를 얻게 된다.
 얼굴·돈·사업수단·기술·아이디어는 사장이 지녀야 할 중요 조건이지만 회사가 커짐에 따라 사장 개인이 지닌 힘의 비중은 줄어들고 경영자로서 통솔력이 문제된다. 이 통솔력이 바로 '경영'이라고 할 수 있으며 지도자는 '경영'을 할 줄 알아야 한다.

□평범한 사람 큰힘 쓸 수 있게 만드는 조직
 오자(吳子)는 말했다.
 '키 작은 병사에겐 창을 들리고 키 큰 병사에겐 활을 들린다.'
 조직 안에 있는 자의 고뇌는 조직이라는 기구의 한낱 톱니바퀴가 되어 무미건조한 나날을 보내게 된다는 점이다. 만일 사원을 이런 심정에 빠뜨린다면, 아무리 조직을 갖추고 시설을 정비하더라도 조

직으로서의 힘을 발휘하지 못한다. 샐러리맨의 보람은 개인으로선 엄두도 못낼 대조직·대자본·거대 시설을 움직일 수 있다는 데 있고, 또는 이것을 배경삼아 자신의 실력을 최대한 발휘하는 데에 있다.

개인이 융자 신청한다면 10만 원도 선뜻 빌려 주지 않을 은행이라도 대조직의 경리 과장으로서 간다면 몇십 몇백억 원이라도 기꺼이 융자해 준다.

평범한 사람들의 집단이라도 요령있게 조직하면 뛰어난 힘을 발휘한다. 조직체의 3대 기본 원칙은,

① 집단을 행동(업무) 분야별로 구분하는 일
② 그 집단을 한 사람의 명령으로 움직일 수 있게 만드는 일
③ 각 분야에 가장 알맞는 사람을 배치하는 일

이다. 이것은 야구 시합을 보면 잘 알 수 있다.

콘크리트가 단단한 것은 시멘트, 자갈, 모래가 알맞은 분량으로 배합되어 있기 때문이다.

□ 동탁이 대권을 잡은 이유

인물 평가야 어찌 됐든 동탁이 난세 초기 천하의 실권을 잡은 일은 흥미로운 사실이다.

동탁은 낙양 입성 때 보병과 기병을 합쳐서 고작 3000의 병력밖에 없었다. 그러나 그는 낙양에 들어가기 전 일단 교외에 있는 백마사에서 은밀히 깃발을 부지런히 만들었다.

이 깃발을 이용하여 그는 낮이면 당당히 3000의 군세로 낙양에 입성했고, 밤이면 어둠을 틈타 그 가운데의 2000을 몰래 다시 백마사로 되돌려 내보냈다. 그런 반복 행위를 10일이나 계속하여 동탁군이 성 안에 가득 찼다는 인상을 주었고, 감히 다른 세력이 동탁에 도전하지 못하도록 한 것이다. 강한 자에겐 사람들이 절로 모인다.

관망하고 있던 부동세력, 이를테면 주인을 잃은 하진(何進)의 부하들이 너도 나도 동탁 진영에 가담하여 적이 이미 그것을 알았을 때에는 손써 볼 수 없을 만큼 동탁의 힘은 커졌던 것이다.

□ 이익 있는 곳에 인간은 꾄다

동탁의 그 다음 성공은 여포를 얻었다는 데 있다. 손자(孫子)는 그의 병법〈용병편(用兵篇)〉에서 말했다.

"적으로 하여금 스스로 오게 함은 그곳이 이익이 되기 때문이다."

적군을 어떤 곳에서 꾀어내려면 그곳에 감으로써 이익이 있다고 믿게 하면 된다. 미끼를 던져주는 것이다. 억지로 일어서게 해도 적은 좀처럼 마음먹은 대로 움직여 주지 않는 법이다. 파이프 속의 가루는 밀면 막히고 빨아내면 확 뚫린다. 동탁은 이익이 가지고 있는 흡인력을 이용했다.

□ 덕과 신의, 인간적 매력

난세, 곧 현대의 각박하고 경쟁이 치열한 기업 환경에서는, 그러나 전혀 기반 없는 인물에게도 기회를 준다. 삼국시대로 말하면 유비 현덕의 등장이 바로 그것이다. 유비의 특색은 그가 거의 무(無)에서 출발했다는 점이다.

유비는 비록 한실의 후예라곤 하지만, 그때 그만한 출신 성분을 가진 사람은 한나라가 400년이나 이어져 온 만큼 수만 명을 꼽고도 남을 것이다. 특별히 빼어난 재주도 없다. 그래도 그는 관우니 장비니 하는 도무지 조직인으로서는 걸맞지 않는 개성이 강한 부하를 거느렸다. 진수(陳壽)는 유비를 '홍의관후(弘毅寬厚)'라고 평했다. 요컨대 유비의 인물됨은 마음이 넓고 의지가 굳세며 도량이 넓어 작은 일에 얽매이지 않는 대인의 풍격을 가졌다고 말하고 있다.

초한시대의 진승(陳勝)은 재능이 예사 사람만도 못하고 재산도 없었지만, 농민 신분으로서 농민을 배경으로 일어나 왕이 되었다. 그가 왕이 되자 아는 사람들이 너도나도 그를 찾아왔다. 그 가운데 엔 그의 장인도 있었지만 진승은 자기 장인을 일반인과 다름없는 대접밖에 하지 않아, 장인은 자리를 박차고 일어섰다.

"진승은 왕을 참칭하고 있는데 지나지 않잖은가! 그런데 벌써 교만해져 어른에 대한 예의를 잊고 있다. 그래가지고선 오래 갈 리가 없지!"

그제서야 진승은 사과하며 그의 장인 앞에 무릎꿇었지만 장인은 끝끝내 뿌리치고 돌아갔다. 장인마저 이런 형편이라 다른 지인들도 모두 흩어져 버려 그를 돕는 자는 하나도 남지 않게 되었다.

□ 지위가 높아지면 무능해지는 사람

"지위가 높아짐에 따라 무능해지는 사람이 있다. 단순하고 용감한 것만으로선 대장이 되지 못한다."

「전쟁론」 저자 카를 폰 클라우제비츠(Karl von Clausewitz)의 말이다. 그러나 지위가 높아짐에 따라 본디 지닌 재능이 줄어드는 법은 있을 수 없다. 지위가 높아짐에 따라 다른 능력을 연마 확보하려는 의욕이 없기 때문에 높아진 지위가 요구하는 일을 할 수 없게 되어 무능해진 것처럼 보일 뿐이다. 즉 지위만이 높아지고 본인의 능력이 따라갈 수 없는 상황을 말하는 것이다. 높은 지위가 필요로 하는 능력 기준에서 볼 때에는 무능해진 것이 된다. 그 인간 개인을 기준으로 볼 때에는 능력이 조금이라도 늘면 늘었지 줄어들지는 않지만.

부장으로서 과감히 일하고 있던 자가 승진을 거듭하여 중역이 되었다. 그런데 그는 매우 소심한 인물이 되어 버렸다. 사장이 장기 해외 여행을 하게 되어 그 대리 임무를 맡게 되자 노이로제에 걸려 자기가 먼저 입원했다. 지위가 올라가면서 회사 사정을 잘 알게 되자 두려워져서 노이로제에 걸린 것이다. 가령 월급을 받는 몸이라면 매달 월급을 받는 게 당연한 일로 액수가 적다는 것만이 불만이지만, 급료를 지불하는 지위에 있게 되면 일정한 현금을 일정한 날에 조달하는 일 따위를 생각하면 놀라운 재주로서 자기로선 도저히 해낼 것 같지 않아 그만 노이로제가 되어 버린 것이다.

계장은 내일까지의 일을 생각하면 되지만 과장은 내달의 일을, 부장은 내년의 일까지 생각지 않으면 안 된다. 사장이면 10년 앞을 예견한 장기 계획을 세워야 하는데 오늘의 일에만 얽매이고 있으면 사원이 피해를 입게 된다.

□ **한비자의 역설**
'인간의 본성은 악이다!'
한비자는 인정무용(人情無用)의 통어술(統御術)을 제창하고 있다. 읽고 있는 사이 등골이 그만 오싹해지고 화가 나는 일도 적지 않지만 냉정히 생각하면 깊은 시사를 준다. 그는 '군주로서 경계할 여섯 가지'를 다음과 같이 분류했다.

① **권차(權借)** 권세를 신하에게 내주거나 해서는 안 된다. 위임받은 신하는 군주가 잃은 것을 100갑절로 하여 활용한다. 신하가 권세를 위임받게 되면, 신하의 세력은 증대되어 나라의 모든 구성원들이 그 신하를 위해 일하게 되고 군주는 꼭두각시가 되고 만다.

② **이이(利異)** 군주와 신하는 본디 이해를 달리하는 자로서 신하가 참된 충성을 바칠 까닭은 없다. 신하가 이익을 얻자면 군주의 이익을 줄이지 않으면 안 된다. 악신(惡臣)은 적과 손을 잡든가, 국내에 있는 방해자를 제거하든가 군주로서 알아듣지도 못하는 외교에 대해 지껄이든가 하며 속이고, 사리를 꾀하며, 나라 이익을 생각지 않는다.

③ **사류(似類)** 신하가 참언을 하여 군주의 판단을 그르치게 하면, 군주는 무고한 죄로 다른 신하를 처벌하게 된다. 군주는 이것으

로 이익을 잃고 참언한 신하는 그 덕분에 이익을 얻는다.

④유반(有反) 나라에 불리한 사건이 일어났다면 그것에 의해 이익을 얻는 신하를 조사하라. 어떤 신하가 손해를 입은 사건이 있으면 그것에 의해 이익을 얻는 다른 신하를 찾으라.

⑤참의(參疑) 내부의 세력 다툼은 내란, 나아가선 망국의 원인이 된다. 명군(明君)은 내란의 원인을 만들지 않는다.

⑥폐치(廢置) 군신 이간책을 경계하라.

□ 활로는 오히려 어려움 속에 있다

조조의 경솔하다 싶은 과단력(果斷力)이 표면화된 사례는 동탁 암살 감행과 그 실패 도주였다.

그러나 조조는 실패에도 굽히지 않았다. 어려움에 빠졌을 때라도 그 진상을 직시할 수 있는 침착성이 있는 자라면 그의 머리속에는 적절한 대책이 떠오른다. 당황하든가 현실과 그 원인을 규명할 용기가 없는 자에겐 활로가 나타나지 않는다. 곤란에서 도피하려 하든가 초조해하여서는 안 된다.

곤경 타개의 길은 가장 '싫은 것'에 직접 부딪치는 데에 있다. 인간은 쫓겨 막다른 곳에 이르면, 흥분되어 눈이 보이지 않게 되고 또한 어디를 가거나 두려워서 상대의 틈이나 약점이 발견되지 않는다. 발견될 까닭이 없는 도주로를 찾아 광분하고 있다면, 결국 붙잡히고 마는 것이 당연하다.

곤경에 빠졌을 때 먼저 필요한 것은 사태의 진상을 똑똑히 파악하는 일이지만, '가장 강력한 적에 부딪쳐 보겠다'고 각오해 버리면 마음이 차분해져 이상하게도 보이지 않던 것이 잘 보이게 되며, 약점이나 비집고 들어갈 틈도 알게 된다. 얼핏 보아 무섭게 여겨지는 것도 부딪쳐 보면 뜻밖에 약하다. 가장 큰 채권자가 가장 강경하게 볶아대는 것은 당연하지만, 동시에 이쪽이 도산하면 가장 큰 손해를 입는 약자이기 때문에 성의를 보여 사정을 잘 설명하고 부탁한다면 이해해 준다.

□ 경영에서 배우는 경영비결

'경영'이라는 낱말을 듣고 직감되는 것은 '매매'·'생산'·'서비스'와 같은 현상이지만, 그것은 경영이라는 빙산의 일각이 해면에 나타난 것에 지나지 않는다.

세계 최초의 본격적 경영은 '피라미드 건설을 위한 매니지먼트'라고 일컬어지고 있다. 그 웅대한, 엄격하리만큼 치밀한 기하학적 모습을 가진 구조물은 고도의 과학 지식과 막대한 노동력을 매우 효과적으로 구사하지 않고서는 절대로 건설할 수 없다.

다음으로 유명한 경영은 베네치아 해군의 출동 준비이다. 그때 무적해군으로 지중해를 제패하고 있던 베네치아 해군은 현재의 항공모함에 해당되는 캘리선으로 편성돼 있었지만, 평상시엔 이 배들이 강 상류에 계류돼 있었다. 그리하여 일단 유사시에는 베네치아 해군은 즉시 닻줄을 감아 올리고 강을 내려오며 도중 강가에 늘어서 있는 창고에서 차례로 군복·식량·물·무기를 싣고 마지막으로 하구에서 병사들이 배에 올라 그대로 결전장에 직행할 수 있었다.

따라서 늘 전비가 불완전한 적 함대를 급습하여 연전 연승할 수 있었던 것이다. 이것이 세계에서 '일관작업 경영'의 시초이다.

대사업을 베네치아 해군의 출동처럼 능률적으로 해내는 것이 경영이다.

□ 사느냐 죽느냐

남의 나라에 살고 있는 소수민족은 항상 멸시와 학대와 차별을 받을 뿐 아니라 생활마저 위협을 받는다. 아니 권력자가 교체되면 기본적 생존마저 기약할 수 없게 되는 수도 있다. 전쟁과 혼란의 소용돌이 속에서 살아남는 길은 오직 경영뿐이다. 월지족의 지도자 지영(支英)은 생존의 조건으로서 정확한 정보수집과 분석, 그것에 의한 차기 권력자의 예측에 모든 정력을 기울였다. 그가 동탁에 협력했고 이어 조조와 손견에게 관심을 기울였던 것도 그 때문이다.

□ 반반일 때에는 자신있는 단언을

세치 혀끝으로 천하를 주름잡은 소진(蘇秦)·장의(張儀)를 가르친 귀곡(鬼谷) 선생은 '반반일 때에는 자신있게 단언하라'고 가르쳤다.

이 말은 현대의 젊은이들도 쉽게 이해하리라. 그리고 이런 설득법은 현대에서도 얼마든지 활용할 수 있다.

젊은이들끼리는 여러 가지를 화제에 올린다. 온갖 것에 관심을 나타내는 것은 당연하다. 그러나 이야기에 결론을 내릴 수 있을 만큼 자신과 경험이 있는 사람은 드물다. 그렇기 때문에 의문스럽기는 해도 '그렇지 않아. 그것은 이렇다' 하고 단정함으로써 일단 결론을 내릴 수 있다.

이것이 다수의 인간을 일정한 방향으로 끌고가는 인간 관리술이다. 그 사람의 말이니까 틀림없다는 신뢰를 평소에 얻어두어야만 한다. 이러한 사람은 그룹의 리더십을 쥐게 되며, 좌담에서 중심인물이 된다.

회사 내 회의나 토론회장에서도 그렇다. 자신감을 가지고 이야기를 추진하는 사람은 드물다. 연구가 모자란다고 누군가가 꼬집을 때를 예상하여 발언을 망설이게 된다.

세상에 절대는 없지만 반반일 때 '그것은 절대로 이렇다'고 단언하면 회의의 흐름은 그 방향으로 바뀌어간다.

관리직에 있는 사람이 이런 방법을 쓰면 효과를 거두는 일이 많다. 성공과 실패를 반반으로 보더라도 서서히 자신을 갖게 하여

"자네들의 노력 여하에 따라서 절대 성공한다."

이렇게 단언하면 ○○부장의 말이니까 틀림이 없다고 믿게 된다.

사람 마음은 약한 것이어서 늘 이리 할까 저리 할까 망설인다.

이럴 때 단호하게 결론을 내려줄 사람이 있는 편이 오히려 구제가 된다. 상품을 파는 세일즈맨, 거래를 성공시키려는 영업맨도 이 전법을 적극 활용할 수가 있다. 상품을 사는 쪽은 상품 자체와 애프터 서비스에 대해서 여러가지로 물어온다. 그럴 때 좀 자신이 없는 구석이 있더라도,

"이 제품은 엄밀하게 검증되었을 뿐 아니라 앞으로 3년간 보증하는 품목이므로 조금도 염려하실 것 없습니다."

단언해야 성공한다. 그렇다고 조악품을 우수 상품이라고 말하고 팔면 이것은 사기 행위가 된다. 상품에 대한 지식이 전무한 소비자는 영업사원의 말을 믿지 않을 수가 없다.

회사를 대표하여 거래를 성공시키려고 할 때도 같다. 자신 없는 대답을 하게 되면 상대방은 회사를 신뢰하지 않는다. 좀 불확실한 면이 있어도 한 마디 한 마디 자신 있게 단언해야 성공률이 많다.

삼국지에 이런 인물이 너무나 많이 나온다. 그리고 그들은 목적한 것을 대개는 얻는다. 군사(軍師)나 모사들의 단언은 거의 그대로 성공을 거둔다. 그들은 자신 있는 단언으로 주장(主將)을 믿게 하고, 주장은 확신을 가지고 전투에 임하기 때문에 승리하는 것이다.

□ 마키아벨리 정체순환론

정체(政體)에는 세 가지의 좋은 것과 세 가지의 나쁜 것이 있다. 전자는 군주정체(君主政體)·귀족정체(貴族政體)·민중정체(民衆政體)이고 후자는 참주정체(僭主政體)·과두정체(寡頭政體)·중우정체(衆愚政體)이다. 좋은 정체는 타락하여 나쁜 정체로 바뀌기 쉽다. 좋은 세 정체는 저마다 나쁜 세 정체와 몹시 닮아 있어 바뀌기가 쉽다. 즉 군주정체는 쉽게 참주정체로, 귀족정체는 쉽게 과두정체로,

민중정체는 쉽게 중우정체로 바뀌어 버린다.

처음에 군주로 뽑히는 자는 덕망이 있는 훌륭한 사람이지만, 그 상속자는 대개 타락하여 남에게 미움을 받는다.

증오 대상이 된 군주는 공포심에 사로잡혀 참주가 된다. 참주 정치의 폐해를 뿌려놓은 폭군은 쿠데타에 의해 멸망한다. 폭군을 추방한 사람들은 다시 참주정치로 되돌아가지 않도록 서로를 경계하며, 힘을 합쳐 새로운 정체, 즉 귀족정체를 만들어 좋은 정치를 하지만, 고생을 모르는 그들 자식 대(代)에 이르면 과두정체로 타락하여 안하무인이 되고, 이익을 독점하여 민중에 대한 생각을 잃기 쉽다.

견딜 수 없게 된 민중은 혁명을 일으켜 지배자를 쓰러뜨리고 민중정체를 만들지만, 다음 세대가 되면 타락하여 중우정치가 된다. 그 결과 나라가 어지러워져 어쩔 수 없게 되면, 누군가 훌륭한 사람을 선출하여 그 지도를 받으려 하고 군주정치로 돌아간다. 정체는 타국에 정복되지 않는 한 위의 순환을 되풀이한다.

□ 소유는 권리, 경영은 권한과 책임

동탁의 대두와 몰락은 정체순환론에 꼭 적용되지는 않지만, 그 과정은 비슷하다. 그리고 그의 몰락은 천하를 소유물로 착각했다는 데 있었다.

우선 현대만 해도 엄밀한 의미로서의 사기업(私企業)이란 것은 없다. 사원이 10명 있다면 벌써 공공성을 띠고 있다. 이를테면 사원 100명의 소회사라도 만일의 일이 있다면 사원 1만 명인 모회사(母會社)의 생산라인을 멈추게 할 수도 있다. 또 사원은 100명이라도 그 가족이나 거래처 일까지 생각하면 막대한 사람이 회사와 연관돼 있을 뿐 아니라 동네 구멍가게까지 영향을 미친다.

회사에 어떤 일이 발생해도 자기 한 사람의 힘으로는 어쩔 수가 없는 경우가 있다. 또 자기 한 사람의 회사라도 도산하면 다수의 사람에게 피해를 주는 것이 현실적 모습이다. '회사는 내 것이다' 하는 사고방식은 비록 '나 혼자서 만든 회사이다' 하는 신념이 있더라도 결코 가져서는 안 된다. 그런 사고방식을 갖고서는 인재가 흩어진다.

　흔히 맨주먹으로 훌륭한 회사를 쌓아올린 사장에게서 '회사는 내 것이다' 하는 관념을 없애는 일은 쉽지 않다. 이치는 환히 알고 있지만 막상 자기가 그 입장에 직면하면 깨끗이 단념할 수가 없다. 이 관념을 버리지 못하는 사장의 공통된 결점은 원맨 경영이 되고, 사원을 고용원으로만 취급하게 된다. 이래서는 조직적 활동을 할 수 없고 그 회사가 조금 커질 때엔 반신불수가 되어 버린다. 기업을 발전시키기 위해선 언젠가는 나의 회사라는 관념을 타파해야만 한다. 이러한 관념을 깨트리기 위해서는 사주 스스로 기꺼이 앞장서 결단을 내려야만 한다. 자본과 경영의 분리도 그 한 방법이리라.

고산(高山)

서울출생. 성균관대학교국문학과졸업. 성균관대학교대학원비교문화학전공졸업. 소설〈청계천〉으로〈자유문학〉등단. 1956년~현재 동서문화사 발행인. 1977~87년 동인문학상운영위집행위원장. 1996년〈파스칼세계대백과사전〉편찬주간. 지은책 〈얼어붙은 장진호〉〈한국출판100년을 찾아서〉〈망석중이들 잠꼬대〉〈한국인〉新文館 崔南善·講談社 野間淸治〈愛國作法〉한국출판학술상수상 한국출판문화상수상

그림/이우경 정준용 카즈시카 정웬 류성잔 스솅첸

1956

高山 大三國志
1 도원결의
고산 고정일 지음
1판 발행/2008년 8월 8일
발행인 고정일
발행처 동서문화사
창업 1956. 12. 12. 등록 16-345(윤)
서울강남구신사동540-22 ☎546-0331~6 (FAX) 545-0331
www.epascal.co.kr
잘못 만들어진 책은 바꾸어 드립니다.
*
이 책의 출판권은 동서문화사가 소유합니다.
의장권 제호권 편집권은 저작권 법에 의해 보호를 받는 출판물이므로 무단전재와 무단복제를 금합니다.
사업자등록번호 211-87-75330
ISBN 978-89-497-0464-7 04820
ISBN 978-89-497-0463-0 (세트)